STILLHOUSE LAKE
스틸하우스 레이크

옮긴이 유혜영

이화 여자 대학교 불문학과를 졸업했고, 글밥아카데미 수료 후 출판 번역가와 영상 번역가로 일하고 있다. 작가와 독자, 시청자 사이의 충실한 징검다리가 되고자 한다. 옮긴 책으로 루이즈 페니의 『빛의 눈속임』이 있다.

이 도서의 국립중앙도서관 출판예정도서목록(CIP)은 서지정보유통지원시스템 홈페이지
(http://www.seoji.nl.go.kr)와 국가자료종합목록 구축시스템(http://kolis-net.nl.go.kr)에서 이용하실 수 있습니다.
CIP제어번호:CIP2020002549

RACHEL CAINE

레이철 케인 지음 I 유혜영 옮김

STILLHOUSE LAKE

스틸하우스
레이크

피니스
아프리카에

주저 없이 믿어 줬던 루시엔에게

✝ 일러두기
본문의 모든 주는 옮긴이 주입니다.

프롤로그

지나 로열

캔자스주 위치토시市

지나는 단 한 번도 차고에 관해 묻지 않았다.

몇 년이 지난 후에도 매일 밤 그 생각이 눈꺼풀에 뜨겁게 맥박 쳐 잠을 이룰 수 없었다. '물었어야 해. 알았어야 해.' 그러나 그녀는 한 번도 물은 적이 없었고, 결국 그게 자신을 파멸시킬 줄 알지 못했다.

오후 3시 그녀는 보통 집에 있곤 했지만 직장에서 급한 일이 생겼다는 남편의 전화에 자신이 브래디와 릴리를 학교에서 데려와야 했다. 그건 전혀 어렵지 않았다. 정말로. 저녁 식사 준비 전 집안일을 끝낼 시간은 아직 충분했다. 남편의 어조는 매우 상냥했고, 그녀의 스케줄을 방해해야 하는 게 미안한 듯했다. 멜은 정말 최고로 멋지고 매력 넘치는 남자가 될 때가 있었고, 그녀는 그걸 보상해 줄 참이었다. 이미 그러자고 마음먹었다. 저녁 식사로 남편이 좋아하는 음식을 요리할 것이다. 양파가 든 간 요리를 이미 조리대 위에 꺼내 놓은 질 좋은 피노 누아 와인과 함께 내갈 것이다. 그리고 나서 아이들과 소파에 앉아 영화를 보는 가족의 밤. 아마도 아이들이 보겠다고 아우성친 새로 나온 슈퍼 히어로 영화를. 멜이 아이들이 보는 것에 신경을 쓰긴 하지만. 릴리는 따스한 짐 보따리처럼 지나의 옆으로 파고들 것이고, 브래디는 소파 팔걸이에 머리를 두고 아빠 무릎 위에 팔다리를 아무렇게나 뻗고 누울 것이다. 유연한 아이들이나 그런 자세로 편안해할 수 있겠지만 그것이 멜이 세상에서 가장 좋아하는 것이었다. 가족 시간. 그렇고말고. 그가 목공 작업 다음으로 가장 좋아하는. 지나는 이날 저녁에는 남편이 나갈 구실을 만들어 작업장에서 꼼지락대지 않기를 바랐다.

평범한 삶. 안락한 삶. 물론 완벽하지는 않았다. 완벽한 결혼 생활이란 없다. 그렇지 않은가? 그러나 지나는 만족했다. 적어도 대부분의 시간을.

그녀가 집을 떠나 있었던 건 고작 반 시간 정도로, 학교로 달려가 아이들을 태우고 서둘러 집으로 돌아올 딱 그만큼의 시간이었다. 모퉁이를 돌아 자신이 사는 구역에서 번쩍이는 불빛을 보았을 때 처음 든 생각은 '세상에, 누구네 집에 불이라도 난 건가?'였다. 그런 생각에 그녀는 응당 큰일이겠다 싶었지만, 다음 순간 '저녁이 늦어지겠군.' 하는 이기적인 생각이 찾아왔다. 속 좁은 생각인 건 알지만 조급증이 났다.

도로가 완전히 차단돼 있었다. 바리케이드 뒤에는 경찰차 석 대가 있었고, 번뜩이는 경광등이 핏빛처럼 빨간, 그리고 멍든 것처럼 파란 불빛으로 거의 비슷비슷하게 생긴 랜치 하우스ranch house 보통 단층에, 주거 공간이 나뉘지 않고 개방된 집으로 미국 교외에 많다들을 적시고 있었다. 할 일 없어 보이는 구급차 한 대와 소방차 한 대가 도로 아래 저 멀리 웅크리고 서 있었다.

"엄마?" 뒷좌석에 앉은 일곱 살 난 브래디가 물었다. "엄마, 무슨 일이에요? 저거 우리 집이지?" 흥분한 목소리였다. "불났어?"

지나는 기듯이 서행하며 그 광경을 이해하려 애썼다. 엉망이 된 잔디밭, 납작해진 붓꽃 화단, 짓밟힌 관목. 흠씬 두들겨 맞은 송장 같은 우편함이 배수로 안에 반쯤 들어가 누워 있다.

자신들의 우편함. 자신들의 잔디밭. 자신들의 집.

파괴의 흔적을 따라간 끝에는 아직도 엔진에서 쉭쉭 김이 나는 밤색 SUV가 있었다. 차는 정면을 면한 차고-멜의 작업장-의 벽돌 벽에 반쯤 박힌 채, 한때는 견고한 자신들 집의 한 부분이었던 잔해 더미에 술 취한 듯 기울어져 있었다. 그녀는 늘 자신들의 집이 매우 단단하고 매우 견고하며 매우 평범하다고 생각했었다. 토사물 같은 벽돌 더미와 깨진 석고보드가 당찮아 보였다. 연약해 보였다.

그녀는 SUV가 경계석을 뛰어넘어 우편함을 쓰러트리고 마당을 지그재그로 달리다 차고에 부딪치는 모습을 상상했다. 그런 생각을 하다가 그녀는 마침내 척추를 따라 충격이 느껴질 만큼 세게 브레이크를 밟았다.

"엄마!" 브래디가 귓가에서 소리를 질렀고, 그녀는 본능적으로 손을 뻗어 아이를 조용히 시켰다. 조수석에서 열 살인 릴리가 이어폰을 홱 잡아 빼더니 앞으로 몸을 기울였다. 자기 집이 파손된 걸 보며 입을 벌렸지만 아무 말 하지 않았다. 아이의 눈이 충격으로 커졌다.

"미안하다." 지나가 거의 자신이 무슨 말을 하는지도 모른 채 말했다. "뭔가 잘못됐어, 아가. 얘야, 괜찮니?"

"무슨 일이에요?" 릴리가 물었다.

"너, 괜찮니?"

"괜찮아요! 무슨 일이에요?"

지나는 대답하지 않았다. 그녀의 주의가 다시 집으로 끌렸다. 파손된 모습을 보고 있자니 이상하게도 생살이 벗겨지고 노출된 기분이 들었다. 그녀에게 집은 항상 요새처럼 아주 안전한 듯했는데 이제 거기에 구멍이 뚫렸다. 안전이 거짓임이 드러났다. 벽돌이나 나무나 석고보드만큼 약했다.

이웃들이 거리로 쏟아져 나와 얼빠진 듯 구경하며 수다를 떨었고, 그게 사태를 더 악화시켰다. 좀처럼 집을 떠나는 일이 없는, 은퇴한 학교 선생님인 연로한 밀슨 여사까지. 그녀는 동네 가십과 소문의 여왕으로, 자기 시야에 들어온 모든 이의 사생활을 들추는 데 전혀 부끄러움이 없었다. 빛바랜 실내복을 입고 한 행인에게 잔뜩 몸을 기울이고 있는 그녀 옆에는 낮 동안 그녀를 보살피는 간호사가 서 있었다. 둘 다 이 상황에 매료된 듯했다.

한 경찰이 지나의 차로 다가왔고, 그녀는 재빨리 창문을 내리며 미안해하는 미소를 지었다.

"경관님." 그녀가 말했다. "저기가 우리 집이에요, SUV가 들이받은 집. 여기 주차해도 되나요? 피해를 살펴보고 남편에게 전화해야겠어요. 정말 끔찍하네요! 운전자가 너무 심하게 다치지 않았기를 바라요……. 술에 취해 있었나요? 이 모퉁이는 좀 위험해요."

무표정하던 경찰은 그녀의 말에 집중하는 기색을 보였고, 그녀는 그 이유를 전혀 이해하지 못했지만 좋은 징조가 아니라는 것만은 알았다. "여기가 댁이라고요?"

"네, 그래요."

"성함이 어떻게 되죠?"

"로열. 지나 로열이오. 경관님……,"

경찰이 한 발 물러서더니 총 개머리판에 손을 얹었다. "시동을 끄십시오, 부인." 그가 말하며 신호를 보내자 다른 경찰이 달려왔다. "가서 형사를 불러!"

지나는 입술을 적셨다. "저기요, 뭔가 잘못 아신 모양인데요……."

"부인, 지금 당장 시동을 끄세요." 이번에는 인정사정없는 명령이었다. 그녀는 기어를 주차에 놓고 키를 돌렸다. 모터의 회전이 잠잠해지자 멀리 보도에 모여 있는 호기심 많은 구경꾼들이 웅성대는 소리가 들려왔다. "양손을 운전대에 올리고 움직이지 마십시오. 밴 안에 무기가 있습니까?"

"아니요, 당연히 없죠. 경관님, 여기 제 아이들이 있어요!"

그가 총에서 손을 떼지 않자 그녀는 울화가 치밀었다. '이건 말도 안 돼. 우리를 딴 사람과 착각하고 있어. 난 아무 짓도 안 했다고!'

"부인, 다시 한번 묻겠습니다. 무기를 소지하고 있습니까?" 거칠게 날이 선 그 목소리에 그녀의 분노는 차가운 공포로 바뀌었다. 그녀는 한순간 입 밖으로 말이 나오지 않았다.

그녀가 마침내 가까스로 입을 열었다. "아니요! 무기는 없어요, 어떤 것도요."

"뭐가 잘못된 거야, 엄마?" 불안해진 브래디가 새된 목소리로 물었다. "왜 저 경찰이 우리한테 저렇게 화를 내?"

"잘못된 거 없어. 다 괜찮을 거야." 손을 운전대 위에 올리십시오. 손을 운전대 위에……. 그녀는 못 견디게 아들을 안고 싶었지만 감히 그러지 못했다. 그녀는 브래디가 자신의 침착을 가장한 목소리를 믿지 않는다는 것을 알 수 있었다. 그녀 자신도 믿지 않았다. "그냥 여기 앉아 있어. 알겠지? 움직이면 안 돼. 둘 다 움직이면 안 돼."

릴리는 차 밖의 경찰을 보고 있었다. "저 아저씨가 우릴 쏠까, 엄마? 우리를 쏠까?" 두 아이 모두 잘못된 시간과 잘못된 장소에서 잘못된 말을 하며 잘못된 몸짓을 했던 무고한 사람들이 총에 맞는 영상을 본 적이 있었다. 그리고 그녀는 그런 일이 일어나는 걸 상상했다. 생생하게……. 죽어 가는 자녀와 그걸 막기 위한 아무 행동도 할 수 없는 자신. 번뜩이는 섬광, 비명, 어둠.

"당연히 안 쏘지! 아가, 제발 움직이지 마!" 그녀는 다시 경찰을 보며 말했다. "제발요. 애들이 겁먹었어요. 이게 무슨 일인지 전혀 모르겠어요."

금빛 경찰 신분증을 목에 건 한 여자가 바리케이드를 지나, 경찰을 지나, 지나의 차창으로 곧장 걸어왔다. 지쳐 보이는 얼굴에 까만색 눈동자가 스산한 그녀는 단번에 상황을 파악했다. "로열 부인이세요? 지나 로열 씨?"

"그래요."

"멜빈 로열의 부인이시죠?" 그는 멜빈이라고 불리는 걸 싫어했다. 언제나 멜일 뿐이었지만 여자에게 그런 걸 말해 줄 상황은 아닌 것 같아 지나는 그저 고개를 끄덕여 대답했다. "전 살라사르 형사입니다. 차에서 내려 주시면 좋겠는데요. 두 손은 계속 볼 수 있는 데 두시고요."

"내 아이들은……."

"아이들은 지금 있는 곳에 그대로 있어도 됩니다. 저희가 돌볼 겁니다. 밖으로 나와 주세요."

"대체 왜 이러는 거예요? 저건 우리 집이라고요. 이건 말도 안 돼요. 지금은 우리가 피해자라고요!" 자신과 아이들에게 닥친 공포가 이성을 잃게 했고, 그녀는 자신을 놀라게 한 그 목소리가 이상하게 들렸다. 항상 연민과 경멸을 동시에 자아내던, 뉴스 속의 횡설수설하던 사람들처럼 불안정한 목소리였다. '나라면 위기 상황에 절대 저런 목소리를 내지 않을 거야.' 그런 생각을 얼마나 자주 했던가? 하지만 자신이 그랬다. 꼭 그 사람들 목소리 같았다. 가슴속에 나방이 갇힌 것처럼 공포가 퍼덕거렸고, 그녀는 호흡을 고르게 유지할 수 없을 것 같았다. 모든 게 너무나 정도가 지나치고, 너무나 빨랐다.

"피해자요. 물론 그러시겠죠." 형사가 차 문을 열었다. "내려요." 이번에는 부탁이 아니었다. 형사를 불러온 경찰이 물러섰고, 그의 손에는 여전히 총이 들려 있었다. 왜 이들이 나를 범죄자 취급하는 거지? 이건 그저 실수야. 다 끔찍하고 멍청한 실수라고! 그녀는 본능적으로 손가방으로 팔을 뻗었지만 살라사르가 즉시 그것을 가져가 순찰 경관에게 건넸다. "손을 후드 위에 얹어요, 로열 부인."

"왜요? 난 무슨 영문인지……."

살라사르 형사는 그녀에게 말을 끝낼 기회를 주지 않았다. 그녀는 지나의 몸을 돌려세워 차 쪽으로 밀쳤다. 지나는 뜨거운 금속 후드 위에 양손을 펼쳤다. 난로를 만지는 듯했지만 감히 손을 떼지 못했다. 그녀는 현기증이 났다. 이건 실수였다. 아주 끔찍한 실수였고, 이제 곧 이들은 사과할 테고, 자신은 매우 무례하게 군 이들을 용서하리라. 그리고 다 같이 웃어넘기고 나서 저들에게 아이스티를 마시고 가라고 초대할 것이다……. 멜이 다 먹어 치우지 않았다면 레몬 쿠키가 조금 남아 있을 것이었다. 멜은 레몬 쿠키를 정말 좋아했다…….

살라사르의 손이 그녀에게 손댈 권리가 없는 곳으로 기계적으로 미끄러져 갔을 때 지나는 숨이 턱 막혔다. 저항하려 했지만 형사가 완력을 써서 그녀를 움직이지 못하게 했다. "로열 부인! 상황을 악화시키지 말아요! 내 말 들어요. 당신은 체포됐어요. 당신은 묵비권을 행사할 권리가 있고……,"

"내가 뭐요? 저건 우리 집이에요! 저 차가 우리 집으로 돌진했다고요!" 아들과 딸이 이 모욕적인 장면을 바로 앞에서 지켜보고 있었다. 이웃 모두가 지켜보고 있었다. 어떤 이들은 휴대전화를 꺼냈다. 그들은 사진을 찍고 있었다. 동영상. 이 끔찍한 폭력이 인터넷에 뜨면 세계 곳곳의 따분해 죽겠는 사람들이 자신을 조롱하겠지만 이 모든 게 실수로 밝혀지면 문제 될 일 없을 것이다. 그럴까? 인터넷은 영원하다. 그녀는 항상 릴리에게 그걸 경고해 왔다.

살라사르는 지나가 그 순간 이해할 수도 없는 권리에 대해 계속 말을 이었고, 그 형사가 손을 등 뒤로 돌려 수갑을 채웠을 때 그녀는 저항하지 않았다. 그녀는 어떻게 저항을 시작해야 할지도 몰랐다.

금속 수갑이 피부에 차갑게 닿는 게 느껴졌고, 지나는 머릿속에서 이상하게 큰 소리로 윙윙대는 소리와 싸웠다. 땀방울이 얼굴과 목으로 흘러내리는 게 느껴졌지만, 모든 게 자신과 분리되어 있는 것 같았다. 멀찍이. '이건 실제 상황이 아니야. 이건 실제 상황이라고 할 수 없어. 멜에게 전화해야지. 멜이 이 일을 해결할 거고, 나중에 한바탕 웃고 말 거야.' 그녀는 어떻게 1, 2분 사이에 평범했던 삶이 이런…… 이런 삶으로 바뀔 수 있는지 이해가 가지 않았다.

소리를 지르며 차 밖으로 나오려는 브래디를 경찰이 막고 있었다. 릴리는 어리둥절하고 무서운 나머지 움직일 수조차 없는 것 같았다. 지나는 아이들을 보고 놀랍게도 이성적인 목소리로 말했다. "브래

디. 릴리. 괜찮아. 겁낼 것 없어. 다 괜찮을 거야. 경찰이 시키는 대로
만 해. 엄마는 괜찮아. 이건 다 착오일 뿐이야. 알겠니? 다 괜찮을 거
야." 살라사르의 손이 위팔을 아프게 조여 지나는 형사를 향해 고개
를 돌렸다. "제발, 제발, 내가 무슨 짓을 했다고 여기는지 모르겠지만
내가 그런 게 아니에요! 애들에게 별일 없을 거라고 약속해 줘요!"

"그러죠." 살라사르가 예상 밖으로 친절하게 말했다. "하지만 당신
은 나와 함께 가야 해요, 지나."

"그러니까, 내가 그랬다고 생각하는 거예요? 저걸로 우리 집을 들
이받았다고? 아니에요! 난 취하지 않았어요. 어떻게 생각하든……"
그녀는 말을 멈췄다. 한 남자가 산소를 들이마시며 구급차 옆 간이침
대에 앉아 있는 모습이 보였기 때문에. 구급대원이 그의 두피에 난
상처를 치료하고 있었고, 경찰 한 명이 근방을 서성이고 있었다. "저
사람이에요? 저 사람이 운전자예요? 취했나요?"

"네." 살라사르가 말했다. "순전히 사고죠, 음주 운전을 사고라고
부른다면요. 그는 너무 이른 해피아워happy hour 술집에서 정상가보다 싼 값에
술을 파는, 보통 이른 저녁 시간대를 맞았죠. 턴을 잘못했고—그의 말에 따르면
고속도로로 다시 나가려 했다죠— 모퉁이를 너무 빨리 돌았어요. 결
국 차 앞부분을 댁의 차고 안에 들이밀게 된 거고요."

"그런데……," 지나는 이제 전혀 감을 잡지 못했다. 아예, 완전히.
"저 사람을 잡았다면 왜 당신은……,"

"차고에 들어가 보신 적 있죠, 로열 부인?"

"전…… 아니요. 없어요. 남편이 그곳을 작업장으로 개조했어요.
우리는 부엌과 통하는 문에 캐비닛을 놓았어요. 남편은 샛문으로 들어
가요."

"그럼 차고 문은 열리지 않나요? 더는 차고에 차를 세우지 않는다고요?"

"네, 남편이 모터를 빼놔서 당신이 들어가야 한다면 샛문으로 들어가야 해요. 우리는 간이 차고가 있어요. 그래서 난 굳이…… 아니, 이게 뭐예요? 무슨 일이죠?"

살라사르가 그녀를 봤다. 이제는 화난 시선이 아니었다. 안됐다는 시선에 가까웠다. 거의. "제가 뭘 보여 드릴 테고, 당신은 그걸 해명해야 할 거예요. 알겠어요?"

그녀는 지나를 데리고 바리케이드를 돌아 마당을 관통해 진흙투성이 배수로를 달린 뒤 급히 방향을 튼 검은 타이어 자국이 난 보도 위로 올라선 다음, 붉은 벽돌과 그 밖의 잔해로 뒤죽박죽된 곳에서 SUV 차량 뒤꽁무니가 삐죽 나와 있는 곳까지 갔다. 이 벽에는 멜빈의 공구들이 달린 페그보드^{공구 등을 걸 수 있는 구멍 뚫린 보드}가 걸려 있었으리라. 지나는 휘어진 톱이 부서진 석고판 가루와 뒤범벅된 것을 봤고, 순간 '남편이 화를 낼 텐데, 이 일을 어떻게 전해야 할지 모르겠네.'라는 생각만 들 뿐이었다. 멜은 자신의 작업장을 사랑했다. 그곳은 그의 성역이었다.

그때 살라사르가 말했다. "저 여자를 설명해 보세요."

그녀가 가리켰다.

지나의 시선이 SUV 후드를 지나 위로 향했고, 실제 사람 크기의 벌거벗은 인형이 차고 중앙 윈치 고리에 매달려 있는 게 보였다. 순간 그녀는 그 어처구니없을 만큼 부적절한 모습에 웃음을 터뜨릴 뻔했다. 목에 철사 올가미가 걸려 팔다리를 늘어뜨린 채 매달려 있는 그것은 인형다운 비율조차 갖추지 않은 결함이 있는 데다 이상하게 변색된……. 게다가 누가 무슨 이유로 인형 얼굴을 저토록 소름 끼치는 검보라색으로 칠하며, 피부를 벗겨 내고, 눈은 빨갛게 불거지도록 만들고, 부푼 입술 사이로 혀가 튀어나오게 했을까…….

그리고 바로 그때 그녀에게 한 가지 끔찍한 깨달음이 찾아왔다.

인형이 아니야.

그리고 그녀는 모든 의지에 반해 지르기 시작한 비명을 멈출 수 없었다.

1

그웬 프록터
4년 후
테네시주, 스틸하우스 레이크

"시작."

나는 화약 냄새와 묵은 땀내가 진동하는 와중에 심호흡을 하고 자세를 취한 뒤 초점을 맞추고 방아쇠를 당긴다. 반동에 맞서 몸의 균형을 유지한다. 어떤 이들은 총을 쏠 때마다 저도 모르게 눈을 깜빡인다. 나는 내가 그냥 그러지 않는다는 것을 알았다. 훈련의 결과가 아니라 단지 그렇게 태어난 것이지만 훨씬 더 자제력이 있다고 느끼게 한다. 난 이 약간의 우위에 감사한다.

무겁고 강력한 357 매그넘이 익숙한 반동을 전해 오면서 으르렁거리며 날뛰지만 난 그 소리나 충격에는 집중하지 않는다. 오직 사격장 끝에 있는 목표물뿐. 소음이 나를 산만하게 한다면, 다른 사격자들—남자, 여자, 다른 지역에서 온 몇몇 10대들까지—이 내는 소음이 이미 내 조준을 망쳤을 것이다. 귀마개도 뚫고 들리는 꾸준한 총성은 유독 난폭하게 끊임없이 불어닥치는 폭풍처럼 들린다.

난 사격을 끝내고 실린더를 열어 탄피들을 제거한 다음 총구가 과녁을 향하도록 총을 거치대 위에 놓는다. 그러고 나서 보호 안경을 벗어 내려놓는다. "끝났어요."

내 뒤에서 사격장 교관이 말한다. "물러서십시오." 나는 물러선다. 교관이 내 총을 집어 들어 검사하더니 고개를 끄덕인 다음 과녁을 가져오려고 스위치를 누른다. "당신의 안전성은 훌륭합니다." 그는 소음을 뛰어넘고, 우리 둘 다 착용하고 있는 귀마개라는 장애물을 뛰어넘도록 내내 목청을 높였다. 벌써 약간 쉰 목소리다. 그는 하루의 대부분을 소리를 지르며 보낸다.

"정확성도 그래야 할 텐데요." 내가 외친다.

그러나 난 이미 그렇다는 것을 알고 있다. 종이 과녁이 반도 채 오기 전에 보인다. 모두 빨간 원 안에 다닥다닥 붙은 펄럭이는 구멍들.

"중앙 관통." 교관이 말하며 엄지손가락을 든다. "완벽히 합격입니다. 잘하셨어요, 프록터 씨."

"덕분에 힘들지 않고 통과했어요." 내가 답례한다. 그가 뒤로 물러서 여유 공간을 내주어 나는 실린더를 닫고 총을 지퍼 가방에 넣는다. 안전하게.

"우리가 주 관리국에 점수를 제출하면 곧바로 총기 소지 허가증을 발급받게 되실 겁니다." 교관은 머리를 바짝 깎은 군인 출신 젊은이다. 그의 악센트는 부드럽고 모호해서 남부이긴 해도 테네시의 날카로운 울림이 없으니…… 조지아인 듯하다. 내가 데이트를 고려할 나이보다 적어도 열 살 정도는 아래인 착한 젊은이다. 내가 데이트라는 걸 했다면. 그는 한결같이 예의 바르다. 나는 언제나 프록터 씨다.

그가 나에게 악수를 청했고, 나는 함박웃음으로 답한다. "다음에 봐요, 하비." 나이와 성별에서 온 특권. 난 그를 이름으로 부른다. 그가 상냥하게 고쳐 줄 때까지 첫 한 달 동안 꼬박 에스파르자 씨라고 불렀다.

"다음에는……," 뭔가가 그의 주의를 사로잡았고, 느긋하고 평온하던 태도가 갑자기 경계 태세로 바뀐다. 그의 시선이 라인을 따라 내려갔고, 그가 고함을 친다. "사격 중지! 사격 중지!"

아드레날린이 온 신경을 휩쓸고 지나가는 걸 느끼며 미동도 없이 서서 사태를 가늠해 보지만 이것은 나 때문이 아니다. 차츰 모든 격발 소음이 잦아들고, 사람들이 총기를 내리고 팔꿈치를 접는 동안 그가 네 사로射路를 지난다. 거기에 반자동 피스톨을 들고 있는 건장한 남자가 있다. 하비는 화기를 거두고 물러서라고 명령한다.

"내가 뭘. 어쨌다고?" 남자가 싸우려는 듯이 묻는다. 나는 여전히 신경을 곤두세우고 가방을 집어 문으로 향했다. 천천히. 나는 그 남자가 하비의 지시대로 하지 않았다는 것을 안다. 남자는 지시를 따르는 대신 방어적인 태도를 택했다. 좋은 생각이 아니다. 하비의 얼굴이 굳어지고 그의 보디랭귀지도 그에 따라 바뀐다.

"총기를 비우고 그걸 선반 위에 올려놓으십시오. 당장."

"이럴 필요 없어. 난 내가 뭘 하고 있는지 알아! 수년간 총을 쏴 왔으니까!"

"선생님이 장전된 무기를 다른 사격자 쪽으로 향하는 걸 봤습니다. 규칙을 아실 테죠. 총구는 항상 과녁을 향해야 합니다. 이제 총기를 비우고 그걸 내려놓으십시오. 지시를 따르지 않으면 사격장에서 끌어낼 것이고 경찰이 호출됩니다. 아시겠습니까?"

미소를 띤 평온한 하비에르 에스파르자가 이제 아주 딴사람이 되어 명령하는 소리가 마치 수류탄이라도 폭발하듯 실내에 쩌렁쩌렁하다. 문제의 사격자가 자신의 총을 더듬거려 장전된 카트리지 세트를 빼내어 던졌고, 총기는 카운터 위에 내려놨다. 나는 총구가 여전히 과녁 쪽을 향하지 않은 걸 눈치챘다.

하비의 목소리는 이제 보다 알아듣기 쉬워졌고, 낮아졌다. "선생님, 총기를 비우라고 했습니다."

"비웠잖아!"

"물러서십시오."

남자가 노려보는 가운데 하비는 총을 집어 슬라이드에 남은 총알을 빼고 카운터 위 클립 옆에 그 총알을 내려놓는다. "이렇게 사람들이 죽는 겁니다. 선생님이 총기를 비우는 방법을 제대로 배울 수 없다면 다른 사격장을 찾아야 할 겁니다." 그가 말한다. "사격장 교관의 명령에 따르는 방법을 모르겠다면 다른 사격장을 찾아보십시오. 선생님이 안전 수칙을 무시할 때 선생님 자신과 여기 있는 모두가 위험해집니다. 아시겠습니까?"

남자는 비정상적으로 얼굴을 붉히며 두 주먹을 움켜쥐었다.

하비는 총을 그가 처음에 집어 들었을 때와 정확히 같은 방식으로 놓여 있던 곳에 내려놓은 다음 그것을 과녁 쪽으로 돌리고 총을 뒤집었다. "이젝션 포트^{발사 후 탄피를 배출시키는 구멍}는 위를 향합니다, 선생님." 그는 물러서서 남자에게 시선을 고정했다. 하비는 청바지와 파란 폴로셔츠를 입고 있고, 사격자는 위장용 셔츠와 낡은 불용^{不用} 군수품 유니폼 바지를 입고 있지만 둘 중 누가 군인인지는 대낮처럼 분명했다. "오늘은 그만하시는 게 좋겠군요, 게츠 씨. 화풀이 사격은 안 됩니다."

난 이렇게 명확하게 노골적이고 분별없는 폭력과 심각한 심장마

비라는 양극단에 서 있는 남자를 본 적이 없다. 그의 한 손이 씰룩거리고 있어 나는 그가 얼마나 빨리 총을 집어 장전한 다음 총을 쏘기시작할지 가늠 중이라는 것을 알 수 있었다. 공기에 비정상적인 육중한 무게감이 느껴지고, 나는 나도 모르게 내 총의 발사 준비를 위한과정을 속으로 계산하며—그 남자와 똑같이— 들고 있는 가방의 지퍼를 서서히 내리고 있다. 난 빠르다. 남자보다 빠르다.

하비에르에게는 무기가 없다.

긴장감은 사로에 얼어붙은 채 서 있던 사람 중 한 명이 나와 열 발은 남자 사이로 걸음을 내디뎠을 때 흩어진다. 그는 하비와 얼굴이붉어진 남자보다 체구가 작고, 전에 짧게 민 듯한 옅은 갈색빛 도는금발은 이제 귀에 닿아 있었다. 근육질이 아니라 유연한 체형. 근처에서 그를 본 적이 있지만 이름은 모른다.

"이봐요, 형씨. 그냥 진정해요." 테네시 억양처럼 들리지 않는 그의 말투는 중서부 어느 지역의 억양이다. 소탈한 말투. 매력적일 만큼 합리적인, 침착하고 차분한 목소리다. "사격장 관리인은 자기 일을 하는 것뿐입니다. 그리고 그가 맞아요. 당신이 화난 채로 총을 쏘기 시작하면 무슨 일이 일어날지는 당신도 모르는 법입니다."

마치 누군가가 게즈 안에 있는 마개를 걷어차 뽑기라도 한 것처럼그의 분노가 빠져나가는 모습을 지켜보는 것은 놀라울 따름이다. 두어 번 심호흡을 한 그는 얼굴빛이 정상으로 돌아오더니 뻣뻣이 고개를 끄덕인다. "제기랄." 그가 말한다. "내가 좀 까칠했던 것 같소. 다신 그런 일 없을 거요."

다른 남자가 고개를 끄덕여 답하고 모두의 호기심 어린 시선을 피해 자신의 사로로 돌아간다. 그는 똑바로 과녁을 향하고 있는 자신의 피스톨을 점검하기 시작한다.

"게츠 씨, 밖에서 이야기합시다." 하비에르의 말은 예의 있고 적절하지만 칼의 얼굴은 다시 꿈틀거리고, 나는 그의 관자놀이에 튀어나온 정맥을 본다. 그는 이의를 제기하려 하지만 자신에게 쏟아지는 시선의 무게를 느낀다. 사격자들 모두가 조용히 지켜보며 기다리고 있다. 부스 안으로 물러난 그는 성이 나서 자신의 장비를 가방 안에 쑤셔 넣는다. "권력에 환장한 멕시코 놈." 그가 웅얼거리고 문을 향해 성큼성큼 걸어간다. 나는 숨을 들이마시지만 문이 그의 뒤에서 쾅 닫힐 때 하비가 친절하게 내 어깨에 손을 얹는다.

"우스운 건 저 거지 같은 놈이 백인이었던 예전 사격장 교관 말은 정말 잘 들었다는 거예요." 내가 말한다. 여기 있는 우리 모두는 하비에르를 제외하고 백인이다. 테네시에는 유색인이 적지 않지만 위장 크림을 바르고 사선射線에 선 사람들한테서 그걸 구별할 수는 없을 것이다.

"칼은 멍청이고 어쨌든 난 그자가 여기에 있는 걸 원치 않았습니다." 하비가 말한다.

"그건 중요치 않아요. 당신한테 그런 식으로 이야기하도록 놔두면 안 돼요." 주먹으로 칼의 이를 날려 버리고 싶은 심정이었기 때문에 나는 그렇게 말한다. 그게 잘되지 않았으리라는 걸 안다. 그래도 역시 그러고 싶다.

"어쨌든 그자는 원하는 대로 말할 수 있어요. 자유 국가에 사는 덕이죠." 하비는 여전히 쾌활하게 말한다. "하지만 결과에 대한 책임은 따릅니다. 사격장 출입 금지 통지서가 그에게 갈 거예요. 그의 말 때문이 아닙니다. 다른 사격자들 곁에서 책임감 있게 행동할지 신뢰할 수 없어서죠. 교관은 말로만 위험하고 공격적으로 행동하는 사람들을 돌려보낼 권한이 있는 게 아니라 그렇게 해야 합니다." 그가 살짝 미소 지었다. 단호하고 냉정한 엷은 미소. "그리고 나중에라도 그자가 주차장에서 저와 할 말이 있다고 하면, 좋습니다. 하면 되죠."

"술친구들을 데려올 수도 있어요."

"재밌어지겠네요."

"그런데 아까 나섰던 사람, 누구예요?" 나는 그 남자 쪽으로 머릿짓한다. 그는 이미 다시 소음 차단 귀마개를 했다. 늘 보는 사격장 죽돌이가 아니었기 때문에 궁금했다. 혹은 적어도 내가 다니곤 하는 시간대에는 못 봤기 때문에.

"샘 케이드." 하비가 어깨를 으쓱한다. "괜찮은 사람이에요. 새로 왔죠. 그가 나서서 좀 놀랐습니다. 대부분은 그러지 않는데."

나는 손을 내민다. 그가 악수를 한다. "고마워요, 교관님. 사격장 관리가 철저하시군요."

"다 여기 오는 사람들을 위해서죠. 조심히 나가세요." 그는 그렇게 말하고 대기 중인 사격자들 쪽으로 몸을 돌린다. 그는 다시 훈련 교관 목소리로 고함친다. "사로 이상 무! 사격 시작!"

다시 총알 천둥이 우르르 몰아치기 시작해 나는 빠져나온다. 하비와 어떤 남자의 언쟁 때문에 좋았던 기분이 약간 깎이기는 했지만 귀마개를 바깥 보관대 위에 두면서 난 여전히 무척이나 들뜬 상태다. 충분한 자격을 갖췄어. 내 이름을 감히 공식 기록에 올려야 할지 말지 확신할 수 없어 매우 오랫동안 조심스럽게 고민해 왔다. 늘 총기를 지니고 있지만 허가 없이 그것을 가지고 다니는 건 모험이었다. 마침내 그 도약을 시도해 봐도 되겠다 싶을 만큼 이곳에 잘 정착했다는 느낌이 들었다.

차의 문을 열 때 전화가 웅 울리고, 나는 차 안에 장비를 넣으며 더 듬거리다시피 휴대전화의 전원을 켠다.

"프록터 부인Mrs. Proctor?"

"프록터 씨Ms. Proctor입니다." 나는 반사적으로 정정하고 나서 발신인을 확인한다. 신음이 나오는 걸 참는다. 학교 행정실. 이미 우울하게도 친숙해진 번호다.

"이런 말씀 드리게 돼 죄송하지만 댁의 따님 애틀랜타에게……,"

"곤란한 일이 생겼군요." 나는 여자의 말을 마무리 짓는다. "그러니까 오늘이 화요일이겠네요." 나는 바닥 판을 들어 올린다. 그 아래 총 가방이 들어갈 만큼 큰 잠금 상자에 가방을 넣고 상자 문을 쾅 닫고 나서 그것을 감추기 위해 카펫을 끌어와 덮는다.

전화기 저편의 여자가 못마땅한 듯 낮게 헛기침을 한다. 그녀가 목소리를 높인다. "웃을 일이 아니에요, 프록터 부인. 어머님이 오셔서 교장 선생님과 심각하게 상의하셔야 합니다. 석 달 동안 벌써 네 번째 일어난 일이고, 래니 나이 또래 소녀에게는 단순히 용납될 수 없는 행동이에요!"

래니는 열네 살이고, 충분히 돌출 행동을 할 수 있다고 예상되는 나이지만 그 말은 하지 않는다. 나는 그저 지프의 앞쪽으로 가서 올라타면서 "무슨 일인데요?"라고 묻는다. 숨 막히는 열기가 빠져나가도록 문을 한동안 열어 두어야 한다. 좁은 사격장 주차장에서 그늘진 자리를 얻는 데 실패했다.

"교장 선생님은 직접 만나 이야기하는 편이 훨씬 낫다고 여기세요. 따님을 교무실에서 데려가셔야 하고요. 일주일 정학입니다."

"일주일요? 뭘 어쨌기에요?"

"말씀드렸다시피 교장 선생님은 직접 얼굴을 보며 이야기하는 편을 선호하십니다. 삼십 분 뒤에?"

30분은 샤워로 사격장 냄새를 지우기에 충분치 않지만 달리 어쩔 수 없다. 이런 특수한 상황에 화약 냄새를 향수 대신으로 한다고 해서 큰일이 나지는 않을 것이다. "좋아요." 내가 말한다. "곧 가죠."

나는 차분히 그렇게 말한다. 대부분의 엄마라면 화내고 속상해했겠지만, 내 인생 위대한 재난의 역사 속에서 이런 일쯤은 거의 눈 하나 꿈쩍할 정도도 못 된다.

통화를 끝내자마자 문자 수신 알림이 울리고, 난 그것이 내가 덜 자비로운 공식 버전을 듣기 전에 빨리 자기 이야기를 전하려는 래니일 거라 여긴다.

그러나 래니의 문자가 아니다. 지프의 시동을 걸면서 나는 액정에서 빛나는 아들 이름을 본다. 코너. 나는 액정을 닦고 간결하게 요점만 말하는 문자를 읽는다. 누나 싸움. 1. 마지막 부분을 해석하느라 잠시 시간이 걸리지만 당연히 1^{one}이라는 숫자는 이겼다^{won}를 의미한다. 나는 아이가 자랑스러워하는 것인지 걱정하는 것인지 결론을 내릴 수 없다. 자기 누나가 꿋꿋이 버텨서 자랑스럽다는 건지 또 학교에서 쫓겨날까 봐 두려워 제정신이 아닌 건지. 그것은 타당한 두려움이다. 올 한 해는 짐 상자들을 풀었다가 다시 싸는 사이의 짧고 깨지기 쉬운 평화를 누렸고, 나 역시 그 평화가 그렇게 빨리 끝나길 원치 않는다. 아이들은 약간의 평화와 정서적 안정감, 안전을 누릴 자격이 있다. 코너에게는 이미 불안 증세가 있다. 래니는 정기적으로 문제 행동을 한다. 우리 중 누구도 더 이상 온전하지 않다. 그에 대해 나 자신을 탓하지 않으려 하지만 쉽지 않다.

아이들 잘못이 아니라는 건 너무나 확실하다.

난 재빨리 답 문자를 보내고 지프를 반대로 돌려놓는다. 나는 지난 몇 년간 필요에 따라 차를 자주 교체했지만 이 차는…… 난 이 차를 사랑한다. 크레이그리스트주택에서 모든 물건과 잡동사니, 구인, 구직, 즉석 만남까지 거래되는 미국 최대의 온라인 생활 정보 사이트에서 현찰로 즉석 익명 구매한 이 차는 호수 주변 가파른 숲 지대 그리고 안개 낀 블루산맥을 향해 뻗어 있는 언덕 지대에 적합하다.

지프는 투사다. 힘든 시기를 지켜봤다. 변속기를 손볼 필요가 있고 핸들도 약간 맛이 갔다. 그러나 그 모든 흉터에도 불구하고 살아남았고, 여전히 계속 굴러간다.

상징적 의미는 내게 효과가 있다.

시원한 소나무 그늘을 지나 다시 한낮의 작열하는 태양 아래 가파른 언덕을 운전해 내려갈 때 차는 조금 덜컹댄다. 사격장은 전망 좋은 높은 곳에 자리 잡고 있고, 내려가는 길로 들어서자 호수가 시야에 미끄러지듯 들어온다. 잔물결 위에 부서지고 흩어진 빛이 깊은 청록색 물로 옮겨 간다. 스틸하우스 레이크는 숨은 보석이다. 예전에는 외부인을 통제하는 값비싼 단지였지만 재정 부족 사태로 기금에 구멍이 나서 이제 단지의 문은 항상 열려 있고, 입구 경비실에는 거미와 이따금 들르는 너구리 말고는 아무도 없다. 그래도 부의 환영幻影은 머물러 있다. 드문드문 흩어져 있는 높고 화려한 집들. 그러나 이제 또 다른 주택의 대세는 보다 작은 통나무집이다. 호수에 뱃놀이를 하는 사람들이 있지만 화창한 오늘 날씨에도 불구하고 붐비는 것과는 거리가 멀다. 속도를 내 좁은 길가의 빽빽한 소나무들을 지나칠 때 그 소나무 숲이 하늘을 할퀸다. 마침내 이게 옳다는 느낌이 다시 찾아든다.

지난 몇 년간 조금이라도 안전하다는 느낌을 받은 장소는 많지 않았고, 확실히 집처럼…… 집처럼 느껴진 곳은 전혀 없었다. 그러나 이곳-호수, 산, 소나무, 자연 속 외진 곳-은 결코 더는 정말 긴장을 풀지 못하는 나의 일부를 편안하게 해 준다. 처음 이곳을 봤을 때 생각했다. 바로 여기야. 나는 지난 삶들을 신뢰하지 않지만 그 삶을 인정하고 싶다고 느꼈다. 수용. 운명.

제길, 래니. 네가 어울리는 법을 못 배운 탓에 여길 이렇게 금방 떠나야 하는 일이 없었으면 해. 우리한테 이러지 마.

그웬 프록터는 위치토를 떠난 이래 네 번째로 얻은 신분이다. 지나 로열은 과거 속에 죽어 묻혀 있다. 나는 더는 그 여자가 아니다. 사실 난 이제 그녀를 거의 알아보기조차 힘들다. 일어나는 모든 작은 파도에 굴복하고, 아닌 척하고, 매끄럽게 넘어가려고만 했던 그 약한 존재. 의식하지는 못했더라도 방조했던 사람.

지나는 죽은 지 오래고 나는 그녀를 애도하지 않는다. 길에서 마주친다고 해도 과거의 나를 알아보지 못할 만큼 멀게 느껴진다. 나는 그 불 속에 앉아 있으면서도 감쪽같이 몰랐던 지옥에서 탈출해 기쁘다. 아이들을 빼내 온 것도 기쁘다.

그리고 아이들 역시 자신들을 재창조했다. 설령 어쩔 수 없이 그랬다 해도. 보다 창의적으로 공을 들인 이름 몇몇 개를 유감스럽게도 퇴짜 놔야 했지만 나는 이사할 때마다 아이들에게 직접 이름을 고르게 했다. 이번 그들의 이름은 코너와 애틀랜타-줄여서 래니. 우리는 실수하거나 더는 본명을 사용하는 일이 거의 없다. 래니는 그 이름들을 우리의 죄수명이라고 부른다. 그녀의 말이 틀린 건 아니지만 난 내 아이들이 자신들의 어린 시절을 지금 이런 식으로 생각해야 한다는 게 너무나 싫다. 아이들이 자기 아버지를 혐오해야 한다는 것이. 물론 그는 그런 취급을 받아도 싸지만 아이들은 아니다.

과거의 끔찍한 일에서 멀어지기 위해 이 도시에서 저 도시로, 이 학교에서 저 학교로 아이들을 끌고 다니며 내가 아이들에게 줄 수 있는 유일한 권한이 자신의 이름을 고르게 하는 것이었다. 그것만으로는 충분치 않다. 충분 근처에도 못 간다. 아이들에게는 안전과 안정이 필요하지만 나로서는 그중 어느 하나도 줄 수 없었다. 내가 그들에게 그것을 줄 수 있을지조차 모른다.

하지만 난 최소한 아이들을 늑대들로부터 안전하게 지켜 냈다. 포식자에게 잡아먹히지 않도록 새끼를 지키는 부모의 가장 기본적이고 중요한 일.

포식자가 설사 보이지 않는다고 해도.

우리 집으로 가는 지름길을 지나 호수 주위로 난 길을 미끄러지듯 주행한다.

그런 것들을 생각할 때 내가 보통 떠올리는 '그' 집이 아니라 마침내 '우리' 집. 애착이 생겼다. 장기적으로 봤을 때 좋을 게 없지만 어쩔 수 없다. 도망치는 일, 임시 셋집 그리고 가짜 새 이름들, 허점이 있는 새 거짓말에 지쳤다. 나는 기회를 얻었다. 1년 전 이곳에 대한 알림을 받고, 믿기 힘들 정도로 참여율이 저조했던 파산 경매에서 현금으로 집을 손에 넣었다. 어떤 가족이 자금을 최대한 끌어다가 꿈꾸던 전원 휴가지로 집을 지었고, 그 후 무단 점유자들이 차지하면서 그곳은 만신창이가 됐다. 아이들과 나는 힘을 합쳐 그곳을 깨끗이 청소하고 수리하여 우리 것으로 만들었다. 우리가 원하는 색으로 벽을 칠했다―튀는 색으로. 적어도 코너의 방은. 그건, 나는 생각했다. 우리가 이 집을 진짜 우리 집으로 만들고 있다는 증표야. 더는 베이지색 벽과 셋집에 딸린 밋밋한 카펫이 아니라. 우린 여기 있어. 우리는 머물고 있어.

우리 집에서 단연 최고는 안전실이 설치돼 있다는 것이다. 코너가 너무 열성적이어서 나는 그곳을 우리의 '좀비 아포칼립스 대피소'라고 부르고, 우리는 그곳을 좀비와 싸우는 장비로 단장하고 좀비 주차 금지, 무단 침입자는 토막 날 것이다라는 표지판을 걸었다.

난 움찔하며 그것에 대해 너무 깊게 생각지 않으려고 한다. 나는 코너가 죽음과 토막 살인에 대해 아는 건 모두 TV 드라마나 영화를 통해서이기를 바란다―그게 헛된 희망이라는 것은 나도 안다. 코너는 옛날, 브래디였을 때의…… 기억이 많지 않다고 한다. 적어도 내가 물을 때 아이가 하는 말은 그렇다. 그날 이후 위치토에서는 학교에 다시 가지 않았기 때문에 학교의 못된 애들이 아이에게 그 이야기를 소리쳐 읊어 댈 기회가 없었다. 그와 래니는 멀리 떨어진 평화로운 곳 메인주에 사는 내 어머니 양육권 아래 들어갔다. 엄마는 컴퓨터를 장에 넣어 잠가 버린 뒤 아주 가끔만 사용했다. 그 1년 반 동안 아이들이 알아낸 건 많지 않았다. 잡지와 신문은 가까이 두지 않았고, 집에 있는 유일한 TV는 엄마의 엄격한 통제하에 있었다.

그래도 자신들의 아버지가 한 짓에 대한 약간의 세부 정보를 적어도 조금은 찾아냈으리란 걸 안다. 내가 아이들 입장이었다면 그랬을 것이다.

요즘 코너가 좀비 아포칼립스에 집착하는 것도 사태를 파악하고자 하는 그 아이만의 수수께끼 같은 방법일지 모른다.

정말 걱정되는 건 래니다. 그녀는 많은 것을…… 기억하기에 충분한 나이였다. 그 사건. 체포. 재판. 할머니가 친구들과 적들, 낯선 이들과의 통화 중에 소리 죽여 서둘러 했을 대화들.

래니는 할머니네 우체통에 쏟아지던 협박 편지를 기억할 것이다.

그러나 가장 걱정되는 건 그 애가 아빠를 어떻게 기억하는지이다. 그 일이 좋든 싫든, 그 일을 믿든 안 믿든 그는 좋은 아빠였었고, 아이들은 온 마음으로 그를 사랑했기에.

실제로 그는 그런 남자였던 적이 없다. 좋은 아버지 노릇은 그 밑에 있는 괴물을 숨기기 위해 그저 그가 썼던 가면이었다. 하지만 그렇다고 해서 아이들이 멜빈 로열에게 사랑받는 게 어땠는지 잊었다는 뜻은 아니다. 의도야 어쨌든 나는 그가 얼마나 따뜻해 보였는지, 얼마나 안전해 보였는지 기억한다. 그가 주의를 기울일 때면 그는 완벽히 그 역할을 해냈다. 그는 아이들 그리고 나를 사랑했고, 그 사랑은 진짜 같았다.

그러나 그 모습이 진짜였을 리 없다. 그가 어떤 인간이었는지 고려하지 않아도. 그 차이를 몰라서는 안 되었는데, 모든 게 내가 잘못 생각해서였음을 깨닫고 속이 뒤집힌다.

앞의 급커브에서 큰 차가 튀어나와 나는 지프의 속도를 줄인다. 조핸슨 부부. 그들은 차에 자부심을 느끼는 사람들로, SUV의 번쩍이는 검은 도색 마감은 완벽하고, 아주 미세한 먼지 막조차 없다. 비포장 도로인데도. 내가 손을 흔들자 나이 든 커플이 손을 흔들어 답한다.

나는 이사한 첫 주에 반드시 가까이 사는 이웃들을 만나 보곤 했는데, 위협적인 존재들인지, 급할 때 도움을 청할 수 있는 사람들인지 일찌감치 파악하는 것이 좋은 사전 대책으로 여겨졌기 때문이다.

조핸슨 부부는 어느 쪽도 아니다. 그들은 그냥…… 거기 있을 뿐이다. '아무튼 대부분의 사람들은 공간을 차지하고 있을 뿐이야.' 멜빈 로열의 목소리를 떠올리는 게 너무도 싫기 때문에 그 속삭임이 머릿속을 들락날락하면 나는 겁을 먹는다. 그가 집에서 했던 말들, 내게 했던 말들은 전혀 중요하지 않지만 그가 재판에서 그 말을 하는 영상을 봤다. 그는 완벽히 평상시 말투로 자신이 갈가리 찢어 놓은 여자들에 대해 말했다.

멜은 바이러스처럼 나를 감염시켰고, 내 깊숙한 곳에서 결코 다시 완전히 낫지 않을 거라는 건강치 못한 확신이 든다.

줄지어 선 나무들의 물결을 미끄러지듯 통과해 고속도로로 빠지는 데 꼬박 15분이 소요된다. 나무들은 가늘고 더 작아지면서 뜨문뜨문해졌다. 이내 지프는 노턴을 알리는, 햇볕에 말라비틀어진 시골풍 이정표를 지난다. 이정표 오른쪽 모서리 끝은 산탄총 탄알 세례로 날아가 버렸다. 그래. 주정뱅이들이 간판을 쏘지 않는다면 그건 시골이 아니지.

가족 대대로 이어 온 집이 용도 변경되어 골동품점들로 바뀐 전형적인 남부 소도시 노턴은 모두가 실낱같은 연약한 경제에 간당간당 유지되고 있다. 체인점들이 서서히 그 자리를 물려받고 있다. 올드 네이비. 스타벅스. 맥도널드의 노란 아치 모양 상징.

학교는 작은 삼각형 형태로 지어진 건물 세 채가 합쳐진 하나의 복합 단지로, 가운데에 예체능 활동 공간을 공유하고 있다. 조그만 초소 같은 건물에서 근무 중인 경비 한 명—이 주변에서는 통상적인 무장 경비—에게 확인 절차를 밟고 다음 장소로 가기 전에 빛바랜 방문객 허가증을 받는다.

점심 종이 벌써 울렸고, 운동장에는 먹고 웃고 장난치고 괴롭히고 놀리는 청소년들 천지다. 정상적인 삶. 래니는 그중에 없을 것이고, 내가 내 아들을 잘 알고 있다면 코너도 거기에 없을 것이다. 인터폰으로 내 이름과 용무를 말하자 비서가 버저를 눌러 나를 안으로 들인다. 퀴퀴한 운동화 냄새, 바닥 세척제 냄새 그리고 카페테리아 음식 냄새 등 익숙한 냄새가 훅 끼쳐 온다.

학교 냄새란 어딜 가도 똑같아 우습다. 나는 즉각 열세 살로 돌아갔고, 뭔가 잘못한 느낌이 든다.

중학교 행정실로 걸어 들어가면서 딱딱한 플라스틱 의자에 구부정하게 앉아 신발을 물끄러미 보고 있는 코너를 발견한다.

그럴 줄 알았어.

문이 열리자 아이는 고개를 든다. 햇볕에 갈색으로 그은 얼굴에 퍼지는 안도감이 보인다. "누나 잘못이 아니었어." 내가 안녕이라고 말하기도 전에 아이가 말을 꺼낸다. "엄마, 누나 잘못이 아니었어." 아이는 이제 열의 넘치는 열한 살이고, 아이의 누나는 열네 살—상황이 정말 좋다고 해도 쉽지 않은 나이다—이다. 아이가 창백해 보이고, 몸을 떨고 있고, 걱정하는 듯해 마음에 걸린다. 다시 손톱을 물어뜯고 있었다는 것을 알 수 있다. 검지에서 피가 흐르고 있다. 눈빛은 맑지만 울었는지 목소리가 쉰 것 같다. 상담이 더 필요해. 나는 그렇게 생각하지만 그것은 더 면밀한 기록이 남는다는 뜻이고, 기록이란 아직 우리가 감당하기 힘든 복잡한 문제를 의미한다. 그러나 아이에게 정말로 필요하다면, 아이가 3년 전 상태로 퇴보하는 징후가 보인다면…… 난 그걸 감수할 것이다. 그로 인해 우리가 발견되어 이름과 주소를 바꿔야 하는, 그 모든 사이클이 다시 시작된다고 할지라도.

"괜찮을 거야." 나는 그렇게 말하고 아이를 끌어안는다. 웬일로 아이가 가만히 있지만, 이곳에는 보는 눈들이 없다. 그럼에도 품 안의 아이가 긴장하고 굳은 채여서 내 의도보다 빨리 아이를 놔준다. "점심 먹으러 가. 엄마가 이제 누나를 맡을 테니까."

"갈 거예요." 아이가 말한다. "하지만 누나를……," 아이는 말을 맺지 못했지만 나는 안다. '누나를 혼자 둘 수 없었어요.' 우리 애들에 대해 내가 아는 한 가지는 둘이 똘똘 뭉친다는 것이다. 언제나, 심지어 다투고 싸울 때조차도. '그 사건'이 일어난 날 이후로 그들은 서로를 저버린 적이 없었다. 따옴표로 생각한 이유가 내가 그것을 어떻게 생각하는지 알려 준다. 공포 영화 같은 그 사건은 우리가 잊은 우리의 삶에서 뭔가를 제거했다. 허구와 거리감.

가끔은 그것이 도움이 된다.

"어서 가." 내가 부드럽게 말한다. "이따 저녁에 보자."

코너는 간다. 비록 어깨 너머로 계속 흘끗거리지만. 편향된 의견일지도 모르지만 나는 코너가 잘생겼다고 생각한다. 반짝이는 호박색 눈, 다듬어야 하는 갈색 머리칼. 갸름하고 영리해 보이는 얼굴. 그 아이가 여기 노턴 중학교에서 친구 몇 명을 사귀어서 안심이다. 아이들은 비디오게임과 영화, TV 드라마, 책에서 전형적인 열한 살짜리들의 관심사를 공유한다. 그들은 조금 괴짜라 해도 봐 줄 만한 괴짜이고, 그것은 그들의 열정과 상상력이 과도하기 때문이다.

래니는 보다 큰 문제다.

훨씬 더 큰.

나는 심호흡을 하고 앤 윌슨 교장의 방문을 노크한다. 들어서면서 벽을 등진 의자에 앉아 있는 래니를 발견한다. 팔짱을 끼고 고개를 수그린, 익히 아는 자세다. 무언의 수동적 반항.

딸은 체인과 끈이 달린 검은 배기팬츠에, 내 옷장에서 훔친 게 틀림없는 해지고 색 바랜 라몬스^{1974~1996년까지 활동한 미국 펑크 밴드} 티셔츠를 입고 있다. 풀어서 늘어뜨린, 새로 검게 염색한 머리가 얼굴 주위를 비죽비죽하게 감쌌다. 징이 박힌 팔찌와 개목걸이 같은, 반짝이는 목줄이 멋져 보인다. 그것들은 바지처럼 새것이다.

"프록터 씨." 교장 선생이 그렇게 말하며 책상 앞에 놓인 푹신한 손님용 의자를 가리킨다. 래니는 한쪽에 떨어져 있는 딱딱한 플라스틱 의자 중 하나―추측건대 수백은 아니더라도 수십 개의 호전적인, 조그만 엉덩이들에 의해 닳아 반들거리는 반성 의자―에 앉았다. "제 생각에 이미 문제의 일부는 보신 것 같군요. 애틀랜타가 학교에 이런 종류의 옷을 더는 입고 오지 않는다고 저희가 합의를 본 것으로 알고 있습니다. 우리 학교에는 우리가 강요할 수밖에 없는 복장 규칙이 있죠. 어머님만큼 저도 그게 좋지는 않습니다."

윌슨 교장은 중년의 흑인 여성으로 인공의 힘을 빌리지 않은 머리칼과 편안한 지방층을 지니고 있다. 나쁜 사람은 아니고, 이 일을 무슨 도덕성 회복 운동으로 만들고 있지도 않다. 그녀에게는 따라야 할 규칙들이 있고, 반면에 래니는? 글쎄. 내 딸은 규칙과는 사이가 별로 좋지 않다. 또 한계선들과도.

"고스 키즈^{Goth kids}는 난폭한 명칭이 아니에요." 래니가 중얼거린다. "그건 헛소리 선전 문구라고요."

"애틀랜타!" 윌슨 교장이 날카롭게 말한다. "말조심! 그리고 지금 선생님이 어머니께 말씀드리는 중이다."

래니는 고개를 숙이고 있지만, 그 애가 검은 머리칼 커튼 밑에서 엄청난 눈 굴리기를 하고 있다는 것이 충분히 상상이 간다.

"한데 전 죄송하지가 않네요." 래니가 말한다. "뭘 입으라고 강요하는 건 졸라 말도 안 된다고요! 여기가 무슨 가톨릭 학교예요?"

윌슨 교장의 표정은 바뀌지 않는다. "게다가 확실히, 태도에 문제가 있죠."

"투명인간 취급하시면서 내 얘길 하시네요! 나는 사람도 아닌 것처럼!" 래니가 고개를 들고 말한다. "제가 태도가 뭔지 보여 드리죠."

나는 나도 모르게 딸의 얼굴을 본 충격에 움찔한다. 창백해 보이는 화장, 두꺼운 검정 아이라이너, 시체처럼 파란 립스틱. 해골 귀걸이.

한동안 숨을 쉴 수 없다. 아이의 얼굴이 내 딸의 얼굴에서 다른 뭔가, 다른 누군가, 두꺼운 케이블 올가미에 대롱대롱 매달린 누군가로 변했기 때문에. 머리에 달라붙어 축 늘어진 머리카락, 툭 튀어나온 눈, 그 여자의 피부도 딱 저런 톤이었다…….

다시 상자에 집어넣어. 잠가 버려. 거기 가면 안 돼. 난 래니가 일부러 이랬다는 걸 너무나 잘 알고, 우리의 눈은 도전적으로 대치한다. 딸에게는 내 내면의 버튼을 찾아 누르는 오싹한 재주가 있다. 그녀는 그것을 아버지에게서 물려받았다. 딸애의 눈매와 갸우뚱하는 고개에 그의 모습이 보인다.

그리고 그게 날 두렵게 한다.

"그리고," 교장이 말을 잇는다. "싸움을 했어요."

난 딸에게서 눈길을 돌리지 않는다. "다친 데는 없니?"

래니가 내게 생채기 난 오른쪽 주먹을 보여 준다. 이크. 아이의 파란 입술에 히죽이는 기미가 보인다. "상대방 애를 보셔야 해요."

"상대방 애는," 교장이 말한다. "눈이 시퍼렇게 멍들었죠. 그 애에게는 변호사 전화번호를 단축 번호로 저장해 두는 타입의 부모님이 계신답니다."

우리는 둘 다 교장의 말을 무시한다. 그리고 나는 계속하라고 래니에게 고개를 끄덕인다. "걔가 먼저 날 때렸어요, 엄마." 래니가 말한다. "세게. 날 먼저 밀친 후에요. 멍청한 자기 남자 친구를 쳐다봤다나. 난 쳐다보지 않았어요. 역겨운 애란 말이에요. 게다가 어쨌든, 걔가 날 보고 있었어요. 내 잘못이 아니에요."

"상대편 학생은 어디 있죠?" 나는 윌슨 교장을 쳐다본다. "걔는 왜 이 자리에 없나요?"

"그 애 부모님이 삼십 분 전에 와서 집으로 데려갔습니다. 달리아 브라운은 우수한 학생이고 시비 건 적이 없다더군요. 그 애 말을 뒷받침해 줄 증인들도 있고요."

중학교에는 늘 증인들이 있고, 그들은 늘 자기 친구가 자기가 하길 바라는 말들을 하기 마련이다. 윌슨 교장도 물론 그 사실을 알고 있다. 그녀는 또한 래니가 새로 온 학생이며 적응하지 못하는 것도 안다. 그것이 딸애가 조절 기제control mechanism로서 어느 정도 고스족 행세를 하는 이유다. 자신이 밀려나기 전에 남들을 밀어내기. 그리고 다소 이상한 방식으로 딸은 자신의 유년기 비밀 호러 쇼를 다루고 있다.

"내가 시작하지 않았어요." 래니가 그렇게 말하고, 나는 딸을 믿는다. 내가 아마 그 말을 믿는 유일한 사람이리라. "이 빌어먹을 학교가 싫어요."

그 말 역시 믿는다.

난 책상 뒤에 앉아 있는 여자에게 다시 주의를 돌린다. "그래서 상대 학생은 놔두고 래니에게만 정학을 내리신다는 거예요?"

"저로서는 정말 선택의 여지가 없습니다. 복장 규칙 위반에, 싸움에, 이 모든 일에 대한 아이의 태도까지……." 윌슨은 분명히 돌아올 반박을 예상하며 기다리지만 난 그저 고개를 끄덕인다.

"좋아요. 학업은 계속하는 건가요?"

교장의 얼굴에 스치는 안도감을 놓치긴 어렵다. 화약 냄새를 풍기는 이 엄마가 소란을 피우지는 않겠구나 하는. "네. 제가 그럴 거라고 보장하죠. 다음 주에는 수업에 복귀할 수 있습니다."

"가자, 래니." 일어서며 내가 말한다. "집에 가서 얘기 좀 하자."

"엄마, 난……,"

"집에 가서."

래니가 한숨을 내쉬고 배낭을 쥐더니 염색한 검은 머리카락에 당연히 유쾌할 리 없는 표정을 숨긴 채 처진 어깨로 교장실을 나간다.

"잠시만요. 애틀랜타를 수업에 복귀시키기 전에 단단히 확인해 둘게 있습니다." 윌슨이 말한다. "우리 학교 정책은 비관용적인데, 어머님이 좋은 분이라는 걸 알고, 따님이 여기에서 잘 적응하기를 바라신다는 걸 알기에 융통성을 발휘하고 있습니다. 하지만 이번이 마지막 기회예요, 프록터 부인. 정말 마지막 기회. 죄송합니다."

"제발 그렇게 부르지 말아 주세요." 내가 말한다. "프록터 씨는 말씀대로 할 거예요. 1970년대부터 죽 그래 왔죠." 나는 일어서서 손을 내민다. 그녀가 적당히 손을 잡고 사무적으로 흔든다. 요즘 나는 사무적인 것을 긍정적인 것으로 간주한다. "다음 주에 봬요."

래니는 밖에서 동생이 앉았던 바로 그 의자를 골라 앉아 있다. 아마 동생의 온기가 아직 식지 않았으리라. 애들은 일부러 그러는 걸까, 그저 본능일까? 둘이 지나치게 밀착되어 있나? 내 편집증과 끊임없는 경계가 아이들을 이렇게 만든 걸까?

난 숨을 들이마시고 그 생각을 떨쳐 버린다. 아이들을 지나치게 분석하는 일만큼은 하고 싶지 않다. 아이들은 그런 일을 겪을 만큼 겪었다.

"이리 오렴." 내가 말한다. "좀 펴져 있자. 너희들 말로."

래니가 언짢은 얼굴이다. "어. 우린 그런 말 안 써요." 그녀는 머뭇머뭇 자기 부츠를 내려다본다. "화 안 났어요?"

"엄청 많이 났지. 캐시네 케이크 가게에 가서 그 화를 모조리 먹어 치울 작정이야. 너도 엄마하고 같이 먹을 거야. 좋건 싫건."

래니는 말도 안 되는 양의 버터가 든 케이크를 먹기 위해 학교를 빼먹는 일에든 무슨 일에든 열정을 쏟을 나이지만 쿨한 태도 없이 어깨를 으쓱할 뿐이다. "상관없어요. 여기서 나갈 수만 있다면."

"엄마는 지금 네가 입고 차고 있는 것들이 다 어디서 났는지 물어보고 싶은데?"

"뭐 말이에요?"

"정말? 그런 식으로 둘러대시겠다?"

래니가 눈알을 굴린다. "고작 옷이잖아요. 다들 옷을 입고 학교에 간다고요."

"놀랍게도 메릴린 맨슨의 백업 밴드에 가입하려는 애들은 하나도 없던데."

"메릴린 누구요?"

"쪼그랑 할머니가 된 것 같은 기분을 들게 해 줘서 고맙구나. 이거 다 인터넷으로 주문했니?"

"그랬다면요?"

"내 신용카드를 쓴 건 아니겠지? 그게 얼마나 위험한지 알잖아."

"난 바보 아니에요. 돈 모아서 선불카드 샀어요. 엄마가 가르쳐 준 대로. 보스턴에 있는 사서함으로 먼저 보냈다가 다시 이리로 우송되게 했어요. 두 번요."

그 말을 들으니 가슴속 어두운 응어리가 풀어지고, 난 고개를 끄덕인다. "그렇다면 좋아. 칼로리 폭탄 먹으면서 얘기 좀 하자."

사실은, 아무 얘기도 하지 않는다. 아주 큼직하게 조각낸 케이크들은 맛 좋은 수제로, 그것을 먹어 치우는 동안은 화를 내는 게 아무 의미 없다. 캐시네 케이크는 인기가 많고, 우리 주변에 있는 사람 모두 그 디저트를 즐기고 있다. 어린아이 세 명을 데리고 온 아빠는 휴대전화에 정신이 팔렸고, 애들은 아버지 주의가 소홀한 틈을 타 컵케이크 부스러기를 온갖 곳에 떨어트리고 선명한 파란색 아이싱을 얼굴에 칠하는 중이다. 구석 자리에 학구적으로 보이는 젊은 여자가 태블릿을 앞에 두고 앉아 있다. 그녀가 연결선을 플러그에 꽂으려고 몸을 비틀 때 탱크톱 아래 어깨 문신이 보인다. 뭔가 색감이 화려한. 나이 지긋한 커플은 그들 사이 테이블 위에 격식을 차린 자기에 담긴 차와 작은 디저트류가 빼곡한 둥근 케이크 탑을 놓고 앉아 있다. 차를 마시면 지루해 죽겠다는 표정을 짓게 되는지 궁금하다.

다 먹어 갈 때쯤에는 래니조차 편안해진 모습이고, 시체 같은 시커먼 립스틱도 지워져 조심스레 케이크에 대해, 주말에 대해, 책에 대해 이야기를 나눌 때쯤 아이는 거의 평범한 아이 같아 보인다. 후진 기어를 넣고 도로에 올라 스틸하우스 레이크로 향하는 시골길에 들어섰을 때 어쩔 수 없이 분위기 망치는 이야기를 꺼낸다. "들어 봐.

넌 똑똑한 애야. 네가 이런 식으로 눈에 띄게 하고 다니면 사진이 찍혀 그게 돌아다닐 수 있고 SNS에도 올라가겠지. 우린 그러면 안 돼."

"언제부터 내 인생이 '우리' 문제가 된 거죠, 엄마? 아, 가만있어 보자. 기억난다. '늘' 그랬죠."

나는 '그 사건'에 뒤따랐던 최악의 끔찍한 일들에서 아이들을 보호하기 위해 절대적으로 최선을 다했고, 내가 종범으로 재판을 받았을 때는 우리 엄마가 나를 대신해 그렇게 했다. 래니가 기억하고 있거나 알게 된 게 무엇이든, 나를 푹 잠기게 한 유독한 홍수가 아니라 얕은 냇물이길 바랐다. 우리 엄마는 래니와 코너─당시에는 릴리와 브래디─에게 그들의 아버지가 살인자여서 재판을 받을 것이고, 교도소에 가게 될 거라는 사실을 말하지 않을 수 없었다. 그가 젊은 여자를 여러 명 죽였다는 사실을. 엄마는 아이들에게 자세한 이야기는 들려주지 않았고, 나는 아이들이 자세한 사실들을 알게 되는 걸 원치 않았다. 그러나 그건 당시 상황이었고, 이제 더는 래니에게 그 일의 최악의 부분을 숨길 수 없으리란 걸 안다. 멜빈 로열의 타락을 이해하기에 열네 살은 너무나 어린 나이다.

"우린 모두 세간의 이목을 피해야 해." 내가 말한다. "너도 알잖아, 래니. 우리 안전이 걸린 문제야. 이해하지?"

"그럼요." 비난하듯이 시선을 돌리며 그녀가 말한다. "그들이 언제나 우리를 찾고 있으니까요. 엄마가 무서워하는 가공의 낯선 사람들 말이죠."

"가공이 아니라……," 나는 숨을 들이쉬며 싸움을 벌이는 건 둘 중 누구에게도 득이 될 게 없다고 다시 한번 되새긴다. "우리는 이유가 있어서 규칙에 따라 사는 거야."

"엄마의 규칙이죠. 엄마의 이유고." 그녀는 더 이상 세우고 있기가 지겹다는 듯 머리를 지프 좌석에 기댄다. "고스족 차림을 하고 다니면 어쨌든 아무도 날 못 알아볼 거라고요. 얼굴이 아니라 화장만 보이니까."

래니 말도 일리가 있다. "어쩌면 그렇겠지만 이곳 노턴에서는 그러다 쫓겨날 거야."

"홈스쿨도 여전히 유효하잖아요."

그리고 역시 그게 쉬운 답이었었는지 모른다. 꽤 여러 번 그것을 심각하게 고려했지만 서류 작업에 시간이 오래 걸렸고, 최근까지도 우리는 늘 이동 중이었다. 게다가 난 우리 애들이 사회성 있게 자라길 바란다. 정상적인 세상의 일부가 되기를. 아이들은 이미 자신들의 삶에 비정상적인 쓰레기 같은 일을 너무 많이 겪었다.

"어쩌면 이게 타협안일지도 몰라." 내가 말한다. "윌슨 교장 선생님이 머리는 반대하지 않았잖아. 화장을 좀 옅게 하고, 그 액세서리를 빼고, 올블랙으로만 입지 않는 거야. 그래도 넌 여전히 괴짜로 보일 수 있어. 아주 괴짜는 아니더라도."

딸애의 얼굴이 잠시 환해진다. "그러면 인스타그램 계정 만들게 해 줄 거예요? 그리고 이 바보 같은 폴더폰 말고 진짜 폰 가질 수 있어요?"

"그건 조르지 마."

"엄마. 엄마는 늘 내가 정상적으로 살면 좋겠다고 말하잖아요. 모두 SNS를 한다고요. 내 말은, 윌슨 교장조차 거지 같은 자기 페이스북 페이지에 멍청한 고양이 사진과 이상한 짤들로 도배를 해요. 거기다 트위터 계정까지 있어요!"

"넌 반체제적인 반항아잖아. 그렇게 밀고 나가. 유행을 따르는 걸 거부함으로써 차별화를 해."

그 말은 먹히지 않았고, 딸애는 역겹다는 시선을 내게 보냈다. "그러니까 엄마는 딸이 사회적으로 완전히 왕따가 되기를 바라는군요. 좋아요. 익명으로 운영할 수도 있어요. 내 이름을 거기에 쓸 필요는 없다고요. 맹세하건대 아무도 내가 누군지 모르게 할게요."

"안 돼. 계정 만들고 이 초 안에 셀카로 도배할 거면서. 장소까지 태그돼." 이미지에 집착하는 이 시대에 가장 힘들었던 일은 아이들 사진이 인터넷에 떠돌지 않게 하는 것이었다. 언제나 우리를 찾고 있는 눈들은 결코 눈 감지 않는다. 심지어 깜빡이는 법도 없다.

"맙소사, 엄만 진짜 골칫덩이야." 래니가 중얼댄다. 그녀는 몸을 구부려 창밖의 호수를 응시한다. "그리고 우린 엄마의 피해망상 때문에 아무도 모르는 이 거지 같은 곳에서 살아야 해요. 더 촌구석으로 짐 싸서 이사 갈 계획이 아닌 한."

피해망상 부분은 사실이기 때문에 흘려듣는다. "아무도 모르는 거지 같은 이곳이 아름답다고는 생각 안 하니?"

래니는 말이 없다. 적어도 영리하게 받아칠 말이 없다는 뜻이므로 작은 승리다. 요즘은 얻을 수만 있다면 어떤 승리든 가리지 않는다.

나는 자갈 진입로로 핸들을 꺾고, 지프를 덜컹이며 통나무집이 있는 언덕을 오른다. 그리고 미처 주차 브레이크를 당기기도 전에 래니가 조수석에서 빠져나간다. "경보기 켜져 있다!" 그녀의 뒤에 대고 내가 소리친다.

"으휴! 언젠 안 그래요?"

래니는 벌써 안에 들어갔고, 빠르게 여섯 자리 디지털 암호가 눌리는 소리가 들린다. 해제되었다는 신호음이 들리기도 전에 안쪽 문이 쾅 닫히지만 래니는 암호를 잘못 입력하는 법이 없다. 코너는 항상 딴생각에 빠져 주의를 기울이지 않기 때문에 가끔 잘못 입력한다. 두 아이가 4년 사이에 어떻게 서로 바뀌었는지 생각하면 우습다. 코너는 이제 항상 책을 읽으며 내적으로 풍성한 삶을 사는 반면 래니는 당당하게 바깥쪽에서 빗장을 잠근 갑옷을 입고 산다. 말썽을 불러 일으키면서.

"너, 세탁 당번이야!" 래니를 따라 들어가며 내가 그렇게 말할 때 이미 아이는 자기 방 문을 쾅 닫는 중이다. "그리고 조만간 이번 일에 대해 같이 이야기해야 해! 알겠지!"

물론 문 뒤의 침묵은 동의하지 않는다는 뜻이다. 상관없다. 중요한 일에 관한 한 난 절대 물러서지 않는다. 래니는 그것을 누구보다 잘 안다.

나는 경보기를 다시 세팅하고 나서 잠시 시간을 들여 내 물건들을 모두 원래 있던 곳에 치워 둔다. 비상시 한순간도 낭비해서는 안 되므로 정돈된 상태가 좋다. 이따금 나는 불을 끄고 위기 대처 훈련을 한다. 복도에서 불이 난다. 탈출로는? 무기는 어디에? 그게 강박적이고 비정상적이라는 걸 안다.

그것은 또한 매우 실제적이다.

나는 머릿속으로 침입자가 차고 문을 통해 들어온다면 어떻게 할지 연습한다. 부엌칼을 쥔다. 그를 막기 위해 문가로 돌진한다. 찌르고, 찌르고, 찌른다. 그가 휘청이는 사이 양 발목의 힘줄을 벤다. 쓰러진다.

이 연습에서 우리를 잡으러 오는 자는 항상 멜이다. 재판 때의 모습과 완전히 똑같은 멜, 자신의 변호사가 사 준 진회색 양복에 파란

실크 넥타이를 매고 푸른 눈과 어울리는 손수건을 주머니에 꽂았다. 그는 잘 차려입은 보통 사람처럼 보이고 그 위장술은 완벽하다.

모두 그가 완전히 무고해 보인다고 보도했던 그의 법정 출두에 나는 방청객으로 있지 않았다. 나는 간혀서 재판을 기다리는 중이었다. 하지만 한 사진기자가 그가 몸을 돌려 방청객과 희생자 가족을 보는 바로 그 순간을 포착했다. 그의 모습은 별달라 보이지 않았지만 그의 눈빛은 무덤덤하고 무감각했고, 그 사진을 보며 나는 그의 몸속에 있는 차갑고 이질적인 무언가가 노려보고 있는 듯한 으스스한 느낌을 받았다. 그 괴물은 더는 숨을 필요를 느끼지 않았다.

멜이 우리에게 다가오고 있다는 상상을 할 때, 우리의 얼굴을 노려보는 것이 바로 그것이다.

연습을 마치고 나는 모든 문이 잠겨 있는지 확인한다. 코너는 자신만의 암호가 있고, 그 아이가 집에 오면 나는 각각의 암호를 누를 때 나는 소리들과 다시 암호가 걸리는 소리를 들을 것이다. 그것이 잘못되었거나 아이가 번호를 잊는다면 금방 알 수 있다. 노턴 경찰서에 경고음을 울리도록 전체 시스템을 설정하는 전자 열쇠는 내 주머니 속에 항시 대기 중이다. 어떤 비상 상황에서든 내 첫 조치가 될 열쇠.

사무실로 쓰는 침실의 컴퓨터 앞에 앉았다. 겨울옷과 비축 물자를 보관하는 좁은 옷장 하나가 있는 자그마한 방으로, 내가 노턴에 온 첫날 골동품점에서 건진, 낡고 웅장한 접이식 뚜껑이 달린 책상이 방을 점령하고 있다. 서랍을 열면 1902년이라고 표기되어 있다. 내 차보다 무거운 그 책상은 어떤 시기에 누군가가 작업대로 사용했던 것인데, 무척 커서 컴퓨터와 키보드, 마우스, 거기에 작은 프린터까지 너끈히 수용한다.

암호를 입력하고 검색어를 쳐서 검색 알고리즘을 가동한다. 이 컴퓨터는 내가 스틸하우스 레이크에 왔을 때 산 비교적 새것이지만 압살롬이라는 이름으로 통하는 해커에 의해 온갖 종류의 해킹 차단 기능을 갖추었다.

멜의 재판 이후 몇 날, 몇 주, 몇 달이 지나고 내가 나 자신의 법적인 문제로 교도소 안에서 고통받는 동안, 압살롬은 내가 유죄라는 조그만 암시라도 건지고자 내 신상을 샅샅이 털며 추격하는 거대한 인터넷 마녀사냥 무리 중 한 명이었다.

그러나 진짜 폭풍처럼 번지는 불은 내가 무죄를 선고받은 후에 시작됐다.

그는 내 인생의 시시콜콜한 모든 일을 파헤쳐 그것을 온라인상에서 볼 수 있게 했다. 악성 댓글 부대를 조직해 나와 내 친구들, 이웃을 무자비하게 공격했다. 그는 내 아주 먼 친척까지 찾아내 그들 주소를 해킹했다. 그는 멜의 사촌 두 명을 추적해 그중 한 명을 자살 직전까지 몰아갔다.

그러나 나를 쫓게끔 한 악성 댓글 부대가 나 대신 아이들을 추적하자 그는 선을 그었다.

그 끔찍한 캠페인이 시작된 후, 난 그에게서 놀랄 만한 메시지를 받았다. 그의 어린 시절 트라우마와 그가 겪는 고통 그리고 자기 자신의 악마를 쫓아내기 위해 나를 추적하게 된 과정을 털어놓는 가슴 울리는 이메일이었다. 그가 출발시킨 열차는 멈춰지지 않았다. 마녀사냥 무리는 저절로 움직였다. 그러나 그는 나를 돕고 싶어 했을뿐더러 도울 능력이 있었다.

그때 우리는 위치토에서 도망치는 중으로 절망적이고 불확실한 상황이었다. 그런데 그가 손을 내민다고? 그것이 전환점이었다. 그것이 내 삶의 통제력을 탈환한 순간이었다. 압살롬의 도움으로.

압살롬은 친구는 아니다. 우리는 대화를 나누지 않고, 그래서 난 그가 어느 정도는 여전히 날 미워하고 있는 게 아닌지 의심스럽다. 그러나 그는 돕는다. 그는 가짜 신분을 만들어 준다. 내게 안전한 피난처를 찾아 준다. 지속적인 온라인 괴롭힘을 피할 수 있도록 자신이 할 수 있는 일을 한다. 컴퓨터를 새로 바꿀 때면 그가 안전한 클라우드에 저장한 이미지 백업 덕에 데이터를 잃지 않는다. 그는 사용자 지정 검색 알고리즘을 만들어 내가 계속해서 사이코 순찰대의 근황을 파악할 수 있게 해 준다.

물론 나는 이런 호의에 돈을 지불한다. 친구가 될 필요는 없다. 우리는 철저히 비즈니스 관계를 유지한다.

검색 알고리즘이 돌아가는 동안, 꿀을 넣은 뜨거운 차를 만들어 눈을 감고 그걸 마시며 쉽지 않은 일을 위해 정신을 가다듬는다. 난 항상 이 일을 하면서 손이 닿는 위치에 특정한 물건을 놓아둔다. 장전한 권총. 이슈가 있으면 압살롬에게 바로 걸 준비가 되어 있는 휴대전화. 그리고 마지막으로 앞의 것들만큼 중요한, 유사시 토할 수 있는 비닐봉지 하나.

이 일 때문이다. 정말 쉽지 않다. 특별한 이유 없는 증오로 뒤틀린 분노, 상스러운 분노로 들끓는 용광로 속에 머리를 들이미는 것과 같고, 나는 늘 부들부들 떨며 시커멓게 그을어 돌아온다.

하지만 반드시 해야 하는 일이다. 매일같이.

긴장감이 머리에서 어깨로, 척추로 차가운 뱀이 기듯이 미끄러져 내려가 배 속에 똬리를 트는 게 느껴진다. 검색 결과가 나올 때 완전히 준비됐던 적은 없지만 늘 그렇듯이 오늘도 침착하게 주시하며 거리를 두려고 노력한다.

열네 페이지의 검색 결과가 나온다. 맨 위의 링크는 새로운 것이다. 누군가가 레딧Reddit 미국의 대형 소셜 뉴스 커뮤니티 사이트에 스레드하나의 주제에 대해 회원들이 게시판에 올린 일련의 의견를 오픈했고, 섬뜩한 표현과 추측, 정의를 향한 아우성으로 다시 선동 중이었다. 나는 이를 악물고 링크를 클릭했다.

알량한 멜빈의 조력자는 요즘 어디서 지내지? 그 위선적인 교회 아줌마를 한번 찾아갔으면 하는데. 비록 멜은 어쩌다 한 번씩 가는 정도였지만 우리 가족은 위치토에 있는 대형 침례교회 일원이었기 때문에, 그들은 나를 교회 아줌마라고 부르기를 즐긴다. 나는 보통 아이들과 함께 교회에 갔었다. 그 주제에 맞춰 아이러니하게 합성한 사진들—교회에 있는 우리 사진과 범죄 현장인 차고의 여자 시체 사진이 분할 스크린된—이 부지기수였다.

일요일 아침이면 멜은 보통 작업장에서 처리할 게 있다며 양해를 구하곤 했었다.

처리할 것. 이 말에는 소름 끼치는 말장난이 숨어 있으므로, 잠시 눈을 감지 않을 수 없다. 그는 자신이 고문하고 살해했던 여자들을 단한 번도 사람으로 여긴 적이 없었다. 그는 그들을 물건으로 여겼다. 처리할 것들.

나는 눈을 뜨고 숨을 쉬며 다음 링크로 옮겨 간다.

지나와 그 자식들이 강간당하고 발가벗겨진 후 사람들이 침을 뱉을 수 있게 고깃덩어리처럼 매달리면 좋겠어. 시체 훼손자 멜은 가족을 가질 자격이 없어. 이 말은 누군가의 아이들이 총에 맞아 흙구덩이 속에 던져진 범죄 현장 사진과 함께 올라와 있었다. 그 냉담한 위선에 숨이 막혔다. 이 인터넷 트롤은 나를 공격하겠다고, 다른 누군가의 끔찍한 개인적 고통을 가져다 이용하고 있다. 그는 아이들은 신경도 쓰지 않는다.

그의 관심은 복수다.

토할 것 같아 나머지를 급하게 살펴본다.

그 자식 딸 봤어? 릴리? 난 걔가 차가워질 때까지 들이받을 거야.

산 채로 불태운 다음 오줌으로 끄자.

이건 어때. 아직 사용 중인 재래식 변소를 찾아서 애들을 거기에 빠트리는 거야. 그런 다음 그년한테 약도를 보내 걔들을 찾아가게 해.

어떻게 하면 그년을 고통스럽게 할 수 있을까? 좋은 생각 없어? 누구 그년 본 사람?

끝없이 이어진다. 레딧을 뒤로하고 트위터로 가서 더 많은 협박, 증오, 독설—그저 140바이트로 축약되었을 뿐인—을 발견한다. 그다음은 블로그. 에이트챈8chan 미국 최대 이미지 공유 사이트. 범죄 실화 게시판. 멜의 범죄를 신성하게 받들어 모시는 웹사이트들.

게시판과 웹사이트에서 죄 없는 젊은 여자들의 죽음은 아무렇지도 않은 유흥거리일 뿐이다. 그저 있었던 일. 적어도 그런 안락의자 탐정들은 그다지 위협적이지 않다. 그들이 추구하는, 진짜 있었던 이야기에서 멜의 가족은 한낱 주석 정도에 불과하다. 그들은 우리를 파괴하려고 목숨 걸지 않는다.

멜빈의 사라진 가족인 우리에게 더 관심 있는 이들……. 그들이 위험해질 수 있는 사람들이다.

그리고 그들—경쟁적으로 나와 아이들을 벌주는 새로운 끔찍한 방법을 고안해 더 튀어 보려는—은 수백, 어쩌면 수천 명이다. 그것은 일말의 양심도 찾아볼 수 없는 역겨운 호러 쇼다. 그들 중 누구도 자신이 사람들, 상처받을 수 있는 진짜 사람들에 관해 떠들고 있음을 인식하지 못한다. 피 흘리는 누군가, 살해될지도 모를 누군가에 관해. 혹은 그것을 인지한다고 해도 그들은 그것을 철저히 무시한다.

거기에는 정말로 몇몇 냉혹한 소시오패스가 존재한다. 이 끔찍하게 걸쭉한 수프 위에 불안에 떨게 하는 막들이.

나는 그것을 모조리 출력해 유저네임에 밑줄을 그은 다음, 보관하고 있는 데이터베이스와 교차 참조하기 시작한다. 명단에 오른 사람 대부분이 이런 일에 관한 베테랑이다. 그들은 이유야 어찌 됐건 우리에게 집착해 왔다. 몇몇은 우연히 멜의 범죄를 접한 신참이자 열성적인 수습생으로, '피해자들을 위해' 꼭 그에 상응하는 응징을 기대하고 있지만 실상은 멜의 피해자와는 아무 상관이 없다. 피해자 중 누구의 이름이라도 언급되는 것은 거의 본 적이 없다. 이 특정 자경단원 무리에게 피해자들은 그들이 살아 있든 말든 관심 밖이다. 비도덕적인 자신들의 충동을 표출하며 놀기 위한 핑곗거리일 뿐이다. 인터넷 트롤은 많은 점에서 멜과 다를 바 없다. 멜과 달리 그들은 그런 충동들을 실행에 옮기지 않을 거라는 점을 제외하면.

아마도.

'아마도'라 하더라도 내가 권총을 옆에 두는 이유가 바로 그래서다. 만약 그들이 실행에 옮긴다면, 감히 아이들에게 접근한다면, 그들이 대가를 치르게 될 것이라는 걸 나 자신에게 상기시키기 위해. 누구도 우리 애들을 또 상처 입히게 놔두지 않을 것이다.

나는 읽기를 잠시 멈춘다. fuckemall2hell이라는 아이디 뒤에 어떤 사이코패스가 숨어 있는지 몰라도 그는 우리 옛 주소 중 하나가 담긴, 부주의하게 관리된 법원 서류를 용케 손에 넣었다. 그는 그 주소를 게시판에 공개하고, 피해자 가족 주위를 맴돌고, 기자들을 부르고, 사람을 찾는다는 문구와 우리 사진이 든 포스터를 게시했다. 이 사람들 본 적 있나요? 이 야만인들이 진정한 인간성과 그에 관한 염려를 표방하며 최근 채택하는 전략이다. 그는 포식자가 더 쉽게 우리에게 닿을 수 있게, 감이 좋은 사람들이 우리를 밀고하게끔 꼬여 낸다.

그러나 현재 그가 배포한 주소에 사는 무고한 사람들이 더 걱정이다. 그들은 무슨 일이 닥칠지 전혀 모르리라. 나는 그 지역—껄끄러운 감정이 남은 동네— 형사에게 그 주소가 다시 온라인에서 돌고 있다고 익명의 메일을 보내고, 별일이 없길 바란다. 그 집에 사는 가족이 썩은 고기 꾸러미나 현관에 못 박힌 동물 사체, 고문하는 포르노 사진들, 전자 우편함과 우편함, 휴대전화 그리고 그들 일터에 쇄도하는 협박 편지 때문에 놀라지 않기를 바란다. 안전하게 교도소에 있고 아이들을 메인주에 빼돌려 놨을 때이기는 해도 나는 빈집에 산더미처럼 쌓인 협박 편지를 보고서 받은 충격이 선명히 기억난다.

지금 거기 사는 주민에게 아이들이 있다면 그들이 표적이 되지 않기를 기도한다. 내 아이들은 표적이 됐다. 전신주에 표식이 있었다. 아이들 사진이 포르노 제작자들에게 모델로 쓰이게끔 보내졌다. 증오에는 한계가 없다. 자유롭게 떠다니는 그것은 도덕적 분노와 군중심리의 유독한 구름이며 누가 다치든 신경 쓰지 않는다. 그냥 행해질 뿐이다.

이 특정 트롤이 알아낸 주소는 막다른 길이다. 그 주소는 우리의 현관문이나 이름을 그에게 인도하지 못한다. 그가 가리키는 곳과 지금 내가 앉아 있는 곳 사이에는 적어도 여덟 갈래의 틀린 경로가 있지만 안심이 되지는 않는다. 순전히 필요에 따라 이 일에 능숙해졌지만 난 그들이 아니다. 난 그들처럼 썩은 몰이꾼이 아니다. 바람이라면 살아남는 것뿐-그리고 아이들을 힘닿는 데까지 안전하게 지켜내는 것뿐이다.

확인을 마치고 팔과 손의 긴장을 푼 다음 차가워진 차를 마신 후 자리에서 일어나 사무실을 서성인다. 총에 의지하고 싶지만 끔찍한 생각이다. 위험하고 강박적인. 난 조용히 번뜩이는 총을 응시한다. 총은 안전을 약속하지만 멜이 내게 했던 말만큼이나 그게 거짓이라는 것을 안다. 총은 누구도 안전하게 지키지 못한다. 총은 대등한 경기장일 뿐이다.

"엄마?"

문가에서 들리는 목소리에 심장을 쿵쾅대며 화들짝 몸을 돌린 나는 지금 총을 지니고 있지 않아 다행이다. 지금 나를 놀라게 하는 것은 좋지 않은 생각이기 때문에. 코너는 오른손에 바닥에 끌리는 책가방을 들고 서 있다. 아이는 자신이 나를 놀라게 했다는 걸 모르는 듯하고, 그게 아니라면 엄마가 놀라는 것에 익숙해져 신경 쓰지 않는 것이다.

"누나는 괜찮아요?" 아이가 묻는 말에 나는 간신히 미소를 지으며 고개를 끄덕인다.

"괜찮단다. 학교는 어땠니?" 아이가 들어오는 소리와 암호를 누르는 소리, 리셋하는 소리를 못 들었다는 생각에 아이의 말을 건성으로 듣는다. 너무 깊이 열중하고 있었다. 위험하게. 더 주의해야 한다.

"사이코 순찰 끝났어요?"

아이의 말에 나는 깜짝 놀란다. "그런 말 어디서 들었니?" 내가 묻는다. 하지만 나는 내 질문에 직접 대답한다. "누나?"

아이가 어깨를 으쓱한다. "스토커들을 찾는 거죠?"

"그래."

"인터넷에서 누구나 악플을 들어요, 엄마. 너무 심각하게 받아들이지 마요. 그냥 무시해 버려. 그럼 가 버릴 거야."

이 말은 아주 많은 관점에서 날 미치게 한다. 마치 인터넷이 가공의 인물들이 사는 환상의 세계라는 듯이. 마치 우리가 애초부터 그저 평범한 사람들이라는 듯이. 그리고 무엇보다 이렇게 반사적으로 안전을 추정하는 말은 저렇게 어린 수컷이나 하는 말이다. 여자들은, 래니 나이 정도 되는 소녀조차 그런 식으로 생각하지 않는다. 부모들도 마찬가지다. 노인들도 마찬가지다. 이 말은 세상이 정말 얼마나 위험한지 모르는, 맹목적이며 특권적인 무지를 드러낸다.

내가 얼마나 지나치게 격려하듯 키웠기에 아이가 저렇게 됐나 하는 생각에 약간 욕지기가 난다. 하지만 어쩌겠는가? 끊임없이 겁을 줘야 할까? 그건 도움이 안 된다.

"묻지도 않았는데 의견 들려줘서 고맙다." 아이에게 말한다. "하지만 엄마는 이런 일 하는 거 아무렇지도 않아." 나는 서류를 분류하고 철한다. 늘 전자 기록과 출력물을 모두 보관해 왔다. 경험상 경찰은 서류를 더 편안해한다. 그들은 어떤 면에선 스크린상의 데이터와 달리 그것들을 증거처럼 여긴다. 어쨌든, 비상시에는 제시간에 자료를 뽑지 못할 수도 있다.

"사이코 순찰 완료." 나는 그렇게 말하며 파일 서랍을 닫고 잠근다. 열쇠를 주머니에 넣는다. 경보기 열쇠에 같이 묶인 그 열쇠는 내 몸에서 절대 떨어지지 않는다. 코너나 래니가 그 파일들을 살펴보길

53

원치 않는다. 절대. 래니는 이제 자기 노트북이 있지만, 나는 엄격하게 자녀 보호 기능을 활성화했다. 그것은 래니에게 사건의 결말을 알게 하지 않을 뿐 아니라, 아이가 자기 아버지나 그 살인 또 그와 연관된 어떤 것에 관한 키워드를 찾으려고 할 때 내게 알림을 보내온다— 그리고 오곤 했다.

아직 코너에게 컴퓨터를 주는 위험을 감수할 수 없지만 온라인 접근권을 주어야 한다는 압박이 갈수록 커지고 있다.

래니가 거칠게 자기 방문을 열더니 복도에 있는 코너를 잽싸게 피해 사무실 앞을 휙 지나간다. 여전히 고스족 바지와 라몬스 티셔츠를 입은 채 검은 머리를 휘날리며. 오후에 간식으로 먹곤 하는 쌀 과자와 에너지 음료를 가지러 부엌에 가는 것일 것이다. 코너가 그 뒷모습을 응시한다. 놀란 것 같지는 않다. 체념했을 뿐. "세상 모든 누나들이여, 우리 누나는 〈크리스마스의 악몽〉에서 튀어나온 사람처럼 입어야겠다고 하오." 아이가 말한다. "누나는 안 예뻐 보이려고 노력하는 거 같아요."

나이답지 않은 놀라운 통찰력이다. 나는 눈을 깜빡인다. 지나치게 큰 바지와 덥수룩한 머리, 시체 같은 화장 밑에 숨어 있는 래니가 예쁘다는 사실이 나를 강타한다. 뼈가 굵어지고 키가 커지고 몸에 곡선이 보이기 시작한다. 엄마로서 늘 딸이 아름답다고 생각하지만 이제는 다른 이들 역시 그렇게 생각하게 될 것이다. 반항아 스타일은 다른 사람에게 거리감을 주고, 그녀가 받을 평가의 기준을 바꾼다.

그런 차림은 기발한 동시에 가슴을 아프게 한다.

코너가 몸을 돌려 자기 방으로 향한다.

"잠깐! 코너! 경보기 리셋했니?"

"당연히 했죠." 아이는 서지 않고 소리친다. 그의 방문이 단호하게, 그러나 조용히 닫힌다. 래니가 쌀 과자와 에너지 음료를 가지고 돌아와 내 사무실 구석에 있는 작은 의자에 털썩 앉는다. 그녀는 음료를 내려놓고 놀리듯 거수경례를 한다.

"현재 모두 이상 없습니다, 상사님." 그녀가 말한다. 그러고는 스물다섯 이상이면 누구도 취하기 불가능한 각도로 의자에 털썩 앉는다. "생각해 봤는데요. 일자리를 구하고 싶어요."

"안 돼."

"금전적인 도움이 되잖아요."

"안 돼. 네가 할 일은 학교에 있어." 난 내 딸이 예전에는 학교를 좋아했었다는 항의를 늘어놓지 않기 위해 입술을 꼭 깨물어야 한다. 릴리 로열은 학교를 좋아했었다. 그녀는 연극반과 프로그래밍 동호회 활동을 했었다. 하지만 래니는 될 수 없었다. 자신을 특별하게 만드는 관심사를 가질 수 없었다. 친구를 사귀고 그들에게 진실에 가까운 이야기를 할 수 없었다. 학교를 지옥처럼 여기게 된 건 놀랄 일이 아니다.

"너와 싸움이 붙었던 아이 말이야." 내가 말한다. "그런 일이 생기면 안 된다는 거 모르겠니? 왜 이런 일을 만들면 안 되는지 몰라?"

"내가 시작한 게 아니에요. 그 여자애가 먼저 시작했죠. 뭐, 내가 지길 바라세요? 흠씬 얻어터지면 좋겠어요? 늘 자기방어가 중요하다면서요!"

"난 그냥 네가 피해 갔으면 좋겠어."

"아, 물론 그러시겠죠. 엄마는 그게 다죠. 외면하는 거. 오, 죄송해요. 내 말은 도망치는 거요."

10대의 경멸만큼 호된 건 없다. 그것은 숨도 못 쉴 만큼 따끔하고 매우 오랫동안 마음에 남는다. 난 그녀가 점수를 획득했다는 사실을 드러내 보이지 않으려 하지만 말을 하면 티가 날 것 같다. 찻잔을 들고 부엌으로 가서 수돗물로 찌꺼기를 씻어 내며 한숨 돌린다. 래니가 따라 들어오지만 재차 공격하지 않는다. 어쨌든 나는 아이가 그런 말을 한 걸 후회하고, 어떻게 그것을 되돌릴지 확신이 서지 않아 망설이고 있다는 걸 알아차린다. 아니면 자신이 그러고 싶긴 한지도.

찻잔과 받침 접시를 식기세척기 안에 넣을 때 아이가 말한다. "나 가서 뛸까……?"

"혼자서는 안 돼." 반사적으로 말하고 나서 아이가 이 말을 기대하고 있었다는 걸 깨닫는다. 사과 아닌 사과. 애들이 통학 버스 타는 것조차 싫어하는 내가 애들이 혼자 나가 호숫가를 돌아다니게 한다고? 안 된다. "우린 같이 갈 거야. 엄마 옷 갈아입을게."

레깅스, 스포츠 브라에 헐렁한 티셔츠로 갈아입고 두꺼운 양말과 좋은 러닝슈즈를 신는다. 방에서 나오자 래니가 유연하게 스트레칭을 하고 있다. 셔츠 없이 빨간 스포츠 브라에, 양 종아리 옆에 알록달록한 다이아몬드 문양이 있는 검은 레깅스를 입고 있다. 난 아이가 한숨을 쉬며 티셔츠를 집은 다음 그걸 입을 때까지 쳐다볼 뿐이다.

"티셔츠 입고 달리기하는 사람, 없단 말이에요." 그녀가 내게 투덜댄다.

"그 라몬스 셔츠 돌려줬으면 하는데. 명밴드야. 장담하는데, 넌 한 곡도 모를걸."

"〈차분해지고 싶어I Wanna Be Sedated 1978년에 발표된 라몬스의 히트 곡〉." 래니가 즉시 되받아친다. 난 반응하지 않는다. 그 사건이 일어난 후 반년

56

간 릴리는 약을 많이 먹었다. 며칠 동안 잠을 자지 못하다가 결국 불안한 선잠이 들었을 때, 소리 지르며 엄마를 찾고 울면서 깨어났다. 교도소에 있는 엄마를. "엄마는 〈우린 행복한 가족We're a Happy Family 1977년 발표된 라몬스의 곡〉을 더 좋아하려나?"

아이의 선곡이 정곡을 찔러 아무 말 하지 않는다. 경보기를 끄고 문을 연 다음 코너에게 리셋하라고 소리친다. 집 안쪽 어딘가에서 신음하는 소리가 들리고, 난 그게 알았다는 뜻이기를 바랄 따름이다.

래니가 깡충깡충 앞서가지만 나는 자갈 진입로 끝자락에서 따라잡았고, 우리는 힘을 뺀 적당한 페이스로 동쪽 도로로 향한다. 따사로운 공기에 다정하게 낮게 뜬 태양. 하루 중 가장 완벽한 시간으로, 잔잔한 호수 위에 보트가 점점이 떠 있다. 반대 방향으로 조깅하는 사람들이 우리 곁을 지나쳤고, 나는 속도를 내 보는데, 래니가 어렵지 않게 따라붙는다. 이웃들이 현관 포치에서 손을 흔든다. 참 상냥하네. 나도 손을 흔들어 답하지만 그건 다 표면적인 신뢰일 뿐이다. 만약 이 선량한 이들이 내가 정말 누구인지 안다면, 내가 결혼했던 남자가 누구인지 안다면 예전 우리 이웃과 다를 바 없을 것이다…….불신하고 역겨워하며 가까이 오길 꺼리겠지. 그리고 아마 그들이 두려워하는 건 잘못된 일이 아닐 것이다. 멜빈 로열은 길고 어두운 그림자를 던진다.

호수 둘레를 반 바퀴쯤 돌았을 때 래니가 숨을 헐떡이며 멈추라고 소리치고 흔들리는 소나무에 기댄다. 난 아직 숨이 차진 않지만 종아리 근육이 화끈거리고 엉덩이에 통증이 느껴진다. 딸이 숨을 몰아쉬는 동안, 난 스트레칭을 하고 가볍게 제자리에서 뛰며 페이스를 유지한다. "괜찮니?" 내가 묻는다. 래니가 험상궂게 쳐다본다. "그거 괜찮다는 뜻이지?"

"물론이죠." 래니가 말한다. "괜찮고말고요. 왜 우리가 올림픽 수준으로 뛰어야 하죠?"

"왜인지 알잖아."

래니가 시선을 돌린다. "작년에 끔찍한 크라브 마가Krav Maga 이스라엘 군대에서 개발된 맨몸 무술에 등록시킨 거와 같은 이유겠죠."

"크라브 마가 좋아했잖아."

어깨를 으쓱한 그녀는 신발가에 누운 길게 갈라진 잎만 살피고 있다. "그게 필요하다고 생각하는 게 싫은 거죠."

"나도 그래, 얘. 하지만 현실을 직시해야지. 바깥세상은 위험하고 우린 준비를 해야 해. 너도 무슨 말인지 알아들을 나이잖아."

래니는 몸을 곧게 편다. "알았어요. 준비됐어요. 이번에는 너무 힘들게 하지 마요, 터미네이터 엄마."

그건 좀 어려운 요구다. 나는 '그 사건' 후 내가 아직 지나였을 때 달리기를 시작했고, 체력이 생기기 전까지는 녹초가 될 정도로 지쳤었다. 이제는 스스로 제어하지 않으면 목숨이 걸린 것처럼 숨이 턱에 차오를 때까지 달린다. 건강이나 안전 때문이 아니라 그렇게 몸을 혹사하는 것이 스스로를 벌주는 것이고, 매일 달고 사는 두려움의 표현이기도 하다는 것을 잘 안다.

많이 노력했음에도 깜빡하고 만다. 래니가 숨을 몰아쉬며 절뚝절뚝 뒤처지는 것조차 알아차리지 못하고 커브 길을 돌고 나서야 그늘진 소나무 사이를 홀로 뛰고 있다는 걸 깨닫는다. 어느 지점에서 그녀를 떨어트렸는지조차 모른 채.

결국 나무에 기대 스트레칭을 하다가 결국 가까이 있는 오래된 바위에 걸터앉아 기다린다. 아이가 멀리서 약간씩 다리를 절며 천천히 걸어오는 모습이 보이자 가책이 밀려온다. '세상에 어떤 엄마가 자기 아이를 저렇게 녹초로 만들까?'

그동안 발달시켜 온 육감이 갑자기 아드레날린을 치솟게 해 나는 허리를 펴며 고개를 돌린다.

누군가가 있다.

소나무 그늘에 서 있는 어떤 사람이 시야에 포착되자 신경이―단 한 번도 진정된 적 없는― 조여 온다. 바위에서 미끄러져 내려와 자세를 바로 하고 그늘로 몸을 돌려 정면으로 대응한다. "누구시죠?"

남자가 신경질적으로 건조한 웃음을 터트리고 발을 질질 끌며 걸어온다. 검은 종이 타월 같은 피부에 반백의 구레나룻, 반백의 곱슬머리가 두피에 찰싹 붙은 노인이다. 귀조차 늘어졌다. 그는 몸을 지팡이에 의지하고 있다. "미안하오. 걱정을 끼칠 의도는 없었소. 보트들을 보고 있었을 뿐이오. 줄지어 가는 모습이 늘 보기 좋다오. 그렇다고 내가 대단한 뱃사람이었던 건 아니오. 나는 주로 땅 위에서 시간을 보냈지." 그는 군대 패치가 붙어 있는 낡은 재킷을 입고 있다. 포병대 패치. 2차 대전은 아니고 한국전과 베트남전 그리고 확실히 알 수 없는 어떤 전투. "난 에저키엘 클레어몬트고 바로 저 언덕 위에 산다오. 반평생을 여기서 보냈지. 호수 이쪽 편에 사는 사람들은 모두 이지라고 부른다오."

난 최악의 경우라고 넘겨짚은 것이 부끄러워 먼저 손을 내민다. 그는 건조한 손으로 내 손을 굳게 움켜쥐지만 그 피부 아래 뼈는 부러질 듯 연약하게 느껴진다. "안녕하세요, 이지. 전 그웬이에요. 우린 저쪽 위에 살아요, 조핸슨네 가까이."

"아, 그렇군. 새로 이사 온 분들이군. 만나서 반갑소. 저 위쪽으로 는 올라가 본 적이 없어서 몰랐구려. 요즘에는 통 많이 걷지를 못하 니까. 육 개월 전에 엉치뼈를 다쳐서 아직도 치료 중이라오. 늙지 마 시오, 젊은이. 골치 아파지니까." 그는 몇 걸음 떨어진 곳에서 휘청거 리며 걸음을 멈추고 몸을 구부려 허벅지에 손을 짚는 래니에게 몸을 돌린다. "안녕. 괜찮니?"

"괜찮아요." 래니가 헐떡이며 말한다. "아주 좋아요. 안녕하세요."

난 그리 웃음이 나오지 않는다. "제 딸 애틀랜타예요. 다들 래니라 고 불러요. 래니, 클레어몬트 씨야. 줄여서 이지."

"애틀랜타라고? 내가 태어난 곳이지. 생기 넘치고 문화가 발달된 훌륭한 도시. 이따금 그립단다." 클레어몬트 씨는 래니를 향해 힘주 어 고개를 끄덕이고 나를 조심스럽게 본 후 나에게도 똑같이 고개를 끄덕인다. "자, 이제 집에 가야 할 것 같소. 언덕을 오르는 데 시간이 꽤 걸리니까. 딸이 여기를 팔고 다니기 더 편한 곳으로 이사하라고 성화지만 난 아직 이 경치를 포기할 준비가 안 됐다오. 무슨 애긴지 알겠소?"

알다마다요. "괜찮으시겠어요?" 그의 집이 보였고, 상태가 안 좋은 고관절에 지팡이를 짚은 노인이 걸어 올라가기에는 상당히 먼 거리 기에 내가 묻는다.

"괜찮다마다. 고맙소. 늙었지만 노쇠하진 않았다오. 아직은. 게다 가 의사는 그렇게 하는 게 좋다는군." 그가 웃는다. "경험상 몸에 좋 은 건 입에 쓴 법이라오."

"세상에. 맞아요." 래니가 맞장구친다. "만나 봬서 반가워요, 클레 어몬트 씨."

"이지라고 부르렴." 그가 언덕 위로 가야 할 길을 쳐다보며 말한다. "이제 편히 달리시구려!"

"그럴게요." 나는 그렇게 말하고 딸에게 땀에 젖은 함박웃음을 보낸다. "지금부턴 경주다."

"제발! 난 시체나 다름없다고요!"

"래니."

"전 걸을게요. 고마워요. 원한다면 엄마는 뛰어요."

"농담이었어."

"아."

2

우리가 집에 거의 다 왔을 때쯤 휴대전화에서 문자메시지 수신음이 울린다. 모르는 번호고, 목덜미 솜털이 곤두선다. 나는 도로 한편으로 가 멈춰 선다. 래니가 신이 나서 곁을 지나 뛰어간다.

나는 액정을 눌러 내용을 띄운다. 압살롬이다. 맨 앞에 그의 수수께끼 같은 작은 문자 사인이 있다. Å. 미줄라 근처에 있어요?

그는 결코 정확히 우리가 어디 있는지 묻지 않고 나도 절대 말하지 않는다. 답장을 보낸다. 왜요?

누가 포스팅을 했어요. 그들이 잘못 안 것 같군요. 차단하고 다른 데로
주의를 끌어 보죠. 그들이 태그한 자들이 누구든 해롭습니다. CYÅ

그것은 압살롬이 보통 사용하는 맺음말 표시고, 확실히 더 오는 문자는 없다. 그는 나처럼 일회용 전화기를 사용하는 것 같다. 그의 번호는 매달 시계처럼 정확히 바뀌고 항상 식별할 수 없는데도, 그의

상징적인 문자는 한결같다. 난 그렇게 자주 바꿀 여유가 없어서 나는 6개월씩, 아이들은 1년씩 같은 전화를 사용한다. 불안정한 세상에서 갖는 약간의 안정성.

그렇지만 누군가 접근하는 순간에는 모든 걸−전화기, 이메일 계정, 모두 다− 없애 버린다. 우리 주변에 위기의 순간이 또다시 닥치면 압살롬이 나에게 알리고, 우리는 짐을 싸서 떠난다. 그게 지난 몇 년간 우리의 일상이었다. 엿 같은 상황이지만 그것에 익숙해졌다.

익숙해져야 한다.

나는 내가 보물 같은 총기 은닉 휴대 허가증을 받길 거의 육체적인 갈망에 가깝게 고대하고 있다는 것을 깨닫는다. 나는 장 보러 갈 때 AR15 소총을 메고 가야 한다고 여기는 멍청이 중 하나는 아니다. 이들은 자신들이 협박, 위협이 난무하는 세상의 영웅이라는 디스토피아 판타지 속에 산다. 한편으로는 그들을 이해한다. 그들은 불확실성으로 가득한 세계에서 무기력함을 느끼는 것이다. 그러나 그것은 여전히 판타지다.

나는 번성하는, 폭력적이고 조직적인 성난 사람들 무리와 나 사이에 위치한 유일한 것이 옆구리에 차고 있는 총이라는 것을 아는 진짜 세계에서 산다. 난 그 사실을 광고할 필요도 없고, 하고 싶지도 않다. 난 그걸 사용하고 싶지 않다. 그러나 나는 준비돼 있고, 꺼리지 않는다.

난 오로지 우리의 생존을 위해 헌신한다.

래니는 저 앞에서 자축하느라 신이 났고, 난 아이가 승리를 만끽하도록 둔다. 우리는 대부분이 광고인 그날의 우편물을 확인하기 위해 우편함 앞에 멈춘다. 이제 경련이 멈춰 절뚝이지 않는 래니가 계속 발을 놀리는 동안 나는 편지를 분류한다. 나는 곧 누군가가 우리를 향해 길을 내려오는 것을 알아차리고 내 몸이 또 다른 경계 태세로 바뀌는 것을 느낀다.

칼 게츠의 살인 행위를 보통의 소란으로 진정시킨, 사격장에서 본 남자다. 샘. 나는 여기서 걸어오는 그를 보게 되어 놀란다. 전에 근처에서 흘끗이라도 본 적이 있던가? 어쩌면 멀리서. 이곳에서 보니 그가 막연하게 낯익다. 다른 많은 이들처럼 걷거나 조깅하는 모습을 봤었는지도 모른다.

양손을 주머니에 집어넣고 헤드폰을 낀 채 그는 우리가 있는 쪽으로 계속 걸어온다. 그가 지켜보고 있는 나를 발견하고 손을 흔들고 고개를 끄덕이더니, 우리가 돌았던 호수 주위 길의 반대 방향으로 우리 바로 곁을 지나 계속 걸음을 옮긴다. 난 그가 윗집들—우리 집보다 조금 위에 있는 조핸슨네, 그다음 경찰관 그레이엄네—로 난 약간 언덕진 곳으로 넘어가 사라질 때까지 눈을 떼지 않는다. 산책일 뿐이다. 하지만 어디서 온 걸까?

알아야겠다고 느끼는 것은 강박일 것이다.

집으로 들어가면서 경보기 암호를 입력하려고 몸을 돌린다. 손가락으로 키패드를 누르고 나서야 암호를 입력할 필요가 없다는 걸 깨닫는다. 경보기에서 신호음이 울리지 않기 때문에.

꺼져 있다.

현관 앞에 얼어붙은 채 딸이 오는 것을 막는다. 그녀는 밀고 지나가려 하지만 나는 사납고 거친 표정을 지으며 손가락을 입술에 대고 키패드를 가리킨다.

운동과 햇빛 때문에 분홍빛으로 물든 딸의 얼굴에 긴장감이 서리고, 그녀는 뒤로 한 발짝 물러서고 또 물러선다. 나는 문 바로 안쪽 화분 속에 여분의 자동차 키를 숨겨 두고 있고, 이제 그걸 꺼내 딸에게 던지고 "가!" 하는 입 모양을 짓는다.

그녀는 머뭇거리지 않는다. 난 아이를 잘 훈련해 왔다. 그녀는 몸을 돌려 지프를 향해 달리고, 난 내 뒤로 현관문을 닫고 잠근다. 안에 있는 게 무엇이든 그게 나한테 계속 관심을 두길 바란다. 소리가 나지 않도록 조심스럽게 우편물을 주위 평평한 곳에 놓는다. 집은 이제 내게 맡겨졌다. 온갖 선택이 머릿속을 빠르게 스친다.

소파 아래 작은 총 금고까지 고작 네 걸음이다. 무릎을 꿇고 엄지손가락으로 잠금 버튼을 누르자 문이 작은 금속성 소리를 내며 튕기듯 열린다. 지크 자우어를 꺼내 든다. 내가 가장 믿고 선호하는 무기다. 약실에 한 발이 장전되어 있어 언제라도 쏠 수 있다는 걸 안다. 나는 맥박을 천천히 유지하며 조용히 복도를 내려가 부엌을 가로질러 움직일 때 방아쇠에 손가락을 대지 않는다.

지프에 시동이 걸리고 자갈밭을 움직이는 타이어 소리가 난다. '장하다, 내 딸.' 아이는 5분 동안 계속 운전하다가 내가 이상이 없다는 신호를 보내지 않으면 경찰에 전화한 다음 거의 50마일 떨어진 우리의 만남의 장소로 향해 땅에 묻어 둔 돈과 새 신분증을 파내야 한다는 것을 안다. 꼭 그래야만 한다면 그 애는 우리 없이 사라져도 된다.

이제 홀로, 아들에게 끔찍한 일이 생긴 건 아닐까 하는 두려움에 나는 침을 삼킨다.

내 침실로 다가간다. 살그머니 들여다보니 아무 이상 없다. 구석에 아무렇게나 벗어 놓은 신발까지, 내가 나왔을 때 그대로다.

래니의 침실은 내 방 옆, 우리가 함께 사용하는 욕실 맞은편이다.

순간 끔찍하게도 나는 누군가 딸 방을 마구 휘저어 놓았다고 여기지만, 다음 순간 내가 오늘 아침 사격장으로 가기 전 이 방을 확인하지 않았었고, 딸이 침대를 정돈하지 않은 채 벗은 옷들 반을 바닥에 던져 둔 채로 나갔다는 것을 깨닫는다.

코너. 관자놀이의 맥박이 빠르게 고동치고 아무리 자제력을 발휘해도 맥박은 느려지지 않는다. 하느님, 제발 제 아기를 데려가지 마세요. 제발.

아이 방 문은 닫혀 있다. 열지 마시오. 안에 좀비 있음이라는 팻말이 걸려 있지만 신중하게 천천히 손잡이를 돌리자 잠겨 있지 않다. 두 가지 선택이 있다. 빨리 들어가느냐, 천천히 들어가느냐.

부드러운 호를 그리며 총을 빼 들고 빠르게 문을 박차고 들어가 다시 튀어나오는 나무 문을 어깨로 막는다. 이 일련의 행위가 아들을 초주검으로 만든다.

침대에 누운 아이의 헤드폰에서 새어 나오는 음악 소리는 내가 서 있는 곳에서도 들릴 정도였지만 벽을 쾅 때리고 다시 튕긴 문소리가 아이를 화들짝 일으키고 헤드폰을 잡아 빼게 한다. 권총을 본 아이가 비명을 질러 나는 즉시 겨눴던 총을 아래로 낮추지만 이미 아이의 눈에서 걷잡을 수 없는 공포를 보고 난 후다.

몇 초도 지나지 않아 그 공포는 끓는 듯한 분노로 바뀐다. "세상에, 엄마! 뭐예요!"

"미안해." 내가 말한다. 충격으로 아드레날린이 대량으로 뿜어져 나온 탓에 맥박이 훨씬 더 빠르게, 줄기차게 방망이질 친다. 손이 떨린다. 조심스럽게 총을 이젝션 포트가 위를 향하게, 총구는 우리 둘 모두에게 향하지 않게 옷장 위에 내려놓는다. 사격장 규칙. "미안해.

엄마는……," 그것을 입 밖에 소리 내 말하고 싶지 않다. 간신히 떨리는 숨을 들이쉬고 웅크리고 앉아 두 손으로 이마를 감싸 누른다. "오, 우리가 나간 뒤에 네가 경보기 켜는 걸 잊은 것뿐이야."

음악이 고성의 절정인 순간에 멈추고 헤드폰이 바닥에 딸그락 떨어진다. 코너가 나를 바라보며 침대가에 앉자 삐걱대는 소리가 들린다. 마침내 나는 과감하게 아이를 흘끗 본다. 나는 울고 있지 않지만 눈이 빨개지고 뜨거워졌음을 느낀다. 울지 않은 지 오래됐다.

"경보기요? 내가 켜는 걸 잊었나?" 아이가 숨을 내쉬며 마치 배가 아픈 것처럼 앞으로 몸을 숙인다. "엄마. 이제 정도껏 해요. 엄마가 언젠가 우리 둘 중 하나를 죽일 거라는 걸 알아요? 우린 아무도 모르는 곳에 와 있다고요. 여기는 문을 잠그는 사람도 없는 곳이라고요!"

난 대답하지 않는다. 아이 말이 맞다, 당연히. 과민하게 반응했고 이게 처음도 아니다. 나는 내 아이에게 장전된 총을 겨눴다. 아이의 분노를 충분히 이해할 만하고 방어적인 태도 역시 마찬가지다.

하지만 아이는 내가 사이코 순찰대의 포스팅들을 조사하며 얻은 사진들을 보지 못했다.

사진은 온라인 스토커들의 특정 부분집합의 취미다. 그들 중 일부는 포토샵에 능숙하다. 그들은 소름 끼치는 범죄 현장 사진을 가져다 희생자들의 얼굴에 우리의 얼굴을 이식한다. 그들이 아동 포르노그래피의 이미지를 수정함으로써 난 내 딸과 아들이 상상조차 할 수 없는 방법으로 잔인하게 다뤄지는 것을 본다.

나를 끈질기게 괴롭히고 앞으로도 늘 그렇게 괴롭힐 사진은 코너 또래의 난도질당한 어린 남자애가 피가 흥건한 시트와 뒤엉킨 채 자기 침대 위에 누워 있는 사진이다. 살인자들에 대한 신의 정의라는 캡션이 달린 그 사진이 최근에 불쑥 나타났다.

나에 대한 코너의 분노는 정당하다. 아이가 바보 같고 불필요한 강박적 규칙에 둘러싸여 부당하게 혼난다고 느끼는 것은 괜찮다. 나도 그것은 어쩔 수 없다. 정말 진짜 괴물들한테서 아이를 지켜 내야 하니까.

그러나 아이에게 그것을 설명할 수 없다. 이 세상 이면에 검은 강 같은 것이 흐르는 현실 세계를 아이에게 보여 주고 싶지 않다. 난 아이가 만화책을 사 모으고 판타지 포스터를 벽에 붙이고 핼러윈 날 좀비 분장을 할 수 있는 세상에 머물길 바란다.

난 아무 말 하지 않는다. 다리를 움직일 수 있게 되자 일어나 총을 집어 든다. 밖으로 걸어 나가 등 뒤에서 조용히 문을 닫는다.

문 저편에서 아들이 소리친다. "사회복지국에 이를 거예요!" 아이가 농담하고 있다고 여긴다. 그러기를 바란다.

총 금고로 걸어가 지크를 넣고 잠근 후, 딸에게 전화해 집으로 오라고 말한다. 나는 늘 하는 것처럼 경보기를 리셋한다. 습관.

우편물을 집어서 부엌으로 가져가며 전화를 끊는다. 물이 몹시 당긴다. 입에서 오래된 피 같은 메마른 금속 맛이 난다. 물을 마시며 광고 전단, 자선 기부금 요청서, 지역 업체 광고물을 살핀다. 나는 어디에도 속하지 않는 우편물에서 멈춘다. 겉에 내 이름과 주소가 인쇄되어 있고, 오리건주 윌로 크리크 소인이 찍혀 있는 마닐라 봉투다. 내 마지막 재발송 서비스. 따라서 안에 든 것이 뭐든 중간중간 끊긴 긴 경로를 따라오다가 마침내 내게 닿은 것이다.

난 그걸 만지지 않는다. 서랍을 열어 파란색 비닐장갑을 꺼낸다. 그것을 끼고 주의하면서 깔끔하게 봉투 윗부분을 절개해 열고, 안에

든 보통 크기의 또 다른 봉투를 꺼낸다.

난 즉각 반송 주소를 알아보고 뜯지 않은 채 봉투를 조리대에 떨어뜨린다. 의식적으로 그런 게 아니라, 살아 있는 바퀴벌레를 손으로 붙들고 있다는 걸 깨달았을 뿐이다.

편지는 엘더레이도 교도소에서 사형 집행일을 기다리고 있는 멜에게서 온 것이다. 사형 집행일을 오래 기다려 왔고, 변호사들은 내게 그의 항소심 효력이 다하려면 최소한 10년은 걸릴 거라고 말한다. 그리고 캔자스는 20년 이상 사형 집행을 하지 않았다. 그러니 그의 선고가 결국 언제 내려질지 누가 알겠는가. 그날이 오기 전까지 그는 앉아서 생각한다. 그는 나에 대해 많은 생각을 한다.

그리고 그는 편지를 쓴다. 난 편지들에 패턴이 있다는 걸 알게 됐고, 그래서 이 편지에 바로 손대지 않는다.

봉투를 오래 응시하다가 현관문이 열리고 경보기 울리는 소리에 깜짝 놀란다. 래니가 빠르게 손을 놀려 경보를 취소하고 리셋한다.

봉투를 노려보고 있지 않으면 그것이 나를 공격이라도 할 거라는 듯이 난 지금 있는 곳에서 꼼짝도 하지 않는다.

래니가 열쇠를 화분에 넣고 나를 지나쳐 냉장고 문을 열어 물병을 꺼낸 다음 뚜껑을 열고 목이 탄다는 듯 벌컥벌컥 마신다. 그리고 나서 말한다. "그럼 내가 맞혀 볼게요. 뇌 없는 코너가 경보기 켜 놓는 걸 잊어버렸던 거죠. 또. 걔, 쏴 버렸어요?"

난 대답하지 않는다. 꼼짝도 하지 않는다. 시야 가장자리로 아이가 나를 응시하고 있는 것과 무슨 일인지 깨달은 아이의 변화된 보디랭귀지를 의식한다.

내가 미처 그 계획을 짐작해 내기 전에 딸이 조리대에서 봉투를 집어 올린다.

"안 돼!" 딸에게 달려들지만, 너무 늦었다. 그녀는 이미 까맣게 칠한 손톱을 봉투 덮개 밑으로 집어넣어 개봉하고, 안에 든 희끄무레한 종이를 꺼낸다. 낚아채려고 손을 뻗지만 그녀는 화를 내며 잽싸게 뒤로 물러난다.

"그 사람이 나한테도 편지 썼어요? 코너한테도?" 그녀가 내게 묻는다. "이런 거 많이 받아요? 엄마가 '그 사람은 한 번도 쓴 적 없어.'라고 했잖아요!" 딸의 목소리에 배신감이 배어 있고, 난 그게 싫다.

"래니, 편지 이리 주렴. 부탁이다." 난 권위 있는 목소리로 침착하게 말하려고 노력하지만 속으로는 두려움에 허우적대고 있다.

그녀는 파란 장갑 속 땀에 젖은 내 손을 주목한다. "세상에, 엄마. 그는 이미 교도소에 있는 사람이에요. 어떤 빌어먹을 증거도 보존할 필요가 없다고요."

"제발."

그녀는 찢어진 봉투를 던지고 종이를 펼친다.

"제발 그러지 마." 나는 패배감에 속삭인다. 속이 좋지 않다.

멜에게는 계획이 있다. 그가 보낸 두 통의 편지에서 그는 완벽하고 놀라울 만큼 똑같은, 내가 결혼했던 예전의 그 멜이다. 친절하고, 상냥하고, 재미있고, 사려 깊고, 염려하는. 그 편지들은 아주 사소한 것부터 사랑의 맹세에 이르기까지 그가 가장했던 사람을 정확히 보여준다. 그는 자신의 결백을 주장하지 않는다. 왜냐하면 그럴 수 없다는 걸 알기 때문에. 증거가 너무나 확실했다. 그러나 그는 나와 아이들에 대한 감정에 관해 주장할 수 있고, 편지에 그렇게 쓴다. 사랑과 관심 그리고 염려.

세 번의 편지 중 두 번은 그렇다.

하지만 이것은 세 번째 편지다.

나는 딸애의 모든 환상이 깨진 순간, 주의 깊게 잉크로 쓴 그 글 속에서 딸애가 괴물을 발견한 바로 그 순간을 본다. 딸애의 손이 지진 신호를 보내는 지진계의 바늘처럼 떨리는 모습을 본다. 딸애의 두려움에 찬 멍한 눈을 본다.

그리고 난 그것을 참을 수가 없다.

난 갑자기 저항할 의지를 잃은 딸애의 손에서 뺏은 편지를 접어 조리대에 놓는다. 그러고 나서 딸을 감싸 안는다. 딸애는 한동안 뻣뻣이 굳어 있다가 뜨거운 얼굴을 내게 맞대면서 격노한 해류 같은 몸을 떨더니 녹아내리듯 내게 기대 온다.

"쉬," 나는 어둠이 무서운 여섯 살짜리 아이를 대하듯 딸애의 검은 머리를 쓰다듬는다. "쉬, 아가. 괜찮아."

아이는 고개를 젓더니 포옹을 풀고 자기 방으로 걸어간다. 문을 닫는다.

나는 접힌 편지를 보고 거의 나를 둘로 찢어 놓을 듯한 강한 분노가 밀려옴을 느낀다. 어떻게 감히. 나는 내 아이에게 그런 짓을 하고 이따위 편지를 보낸 자를 생각한다. 네가 어떻게 감히, 이 빌어먹을 자식.

멜빈 로열이 내게 쓴 걸 읽지 않는다. 전에 읽은 적이 있기 때문에 뭐라고 쓰였는지 나는 안다. 이것은 가면을 벗어 던진 편지로, 그는 내가 자신을 얼마나 실망시켰고, 자신의 아이들을 뺏어 가 자신을 싫어하도록 어떻게 아이를 세뇌했는지에 대해 말한다. 그는 자신에게 기회가 한 번이라도 온다면 내게 어떻게 할지 묘사한다. 그는 창의적이다. 자세히 묘사한다. 역겨울 정도로 직접적으로.

그러고 나서 날 잔인하게 죽여 버리겠다고 언제 위협했느냐는 듯 태도를 싹 바꿔 애들은 어떻게 지내느냐고 묻는다. 그는 아이들을 사랑한다고 말한다. 그리고 물론 그는 사랑한다. 그의 머릿속에서 아이들은 바로 자기 자신의 반영이기 때문에. 독립적 주체인 진짜 사람이 아니라. 지금 그가 아이들을 만난다면 그는 그들이 자신이 전에 사랑한 작은 플라스틱 인형들이 아니라는 걸 알리라. 그들은 다른 존재가 되리라. 나 같은 잠재적 희생자가 되리라.

편지를 봉투에 넣고 연필을 집어 겉봉에 날짜를 적은 뒤, 그것을 더 큰, 우편 재발송 서비스 봉투에 다시 넣는다. 그 일을 마치자 폭탄이라도 제거한 것처럼 한결 기분이 나아진다. 내일 나는 그 봉투에 '존재하지 않는 주소'라고 적어 그것을 돌려 보낼 것이고, 재발송 서비스 회사는 페덱스로 캔자스 수사국Kansas Bureau of Investigation 멜빈 사건 담당 요원에게 그 편지를 보내는 기존의 방침을 따를 것이다. 지금까지 KBI는 멜빈의 그런 편지가 어떻게 감옥의 정상적인 검열 과정을 통과하는지 알아내지 못했다. 난 여전히 희망을 놓지 않는다.

내가 장갑을 끼는 이유를 래니는 잘못 짚었다. 증거를 보존하기 위해서가 아니다. 의사들이 끼는 것과 같은 이유에서다. 감염을 막기 위해.

멜빈 로열은 전염성 있는 치명적 질병이다.

◆　◆　◆

나머지 하루는 믿기지 않게 조용하다. 코너는 자신의 침실에서 일어난 일에 대해 아무 말이 없다. 래니도 말이 없다. 둘은 비디오게임을 부팅한다. 아이들이 게임에 몰두해 있는 동안 내 시간은 나만의 것이다. 난 보통 엄마들처럼 저녁을 만든다. 우리는 말없이 먹는다.

다음 날, 정학을 당한 래니는 문을 잠그고 방 안에 틀어박혀 있다. 방해하지 않기로 한다. 그녀가 TV 드라마를 한꺼번에 몰아서 보는 소리가 들린다. 코너는 학교에 간다. 버스 정류장에 혼자 보낸 게 마음에 걸려, 차에 오를 때까지 창문으로 지켜본다. 내가 아이를 데리고 거기서 기다린다면 아이는 몹시 짜증을 낼 것이다.

그날 오후 아이가 버스를 타고 돌아올 때 맞으러 나가지만, 아이의 도착이 완전히 우연이라는 듯이 집 앞 작은 화단을 뒤적거리는 척함으로써 마중을 나왔다는 것을 숨긴다. 무거운 가방을 멘 아이가 버스에서 내리자 두 소년이 뒤따라 내린다. 이야기를 나누는 세 아이를 보고 순간 나는 왕따를 걱정하지만 아이들은 사이가 좋아 보인다. 낯선 두 아이는 금발로, 한 명은 코너 나이쯤, 다른 아이는 한두 살 많아 보인다. 나이 많은 아이는 놀랄 만큼 키가 크고 체격이 벌어졌지만 코너에게 친근하게 씩 웃으며 손을 흔든다. 나는 두 아이가 터벅터벅 왼쪽 길로 사라지는 모습을 지켜본다. 두 아이는 분명 나이 든 부부인 조핸슨네 아이들이 아니다. 그 집 아이들은 다 컸고, 그들은 내가 여기 온 이래 정확히 한 번 부모를 방문했다. 아니, 그레이엄 경관네 아이들이 틀림없다. 그레이엄은 노턴 경찰서의 제복 경찰이다. 나와 달리 그레이엄의 가족은 테네시 출신이다. 내가 들은 바로, 그는 이곳 호수 부지가 부자들의 놀이터로 변모하기 전까지 이곳에 토지를 소유한 견실한 지방 가문의 후손이다. 나는 그 집에 들러 내 소개를 하고 그 남자가 어떤 사람인지 파악한 다음 조용한 동맹을 맺으려고 애쓸 필요가 있다. 때가 되면 법적 강제력이 필요할지도 모른다. 두어 번 찾아가 문을 두들겨 봤지만 대답이 없었다. 이해할 만하다. 경찰이 일하는 시간은 대중이 없다.

"얘야, 학교는 어땠니?" 아이가 터덜터덜 지나쳐 가는데 내가 묻는다. 조금 전 작은 꽃가지들 주변에 뒤적거려 놓은 흙을 더 단단히 다진다.

"괜찮았어요." 아이가 열의 없이 말한다. "내일까지 내야 하는 숙제가 하나 있어요."

"뭔데?"

아이가 가방을 끌어 올려 더 편한 자세를 취한다. "생물. 문제없어요. 다 아는 거예요."

"끝내고 나면 엄마가 한번 봐 줄까?"

"괜찮아요."

아이가 안으로 들어가고 나는 일어서서 손바닥에 묻은 흙을 떨어낸다. 물론, 아이가 걱정된다. 어제 아이에게(그리고 나 자신에게) 겁을 준 것에 대한 걱정. 아이에게 상담이 더 필요할지 어떨지에 대한 걱정. 아이는 몹시도 조용하고 내성적으로 변했고, 그것은 래니가 드러내는 감정의 표출만큼이나 나를 두렵게 한다. 아이가 대부분의 시간 무슨 생각을 하는지 알 길이 없고, 이따금 아이가 고개를 기울이는 모습이 아이의 아버지를 너무나 떠오르게 해서, 아이 눈에서 그 괴물의 모습이 보이기를 기다리며 내면이 얼어붙는다……. 그러나 그것을 본 적은 없다. 난 악이 유전된다고 믿지 않는다.

믿을 수 없다.

저녁으로 피자를 만들어 먹고 모두 함께 영화를 보고 있을 때 현관 벨이 울리더니 요란하고 부산한 노크가 뒤따른다. 목구멍에 뭐가 걸린 듯한 느낌을 받으며 난 벌떡 소파에서 일어난다. 일어나려는 래니를 황급히 제지하고 그녀와 코너에게 복도 저쪽으로 가라고 말없이 손짓한다.

아이들이 서로 쳐다본다.

다시 더 크게 문이 쾅쾅 울린다. 조급하게 들린다. 난 소파 아래 안전 금고 안에 있는 총을 떠올리지만 천천히 커튼을 젖히고 밖을 훔쳐본다.

경찰. 현관 포치에 제복 경관이 있고, 순간 묵은 불안의 감정이 나를 잠식한다. 난 다시 지나 로열이다. 우리의 옛 위치토 거리로 돌아가 등 뒤에 수갑을 찬 채 남편이 해 놓은 짓을 보고 있다. 내 비명을 들으며.

'그만.' 나는 자신에게 그렇게 말한 다음 그 말이 사격장 하비의 사격 중지 명령처럼 내 몸을 공명하게 둔다.

나는 경보기를 해제하고 앞으로 일어날 일을 생각하지 않으려고 애쓰며 현관문을 연다.

빳빳하게 다림질된 옷을 입고 반짝반짝 광을 낸 구두를 신은, 호리호리한 경찰이 서 있다. 나보다 30센티미터는 더 큰 키에 어깨가 넓은 그가 내게 너무 익숙한, 내심을 알 수 없는 경계의 표정을 짓고 있다. 경찰 배지를 단 사람들에게 기본적으로 따르는 표정을.

내 안에서 공황이 일지만 그에게 미소를 짓는다. "경관님. 제가 도울 일이라도 있나요?"

"안녕하세요, 프록터 씨 맞으시죠? 이렇게 들러서 죄송합니다. 제 아들이 말하길 댁의 아드님이 오늘 이걸 버스에서 잃어버렸다더군요. 돌려줘야겠다는 생각이 들었습니다." 그가 작은 은색 플립형 핸드폰을 건넨다. 코너의 전화기란 걸 즉시 알아차린다. 아이들 핸드폰이 섞이지 않게 색깔로 구분해 놓아서 나는 한눈에 어느 게 누구 것인지 알 수 있다. 부주의한 아들에게 치미는 화를 느꼈다가 다음 순간 실제적인 공포를 느낀다. 전화기를 잃어버린다는 것은 우리의 철저한 정보 통제력을 잃는다는 의미다. 비록 아이가 입력해 놓은 번호가 이곳 친구들과 나, 래니뿐일지라도. 그것은 우리의 벽에 난 균열이다. 잠깐의 부주의.

내가 적절한 말, 고맙다는 말조차 하지 못하고 있을 때 그레이엄 경관이 몸을 돌리려 한다. 윤곽이 뚜렷한 얼굴에 선명한 갈색 눈의 그가 약간 어색한 미소를 짓는다. "잠깐 들러서 인사드리려고 했을 뿐입니다. 하지만 제가 좋지 않은 시간에 온 거라면……,"

"아니, 아니에요. 물론 그렇지 않아요. 죄송해요. 전…… 그러니까, 전화기 갖다 주셔서 고마워요." 이제 래니가 팔을 앞으로 뻗어 영화를 정지시키고, 나는 옆으로 비켜서서 그를 들인다. 그가 들어오자 나는 문을 닫고 반사적으로 경보기를 켠다. "시원한 거라도 드릴까요? 그레이엄 경관님이시죠?"

"네, 랜슬 그레이엄입니다, 부인. 편하게 랜스라고 부르십시오." 그는 집 밖으로 나가 절대 모험 따위는 하지 않을 듯한 순수한 구식 테네시 억양으로 말한다. "아이스티가 있다면 좋겠군요."

"물론이죠. 달게요?"

"달지 않은 것도 있습니까?" 그는 모자를 벗자마자 겸연쩍은 듯 머리를 문질러 머리카락을 흐트러트린다. "정말 반가운 말씀입니다. 아주 힘들고 목마른 날이었거든요."

난 누군가를 본능적으로 좋아하는 일에 익숙지 않고, 그는 내게 매력을 발휘하려고 꽤 애쓰는 것처럼 보인다. 그것이 나를 경계하게 한다. 그는 공손하고 존중하는 태도를 보이려 애쓰며 자신의 건장한 체구와 근육을 될수록 작게 보이려 한다. 아마 자신의 일에 매우 능숙하리라. 그의 음색에는 확신이 담겨 있다. 그는 화가 난 용의자를 손가락 하나 까딱하지 않고 말로 제압할 수 있을 것이다. 나는 뱀을 부리는 사람은 신뢰하지 않지만…… 아이들에게 보내는 너그러운 웃음은 마음에 든다. 그것은 효과가 있다.

이내 이 전화기를 가져온 사람이 경찰이라는 사실에 아주 감사해야 한다는 생각이 든다. 물론 암호가 걸려 있기는 하지만 전화기가 나쁜 사람 손에, 암호가 걸린 전화기에 정통한 사람 손에 들어갔다면 피해를 입었을지도 모른다. "코너의 전화기를 찾아 주셔서 정말 감사해요." 그레이엄 경관에게 냉장고의 단지에 든 아이스티를 따라 주면서 말한다. "맹세컨대 전에는 잃어버린 적이 한 번도 없어요. 댁의 아드님이 발견하고 누구 건지 알았기에 다행이네요."

"죄송해요, 엄마." 소파에 앉은 아들이 말한다. 아이는 불안한 기색으로 가라앉은 목소리를 낸다. "잃어버릴 생각은 없었어요. 그게 없어진 줄도 몰랐어요!"

대부분의 10대 초반 아이들은 전화기가 손에서 30초만 떨어져도 그걸 찾을 테지만 내 아이들은 핸드폰의 기본 기능 이상을 쓰면 안 되는 이질적인 세상에서 살도록 강요받는다. 우리 아이들에게 스마트폰 따위는 없다. 두 아이 중에서는 코너가 이런 기계에 관심이 많았다. 그에게는 적어도 친구들, 그에게 문자를 보내는 괴짜 친구들이 있었다. 래니는…… 덜 사교적이었다.

"괜찮아." 난 아들에게 그렇게 말하고, 그것은 진심이다. 맙소사,

나는 내 불쌍한 아들에게 이번 주에 평생 치의 혼을 빼 놓았다. 그래, 아이는 경보기 켜 두는 것을 잊어버렸다. 그래, 전화기를 잃어버렸다. 하지만 그게 정상적인 삶이다. 나는 느긋해질 필요가 있고, 모든 실수 하나하나가 치명적 위협이라는 듯이 행동하기를 멈춰야 한다. 그런 태도는 나에게, 그리고 우리 모두에게 스트레스가 된다.

그레이엄 경관은 카운터 앞의 스툴에 앉아 아이스티를 홀짝인다. 그는 매우 편안해 보이고, 내게 감사의 의미로 눈썹을 치켜세우고 친근하게 웃어 보인다. "훌륭한 아이스티군요, 부인." 그가 말한다. "뜨거운 날 경찰차에 타고 있지 않으면 말입니다. 이게 최고라고 할 수 있죠."

"언제라도 들르시고, 그웬이라고 부르세요. 우린 이웃이잖아요. 맞죠? 그리고 댁의 아드님들이 코너의 친구죠?"

나는 그렇게 말하며 코너를 힐끗 보지만 표정을 읽을 수 없다. 아이는 휴대전화를 주물럭거리고 있다. 손님이 가면 내가 돌변해 고함을 지를 거라고 걱정할 아이를 생각하니 죄책감이 든다. 내가 아이들을 너무 지나치게 군대처럼 키워 왔다는 생각이 명료하게 다가온다. 우리는 마침내, 주위에 평화가 감도는 좋은 곳에 정착했다. 이제는 사냥꾼에게 쫓기는 동물처럼 행동할 필요가 없다. 온라인 트롤들이 발견한 주소와 우리 사이에는 경로가 여덟 군데나 차단돼 있다. 여덟 군데. 아이들에게 돌이킬 수 없는 상처를 주기 전에 경계경보를 해제할 때다.

랜슬 그레이엄은 이제 호기심 어린 표정으로 주위를 둘러보고 있다. "집에 굉장한 일을 하셨군요." 그가 말한다. "듣기로는 집이 쓰레기장이 다 됐었다고 하던데요? 압류된 후에?"

"맙소사, 그런 엉망이 없었어요." 래니가 입을 열어 나를 놀라게 한다. 래니는 보통 낯선 사람과의 대화에 자발적으로 뛰어드는 편이 아니다. 특히 제복 입은 사람과는. "부술 수 있는 건 다 부쉈더라고요. 화장실을 보셨어야 해요. 완전 역겨움. 우리는 흰 비닐 보호복을 입고 얼굴 마스크를 쓴 다음 거기 들어갔어요. 며칠을 토했다고요."

"애들이 여기서 파티를 하고 그랬을 겁니다." 그레이엄이 말한다. "무단 거주자들이 약에 취해 있지만 않았다면 조금은 더 조심스럽게 행동했을 겁니다. 말이 나왔으니 말씀드려야겠군요. 이런 구석진 곳에도 우리 나름의 마약 문제가 있답니다. 여전히 저 위 언덕 지대에서 메스 제조가 계속되고 있지만, 요즘 대세는 주로 헤로인이죠. 그리고 옥시Oxycontin 모르핀과 유사한 진통제. 그러니 계속 살펴보십시오. 누가 사용하고 밀매할지 결코 모를 일입니다." 그는 유리잔을 입술에 갖다 대며 말을 잠시 멈춘다. "집을 치울 때 여기서 약 같은 거 못 보셨습니까?"

"뭘 봤든 다 갖다 버렸어요." 내 말은 전적으로 사실이다. "상자든 가방이든 열어 보지 않았어요. 바닥에 고정되지 않은 건 모두 밖에 내놨고, 그중 반을 살펴본 뒤 다시 갖다 놓았죠. 이제 주위에 숨겨진 건 없을 거예요."

"잘하셨습니다." 그가 말한다. "잘하셨어요. 뭐, 그게 이곳 노턴에서 제가 하는 일의 대부분이죠. 마약과 마약이 관련된 강도 사건, 음주 운전. 감사하게도 폭력 범죄는 잦지 않습니다. 좋은 곳에 오셨습니다, 프록…… 그웬."

유행성 마약만 빼면요. 나는 그렇게 생각하지만 입 밖에 내지는 않는다. "이웃들을 만나면 늘 반가워요. 강한 유대가 공동체를 더 좋게 만들지 않나요?"

"맞습니다." 그가 잔을 비우고 일어나 주머니에서 명함을 꺼낸다. 그것을 카운터 위에 내려놓고 마치 그 자리에 못질이라도 하듯 두 손가락으로 톡톡 친다. "제 번호가 여기 있습니다. 사무실 번호와 휴대전화 번호. 누구든 어떤 문제라도 생기면 주저하지 말고 전화하십시오, 아시겠죠?"

"그럴게요." 나는 내가 미처 대답하기도 전에 그렇게 말하고 눈을 반짝이며 그레이엄 경관을 살펴보는 래니를 본다. 나오려는 한숨을 누른다. 열네 살이다. 짝사랑이 불가피한 나이고, 그는 운동하면 이렇게 될 수 있다는 포스터에 나오는 모델 같다. "고맙습니다."

"그래요, 미스……,"

"애틀랜타예요." 딸애가 그에게 말하며 일어나 손을 내민다. 그가 진지한 표정으로 그 손을 잡고 흔든다. 저 애는 절대 자신을 애틀랜타로 부른 적 없어. 나는 그런 생각을 하다 달콤한 차에 사레가 들릴 뻔한다.

"만나서 반갑구나." 그레이엄이 돌아서서 코너와도 악수한다. "당연히 네가 코너겠구나. 우리 애들한테 안부 전해 주마."

"네." 코너는 누나와는 대조적으로 조용하다. 경계하면서 말을 아끼는. 여전히 전화기를 든 채로.

그레이엄이 모자를 쓰고 마지막으로 나와 악수한다. 그러고 나서 나는 현관문까지 그를 배웅한다. 내가 그를 내보내기 위해 경보기를 해제하는 동안 그는 뭔가 잊은 물건이라도 있는 양 돌아본다. "사격장에 다니신다고 들었습니다, 그웬. 여기 총을 두고 계신가요?"

"대개는요." 난 말한다. "걱정 마세요. 모두 총기류 금고에 들어 있어요."

"그리고 저희는 총기류 안전 수칙에 대해 알고 있어요." 래니가 눈알을 굴리며 말한다.

"둘 다 총을 잘 쏘겠구나." 그가 말한다. 코너와 래니가 재빨리 남매간의 시선을 교환하는 게 마음에 들지 않는다. 사실 난 애들이 내총에 손대거나 쏘는 법을 배우는 걸 허락하지 않았고, 그것은 우리사이에 끊임없는 논쟁거리였다. 그것은 내가 한밤중에 하는 가상 공황 상태 훈련만큼이나 나쁘다. 나는 이 혼돈에 장전된 무기들까지 더하고 싶지 않다. "전 목요일과 토요일 저녁, 거기에 갑니다. 우리 애들을 가르치고 있죠."

그것이 딱히 초대는 아니었지만 난 고개를 끄덕이며 고맙다고 하고, 그는 곧 집을 나선다. 그가 열린 문에서 다시 멈추더니 나를 본다. "뭐 좀 여쭤봐도 될까요, 프록터 씨?"

"그럼요." 내가 말한다. 그가 은밀히 얘기하길 원하는 것 같아 밖으로 나간다.

"소문에 의하면 이 집에 안전실이 있다던데요." 그가 말한다. "그게 사실입니까?"

"네."

"저 그러니까, 거기 들어가 보셨습니까?"

"열쇠 수리공을 불러서 따고 들어갔죠. 안에 아무것도 없었어요. 물병 몇 개뿐이었어요."

"허. 그게 존재한다면 난 늘 누군가가 거기 뭔가를 숨겨 뒀을 거라고 생각했습니다. 음." 그가 카운터 위에 자신이 남겨 둔 명함이 있는쪽을 가리킨다. "필요한 일 있으면 전화 주십시오."

더 질문하지 않고 그는 떠난다.

다시 문을 잠그고 암호를 입력하고 소파를 향해 걸어가면서 내 안에 있는 긴장과 동물적 열기가 누그러진다. 낯선 남자를 내 집에 들이다니 온몸이 근지럽다. 아이들과 소파에서 시간을 보냈던 저녁이 떠오른다. 멜과 함께. 정체를 숨기기 위해 멜이라는 가면을 쓰고 있었던 그것과 함께. 난 결코 그것을 꿰뚫어 보지 못했다. 오, 냉정할 수도, 무관심할 수도, 짜증을 낼 수도 있지만, 세상에 어떤 인간이 그런 결함을 가진단 말인가.

멜의 진짜 정체는…… 그건 달랐다. 아니, 달랐을까? 내가 알기나 했을까?

"엄마." 래니가 말한다. "그 아저씨 멋있어. 엄마 한번 생각해 봐."

"토 나올 것 같아." 코너가 말한다. "토하는 거 보고 싶어?"

"조용히 해." 나는 아이들에게 그렇게 말하며 아이들 사이 소파에 자리를 잡는다. 손을 뻗어 리모컨을 켠 다음 몸을 돌려 아들을 본다. "코너, 전화 말이야."

아이는 공격에 대비하며 사과하려고 입을 연다. 나는 아이 손 위에 손을 얹는다. 그 손에는 휴대전화가 도망치기라도 한다는 듯이 아직도 그것이 꽉 쥐어 있다.

"우린 모두 실수할 수 있어. 괜찮아." 나는 그렇게 말하며 그것이 내 솔직한 마음이라는 걸 확실히 알게 해 주려고 아이의 눈을 똑바로 바라본다. "최근에 너한테 형편없는 엄마였던 거 미안해. 엄마가 언제 너한테 발끈할지 몰라서 네 집에서 발끝으로 살금살금 다닐 필요는 없어. 미안하다, 얘야."

아이는 그런 말에 뭐라고 대꾸해야 할지 모른다. 코너는 맥없이,

몸을 내밀며 얼굴에서 검은 머리칼을 쓸어 올려 한쪽 귀 뒤로 넘기는 래니를 본다. "우린 엄마가 왜 늘 그렇게 긴장해 있는지 알아요." 그녀는 내게 그렇게 말을 건네고, 코너는 누나가 자신을 위해 그렇게 말해 줘 안도한 모습이다. "엄마. 나 그 편지 봤어요. 엄마가 피해망상일 만도 해요."

코너가 묻지도, 호기심을 보이지도 않는 것으로 보아 래니가 코너에게 편지에 관해 말한 게 틀림없다. 충동적으로 손을 뻗어 래니의 손을 잡는다. 이 아이들을 사랑한다. 이 아이들을 너무나 사랑한 나머지 숨을 쉴 수 없어 납작해지고, 동시에 너무나 가볍게 고양되는 느낌이다.

"둘 다 사랑해." 나는 말한다.

코너가 편한 자세를 취하고 손을 뻗어 리모컨을 집는다.

"알아요." 코너가 말한다. "모든 유니콘이 우리에게 무지개 똥을 싼다는 데까지는 가지 마세요."

난 웃을 수밖에 없다. 아이가 재생 버튼을 누르고, 우리는 다시 함께 따뜻하고 편안하게 허구의 세계로 빠져든다. 그리고 난 래니가 내 바로 곁에서 꼼지락거리며 장난치고 있는 동안 코너를 팔에 안고 흔들 수 있었을 만큼 아이들이 작았던 때를 떠올린다. 그런 달콤했던 때를 그리워하지만 그것들 역시 더럽혀졌다. 내가 안전하다고 여겼던 위치토의 집에서 일어났던 때에.

내가 가족 시간에 충실한 동안 멜은 매우 자주 자리를 비웠다. 그는 자신의 차고에 있었다.

자신의 프로젝트들을 진행하면서. 그리고 이따금 그는 탁자, 의자, 책장을 만들었다. 아이들을 위한 장난감도.

그러나 그런 작업물을 만들지 않을 때 그는 잠긴 작업장에 자신의 괴물을 풀어놨고, 우리는 그곳에서 불과 3미터 떨어진 곳에서 경이로운 영화의 세계에, 고함을 지르며 보드게임의 재미에 빠져 있었다. 그는 깨끗이 씻고 웃으며 나타났고, 난 결코 달라진 점을 알지 못했다. 나는 그 어느 것도 궁금해하지 않았다. 그의 취미일 뿐, 해가 될 게 없어 보였다. 그는 항상 홀로 있는 시간이 필요했고, 그래서 난 그걸 그에게 주었다. 그는 값비싼 도구들 때문에 바깥문을 자물쇠로 잠가 두겠다고 했다.

그리고 난 그 모든 말을 사실로 받아들였다. 멜과의 삶은 거짓말 이외에는 아무것도 없었다. 늘 거짓말. 그 거짓말이 얼마나 따스하고 위로가 되는 것처럼 보였든.

아니, 이게 낫다. 이게 전보다 훨씬 낫다. 똑똑하고 상식 있는 아이들. 그들 그대로의 모습. 우리가 우리 손으로 다시 지은 우리 집. 다시 태어난 우리의 새 삶.

그리움은 평범한 사람들을 위한 것이다.

그리고 우리가 아무리 그런 척을 해도, 우리가 할 수 있는 최대한 열심히 그런 척을 한다고 해도 우리는 결코 다시는 평범해질 수 없을 것이다.

스카치를 한 잔 따라서 밖으로 나간다.

◆　◆　◆

코너가 30분 뒤 나를 이곳에서 찾는다. 난 호수의 이 조용한 침묵, 물에 비친 달빛, 머리 위에 뜬 청명한 별들을 사랑한다. 불어오는 부드러운 산들바람이 소나무에게 속삭인다. 위스키가 연기와 햇살의 기억이라는 근사한 대위법을 제공한다. 난 이런 식으로 하루를 마무리하길 좋아한다. 내가 그럴 수 있을 때.

여전히 바지와 티셔츠 차림인 코너가 포치의 의자에 살며시 앉아 말을 꺼내기 전에 잠시 침묵한다. "엄마. 나 핸드폰 잃어버리지 않았어요."

난 놀라 아이에게 고개를 돌린다. 텀블러 안에 든 스카치가 철렁했고, 난 그것을 옆에 내려놓는다. "무슨 말이니?"

"제 말은, 잃어버리지 않았다고요. 누가 가져갔어요."

"누구인지 알겠니?"

"네." 아이가 말한다. "카일이 가져간 것 같아요."

"카일……."

"그레이엄." 아이가 말한다. "그레이엄 경찰 아저씨네 애요. 키가 더 큰 애, 알죠? 걔는 열세 살이에요."

"애야, 네 주머니나 가방에서 떨어졌다면 괜찮아. 그냥 사고니까. 그런 일로 널 혼내지 않을 거라고 엄마가 약속할게, 됐지? 다른 사람을 대신 비난하면 안……."

"엄만 내 얘길 안 듣고 있어요." 아이가 격렬하게 말한다. "난 잃어버리지 않았다고요!"

"카일이 그걸 훔쳤다면 왜 다시 너에게 돌려주겠니?"

코너가 어깨를 으쓱한다. 창백해지고 긴장한 아이는 실제 나이보다 더 들어 보인다. "아마 암호를 풀지 못했나 보죠. 자기 아빠한테 들켰을지도 모르고요. 나야 모르죠." 아이가 머뭇거리더니 말한다. "아니면…… 자기가 원한 것을 얻었거나요. 래니의 전화번호 같은 거. 그 형이 누나에 관해 물어봤어요."

그건 물론 정상이다. 한 소년이 한 소녀에 관해 묻는 것. 어쩌면 그레이엄 경관을 향한 래니의 상냥함을 잘못 해석했을지도 모른다. 어쩌면 내가 갑작스러운 사랑의 열병을 감지하지 못했는지도 모른다. 어쩌면 래니는 그저 그의 아들에 관해 알고 싶어 했는지도 모른다. '래니는 더 심하게 행동할 수도 있었어.' 난 생각한다. '하지만 그 아이가 핸드폰을 훔친 거라면? 그게 괜찮은 걸까?'

"네 오해인지도 몰라, 아가." 내가 말한다. "모든 게 다 위협이나 음모가 되어야 할 필요는 없어. 우린 괜찮아. 괜찮을 거야."

아이가 뭔가 다른 걸 말하고 싶어 한다는 것을 그의 몸짓을 통해 알 수 있다. 내가 화를 낼까 봐 두려워하기도 한다. 아이가 내게 이야기하는 걸 두려워하게 했다는 게 싫다. "코너? 뭐가 마음에 걸려?"

"난……," 아이가 입술을 깨문다. "아무것도 아니에요, 엄마. 아무것도." 아들은 걱정한다. 나는 음모 이론으로 초기화되는 게 이치에 맞는다고 여겨지는 세상을 아이에게 만들어 줬다. "그래도 그냥…… 그 애들하고 거리를 두는 건 괜찮죠? 카일과 그 동생하고."

"네가 그러고 싶으면. 물론 괜찮아. 하지만 예의는 지켜야 해."

아이가 고개를 끄덕이고 난 다시 스카치를 집어 든다. 아이는 호수를 물끄러미 바라본다. "어쨌든 친구는 필요 없어요."

그런 말을 하기에는 너무 어리다. 그런 생각을 하는 것조차 너무 어리다. 아이에게 할 수 있는 한 모두와 친구가 되고 세상은 안전하며 아무도 널 다시 해치지 못할 거라고, 너의 삶은 기쁨과 경이로움으로 가득 찰 거라고 말해 주고 싶다.

그것은 사실이 아니므로 나는 아이에게 그렇게 말할 수 없다. 다른 이들에게는 사실일지도 모른다. 우리에게는 아니다.

나는 스카치를 비운다. 우리는 안으로 들어간다. 나는 경보기를 켜고, 코너가 자러 들어가자 부엌 식탁에 총을 모두 가져와 청소 도구를 늘어놓은 뒤 내가 무슨 일이든 할 수 있다는 것을 확신한다. 목표물 조준 연습과 총기 청소가 마음을 가라앉혀 준다. 모든 걸 다시 제자리에 놓는 느낌이다.

난 만일을 위해 준비되어 있어야 한다.

◆　◆　◆

래니는 숙제와 독서를 하고 헤드폰이 터져라 음악을 듣는 와중에도 나와 두 번씩 뛰러 나가며 남은 정학 기간을 보낸다. 달리기가 끝날 때쯤에는 다시는 안 뛰겠다고 맹세하지만 자발적으로 나서기까지 한다.

토요일이면 우리는 어머니한테 전화한다. 우리 셋이 내 일회용 핸드폰 주변에 모이는 가족 의례다. 난 익명의 VoIP 번호를 생성할 수 있는 앱을 깔았고, 누가 우리 엄마의 통화 기록을 살펴본다고 할지라도 그 번호가 우리 근처에도 닿지 못할 것이다.

난 토요일이 몹시 두렵지만 그 의례가 아이들에게 중요하다는 걸 안다.

"여보세요?" 엄마의 차분하고 약간 여린 목소리가 엄마의 옛 시절을 떠올리게 한다. 나는 늘 엄마를 내가 어렸을 때 봤던 모습으로 기억한다……. 수영과 보트 타기 덕분에 건강하고, 강인하고, 햇볕에 그을고, 호리호리한 모습으로. 엄마는 메인주를 떠나 지금은 로드아

일랜드주 뉴포트시에 산다. 엄마는 내 재판 전에 이사해야 했고, 그 후에도 두 번 이사했지만 결국 사람들은 엄마를 더 이상 귀찮게 하지 않고 있다. 뉴포트가 폐쇄성을 띠는 뉴잉글랜드^{메인, 뉴햄프셔, 버몬트,} ^{매사추세츠, 로드아일랜드 등 미국 동북부 대서양 연안에 있는 지역을 통틀어 이르는 말}에 있다는 것이 도움이 된다.

"안녕, 엄마." 내가 가슴에 불편한 압박감을 느끼며 말한다. "어떻게 지내요?"

"난 괜찮다, 얘야." 엄마가 말한다. 엄마는 결코 내 이름을 말하지 않는다. 예순다섯에 엄마는 자식에게 말할 때 매우 조심해야 하는 법을 배워야 했다. "네 목소리를 들으니까 너무 좋구나, 아가. 거긴 모두 괜찮니?" 엄마는 우리가 어디 있는지 묻지 않고, 결코 알지 못하신다.

"네, 저희는 잘 있어요." 내가 엄마에게 말한다. "사랑해요, 엄마."

"나도 사랑한다, 아가."

엄마에게 그곳에서의 생활에 관해 묻고, 엄마는 식당과 아름다운 경치와 쇼핑에 관해 짐짓 열의 넘치게 말한다. 스크랩북을 만드는 취미를 다시 시작한 것에 관해서도 말하지만 엄마가 나에 관한 무슨 스크랩북을 만드신다는 건지 전혀 모르겠다. 괴물 같은 전남편에 관한 숱한 기사들? 내 재판? 내 무죄 선고? 엄마가 그러한 것들과 관계된 무엇도 포함하지 않고, 우리 삶의 전후 사정 없이 결혼 전까지의 내 사진, 아이들 사진만으로 만들었다 해도 나쁘긴 마찬가지다.

스크랩북에 연쇄살인범에게 바치는 페이지를 꾸미려고 할 때 하비 로비^{Hobby Lobby 미국의 취미 전문점}는 어떤 종류의 장식물을 팔지 궁금하다.

래니가 몸을 숙이고 밝은 목소리로 말한다. "안녕하세요, 할머니!" 그리고 엄마가 대답할 때 나는 멀게 들리는 음성에서 변화를 감지한 다……. 진짜 따스함. 진짜 사랑. 진짜 유대. 그것은 한 세대를 거르는 것이거나 적어도 나를 건너뛰었다. 래니는 할머니를 사랑하고 코너도 마찬가지다. 아이들은 그 사건 후의 저 어둡고 끔찍했던 날들을 기억한다. 내가 교도소로 끌려가자 아이들에게 남은 유일한 빛은 천사처럼 부드러운 손길을 재빨리 내민 엄마였다. 엄마는 적어도 한동안은 아이들이 정상에 가까운 상태로 지낼 수 있게 아이들을 구조했다. 엄마는 아이들을 지키는 암사자였다. 엄마는 기자들과, 호기심과 원한 가득한 날카로운 말들을 막아 내고 문을 쾅 닫았다.

엄마에게 신세를 졌다.

엄마가 말을 꺼낼 때 나는 그 신세를 잊을 뻔했다. "그래, 얘들아. 지금 학교에서 무슨 공부를 하니?" 안전한 질문 같아 보이고, 분명 그렇겠지만 코너가 입을 열 때 난 아이가 듣는 수업 중 하나가 테네시주 역사라는 것을 깨닫고 재빨리 끼어든다.

"수업은 잘 따라가고 있어요."

엄마가 한숨을 쉬고, 나는 그 한숨에서 짜증을 듣는다. 엄마는 이런 것을 싫어한다. 너무나…… 막연하게 이야기해야 하는 것을 싫어하신다. "넌 어떠니, 얘야? 새로운 취미라도 생겼니?"

"별로요."

거기까지가 우리 대화의 한계다. 내가 아이였을 때조차 엄마와 난 그다지 가까웠던 적이 없다. 엄마가 나를 사랑하는 것을 알고 나도 엄마를 사랑하지만 그것은 내가 다른 사람들, 다른 가족들에게서 보는 종류의 애착이 아니다. 어쩌다 결국 함께하게 된 낯선 이들처럼,

우리 사이에는 일종의 정중한 거리감이 존재한다. 묘하다.

그러나 그렇다고는 해도 난 엄마에게 모든 것을 빚졌다. 엄마는 검찰이 내 유죄를 확정 짓기 위해 소를 제기한 1년 가까이나 내 아이들을 데리고 있게 되리라고는 전혀 생각지 못했다. 그들은 나를 '멜빈의 작은 조력자'라고 칭했고, 내가 멜빈의 범죄에 연루됐다는 추정을 남의 말 하기 좋아하고 복수심 강하며 세간의 주목을 받고 싶어 하는 한 이웃의 증언에 전적으로 의지했다. 그녀는 어느 저녁, 내가 멜빈을 도와 피해자 한 명을 차에서 차고로 나르는 모습을 봤다고 주장했다.

난 결코 그런 적이 없다. 결코 그러지 않았다. 난 단 한 가지도 아는 바가 없었지만 아무도, 정말 아무도 그 말을 믿지 않는다는 것을 깨닫자 몸서리가 쳐지고 미칠 것 같았다. 심지어 친엄마조차도 믿지 않았다. 아마 우리 사이의 아물지 않는 부위는 엄마가 얼굴에 혐오감과 공포심을 감추지 못하고 내게 이렇게 물었던 순간에 기인할 것이다. "애야, 네가 그랬니? 네 남편이 그렇게 시켰니?"

엄마는 결코 그 증언이 거짓이라고 주장한 적이 없었고, 내가 그런 잔인한 짓을 할 수 있는 사람이 아니라고 부정한 적이 없었다. 엄마는 오직 내가 왜 그랬는지 이유를 찾으려고만 했고, 그런 엄마의 모습은 그때나 지금이나 믿기 힘들 정도로 이해하기 어렵다. 아마 그건 내가 아이였을 때 엄마가 나에 대한 애착이 부족했고, 나 또한 엄마에게 그랬던 탓인지 모른다. 엄마는 나를 정말로 잘 안다는 느낌을 받은 적이 없었기 때문에 그렇게 쉽게 최악을 믿었는지 모른다.

난 결코 내 아이들에게 그러지 않을 것이다. 온전히 헌신적으로 그들을 옹호할 것이다. 이 일의 어떤 점도 그들 잘못이 아니다.

엄마는 늘 나를 탓했다. '그러니까,' 엄마는 이렇게 말한 적이 있다. '네가 그 남자와 결혼하고 싶어 했잖니.'

인터넷 트롤들이 아주 맹렬하게 나를 쫓는 데 전념하는 것은 그들이 정말로 내가 유죄라고 믿기 때문이다. 나는 법망을 피한 잔인한 포식적 살인자고, 이제 그들은 벌을 집행할 수 있는 자들이다.

어떤 면에서 나는 그들을 이해한다. 멜은 로맨틱한 행동으로 날 완전히 사로잡았다. 그는 나를 멋진 저녁 식사에 데려갔다. 장미꽃을 선물했다. 항상 나를 위해 문을 열어 줬다. 연애편지와 카드를 보냈다. 난 정말로 그를 사랑했거나 적어도 그렇다고 생각했다. 프러포즈는 황홀했다. 결혼식은 완벽히 동화 같았다. 몇 달 후 우리는 릴리를 가졌고, 나는 내가 세상에서 가장 운이 좋은 여자, 집에 머물며 아이들에게 사랑과 정성을 쏟아도 될 정도로 충분히 돈을 버는 남편을 가진 여자라고 생각했다.

이내 점차 그의 취미가 기어들었다.

멜의 작업장은 처음에 작게 시작됐다. 차고의 작업대로 시작해 더 많은 공구, 더 많은 공간, 차 두 대는 고사하고 한 대조차 들어갈 공간이 없을 때까지 커졌다. 그리고 그는 간이 차고를 지었고, 차고 전체를 자신의 공간으로 만들었다. 나는 탐탁지 않았다. 특히 겨울에는. 하지만 그때 멜은 차고 문을 없애고 거기에 벽돌을 쌓은 다음 자물쇠와 데드볼트스프링 작용이 없이 열쇠나 손잡이를 돌려야만 움직이는 걸쇠가 달린 문 하나를 더했다. 값비싼 공구들 때문이라고.

그 말이 이상하게 들린 적은 없었다. 단 한 번을 제외하고. 마지막에서 두 번째 피해자가 죽었을 때쯤이었을 것이다. 그는 다락을 통해 들어온 라쿤 한 마리가 작업장 구석에서 죽었다고 말하며 그 냄새가

다 빠질 때까지 시간이 좀 걸릴 거라고 했다. 그는 많은 양의 표백제와 세척제를 사용했다.

난 그 말을 모조리 믿었다. 믿지 않을 이유가 없지 않은가?

그러나 난 알았어야 했고, 그런 점에서 트롤들의 분노를 이해한다.

톤이 바뀐 것으로 보아 엄마가 다시 나한테 뭔가를 이야기하고 있다. 나는 감았던 눈을 뜨고 말한다. "네, 뭐라고 하셨어요?"

"아이들이 수영 강습을 받고 있냐고 물었다. 난 네가 그…… 그 문제 때문에 허락하지 않았을까 봐 걱정이구나." 엄마는 물을 사랑한다—호수, 풀장, 바다. 엄마는 반쯤 인어다. 멜빈이 자신의 희생자들을 물속에서 처리했다는 점을 엄마는 특히 끔찍해한다. 그것은 특히 나도 끔찍하다. 저 멀리 내가 그토록 감탄하는 호수에 발가락을 담근다는 생각만 해도 창자가 뒤틀린다. 추를 매달고 가라앉아 바닥에 사슬로 묶인 전남편의 희생자들을 떠올리면 나는 잔잔한 호수에 보트를 타고 나갈 수도 없다. 느린 물살에 흔들리며 조용히 썩어 가는 물속 정원. 수돗물을 마실 때조차 토할 것 같다.

"애들은 수영에 별 관심 없어요." 나는 다시 그 문제를 거론하지 못하게 조금도 당황한 기색 없이 엄마한테 말한다. "그렇지만 달리기는 꽤 자주 해요."

"네, 전 근처……," 래니가 입을 뗀 순간 나는 번개같이 손을 뻗어 무음 버튼을 누른다. 아이는 다음 순간 자신의 실수를 깨닫는다. 그녀는 호수에…… 관한 이야기를 막 하려던 참이었다. 비록 이 나라에 수천 개의 호수가 있다 해도 그것은 단서다. 우리는 그런 모험을 할 여력이 없다. "미안해."

무음 버튼을 해제한다.

"제 말은, 우리는 밖에서 많이 뛴다고요." 래니가 말한다. "꽤 좋아요." 래니에게 어떤 세부 사항—기온, 나무, 호수—도 누설하지 않게 하긴 어렵지만 래니는 그 정도로 그친다. 뭉뚱그리는 선에서. 엄마는 다그치지 않아야 한다는 것 정도는 안다. 슬픈 현실이다.

나는 전에 내가 없었을 때 아이들이 어떻게 지냈는지 궁금했다. 철창 뒤에서 나는 아이들 걱정에, 끊임없이 두려움에 불타는 지옥을 경험했다. 아이들이 늘 할머니와의 전화 통화를 환영하고 반기는 모습을 보면 할머니가 그들의 삶—그들에게 던져진 끔찍한 현실에서 벗어나는 휴가—에 평화를 상징하는 무언가라는 생각이 든다. 적어도 나는 그렇기를 바란다.

난 우리 애들이 거짓말에 능하지 않기를 바란다. 그것 역시 멜빈 로열의 대표적인 특징이기 때문이다.

엄마는 뉴포트와 다가오는 여름 이야기를 장황하게 늘어놓지만 우리는 우리가 사는 주변의 날씨가 어떠할 것인지 이야기하는 것으로 화답할 수 없고, 대화는 대부분 한 방향이다. 엄마가 이 통화를 자신의 의무라고 여기는 게 아니라면 엄마가 이 통화에서 얻는 게 있을지 정말 궁금하다. 나뿐이었다면 엄마는 귀찮게 굴지 않았을지도 모르지만 그녀는 진심으로 손주들을 사랑하고, 아이들도 할머니를 사랑한다.

내가 통화를 끝내고 다음 통화를 위해 꺼낼 때까지 전화기를 치우자 아이들 얼굴이 약간 어두워진다. 래니가 말한다. "우리도 스카이프 같은 거 하면 할머니 얼굴 볼 수 있을 텐데."

코너가 곧바로 누나에게 얼굴을 찡그린다. "그럴 수 없는 거 알잖아." 코너가 말한다. "스카이프에서도 사람들이 여러 가지를 알아낸

단 말이야. 경찰 드라마에서 봤어."

"드라마는 드라마일 뿐이야, 바보야." 래니가 되받아 쏜다. "넌 CSI
가 다큐멘터리라고 생각하지?"

"그만해, 둘 다." 내가 말한다. "엄마도 할머니를 볼 수 있으면 좋
겠어. 하지만 지금 이것도 좋잖아, 그렇지? 괜찮지?"

"네." 코너가 말한다. "좋아요." 래니는 아무 말도 하지 않는다.

◆　◆　◆

다음 날 사이코 순찰대가 올린 성과는 새로울 게 그다지 없지만
그 공포에 너무나 익숙해져 새로운 게 나를 문다고 해도 알아차릴지
확신할 수 없다. 나는 프리랜서로 편집과 웹디자인 일을 한다. 특별
히 요구 조건이 많은 코딩 작업에 푹 빠져 있을 때 현관문을 부산하
게 두들기는 소리가 난다. 움찔 놀라긴 했지만 그 소리가 그레이엄
경관의 노크를 연상시켜 마음을 놓고, 답하기 위해 현관으로 향한다.
누구인지 확인하니, 아니나 다를까 랜슬 그레이엄의 얼굴이 보인다.

안도감이 지나가자 그가 지난밤 내 따뜻한 환영을 오해하지 않았
기를, 혹은 그걸 기회로 보지 않았기를 바란다. 난 연애를 할 처지가
아니다. 말 그대로 완벽했던 멜의 유혹에, 그의 모범 남편 퍼포먼스
에 당할 만큼 당했다. 난 이제 더는 자신을 믿지 못하고, 아무리 가벼
운 관계에라도 따라오는 방심을 허락할 수 없다.

시스템을 해제하고 문을 열면서 그런 생각을 하느라 바쁘지만 생
각 열차는 역을 출발하기도 전에 멈춘다. 오늘의 그는 뭔가 다르다.
미소를 짓고 있지 않다.

게다가 혼자가 아니다.

"부인." 그레이엄 뒤에 서 있는 남자가 먼저 입을 연다. 기력이 빠져 가는 중년의 그는 왕년의 미식축구 선수 같은 풍채에 중키의 흑인 남자다. 각지게 머리를 잘랐고, 눈은 거의 감기다시피 했으며, 산지 오래되어 매우 낡아 보이는 양복을 입고 있다. 끝이 뭉툭한 빨간색 넥타이를 매고 있는데 회색 재킷과 약간 겉도는 느낌이다. "프레스터 형사입니다. 부인께 드릴 말씀이 있어서요."

질문이 아니다.

나는 자리에 꼼짝 않고 서서 나도 모르게 어깨 너머를 본다. 코너와 래니 둘 다 각자의 방에 있고, 나와 보지 않는다. 난 밖으로 나가 등 뒤로 문을 닫는다. "형사님. 물론이죠. 무슨 일이신데요?" 하느님 감사합니다. 이 순간만큼은 아이들의 안전을 겁내지 않아도 된다. 난 애들이 어디 있는지 안다. 그들이 안전하다는 것도 안다. 그러니까 이건 뭔가 다른 일에 관한 것이다.

난 그가 조사를 통해 그웬 프록터와 지나 로열의 연결 고리를 찾아냈는지 궁금하다. 그것이 아니기를 바란다.

"잠시 앉을까요?"

나는 그들을 안에 들이는 대신 포치에 있는 의자들을 가리키고, 그와 나는 의자에 앉는다. 그레이엄 경관은 좀 떨어진 곳에 서서 호수를 바라본다. 그의 눈길을 따라가자 심장이 두방망이질한다.

늘 보이던 유람선들이 오늘은 보이지 않는다. 대신 잔잔한 수면 한가운데쯤에 두 대의 보트가 있다. 둘 다 경찰을 뜻하는 파란색과 흰색으로 칠해져 있고, 꼭대기에 달린 경광등의 붉은빛이 천천히 점멸한다. 스쿠버 장비를 갖춘 잠수부가 두 번째 보트에서 뒤로 몸을 던지는 모습이 보인다.

"오늘 아침 일찍 호수에서 시체 하나가 발견됐습니다." 프레스터 형사가 말한다. "지난밤 뭔가를 보거나 듣지 않으셨습니까? 평상시와 다른 점이라도?"

나는 허겁지겁 생각을 정리한다. '사고야.' 나는 생각한다. '보트 사고. 밤에 술에 취한 누군가가 보트에서 떨어진 거야…….' "죄송합니다." 내가 말한다. "평상시와 다를 게 없었어요."

"지난밤 어두워진 후에 들으신 거 없습니까? 혹시 보트 엔진 소리 같은?"

"아마 들었을지도 모르지만, 사실 그건 흔히 있는 일이라서요." 내가 말한다. 나는 기억하려고 애쓴다. "네. 아홉 시쯤 무슨 소리를 들은 것 같아요." 소나무 숲 뒤로 일찌감치 어둠이 내리고 난 한참 뒤였다. "하지만 별을 보러 나가는 사람들이 있어요. 아니면 밤낚시를 즐기는."

"언제든 밖을 내다보신 적이 있습니까? 호숫가나 호수에서 누군가를 보셨습니까?" 그에게는 지쳐 보이는 외관 뒤에 예리함이 숨어 있고, 나는 이 상황을 회피하고 싶지 않다. 나는 할 수 있는 한 정직하게 대답한다.

"아니요, 못 봤어요. 죄송합니다. 지난밤 늦게까지 컴퓨터로 작업 중이었고, 제 사무실 창문으로는 언덕이 올려다보일 뿐 아래쪽은 보이지 않아요. 밖에 나가지도 않았고요."

그는 고개를 끄덕이고 수첩에 무언가를 적는다. 그에게는 사람들로 하여금 긴장을 풀게 하는 조용한 자신감이 있었다. 난 그게 위험하다는 걸 안다. 나는 전에 경찰을 과소평가했고, 그 때문에 고통받

왔다. "어젯밤 집에 누가 있었습니까, 부인?"

"제 아이들요." 나는 말한다. 그가 흘끗 쳐다보자 햇빛에 비친 눈동자가 어두운 호박색으로 반짝인다. 읽을 수 없는 눈빛. 지치고 신경이 곤두선, 과로해 보이는 남자라는 가면 뒤에 수술용 메스처럼 날카로운 남자가 있다.

"아이들과 이야기를 나눠 봐도 될까요?"

"애들은 아무것도 모를 거예요……."

"부탁드립니다."

동의하지 않으면 수상하게 보이겠지만 난 지독히 긴장되고 불안하다. 래니와 코너가 다시 질문을 받는 것에 어떻게 반응할지 모르겠다. 멜의 재판 과정에서, 또 내 재판 과정에서 아이들은 수도 없이 많은 인터뷰에 시달렸었다. 위치토 경찰이 세심하게 신경 썼지만 그래도 흉터가 남았다. 그것이 불러일으킬 트라우마가 어떤 것일지 모른다. 난 목소리를 침착하게 유지하려 애쓴다. "애들에게 질문하시지 않는 편이 좋겠어요, 형사님. 절대적으로 필요한 게 아니라면요."

"절대적으로 필요하다고 생각합니다."

"익사 사고인데요?"

내게 고정된 갈색 눈이 빛을 받아 반짝인다. 서치라이트처럼 나를 샅샅이 살피고 있는 느낌이다. "아닙니다." 그가 말한다. "사고라고 말씀드린 적 없습니다. 혹은 익사라고도."

난 그게 무슨 뜻인지 알 수 없지만, 발밑에 구덩이가 뚫려 낙하하는 기분이다. 뭔가 매우 나쁜 게 막 시작됐다.

그리고 나는 반쯤 속삭이듯 말한다. "애들을 데려오죠."

3

코너에게 먼저 질문하는 형사는 아이에게 상냥하고 아이를 잘 다룬다. 희미하게 빛나는 결혼반지가 보이고, 그가 캔자스 경찰들 같지 않아 다행이다. 우리 애들은 정말 그럴 만한 이유로 경찰을 매우 무서워하게 됐다. 아이들은 멜을 체포했던 경찰의 분노를 목격했다. 멜이 저지른 범죄의 깊이와 폭이 드러나면서 저절로 증가한 분노. 경찰은 꼬마들에게 화풀이해서는 안 된다는 걸 알았지만 불똥의 일부는 아이들에게 튀었다. 불가피하게.

코너는 긴장되고 초조한 듯 보이지만 효율적인 문장으로 간략히 대답한다. 아이는 내가 이미 말했듯, 밤 9시쯤 보트 한 척이 물 위로 나가는 엔진 소리밖에 듣지 못했다. 코너는 그게 흔한 일이었기 때문에 내다보지 않았다. 아이는 보통 때와 다른 일은 기억나지 않는다.

래니는 한마디도 하고 싶어 하지 않는다. 그녀는 고개를 숙이고 말없이 앉아서 고개를 끄덕이거나 저을 뿐으로, 결국 화가 난 형사가 나를 쳐다볼 때까지 말을 하지 않는다. 난 한 손을 아이 어깨에 올리고 말한다. "얘야, 괜찮아. 형사님은 여기에 누구를 해치려고 온 게 아니야. 네가 아는 게 있으면 어떤 거든 말씀드려." 나는 물론 아이가 코너나 나와 마찬가지로 아는 게 없을 거라고 확신하며 말한다.

래니는 검은 머리칼 커튼 너머로 내게 의심스러운 눈빛을 보내며 말한다. "지난밤 보트 한 척을 봤어요."

나는 충격으로 자리에서 꼼짝도 하지 못한다. 대기는 온화하고 새들은 지저귀는데도 약간 몸서리가 난다. '안 돼.' 나는 생각한다. '안 돼, 이런 일이 일어나서는 안 돼. 내 딸이 증인이 될 수는 없어.' 발밑으로 현기증 나는 심연이 열리고 나는 증인석에서 증언하는 아이를 상상한다. 터지는 카메라 플래시. 곧바로 신문에 실리는 사진과 헤드라인.

살인 사건 재판 증언대에 선 연쇄살인범의 딸

우리는 다신 도망치지 못하리라.

"어떤 보트였니? 얼마나 컸지? 색깔은?"

"아주 크진 않았어요. 작은 낚싯배. 저 정도……," 딸애는 생각하더니 그리 멀리 있지 않은 선착장에서 까닥거리고 있는 배 한 척을 가리킨다. "저 정도요. 흰색이고 제 방 창문에서 보였어요."

"그 배를 다시 보면 알아볼 수 있겠니?"

아이는 형사가 말을 끝낼 때쯤엔 이미 고개를 젓고 있다. "아니요, 아니, 그냥 보트였어요. 수없이 많은 다른 보트하고 비슷한. 정말 잘보진 못했어요." 아이는 어깨를 으쓱한다. "솔직히 여기 주변에 있는 다른 보트들이랑 같아 보였어요."

실망했다고 해도 프레스터는 티를 내지 않는다. 흥분한 것처럼 보이지도 않는다. "그러니까 네가 보트를 봤구나. 좋아. 기억을 되살려 보자꾸나. 뭣 때문에 밖을 내다보게 됐니?"

래니는 앉아서 잠시 생각하다 말한다. "첨벙 하는 물소리요?"

그 말이 형사와 내 주의를 끈다. 입이 마른다. 프레스터가 앞으로 조금 몸을 기울인다. "그 얘기를 해 주렴."

"그게, 첨벙 소리가 크게 났어요. 나한테 들릴 정도로 컸죠. 그리고 제 방은 아시다시피 집 모퉁이에 있고, 호수를 마주하고 있어요. 창문을 열어 봤죠. 엔진 소리가 멈췄을 때 물 튀는 소리가 들렸어요. 전 누가 떨어졌거나 뛰어들었겠거니 했어요. 사람들이 가끔 저기서 알몸으로 수영해요."

"그래서 내다봤니?"

"네. 하지만 보이는 건 보트뿐이었어요. 그냥 거기 정박해 있었어요. 안에 누가 있었나 봐요. 일이 분 후 다시 엔진이 켜졌거든요. 사람들은 안 보였어요." 아이가 숨을 깊이 들이마신다. "누가 시체를 버리는 걸 제가 본 건가요?"

프레스터는 그 말에 대답하지 않는다. 그는 수첩에 펜으로 끄적이느라 바쁘다. 그가 말한다. "그 보트가 엔진을 켠 다음 어디로 가는지 봤니?"

"아니요. 전 창문을 닫았어요. 밖에 바람이 너무 심했거든요. 커튼을 치고 다시 책을 읽었어요."

"좋아. 엔진이 다시 꺼지기 전까지 엔진 소리가 얼마나 오래 들렸는지 말해 줄 수 있니?"

"모르겠어요. 이어폰을 끼고 있었어요. 잠들고 난 후에도 계속요.

오늘 아침에 귀가 아프더라고요. 밤새 음악이 나오고 있었어요."

"맙소사." 난 침도 삼킬 수 없다. 프레스터를 쳐다보며 그가 뭔가 안심시키는 말을 해 주기를 바란다. 이를테면, '괜찮다, 애야. 아무 일도 아니야. 뭔가 착오가 있었어.' 같은. 하지만 그는 그러지 않는다. 그는 무슨 일이 있었다고도 없었다고도 말하지 않는다. 그저 펜을 딸깍하더니 수첩과 함께 펜을 다시 주머니에 넣고 일어선다. "고맙다, 애틀랜타. 정말 도움이 됐습니다. 프록터 씨."

난 그에게 아무 말도 할 수 없다. 나는 래니처럼 고개만 끄덕이고, 우리는 진입로에 주차된 먼지 앉은 검은 세단 앞에서 그와 그레이엄이 합류하는 모습을 지켜본다. 둘이 이야기를 나누지만 한마디도 들을 수 없을뿐더러 그들은 우리가 자신들의 얼굴을 볼 수 없는 자세를 취한다. 난 앉아서 딸에게 팔을 두르고, 이번만은 딸도 내 팔을 밀쳐 내지 않고 내게서 떨어지지 않는다.

나는 손바닥으로 딸의 어깨를 부드럽게 문지르고 딸은 한숨을 쉰다. "이건 좋지 않아요, 엄마. 좋지 않다고요. 아무것도 못 봤다고 말했어야 했는데. 거짓말을 할까도 생각했어요, 정말로."

나는 그 말이 사실일 거라고 생각한다. 딸이 목격한 것이 어떻게 수사를 진전시킬지 나는 전혀 모른다. 아이는 그 보트를 식별할 수 없었고, 누군가를 보지도 못했다. 프레스터에게 무언가를 말한다는 것이 그가 우리에 관해 더 자세히 알아볼 거라는 사실을 의미할 뿐이다. 압살롬이 작업한 새 신분이 버텨 주기를 기도한다. 난 절대적으로 그걸 확신할 수가 없고, 철저한 조사에 따른 누설이라도 생기면 아주 끔찍한 결과가 초래될 수도 있다.

'무슨 일이 생기기 전에 여기를 떠야 해.' 난 생각한다. 허둥지둥 짐 싸는 이미지가 생생히 떠오른다. 이제 짐이 꽤 생겼는데, 아이들에게 계속해서 아끼는 걸 모두 버리라고 할 수 없다. 가져가야 할 물건이 많고, 그 말은 지프가 제공할 수 있는 공간보다 더 넓은 공간이 필요하다는 뜻이다. 더 널찍한 차가 필요하다. 밴이라든가. 한 대 살수는 있지만 내 현금이 무한정하지 않고, 신용은 새 신분을 얻은 후단 한 장의 카드로 간신히 명맥을 유지하며 조심스럽게 관리되고 있다. 우리는 당장 출발해 흔적을 남기지 않고 줄행랑칠 수 없다. 모든게 준비되려면 적어도 하루는 걸릴 것이다. 내 모든 피해망상에도 불구하고, 이런 최악의 시나리오는 고려해 본 적이 없다는 걸 깨닫고충격을 받는다. 어떻게 하면 우리가 안전하게 빨리 이 집에서, 이 지역에서 빠져나갈 수 있을까. 다른 이들에게 하루쯤의 지체는 별문제아니겠지만 우리한테는 죽고 사는 문제가 될 수도 있다.

지프—즉각적인 도주를 하기에는 너무 작은—는 내가 뿌리를 내리고 있고 마음이 편해지고 있다는 사인이고, 지금은 도주할 때가 아니다. 젠장.

래니가 나를 지켜보고 있었다는 걸 깨닫는다. 이런 생각을 하는 동안 내 얼굴을 줄곧 지켜보고 있었다. 그녀는 그레이엄 경관과 프레스터 형사가 세단에 올라 옅은 먼지를 일으키며 진입로를 내려갈 때까지 말이 없다가 숨죽인 목소리로 말한다. "우리, 짐 싸야 하는 거죠? 우리가 들고 갈 수 있을 만큼?"

아이의 단조로운 억양에서 내가 두 아이에게 준 상처가 느껴진다. 그녀는 자신이 결코 친구나 가족, 심지어 좋아하는 물건까지 가질 수 없다는 끔찍하게 비인간적인 생각을 하며 체념하게 됐고, 열네 살이라는 꽃다운 나이에 그런 생각을 하고 살아야 한다는 것을 배웠다.

그럴 수 없다. 딸에게 또 그렇게 해서는 안 된다.

이번만큼은 도망치지 않을 것이다. 이번만큼은 압살롬의 가짜 신분을 믿어 볼 것이다. 이번만큼은 정상적인 삶에 모든 걸 걸고 내 아이들의 육신을 구하기 위해 그들의 영혼을 찢는 일은 하지 않겠다.

마음에 들지는 않는다. 하지만 이렇게 결정할 수밖에 없다.

"아니야, 아가." 내가 말한다. "우리는 있을 거야."

무슨 일이 닥쳐도 우리는 도망치지 않을 것이라고 나는 자신에게 말한다.

◆　◆　◆

다음 며칠간, 난 어떤 우연한 만남도 피하는 데 꽤 성공한다. 호수 주변 달리기는 다른 이들이 말을 걸기 힘들 정도의 속도로 해치우고 이웃들을 방문하지도 않는다. 나는 좋았던 시절 쿠키를 굽던 부류의 엄마가 아니다―더 이상은. 그것은 지나갔다. 그녀의 영혼을 고이 잠들게 하소서.

래니는 학교로 복귀했고, 난 전화가 울릴까 봐 노심초사하지만 처음 며칠과 그 이후로도 그녀는 말썽에 휘말리지 않는다. 경찰이 또 다른 질문을 위해 들르지 않아 서서히, 서서히 내 불안 수위가 낮아지기 시작한다.

그 주 수요일, 특유의 Å 서명이 있는 압살롬의 문자를 받는다. 그것은 웹 주소로, 나는 컴퓨터 브라우저에 그 주소를 타이프한다.

그것은 여기서 꽤 멀리 떨어진, 녹스빌에서 난 신문 기사지만 스틸 하우스 레이크에 관한 내용이다.

외딴 호수 마을의 살인에 지역민들 놀라다

나는 입이 마르고, 한동안 눈을 감는다. 글자들이 무작위로 눈꺼풀 안에서 번쩍이고, 나는 그것들을 쫓아 버릴 수 없을 것 같아 눈을 뜨고 다시 본다. 헤드라인은 여전히 거기에 있다. 그 아래 기자의 이름도 없이 통신사에서 그대로 베껴 온 게 틀림없는 기사가 있고, 나는 천천히 스크롤을 내려 구독하라고 깜빡이는 배너, 날씨, 보온 패드와 하이힐 구두 광고를 지나친다. 마침내 기사 본문에 다다른다. 길지는 않다.

테네시주 노턴의 작은 마을 내 스틸하우스 레이크에서 발견된 시체 뉴스에 잠이 깬 주민들은 아무도 그것이 살인일 것이라고 생각하지 않았다. "우린 그저 보트 사고려니 했죠." 지역 맥도널드 레스토랑의 매니저 매트 라이더는 말했다. "수영하다가 쥐가 나서 물에 빠진 사람일 거라고요. 그런 일은 가끔 일어나니까요. 하지만 이번 일요? 믿기지 않아요. 여기는 정겨운 소도시라고요."

"정겨운 소도시"는 노턴이라는 곳을 잘 설명하는 말이다. 올드 타임 소다 팰리스 가게 옆에 스페이스타임이라는 인터넷 카페 겸 커피 전문점이 자리하고 있는, 잠에서 깨어나 시대에 맞춰 자기 혁신을 하기 위해 분투 중인 전형적인 지방 소도시다. 어떤 곳은 지난 시대를 그리워하는 이들의 구미에 맞춘다. 다른 곳은 보다 큰 도시의 편리함을 꾀하려 애쓴다. 표면적으로는 노턴이 성공한 듯 보이지만 좀 더 깊이 들어가면 다른 많은 시골 지역이 맞닥뜨리고 있는 문제를 드러낸다. 마약 중독.

지역 법 집행기관의 믿을 만한 추정에 따르면 노턴은 중독 문제가 심각하고 불법 약 거래가 성행하고 있다. "문제가 확산되는 걸 막기 위해 최선을 다하고 있습니다." 경찰서장 오빌 스탬스의 말이다. "전에는 메스 제조가 최악이었지만 옥시와 헤로인 문제는 또 다릅니다. 적발하기도, 저지하기도 더 어렵죠."

스탬스 서장은 지난 일요일 아침 스틸하우스 레이크에서 떠 있는 시체로 발견된 신원 미상인 여자의 죽음에 약물이 관련되었을지도 모른다고 생각한다. 짧은 붉은 머리 백인 여성으로, 나이는 열여덟에서 스물둘 사이로 추정된다. 담낭 절제술을 한 작은 흉터와 왼쪽 어깨뼈 부근에 크고 화려한 나비 문신이 있다. 기자회견에서 공식적인 신원 발표는 없었지만, 노턴 경찰서 내부 소식통에 따르면 피해자는 지역 출신일 가능성이 크다고 한다.

관계 당국은 죽음의 원인에 대해 침묵으로 일관하지만 그들은 그 사건을 살인으로 분류했고, 피해자나 살인자의 신원을 밝힐 수 있는 정보를 가진 사람을 찾기 위해 호숫가 마을—한때 부유층을 위한 배타적인 장소였지만 이 주의 다른 곳들과 마찬가지로 불황 끝에 전락한— 주민들을 인터뷰하고 있다고 한다. 당국은 시체가 죽은 이후 물속에 버려진 거라고 믿고 있으며, 살인자가 무거운 것을 매달아 가라앉히려고 시도했다고 말한다. "그렇게 되지 않은 건 순전히 운입니다." 스탬스 서장이 말했다. "여자는 콘크리트 블록에 매여 있었지만 살인자가 시동을 걸었을 때 보트 프로펠러에 밧줄이 끊긴 게 틀림없습니다. 그래서 결국 그녀가 떠오르게 된 거죠."

스틸하우스 레이크 지역은 지역민들에게 전원 휴양지로 알려져 있었고, 2000년대 중반, 한 개발 회사가 호숫가 별장을 구하는 중산층과 상류층 가족을 위해 고급 피서지로 호수를 재개발하고자 했다. 그 노력은 부분적인 성공에 그쳤고, 지금 스틸하우스 레이크는 누구에게나 열려 있다. 부자들 상당수는 더 특권적인 거주지로 옮겨 갔고, 은퇴자, 원래 주민 그리고 압류 경매에 부쳐진 빈집들만 남았다. 이 지역은 주민들 사이에 평화로운 곳으로 알려졌지만 집을 빌리거나 구매한 새 거주민 유입이 약간의 불안감을 조성했다.

"저 위에 사는 누군가가 뭔가를 봤다고 믿을 수밖에 없어요." 스탬스 서장은 말했다. "누군가가 우리에게 사건을 해결하는 데 필요한 정보를 주기 위해 나설 겁니다."

그러한 정보가 나타나기 전까지는 평화로운 스틸하우스 레이크의 밤들이 항상 그랬던 것처럼…… 어두운 채일 것이다.

기사에서 후퇴하듯 나는 의자 바퀴를 뒤로 굴린다. 우리에 관한 거야. 스틸하우스 레이크에 관한. 그러나 이보다 더한 것, 내게 충격을 준 것과 압살롬의 주의 역시 끈 것은 살인자가 시체를 가라앉힌 방법이다. 그리고 피해자에 관한 묘사와 나이가 내 안의 깊숙한 무언가를 건드리지만 그와 관계된 기억을 잡을 수 없다.

그것은 또한 멜빈이 납치해 강간하고, 고문하고, 훼손해 자신만의 물속 정원에 묻었던 젊은 여자들처럼 무시무시하게 들린다.

콘크리트 덩어리에 묶였던.

나는 마구 달려가는 생각을 통제하려고 애쓴다. 분명히 우연이다. 물속에 시체를 버리는 것은 그다지 독창적인 방법이라고 할 수 없고, 대부분의 똑똑한 살인자들은 시체가 발견되는 것을 늦추려고 무거운 것을 매단다. 멜빈의 재판에서 내가 기억하는 콘크리트 덩어리 역시 특별하지는 않다.

그러나 그 묘사는…….

아니다. 젊고 연약한 여자들은 많은 연쇄살인범이 선호하는 목표물이다. 어쨌든 결정적이라고 할 수 없다. 그리고 기사에 연쇄살인범의 짓이라는 언급은 전혀 없다. 실수에서 비롯된 의문의 죽음일 테고, 겁에 질려 시체를 숨긴 것일 터다. 죽일 계획이 전혀 없었던 미숙하고 준비되지 않은 살인자가. 기사는 다소 약물과의 연계를 언급하고, 노턴에는 약물 문제가 있다. 그레이엄 경관에게 들은 이야기다. 살인은 기사가 시사한 바대로 그것과 엮여 있음이 틀림없다.

우리하고는 상관없다. 멜빈 로열의 범죄와는 관련이 없다.

하지만 살인이 실제로 누군가의 현관에서 일어난 거라면? 다시?

그것은 많은 이유에서 끔찍한 전망이다. 물론 나는 내 아이들의 안위 때문에 무섭다. 다시 로열가라는 낙인을 찍어 우리가 겪을 고통이 두렵기도 하다. 머물며 어려움을 참고 견디기로 결정했지만 이 기사를 마주하고 있자니 더 힘들다. 사이코 순찰대가 주목할 것이다. 그들은 작은 것 하나까지 모조리 까발릴 것이다. 사진들을 찾을 것이다. 나는 사람들이 찍는 사진을 통제할 수 없다. 누군가가 공원이나 주차장이나 학교에서 찍은 사진의 배경에 내가 나타날 것이다. 내가 아니라면 래니가 나오거나 코너가 나올 것이다.

이 일은 이례적으로 위험한 상황이다.

난 압살롬에게 답 문자를 보낸다. 왜 보낸 거죠?

유사성. 당신도 봤죠?

나는 압살롬에게 우리가 정착한 곳을 말하지 않았지만 나는 그가 안다고 생각한다. 그가 만들어 준 신분으로 이 집을 사기 위해 서류를 제출해야 했다. 내 정확한 주소를 알아내는 것쯤이야 그에게는 애들 장난일 것이다. 지난번 도망쳐야 했을 때 그럴싸한 정착지 리스트를 건넨 사람이 그였다. 여전히, 그가 우리가 어디에 있는지 모르거나 관심 없어 한다고 생각하는 편이 마음 편하다. 그는 우리를 배반한 적이 없다. 우리를 도울 뿐이었다.

하지만 그것이 내가 그를 전적으로 신뢰한다는 의미는 아니다.

관련 없어 보임. 그에게 말한다. 이상하긴 함. 계속 주시?

알았음.

압살롬이 대화를 끝내고, 나는 오랜 시간 앉아 컴퓨터 화면의 글자들을 응시한다. 호수에서 발견된 불쌍한 신원 미상의 죽은 여자에게 동정심을 느낄 수 있기를 바라지만 그녀는 추상적으로 다가올 뿐이다. 문젯거리. 그녀의 죽음이 내 아이들을 고통으로 이끈다는 생각만 들 뿐이다.

난 여기 머물겠다는 무릎반사적 결정을 하는 실수를 범했다. 절대 **탈출로를** 차단하지 마라. 그것이 지금까지 수년간 내 주문이었고, 그것은 순수한 생존 본능이다. 정확히 내 결정을 번복하고 있는 것은 아니지만 이 기사, 전남편의 범죄와의 유사성……. 그것이 내가 주의를 기울이도록 배워 왔던 내 안의 불안한 무언가를 일깨운다.

충동적으로 아이들을 정든 곳에서 몰아내 도망치게 하지 않을 것이지만 상황이 나쁘게 돌아갈 때 긴급히 도주할 계획을 잘 세워야 한다. 그렇다. 난 내 아이들에게 안정적인 양육 환경을 제공하지 못한다는 빚이 있다……. 그러나 그보다 더한 것은 늘 아이들에게 안전을 빚지고 있다는 것이다.

이 기사를 직면하니 전에 느껴졌던 안전이 더는 느껴지지 않는다. 그것이 내가 도망치고 있다는 것을 의미하지는 않는다.

그러나 준비할 필요가 있다는 것을 뜻한다.

나는 재빨리 구글로 근처에서 구매 가능한 밴을 검색하고 금맥을 발견한다. 노턴에서 불과 몇 킬로미터 떨어진 곳에 팔거나 맞교환한다는 큰 화물 밴 매물이 있다. 나는 앞서 포장 용기를 생각한다. 접을 수 있는 플라스틱 상자들이 있지만 월마트에서 몇 개 더 구해 와야 할 것이다. 큰 상자를 파는 가게는 피하려고 한다. 그것은 곧 감시 카메라에 찍힌다는 것을 의미하기 때문이지만 녹스빌까지 물품을 구하기 위해 운전해 가지 않는 한 노턴 근처에서는 그다지 선택의 여지가 많지 않다.

시계를 보고 데프콘 1단계^{군사적 긴급 사태에 즉각 대응할 수 있도록 평상시부터 전시까지 다섯 단계로 나눈 방어 준비 태세}라는 피해망상에 젖어 있을 때는 아니라고 판단한다. 아무 로고도 없는, 챙이 넓은 트럭 운전사 모자와 커다란 선글라스를 챙긴다. 옷도 가능한 한 익명성을 보장하는 것인지 확인한다. 할 수 있는 한 최선을 다해 변장한다.

금고에서 현금을 꺼내 오는데 진입로 아래에서 우체국 배송 차량의 경적 소리가 들려 밖을 내다본다. 배달원이 우편함을 채웠고, 나는 긴급 상황에 준비해야 할 것이 뭔지 곰곰이 생각하면서 우편물을 가지러 나간다. 집을 파는 것은 계산에 넣지 않을 것이다. 어쨌든 그 일은 이동을 마친 후에 해야 할 일이다. 아이들을 다시 사전 경고나 설명 없이 학교에서 데리고 나와야 한다. 그러나 이런 고려 사항들 외에 우리를 속박하는 것들은 그다지 많지 않다. 우리는 오랫동안 가동성 있게 지내 왔고, 짐을 가볍게 하는 것이 여전히 우리 모두에게 자연스럽다.

이곳이 우리가 그런 사이클을 멈추게 될 장소일 것이라고 생각했다. 어쩌면 여전히 그럴 가능성은 있지만 난 실질적으로 생각해야 한다. 탈출은 실행 가능한 선택 사항이어야 한다. 언제나.

첫 단계는 밴을 구하는 것이다.

광고물과 잡동사니 전단 뭉치 속에 관공서에서 온 듯한 우편물이 있다. 테네시주. 봉투를 찢자 총기 소지 허가증이 들어 있다.

하느님 감사합니다.

나는 즉시 그것을 지갑에 넣고 다른 광고물들은 쓰레기통에 던져 넣은 후 금고에서 총과 어깨에 거는 권총집도 꺼내 온다. 그것을 차고 무게를 느끼자 기분이 좋아진다. 이전에 찼을 때와는 다른 느낌이라는 것을 알기에. 나는 법적으로 허가받았다고 보여 줄 수 있는 서류가 있다. 이 권총집에서 총을 꺼내는 연습을 많이 했기 때문에 어색함은 전혀 없다. 내 옆에 오랜 친구가 함께하는 것 같다.

총을 감추기 위해 위에 가벼운 재킷을 걸치고 지프에 올라 밴을 사러 나선다. 노턴 외곽 시골길로 꽤 오래 운전해 들어간다. 길 안내를 해 주는 약도—스마트폰 혁명에 동참하지 않을 때 불편한 점은 지도와 종이에 의지해야 한다는 점이다—를 인쇄해 왔지만 지도상의 목적지에 이르는 데는 여전히 혼란스럽다. 공포 영화의 배경에 빈번히 숲이 등장하는 이유가 바로 이것이라는 생각이 든다. 여기에는 인간을 매우 작고 약하게 느껴지게 하는 음울하고 원초적인 힘이 있다. 이곳에서 번성하는 사람들은 강하다.

밴을 판다는 주소지에 도착하고 나서 1950년대 오두막집—통나무로 간소하게 지은 작고 튼튼한—의 우편함에 적힌 에스파르자라는 이름을 보고 놀란다. 노턴과 스틸하우스 레이크는 많은 히스패닉계 인구를 자랑하는 지역이 아니기에, 난 이곳이 하비에르 에스파르자의 집일 수밖에 없다고 깨닫는다. 내 사격장 교관. 해병대 출신. 난 곧바로 편안한 기분이 들고 동시에 이상하게 죄스럽다. 물론 그를 속이진 않겠지만, 나중에 내가 누군지 알고 실망하며 화낼 그를 상상하는 게 싫다. 최악의 일이 생기면 난 줄행랑칠 것이고, 그는 내가 자신이 판 밴을 타고 연쇄살인범과의 결혼보다 더 나쁜 이유로 도망치고 있다고 의심할 것이다.

난 하비의 호감을 잃고 싶지 않다. 하지만 아이들의 미래와 안전을 위해 그렇게 할 것이다. 꼭 그렇게 할 것이다.

차 밖으로 나가 갈색과 검정의 억센 모피가 반기는 문으로 걸어간다. 개가 나와 시끄러운 사격장만큼이나 맹렬히 짖어 댄다. 로트바일러가 서 있을 때는 내 허리 높이지만 울타리 꼭대기에 앞발을 올리자 키가 나만 하다. 10초 안에 나를 찢어 개밥으로 만들 수 있을 것처럼 생긴 녀석이어서, 나는 어떤 위협적인 동작도 취하지 않고 지금 있는 곳에 아주 조심스럽게 멈춰 선다. 눈을 마주치지 않는다. 개들은 그 행위를 공격적으로 받아들일 수 있다.

개 짖는 소리가 하비에르를 문가로 소환한다. 그는 수년간의 세탁으로 부드러워진 문양 없는 회색 티셔츠, 똑같이 잘 닳은 청바지를 입고 무거운 부츠를 신었다. 방울뱀과 오래전에 잊힌 금속 조각이 무방비 상태의 발에 똑같이 위험한 시골에서 분별 있는 차림이다. 빨간색 마른행주로 손을 닦으며 나타난 그가 나를 보자 활짝 웃고 휘파람을 분다. 휘파람 소리에 뒤로 물러선 개가 포치로 돌아가 바닥에 엎드려 기분 좋게 헐떡인다. "안녕하세요, 프록터 씨." 문을 열어 다가오며 하비가 말한다. "제 보안 시스템이 마음에 드십니까?"

"효과적이네요." 나는 조심스럽게 개에게 눈길을 주며 말한다. 개는 이제 완벽히 순해 보인다. "집에 계시는 데 방해해서 죄송하지만 화물용 밴을 파신다고……?"

"오, 오 그래요! 솔직히 완전히 깜빡했습니다. 여동생 거였는데 지난해 입대하고 승선했을 때, 제가 떠맡게 됐죠. 뒤쪽 차고에 보관하고 있습니다. 이쪽으로 오세요."

나를 데리고 통나무집 옆을 돈 그는 여전히 도끼가 박혀 있는, 땔나무 쪼개는 데 쓰는 나무 그루터기와 오래되고 낡은 변소를 지났다. 내가 그곳을 힐끗 보자 그가 웃음을 터트린다. "그래요. 수십 년간 쓰지 않았습니다. 구멍에 콘크리트를 붓고 바닥을 다진 다음 지금은 공구 보관용 장소로 쓰고 있습니다. 아시겠지만 전 과거를 보존하길 좋아하죠."

차고는 관대한 표현이어서 그러면 차고라고 할 만하다. 실제로 내가 보는 건 고풍스러운 별채-원래 건물에 딸려 있었던 것 같은-처럼 보이는 마구간이다. 마구간 칸막이들은 길고 육중한 화물용 밴을 들이는 데 맞게 철거했다. 밴은 오래된 모델로, 칠이 뿌옇고 광이 없지만 타이어 상태는 좋고, 내게 중요한 건 그것이다. 거미들이 성긴 거미줄로 땅바닥까지 차 전체를 휘감아 놓았다. "제길." 빗자루를 집어 비단 같은 거미줄을 가르며 하비가 말한다. "죄송합니다. 한동안 와 보지 않았거든요. 그래도 거미들이 안에까지 들어가진 못해요."

그 말은 사실에 기반을 뒀다기보다 염원에 가깝게 들리지만 별로 신경 쓰지 않는다. 그는 벽에 있는 고리에서 열쇠를 가져와 문을 열고 밴에 시동을 건다. 거의 즉시 시동이 걸리고, 튜닝이 잘돼 있는 듯 엔진 소리가 부드럽다. 그가 나를 태우고, 나는 보이는 것들에 만족한다. 적절한 주행 거리, 모두 선명히 읽히는 계기판. 그는 후드를 젖혀 안을 들여다보게 하고, 나는 금이 가거나 삭은 징후가 없는지 호스들을 확인한다.

"좋아 보이는데요." 내가 주머니로 손을 뻗으며 말한다. "지프와 맞바꾸고 현금으로 천 어때요?"

그가 눈을 깜빡인다. 내가 지프에 얼마나 공을 들였는지 알기 때문이다. 차 뒤에 총기 금고를 설치하는 것부터 그에게서 업자를 소개받았다.

"안 돼요. 정말입니까?"

"정말이에요."

"딴지를 걸려는 건 아닙니다만…… 왜죠? 거래 조건이야 좋죠. 당신이 있는 호숫가에서는 지프가 더 낫습니다."

하비가 바보가 아닌 게 지금으로서는 조금 운이 나쁘다. 그는 이 거래에서 자신이 우위를 점하고 있다는 걸 알고, 나로서는 환경적으로 적합한 지프를 크고 투박한 화물용 밴과 맞바꿀 만한 마땅한 이유가 거의 없다……. 스틸하우스 레이크에서는 아니다.

"솔직히 말씀드릴까요? 전 정말 비포장도로를 달려 본 적이 없어요."그에게 말한다. "그리고 결국 이사해야 할 것 같아요. 그렇게 되면 지프에 싣기에는 짐이 너무 많아요. 밴이 더 낫죠."

"이사요."그가 따라서 말한다. "이런. 그런 생각을 하고 계시는지 몰랐습니다."

나는 계속 밴에 눈길을 보내며 할 수 있는 한 감정을 드러내지 않고 어깨를 으쓱한다. "네, 그렇게 됐어요. 다음에 무슨 일이 일어날지 늘 예측할 순 없죠. 그럼, 어쩌실래요? 지프를 한번 보실래요?"

그는 손을 흔들며 만류한다. "지프야 제가 알죠. 보세요, 전 프록터 씨를 믿습니다. 천 달러는 동생에게 줘야 하고, 지프는 제가 갖겠습니다. 동생은 그 정도로 만족할 겁니다."

난 지갑을 꺼내 돈을 센다. 내 예상보다 적은 액수고, 나는 마음이 놓인다. 새 이름과 배경을 만들어 새로운 우리가 되어야 할 때 돈을 좀 더 쓸 수 있게 됐다.

하비가 수락하고, 우리는 소유권을 서로에게 양도한다. 나중에 공식적으로 소유권을 교환해야겠지만 당장은 이것으로 됐다. 작은 부엌의 식탁에 앉아 하비가 내게 영수증을 써 주고 나도 그를 위해 하나 쓴다. 그가 여전히 어깨에 걸치고 있는 행주가 싱크대 선반 위에 있는 빨간색과 흰색 체크무늬 행주와 한 세트라는 걸 알아차린다. 약간의 장식과, 베이지와 진갈색 배색의 부엌은 청결하게 정돈되어 있다. 두 칸짜리 싱크대의 한쪽 칸에 아직 비누 거품이 있다. 설거지하고 있을 때 내가 도착한 것이다.

좋은 곳 같다. 차분하고. 하비 자신처럼 중심이 잘 잡혀 있는.

"여러 가지로 감사해요." 나는 그에게 그렇게 말하고, 그것은 진심이다. 그는 처음부터 내게 잘해 주었다. 그냥 나 자신으로 대우받은 적이 없는 나 같은 사람의 인생에서…… 그것은 중요하다. 난 아버지의 딸이다가 멜빈의 아내가 되었고, 그러고 나서 릴리와 브래디의 엄마가 되었고, 그런 다음에는 많은 이들에게 법망을 피해 간 괴물이 되었다. 내 고유의 권리를 지닌, 한 인간이었던 적이 없다. 나 자신을 온전히 느끼고, 그것을 소중히 해야 한다는 걸 깨닫게 되기까지 많은 일을 겪어야 했다. 나는 그웬 프록터로 지내는 게 좋다. 그 신분이 진짜건 아니건 그녀는 충만하고 강한 사람이고, 난 그녀를 신뢰할 수 있다.

"저도 감사합니다, 그웬. 지프가 생겨서 정말 좋아요." 하비가 그렇게 말하고, 난 그가 처음으로 나를 이름으로 불렀다는 걸 깨닫는다. 그의 마음속에서 이제 우리는 동등하다. 나는 그게 좋다. 내가 손을 내밀고 우리는 악수한다. 그는 필요 이상으로 약간 오래 내 손을 잡고 있다가 말한다. "농담이 아니라, 무슨 문제라도 있습니까? 그렇다면 제게 말씀하셔도 됩니다."

"아니에요. 그리고 난 말 타고 날 구하러 올 기사를 찾고 있지 않아요, 하비."

"압니다. 도움이 필요하시다면 언제든 저한테 부탁하셔도 된다는 말씀을 드리고 싶을 뿐입니다." 그가 헛기침한다. "예를 들어 어떤 사람들은 자신들이 어디로 가는지, 언제 마을을 떠나는지 다른 사람이 아는 걸 원하지 않죠. 혹은 어떤 차를 모는지도요. 그리고 전 그런 걸 충분히 이해합니다."

난 그에게 호기심 어린 시선을 보낸다. "내가 수배 중이라도요?"

"아니, 무슨 죄라도 지었습니까? 뭔가로부터 도망치는 중?"

그의 어조가 아주 약간 날카롭고, 나는 그게 그의 마음에 걸린다는 걸 알 수 있다.

맞아요, 맞다고요. 그러나 그 죄란 것이 실제적이지 않고 모호하며 난 법망에서 도망치는 게 아니다. 무법에서 도망칠 뿐이다. "내가 떠나면 나를 찾는 사람이 있을지 모른다는 것만 말씀드리죠." 내가 말한다. "저기요, 당신은 당신 일을 해요. 난 당신의 도덕에 반하는 일을 부탁하는 건 아니에요. 맹세해요. 그리고 난 어떤 나쁜 일도 하지 않았다는 걸 약속해요."

그가 천천히 고개를 끄덕이며 그 말을 음미한다. 그는 이제야 자신이 아직도 행주를 걸치고 있는 걸 깨닫고 그것을 싱크대로 툭 던지면서 자조적으로 씩 웃는다. 행주는 한 뭉치가 되어 싱크대에 안착하고, 난 그의 웃음이 마음에 든다. 갑자기, 현격하게 그 행주가 이 깨끗한 부엌에 어울리지 않게 육신에서 분리된, 유혈이 낭자한 살덩이처럼 보였기 때문에 나는 그가 그것을 던지지 않았으면 했다. 나는 천천히 숨을 내쉬며 손바닥을 식탁에 올린다.

"당신은 총기 소지 허가증을 얻기 위한 신원 확인을 모두 통과하셨습니다." 그가 말한다. "제가 아는 한 당신은 법적으로 완벽히 깨끗합니다. 그러니 제가 사람들에게 당신이 어디로 가는지, 언제 여기서 떠나는지 모른다고 말해도 문제 될 게 없고, 밴에 관해서도 말할 필요가 없죠. 묻지도 말하지도 마라. 제 말 알겠습니까?"

"알아요."

"문명의 망에 걸리지 않고 사는 친구들이 좀 있습니다. 어떻게 그렇게 하는지 아십니까?"

나는 얼마나 오랫동안 이동하고, 도망치고, 피하며 살아왔는지 말하지 않고 고개를 끄덕인다. 그는 그런 얘기를 들어도 될 만한 사람이 아니므로 어느 것도 말하지 않는다. 하비는 신뢰할 수 있는 사람이지만 그에게 멜빈과 나 자신에 관한 이야기를 털어놓을 수는 없다. 그가 실망하는 모습을 보고 싶지 않다.

"우린 괜찮을 거예요." 가까스로 미소를 지으며 그에게 말한다. "우리의 첫 로데오도 아닌걸요."

"아." 검은색 눈이 더 어두워지며 하비가 뒤로 기대앉는다. "학대 때문입니까?"

그는 누구에 의한 학대인지, 대상이 나인지, 아이들인지 혹은 우리 전부인지 묻지 않는다. 그는 거기서 그치고, 나는 천천히 고개를 끄덕인다. 사실 어떤 의미에서는 진실이기에. 멜은 통상적 의미로 나를 학대한 적은 없었다. 확실히 나를 때린 적은 없었다. 말로 학대한 적도 없었다. 그는 갖가지 방법으로 나를 조종했지만 난 그걸 평범한 결혼 생활의 일부라고 그냥 받아들였다. 재정 관리는 항상 멜이 했다. 내게 쓸 수 있는 돈과 신용카드가 있긴 했지만 그는 많은 시간을 들여 영수증을 살펴보고 구매한 것에 대해 질문하며 꼼꼼히 기록했다. 그때 난 그가 세부적인 걸 중시한다고 여겼을 뿐, 이제 그것이 나를 의존적으로 만들고, 그와 상의 없이는 어떤 일도 주저하게 만드는 미묘한 조종 방법이었음을 안다. 그러나 그것이 정상 범주에 드는 부부간의 행동이라고 나는 계속 믿었었다.

우리 삶의 일부는 충격적일 만큼 정상적이지 않은 부분이 있었고, 그것은 경찰의 심문하에 내가 다시 체험하도록 강요받았던 개인적인 지옥이었다. 그게 학대였을까? 그렇다. 하지만 부부 사이의 성적

학대는 기껏해야 복잡한 화제일 뿐이다. 선이 명확지 않다.

멜은 자신이 숨결 놀이라고 부르는 걸 좋아했다. 내 목에 끈을 감고 조르길 좋아했다. 그는 조심스럽게, 자국이 남지 않도록 부드럽고 푹신한 재질의 끈을 사용했고, 그걸 사용하는 데 전문가였다. 난 그게 너무 싫어서 그에게 자주 풀어 달라고 이야기했고, 노골적으로 거절 당했을 때는 눈앞에서 뭔가 번쩍 하다…… 캄캄해졌다. 다시는 싫다고 거절하지 못했다.

절대 기절할 정도로 세게 조르는 법은 없었지만, 그런 상태에 매우 근접했다. 그리고 난 그걸 견디고 또 견뎠다. 섹스하는 내내 내가 산소를 갈망하는 동안 그에 의해 땅 위로 들렸다 내렸다 하면서 올가미와 사투하는 여자를 그가 떠올리고 있었다는 사실은 상상도 하지 못한 채.

학대는 아니었을지 모르지만 그게 잘못됐다고 느꼈던 점은 의심의 여지가 없다. 돌아보면 그가 자신의 살인 놀이에 나를 반복해 이용했다는 생각에…… 오싹 소름이 돋고 구역질이 난다.

"우리는 어떤 사람에게 발견되고 싶지 않아요." 내가 말한다. "그 정도로 해 두죠."

하비는 고개를 끄덕인다. 난 이게 그의 첫 로데오 역시 아니라는 걸 알 수 있다. 사격장 교관으로서 그는 두려움에 떠는, 자기방어를 통해 안식을 구하려는 많은 여자를 봐 왔으리라. 그는 또한 인간이 정신적으로, 감정적으로 그리고 이성적으로 자신을 보호함 없이 총이 인간을 보호하지 못한다는 것을 안다. 그것은 문단 중간이 아닌 문단 끝에 있는 구두점이다.

"혹시 서류가 준비되어 있지 않다면 제가 아는 사람이 좀 있습니다." 그가 말한다. "믿을 만한 사람들. 쉼터의 피해자들이 새 삶을 살 수 있게 도와주죠."

난 그에게 감사한 마음이지만 그가 신뢰하는 낯선 이들은 필요 없다. 나는 그들을 신뢰할 수 없다. 내가 원하는 것은 화물용 밴과 영수증이고, 나는 떠나야 할 것이다. 그것은 출발을 향한 한 걸음이고, 떠나는 것은 슬프지만 대비할 필요가 있다는 것 역시 안다. 밴이 있다면 나는 제어할 수 있다. 필요하다면 우리를 쫓는 사람들이 우리의 현관 앞까지 추격할 만큼 조직화하기 전에 멀리 사라질 수 있다. 우리는 경고의 수단과 좋은 탈출 수단을 얻을 것이다. 녹스빌에서 밴을 팔아 현금을 마련한 뒤 다른 신분을 이용해 다른 걸 살 수도 있다. 또한 번 경로 끊기.

적어도 내 자신에게 하는 말이 그것이다.

식탁에서 막 일어나는데 내 전화가 울린다. 뭐, 진동이지만. 나는 대개 무음 모드로 해 놓는다. 나는 희생자들이 별생각 없이 깜빡하고 전화벨이 울리도록 놔둬서 살인자에게 자신을 갖다 바치는 영화를 너무 많이 보았다. 전화기를 꺼내자 래니의 이름이 뜬다. 이런. 이것을 예상하지 못했다고는 말하지 못하겠다. 래니의 문제 행동은 점점 심해질 따름이다. 어쩌면 미루지 말고 빨리 움직이는 게 최선일지도 모른다. 우리가 어디에 안착하든 나는 홈스쿨을 대신할 수 있다.

전화를 받자 래니가 긴장되고 부자연스럽게 단조로운 목소리로 말한다. "코너를 못 찾겠어요, 엄마."

몇 초간 무슨 말인지 이해하지 못한다. 내 머리는 여러 가지 가능성을 떠올리기를 거부한다. 그 끔찍한 진실. 이내 내 숨은 가슴속에서 무거운 콘크리트가 되고, 나는 다시는 숨을 쉴 수 없을 것같이 느긴다. 난 다시 정신을 가다듬고 말한다. "무슨 얘기야, 동생을 찾을 수 없다니? 걘 수업 중이잖아."

"오늘 빼먹었어요." 그녀가 말한다. "엄마! 걘 빼먹는 법이 없다고요! 어디 갔을까요?"

"넌 어디야?"

"걔가 또 멍청하게 깜빡하고 점심을 버스에 놓고 내려서, 그걸 갖다주러 갔었어요. 그런데 담임 선생님이 걔가 없고, 오늘 수업에 하나도 나타나지 않았다는 거예요. 엄마, 어떡하죠? 얘가……," 이제 공황에 빠지기 시작한 래니는 숨이 지나치게 빨라지고 목소리가 떨린다. "난 집에 있어요. 어쩌면 여기에 돌아와 있을 것 같아서 집에 와 봤어요. 그런데 없어요……."

"애야. 애야. 자리에 앉아. 경보기는 켜져 있니?"

"네? 난…… 그게 무슨 상관이에요? 브래디가 여기 없다고요!"

당황한 딸이 동생을 예전 이름으로 부르고 있다. 몇 년간 없었던 일이다. 딸 입에서 아들의 이름을 들으니 충격적이다. 난 침착하려고 애쓴다. "래니. 지금 경보기가 켜 있지 않다면 가서 켜고 자리에 앉으면 좋겠구나. 코로 숨을 깊이 들이마시고 천천히 입으로 뱉어. 엄마가 갈게."

"빨리요." 래니가 속삭인다. "제발, 엄마. 엄마가 여기 있으면 좋겠어요."

그녀는 전에 결코 그런 말을 한 적이 없었고, 그것이 내 안에 깊이 칼을 찔러 넣어 부드럽고 연약하고 치명적인 뭔가를 베어 낸다.

난 전화를 끊는다. 하비는 이미 일어서서 나를 지켜보고 있다. "도움이 필요한가요?" 그가 내게 묻는다. 그리고 난 고개를 끄덕인다.

"지프를 타고 가죠." 그가 말한다. "그게 더 빠릅니다."

◆ ◆ ◆

하비는 도로가 교전 지대라도 되는 양 부드러움이란 것은 전혀 없이 빠르고 공격적으로 운전한다. 나는 운전대를 잡은 그를 신경 쓰지 않는다. 나는 내가 지금 운전할 수 있는 상태인지 확신할 수 없다. 그가 속도를 줄이지 않는 통에 꽉 잡고 버틴다. 덜컹거리는 것은 끊임없는 초조와 공포에 비하면 아무것도 아니고, 나는 코너의 얼굴밖에는 아무것도 떠올릴 수 없다. 아이가 집에 없다는 걸 알면서도 피투성이가 되어 자신의 침대에서 죽어 있는 상상이 끈질기게 나를 괴롭힌다. 래니가 집 안을 확인했고, 아이는 거기에 없다―그렇다면 어디 있을까?

침묵 속에 그 물음을 마음속에 계속 되뇌는 와중에 하비가 우리 집 진입로에 미끄러지듯 지프를 세운다. 난 지금 마음을 진정하는 중이다. 준비. 멀리 타깃이 보이는 사격대에서 준비하는 방식처럼. 나는 지프에서 내려 현관문을 열고 래니가 내게 몸을 던지기 전에 재빨리 경보를 해제한다.

딸을 품에 안고 딸기 향 샴푸와 산뜻한 비누 냄새를 맡으며, 그녀를 해하려는 것이 있다면 그게 무엇이든, 누구든, 그것으로부터 그녀를 보호하기 위해 얼마든지 먼 곳이라도 가겠다고 생각한다.

하비가 나를 따라서 들어오자 래니가 헉 숨을 들이쉬며 포옹을 풀고 방어적으로 한 걸음 물러선다. 난 딸을 탓하지 않는다. 딸은 하비를 모르니까. 그는 그저 현관에 형체를 드러낸 낯선 사람일 뿐이다.

"래니, 하비에르 에스파르자 씨야." 내가 그녀에게 말한다. "하비는 사격장 교관이야. 친구지."

내가 쉽게 사람들을 믿지 않는다는 것을 알기 때문에 래니는 내 말에 잠시 놀란 듯 검은 눈썹을 약간 치켜뜨지만 그녀는 그것에 시간 낭비를 하지 않는다. "집을 다 찾아봤어요." 그녀가 말한다. "걘 여기 없어요, 엄마. 걔가 왔었던 것 같지 않아요!"

"좋아, 심호흡 좀 하자." 비명을 지르고 싶은 심정이지만 난 그렇게 말한다. 벽에 전화번호 리스트―아들의 선생님, 친구들 집과 부모님 핸드폰 번호―를 붙여 놓은 부엌으로 간다. 리스트는 짧다. 난 친구들부터 시작해 전화를 돌린다. 모든 전화, 모든 대답, 모든 부정에 불안감은 높아 간다. 마지막 전화를 끝으로 전화기를 내려놓았을 때 나는 텅 빈 것 같은 상실감을 느낀다.

래니를 보자 크게 뜬 그녀의 눈이 어둡다. "엄마." 그녀가 말한다. "아빠예요? 그게……,"

"아니야." 나는 즉각적으로 염두에도 두지 않고 부정한다. 시야 한편에 하비에르가 주목하는 모습이 들어온다. 그는 이미 내가 누군가에게서 도망치고 있다고 믿고 있다. 이 대화가 그것을 확인시켜 준다. 그러나 멜은 감옥에 있다. 관에 실려 나오지 않는 이상 그는 결코 밖으로 나올 수 없다. 내가 더 걱정하는 건 다른 사람들이다. 화가 나 있는 사람들. 인터넷 트롤들과 그 분노가 정당하다고 할 수 있는, 멜이 고문하고 죽인 여자들의 친구들은 더 말할 것도 없다……. '하지만 그들이 어떻게 우리를 찾았을까?' 여전히 불과 며칠 전 봤던 사진들이 떠오른다. 손상된 피투성이 시체, 괴롭힘당하고 학대당한 시체에 내 아이들의 얼굴을 포토샵으로 붙인 사진들.

'만약 그들이 데리고 있다면,' 나는 생각한다. '지금쯤 내게 조롱하며 연락을 취했을 거야.' 그것이 나를 제정신으로 붙드는 유일한 생각이다.

"버스에서 교실까지 네가 데려다주기로 되어 있을 텐데, 래니." 내가 말한다. 그녀는 움찔하더니 내게서 시선을 내린다. "래니?"

"난…… 난 해야 할 일이 있었어요." 그녀가 방어적으로 말한다. "걔가 먼저 갔어요. 그건 별일 아니……." 그녀는 말을 멈춘다. 그녀도 그것이 별일이라는 것을 알기 때문에. "죄송해요. 데려다줬어야 했는데. 걔와 버스에서 내렸어요. 걔가 너무 못되게 굴어서 수업에나 가라고 소리 지르고, 난 길 건너 편의점에 갔어요. 그러지 않았어야 하는 거 알아요."

코너는 버스에서 중앙 건물까지, 학교 건물들 사이에 있는 삼각형 잔디밭을 가로질러 걸어갔을 터였다. 유괴범보다는 학교 불량배들을 마주쳤을 확률이 더 높았을 듯하지만, 그곳에는 수많은 학부모들이 자녀들을 경비실 입구에 내려 주고 있었을 것이다. 나는 모른다. 래니가 코너를 방치한 뒤 아이가 무엇을 했는지, 아이에게 무슨 일이 생겼는지 나는 모른다.

"엄마? 어쩌면……." 그녀가 입술을 핥는다. "어쩌면 혼자 어딘가에 간 것뿐일지도 몰라요."

나는 래니에게 시선을 고정한다. "무슨 말이니?"

"난……," 시선을 피하는 그녀가 너무 불편해 보여서 나는 그녀를 잡고 흔들며 그러지 말라고 하고 싶다. 그런 자신을 말린다. 간신히. "가끔 그 애는 혼자 자리를 뜰 때가 있어요. 혼자 있는 걸 좋아해요. 엄마도 알 거예요. 아마…… 아마 걔는 그런 데 간 걸 거예요."

"그웬." 하비가 말한다. "이건 심각한 일이에요. 경찰에게 알려야
합니다."

그의 말이 옳다. 물론 옳지만 우리는 이미 경찰의 주의를 끈 바 있
었다. 다른 사람도 아닌 내 아들이 혼자 있고 싶어서 몰래 사라진 것
이라면…… 어떤 면에서 그것은 내가 설명조차 할 수 없을 만큼 나
를 두렵게 한다. '아이 아버지는 혼자 있기를 좋아했어.'

"래니." 내가 말한다. "생각해 봐. 걔가 혼자 가는 특별한 장소라도
있니? 어떤 곳이던? 노턴에? 이 근처에?"

그녀는 확실히 겁에 질려, 확실히 오늘 아침 동생 곁을 떠난 것에
죄책감을 느끼며 고개를 젓는다. 누나의 의무를 저버린 것에 대한 죄
책감. "몰라요, 엄마. 이 근처 숲에 올라가길 좋아해요. 그게 내가 아
는 전부예요."

그것으로는 충분하지 않다.

하비가 조용히 말한다. "원하신다면 제가 차를 타고 주위를 돌면
서 찾을 수 있을 만한 데를 둘러보죠."

"네." 내가 말한다. "제발. 제발 그렇게 해 줘요." 나는 침을 삼킨
다. "전 경찰에 알릴게요."

정말로 하고 싶지 않은 일이다. 래니가 시체 유기 사건의 잠재적
증인이 되는 것만큼이나 위험한 조치다. 우리에게 필요한 건 스포트
라이트가 아니라 그늘이다. 하지만 내가 낭비하는 일분일초가 상처
를 입었거나(제발 그런 일은 없기를) 납치되었거나 진짜 위험에 직면
한 코너에게 찰나의 순간이 될지도 모른다.

하비가 문을 향한다. 난 전화기 버튼을 누르기 시작한다.

우리 둘 다 현관에서 들리는 노크 소리에 움직임을 멈춘다.

하비는 어깨 너머로 나를 보고, 내가 고개를 끄덕이자 문을 연다. 울리기 시작한 경보기가 꺼지지 않는다. 경황이 없는 중에 다시 세팅하는 것을 잊었다.

문간에 코피를 닦은 자국이 남은 아들과, 모르는 남자가 서 있다.

"코너!" 나는 쏜살같이 돌진해 하비를 지나 내 아들을 부둥켜안는다. 아이는 웅얼웅얼 항의한다. 내 셔츠에 코피가 스미지만 상관없다. 난 개의치 않고 한쪽 무릎을 꿇은 채 아이가 다친 곳을 살핀다. "무슨 일이야?"

"싸운 것 같더군요." 아들을 데려온 남자가 말한다. 보통 키에 보통 체중, 짙은 모래빛 금발이 짧지만 하비만큼 짧지 않다. 사심 없이 흥미로운 표정으로 그가 우리 둘을 응시한다. "안녕하세요. 샘 케이드입니다. 이곳에 살죠. 저 산등성이?" 난 마침내 두 가지 다른 광경에서 그를 기억해 낸다. 첫 번째, 그는 사격장에서 칼 게츠 일에 개입했었고, 두 번째, 이어폰을 낀 채 말없이 우리에게 손을 흔들며 우리 집 아래 길을 걸어 내려가는 그를 봤었다.

그가 손을 내민다. 나는 잡지 않는다. 아들을 안으로 들여보내 래니가 동생의 코가 괜찮은지 보려고 그의 팔을 잡아끈다. 그때 검붉은 피가 다시 흐른다. 하비는 팔짱을 낀 채 조용히 서 있다. 지금으로서는 매우, 매우 편안하게 느껴지는 조용한 존재감.

"내 아들을 데리고 뭐 하는 거죠?" 날카롭고 다급하게 질문이 터져 나온다. 케이드가 침을 삼킴에 따라 움직이는 목젖이 보이지만 그는 물러서지 않는다.

"아이가 선착장에 앉아 있는 걸 발견했습니다. 아이를 집에 데려다줬죠. 그게 답니다."

그를 믿을 수 있을지 확신할 수 없기 때문에 그를 노려본다. 아직은. 그는 코너를 집으로 데려왔고, 코너가 그를 무서워하는 것 같지는 않다. 조금도. "사격장에서 당신을 봤어요. 맞죠?" 내 목소리에는 아직 날이 서 있다.

"맞습니다." 그가 말한다. 내 말투에 뺨을 약간 붉히면서도 그는 자기방어적으로 말하지 않으려 애쓴다. "저 동쪽 등성이에 오두막을 빌려 살고 있죠. 육 개월 정도뿐이지만."

"그런데 제 아들을 어떻게 아시죠?"

"방금 말씀드렸습니다. 모릅니다." 그가 말한다. "선착장에 앉아 있는 걸 발견했어요. 피를 흘리고 있어서 닦아 주고 집으로 데려온 겁니다. 끝입니다. 아이가 별 탈 없으면 좋겠군요." 사무적인 태도지만 목소리가 점점 딱딱해진다. 이 대화를 끝내고 싶은 것이다.

"정확히 어떻게 다치게 됐나요?"

케이드가 한숨을 쉬고는 마치 인내심을 찾듯 하늘을 올려다본다. "보세요, 부인. 전 친절을 베풀었을 뿐입니다. 당신이 아이를 때렸는지 알 게 뭡니까, 그랬습니까?"

그 말에 놀란다. "아니요! 물론 아니에요!" 하지만 그의 말이 옳다. 내가 만약 코피를 흘리며 앉아 있는 아이를 발견했다면 집에서의 학대를 피해 도망쳐 나온 건 아닌지 궁금해했을 것이다. 이 일에 나는 너무 부당하게, 심하게 공격적이었다. "미안합니다. 꼬치꼬치 캐물을 게 아니라 감사의 말씀을 드렸어야 했는데요, 케이드 씨. 안으로 들어오세요. 아이스티라도 내오죠." 남부에서 아이스티란 환대의 보증 마크다. 누군가를 환영한다는 약칭 코드, 그리고 만능 사과 용도로 쓰인다. "코너가 무슨 일이 있었는지 말하지 않던가요? 전혀요?"

"그냥 학교 애들이 그런 거라고만 하더군요." 케이드가 말한다. 그는 나를 따라 안으로 들어오지 않는다. 밖에 서서 안을 들여다본다. 어쩌면 하비의 조용한 존재감이 접근하지 말라고 경고를 보내고 있는 것인지 모른다. 아이스티가 든 유리잔을 현관으로 가져간다. 그것을 받은 그는 그게 뭔지 확신이 안 서는 듯 들고 있다. 그가 머뭇거리며 한 모금 마신다. 단맛에 놀라는 모습을 보고 이 남자가 남부 전통에 익숙한 사람이 아니란 것을 단박에 알 수 있다. 그는 티 나게 찌푸리진 않는다. "이런, 이름도 여쭤보지 않았군요……."

"전 그웬 프록터예요." 내가 말한다. "코너가 제 아들인 건 아시겠고, 제 딸 애틀랜타도 보셨죠."

하비가 헛기침을 한다. "그웬, 전 가 봐야 할 것 같군요. 사격장으로 걸어갈 생각입니다. 거기서 자전거를 타고 집에 가면 됩니다. 언제든 원하실 때 지프를 타고 와서 밴을 가져가세요." 그가 열쇠를 커피 테이블 위에 놓고 샘 케이드에게 고개를 끄덕인다. "케이드 씨."

"에스파르자 씨." 케이드가 말한다. 난 낯선 사람이 내 아이스티잔을 들고 여기 있게 둘 수 없고, 또 래니와 코너만 집에 버려두고 도망치고 싶지 않다. 그래서 하비에르를 집 밖으로 내보낸 다음 잠시 그를 대면하기 위해 붙잡는다.

"하비. 고마워요. 정말 고마워요."

"별일이 아니어서 다행입니다." 그가 그렇게 대답하고 케이드를 지나쳐 느릿느릿 진입로를 내려가다가 성큼성큼 발을 내딛더니 산등성이 위 사격장을 향해 달린다. 해병대. 나는 떠올린다. 그에게 이런 일은 바람 쐬는 정도의 일일 뿐이다. 전혀 힘들일 것 없는.

난 다시 케이드에게 주의를 돌린다. 그는 내가 읽을 수 없는 표정으로 하비의 뒤를 지켜보고 있다. "여기 앉을까요?" 내가 묻는다. 그는 잠시 생각하는 듯하다가 포치에 있는 의자 하나에 조심스레 앉는다. 언제라도 벌떡 일어나 갈 준비가 된 사람처럼 의자 가장자리에 걸터앉는다. 차를 홀짝이는 모습이 음미라기보다 예의처럼 보인다.

"좋아요." 내가 말한다. "미안해요. 다시 시작할게요. 근거도 없이 추궁해서 죄송해요. 부당한 일이었죠. 코너를 도와주셔서 감사합니다. 정말로 감사드려요. 전 기겁했었어요."

"전 상상도 못 하겠습니다. 하긴, 부모를 기겁하게 하는 미션을 성공시키지 못한다면 아이들이 아니죠. 안 그렇습니까?"

"맞아요." 나는 마음에도 없는 맞장구를 친다. 그 말은 평범한 아이들에게는 맞는 말일지도 모른다. 내 아이들의 경우는 다르다. 다를 수밖에 없었다. "애가 저한테 전화하지 않았다는 게 믿기지 않아요. 그뿐이에요. 저한테 전화라도 해야 했는데."

"제 생각에……," 케이드가 자신이 넘고 싶지 않은 선에 대해 생각하듯 망설인다. "제 생각에는 부끄러웠을 뿐인 것 같습니다. 싸움에 진 걸 엄마한테 알리고 싶지 않았던 거죠."

난 가까스로 공허하게 떨리는 웃음을 터트린다. "남자애들이 보통 그러나요?"

그가 어깨를 으쓱해 보이고, 난 그걸 그렇다는 의미로 받아들인다. "하비에르는 해병대 출신이죠. 그 사람에게 아이를 위해 몇 가지 싸움 동작을 보여 달라고 부탁하고 싶으실 것 같은데요."

그에게 고맙긴 하지만 내심 샘 케이드 자신이 시범을 보일 수 있을 거란 생각이 든다. 그는 작지 않은 몸집에 다부졌고 몸에 유연한 긴장감이 흘러, 괴롭힘을 당했을 때 받아친 경험이 있을 거라는 생각이 들었다. 하비는 그걸 모르면 눈이 멀었다고 할 정도로 확연히 군인 출신 티가 나는 반면, 케이드는 보통 사람 같은 인상인데 각이 서 있다.

충동적으로 내가 묻는다. "육군?"

그가 나를 흘끗 보면서 화들짝 놀란다. "세상에, 아닙니다. 공군이죠. 옛날 옛적에." 그가 말한다. "아프가니스탄. 어떻게 그런 생각이 드셨습니까?"

"좀 전에 '해병대'라는 말에 감정이 좀 실린 것 같았어요." 내가 말한다.

"네, 맞습니다. 경쟁 관계였기 때문이랄까요." 그가 이번에는 무장해제된 얼굴로 미소를 짓고, 나는 그의 그 모습이 훨씬 마음에 든다. "그래도 충고를 드린다면요. 이상적인 세상에서는 당연히 걸어오는 싸움에 맞서서는 안 될 겁니다. 하지만 죽음과 세금보다 더 확실히 피할 수 없는 건 괴롭히는 아이들이죠."

"고려해 보죠." 내가 말한다. 서서히 그의 근육에서 긴장이 풀리는 것 같다. 그가 차를 오래 들이킨다. "그러니까, 고작 육 개월만 여기 사신다는 거예요? 꽤 짧네요."

"책을 쓰고 있습니다." 그가 말한다. "걱정 마세요. 줄거리 같은 걸 죽을 만큼 지루하게 늘어놓진 않을 테니까요. 저는 아직 중이고 다음 일을 시작하기 전에 이곳이 평화와 고요를 줄 수 있는 완벽한 장소가 될 거로 생각했습니다."

"다음 일은 뭔데요?"

그가 으쓱한다. "모르죠. 흥미로운 일. 그리고 아마 멀리 갈 겁니다. 전 정착과는 거리가 있는 사람이라서요. 저는…… 여러 가지 경험을 좋아합니다."

난 정착할 수만 있다면 그리고 더 많은 경험을 피할 수만 있다면 뭐든 내주겠지만 그에게 말하지는 않는다. 대신 우리는 한동안 어색한 침묵 속에 앉아 있다. 그는 유리잔을 비우자마자 갇혀 있다가 풀려난 사람처럼 가려고 일어선다.

그와 악수한다. 평생 힘든 일을 많이 한 사람처럼 손바닥이 거칠다. "코너를 집에 데려와 주셔서 다시 한번 감사드려요." 내가 말한다. 그는 고개를 끄덕이지만 나는 그가 나를 보고 있지 않다는 것을 깨닫는다. 그는 물러나 집 외관을 보고 있다. "왜요?"

"아, 아무것도 아닙니다. 그냥…… 비 오기 전에 지붕널을 손보셔야겠다고 생각한 것뿐입니다. 무척 많이 새겠는데요."

나는 알아차리지 못했지만 그의 말이 맞다. 봄에 자주 들이쳤던 폭풍에 꽤 큰 지붕널이 날아가고 타르지_{타르}를 먹인 건재용 종이가 노출되어 펄럭인다. "이런. 좋은 지붕 기술자 아세요?" 진심은 아니다. 난 여전히 그럴 필요가 있을 때 도망칠 수 있도록 머릿속으로 계획을 세우며 몸을 반쯤 문밖에 내민 상태다. 하지만 그는 당연히 내 말을 진지하게 받아들인다.

"이 근처에는 아는 사람이 한 명도 없군요. 하지만 한창때 지붕 일을 좀 했었죠. 수리를 원하신다면 싸게 해 드릴 수 있습니다."

"생각해 보죠." 그에게 말한다. "죄송하지만 이제 아들을 보러 가야겠어요. 고마워요. 그러니까…… 정말 친절하게 데려다주셔서."

그 말이 불편했던 모양이다. "물론이죠." 그가 말한다. "알겠습니다. 미안합니다." 그는 뭔가 달리 할 말을 숙고하듯 몸을 앞뒤로 잠시 흔들다가 나를 힐끗 본다. "알려 주십시오."

이내 주머니에 손을 넣은 그는 고개를 숙이고 어깨를 늘어뜨린 채 돌아보지 않고 떠난다. 그는 돌아보지 않는다. 유리잔들을 모아 집 안으로 들어가 문을 닫을 때, 잠시 언덕 위에 멈춰 뒤를 돌아보는 케이드를 본다. 난 말없이 손을 든다. 그가 손을 든다.

그리고 난 문을 닫는다.

잔들을 닦고 코너의 방문을 두드린다. 긴 사이를 두고 아이가 말한다. "들어와요." 그리고 난 게임 컨트롤러를 가슴에 끼고 침대에 몸을 뻗고 누워, 방 저편 화면에 온 신경을 집중하고 있는 아들을 발견한다. 자동차경주 게임을 하는 중이다. 아이를 방해하지 않는다. 아이의 시야를 막지 않게 조심하면서 침대 가장자리에 앉아 게임에서 코너의 차가 사고 날 때까지 기다린다. 아이가 게임을 멈추고 나서야 나는 손을 뻗어 아이 이마에 내려온 머리카락을 쓸어 넘긴다.

인상적인 멍이 남게 될 것 같지만 눈 주위는 아니다. 그랬다면 벌써 모세혈관이 터져 꺼메졌을 터였다. 오른손잡이가 주먹을 날렸을 왼뺨에 또 다른 자국이 있고, 넘어지면서 생긴 게 틀림없는 양 손바닥의 까진 자국이 보인다. 청바지 무릎께가 쓸렸고, 피가 배어 있다.

"아프니?" 아이에게 묻는다. 아이는 벙어리처럼 고개를 젓는다. "알았다. 미안하지만 이걸 해야 해." 난 이상한 곳이 없는지 확인하기 위해 몸을 숙이고 아이 코를 눌러 보고 움직인다. 부러진 데는 없다. 확실하다. 그래도 더 확실히 하기 위해 며칠 이내로 의사와 약속을 잡을 생각이다.

"엄마, 그만해요!" 코너가 내 손을 밀어내고 게임 컨트롤러를 집지만 게임을 다시 시작하지는 않는다. 그냥 만지작거릴 뿐이다.

"누구였니?" 내가 묻는다.

아이는 어깨를 으쓱한다. 물론 누군지 모르는 것은 아닌 듯하고, 말하고 싶지 않은 것이다. 아이는 말이 없지만 새 게임을 시작하지도 않는다. 이야기가 하고 싶지 않다면 볼륨을 끝까지 올려 쾅쾅거리게 했을 것이다. 요즘 주로 쓰는 회피 기술.

"문제가 있었다면 엄마한테 말했겠지?" 내가 묻는다. 잠시 그 말이 아이의 주의를 끈다.

"아니요, 안 그랬을 거예요." 아이가 말한다. "내가 말하면 엄마는 바로 짐 싸서 또 딴 곳으로 갔을 거예요, 맞죠?"

그 말에 가슴이 아프다. 사실이기 때문에 아프다. 하비가 지프를 두고 갔지만 나는 여전히 그것을 밴과 맞바꾸러 가야 한다. 그리고 내가 그 하얗고 커다란 차를 끌고 우리 진입로에 들어오는 순간 내 아들의 말이 옳다고 증명될 것이다. 더 나쁜 건 이제 아이가 자신이 그 일의 원인이라고 여길 거라는 것이다. 자신이 불량한 애들에게 얻어맞아 엄마가 어쩔 수 없이 가족을 딴 곳으로 옮기게 되었다고. 자신이 원하는 것을 빼앗긴 10대 소녀의 심술처럼 악랄한 것은 없기 때문에 래니 역시 동생을 탓하지 않길 바란다. 래니는 여기 머물고 싶어 한다. 그 애는 그걸 모른다고 해도 나는 알고 있다.

"엄마가 다시 옮기겠다고 결정한다고 해서 그게 너나 네 누나가 뭘 어떻게 했기 때문에 그러는 건 아니야." 아이에게 말한다. "우리에게 최선이고 제일 안전한 일이기 때문에 그렇게 하는 거지. 알겠지, 꼬마? 깔끔하게 정리됐지?"

"정리됐어요." 아이가 말한다. "엄마? 꼬마라고 부르지 마요. 나 꼬마 아니야."

"미안하네. 젊은이."

"이번이 처음으로 얻어맞는 게 아닐걸요. 마지막도 아닐 거고. 그게 세상이 끝날 일도 아니고요." 아이는 몇 초 더 만지작거리던 컨트롤러를 옆에 놓더니 내게 굴러와 손으로 머리를 받친다. "편지에서 아빠가 우리에 관해 무슨 말 한 적 있어요?"

래니가 동생한테 뭔가를 말한 게 틀림없지만 모두 다 털어놓지는 않았을 것이다. 분명 그 야비한 메시지에서 읽은 것은. 그래서 난 단어를 신중하게 고른다. "그래." 난 신중히 말한다. "가끔."

"그럼 엄만 왜 최소한 그 부분이라도 우리에게 읽어 주지 않죠?"

"그건 공정하지 않으니까. 그 사람이 좋은 아빠인 척하는 부분을 네게 읽어 줄 수 없을 뿐이야."

"좋은 아빠였어요. 그런 척을 한 게 아니라."

아들이 매우 차분하게 그 말을 하자 나는 아프다. 마치 내 심장이 있어야 할 곳에 쇳조각이 쑤셔 넣어지는 것처럼. 물론 아이의 시각에서 그의 말이 옳다. 그의 아빠는 그를 사랑했다. 그게 아이가 봤던 전부이자 아는 전부니까. 그의 아빠는 훌륭했지만 괴물이었다. 중간 지대도, 조정 기간도 없었다. 그 사건 당일 아침 자신과 얼굴을 맞대고 포옹한 아빠가 그날 저녁에는 살인자였고, 아이는 그를 위해 울고 그리워하고 사랑하는 것이 용납되지 않았다. 다시는.

울고 싶다. 그러나 울지 않는다. 나는 말한다. "아빠하고 함께 지냈던 시간을 여전히 그리워하는 건 괜찮아. 하지만 그 사람은 그냥 네 아빠로 지낸 게 전부가 아니라 다른 부분이…… 다른 부분이 있었고, 지금도 있어. 네가 사랑해서는 안 되는."

"네." 코너가 말하며 엄지손가락을 움직여 게임을 다시 시작한다. 나를 보고 있지 않다. "그 사람이 죽었으면 좋겠어요." 그 말 역시 가습을 친다. 내가 그걸 바란다는 걸 알기 때문에 그냥 그렇게 말하는 건 아닐지.

기다리지만 아이는 다시 게임을 중단하지 않는다. 쿵쾅대는 음향 효과를 뚫고 말을 건넨다. "누가 때렸는지 정말 말 안 할 거야? 그리고 왜 때렸는지?"

"불량한 애들이고 이유도 없어. 제발, 놔둬요, 엄마. 난 괜찮아."

"하비한테 대처하는 법을 배워 볼래? 아니면……," 난 막 케이드 씨 이야기를 하려다가 입을 다문다. 나는 그 남자를 막 만났을 뿐이다. 코너가 그를 어떻게 느끼는지 잘 모른다. 내가 그를 어떻게 느끼는지 모른다.

"난 십 대 영화에 나오는 애가 아니에요." 아이가 말한다. "실제 삶에서는 그런 게 통하지 않는다고요. 내가 좀 배웠다 싶으면 학교 졸업할 때일걸요."

"그래, 하지만 굉장한 졸업 싸움이 될 것 같은데." 내가 말한다. "학교 강당 한복판? 네가 불량배들을 때려눕히는 동안 모두가 너를 응원하고?"

아이가 게임을 멈춘다. "내가 피투성이가 된 채 병원에 누워 있는 게 맞을걸요. 우린 다 폭행죄로 체포되고. 영화에서 그런 부분은 절대 안 보여 주죠."

난 그것을 어떻게 표현해야 할지 잘 몰라 말한다. "코너…… 오늘 케이드 씨는 어떻게 만나게 됐니?"

"글쎄요, 그 아저씨가 강아지로 꼬드겨서 강간 버스에 태웠어요."

"코너!"

"난 바보가 아니라고요!" 아이가 그 말을 단도처럼 내게 휘두르고 난 그 말에 놀랐다는 것을 인정한다. 내가 입을 열지만 아이는 나를 슬쩍 본 뒤 차가 차선을 바꾸고 속력을 내고 점프하고 코너를 도는 동안 한 번도 화면에서 눈을 떼지 않는다. "두들겨 맞고 집으로 걸어 가다가 선착장에 앉아 있는데, 그 아저씨가 와서 그냥 내가 괜찮으냐 고 물어봤어요. 무슨 소름 끼치는 연쇄살인범 일로 만들지 마요! 그 아저씨는 그냥 착한 일을 한 거예요! 세상 모든 남자가 나쁜 놈이어 야 한다는 법은 없어요!"

"엄마는 결코……," 난 아이의 말뿐 아니라 그 뒤에 있는 분노에 충격을 받는다. 이 순간까지 내 아들이 얼마나 많이 화가 나 있고, 그 것을 내게 돌리고 있는지 깨닫지 못했다. 물론, 이해한다. 왜 그러지 않겠는가? 아이가 매일 이어 온 거지 같은 삶의 전형인 내가 여기 있 는데.

그것은 더 큰 질문을 던진다. 난 내가 만나는 사람 모두에게 의혹 을 갖고 대한다. 그리고 여자보다 남자들에게 더. 순전히 자기 보호 를 위해 그렇게 한다. 그러나 그렇게 하는 것이 내 아들 눈에는 불합 리하게 비쳐 왔다는 것을 이제야 깨닫는다. 결국 내가 그런 사람들 을, 특히 남자들을 불신한다면 종내는 같은 방식으로 아들을 보게 되 지 않을까? 아이는 의구심을 가질 수밖에 없다. 결국, 아이는 아버지 의 자식이다.

가슴이 무너져 산산조각이 나고, 눈가에 눈물이 고이는 걸 느낀다. 나는 눈을 깜빡인다.

"코에 댈 아이스 팩 가져올게." 나는 그렇게 말하고 자리를 뜬다.

부엌에서 래니와 마주친다. 래니는 우리 모두에게 충분할 양의 점 심을 만들고 있다. 아낌없이 양념을 친 치킨 파스타 요리다. 맛이 좀 개방적이라면 딸은 좋은 요리사다. 내가 냉동실 문을 열 때 래니가 이미 준비해 둔 아이스 팩을 내게 건넨다. "여기요." 그녀가 눈을 굴리면서 말한다. "엄마와 아들의 시간을 방해하고 싶지 않았거든요."

"고맙다, 애야." 나는 그렇게 말하고, 그 말은 진심이다. "맛있어 보이는데."

"오, 분명히 그 맛을 보시게 될 거예요." 내가 코너의 아이스 팩을 가져갈 때도 딸은 휘젓기를 멈추지 않고 쾌활하게 말한다. 이미 눈에서 레이저를 쏘며 게임에 몰입해 있는 아이 옆에 팩을 놓고, 아이가 잊지 않고 녹기 전에 그걸 사용하기를 바란다.

"래니." 식탁에 앉으며 내가 말한다. "오늘 오후에는 학교에 가야 해. 엄마가 전화로 설명해 둘게."

"하. 싫어요. 여기 있을 거예요."

"영어 시험 있지 않니?"

"왜 내가 여기 있는 거라고 생각해요?"

"래니."

"그래요, 엄마. 알아들었어요, 좋아요. 그러시든지요." 그녀는 불필요할 만큼 난폭하게 손목을 틀어 스토브 화구의 불을 끄고 프라이팬을 식탁 위 받침대에 쾅 내려놓는다. "다 드세요."

다퉈 봤자 소용없다. "가서 동생 데려오렴."

적어도 그녀는 아무 불평 없이 그 말에 따른다. 그리고 점심은 훌륭하다. 포만감을 주는 음식. 코너조차 미소를 지으려 할 만큼 좋아하는 것 같다. 비록 곧이어 얼굴을 찡그리며 부푼 코를 살피듯 만지긴 했지만. 전화를 몇 통화 넣고 코너와 함께 래니를 학교에 데려다주면서 나는 하비의 집에서 대기 중인 밴 생각이 다시 간절해진다.

도망은 또 다른 이목을 끄는 것과 마찬가지라는 생각도 든다. 결국 우리의 진짜 신분과 연결될 것이다. 어쩌면 이 잠정적인 뿌리를 그렇게 빨리 뽑을 필요는 없을지 모른다. 어쩌면 전에 아들에게 총을 겨눴을 때처럼 나는 과민 반응을 하고 있는지 모른다.

나는 내 피해망상이 다시는 통제력을 잃지 않겠다는, 내 거대하고 압도적인 욕망의 일부라는 것을 잘 알고 있다. 그리고 그 똑같은 충동이 내 아이들을 다치게 할 수도 있다는 걸 안다.

코너는 단순한 유년기 사랑과 성인기 증오 사이에 끼어서 서 있을 곳을 잃었다. 반항적이고 화가 많은 래니는 세상에 도전할 준비가 되어 있지만 그러기엔 너무 어리다.

아이들을 생각할 필요가 있다. 아이들이 필요로 하는 것을. 복도에 서서 뺨에 흐르는 눈물을 닦으며 지금 당장 아이들에게 필요한 것은 내가 땅에 단단히 발을 딛고 우리가 이 난관을 헤쳐 가는 중이라고 믿는 것이라는 걸 깨닫는다. 또 한 번의 희망 없는 야반도주, 또 다른 도시, 또 다른 이름이 생길 때까지 외워야 할 또 다른 이름이 아니라. 아이들의 유년기는 소각되어 왔다. 말살되었다. 도주는 그 불에 통나무 하나를 더 얹는 것이다.

증인을 위한 보호 프로그램은 있지만 우리를 위한 프로그램이 없다는 것은 아이러니하다. 우리를 위한 것은 전혀 없다.

호수의 시체. 이 스포트라이트가 우리에게 너무 근접해 오며 나를 괴롭힌다. 전남편의 범죄와 유사성이 있지만 그것은 시체를 유기하는 드문 방법은 아니다. 나는 멜빈 로열을 이해하려고 애쓰며, 내가 알았고 사랑했던 남자가 어떻게 살인자인지 이해하려고 애쓰며 집요하게 연구했다.

다시 머릿속에 멜의 속삭임이 들린다. 가장 똑똑한 자들은 절대 발견되지 않아. 나도 그 멍청한 음주 운전자만 아니었으면 절대 발각되지 않았을 거야. 우리 인생은 그냥 똑같이 계속됐을 거야.

그것은 확실히 진실에 가깝다.

그래도 내가 지금 여기 있는 건 네 탓이야.

그것은 완전히 맞는 말이었다. 당연히 멜은 한 건의 살인만으로 유죄가 되었을지도 몰랐다. 하지만 그의 진정한 악행이 최종적으로 드러나게 된 것은 내 실수였다. 경찰은 당연히 우리 집에 있는 모든 걸 조사했었다. 그들이 놓친 것은 없었다. 그러나 경찰이 알지 못했던 사실은, 그리고 나 역시 알지 못했던 사실은 멜이 오래전 죽은 내 오빠의 이름으로 물품 보관 창고를 빌렸다는 것이었다. 멜이 체포된 후, 장부와 연결돼 있던 선불카드 잔액이 바닥났기 때문에 그 창고에서 전화가 왔고, 내가 알게 되었다. 얄궂게도 멜은 장부에 집 전화번호를 쓴 모양이었다.

그 음성 메시지가 나를 보관 창고로 이끌었고, 그걸 열자 너무나 많은 여자들의 개킨 옷, 지갑, 구두가 진열되어 있었다. 피해자들의 이름을 깔끔하게 정리해 라벨을 붙인 작은 플라스틱 상자에는 그들의 지갑과 주머니, 가방에서 나온 내용물이 담겨 있었다.

그리고 일기장.

그것은 링 세 개짜리 노트로, 가죽 프레젠테이션 바인더였다. 바인더에는 그의 깔끔하고 각진 필체가 빽빽이 쓰인, 줄이 쳐진 종이와…… 출력된 사진들로 채워져 있었다. 한 피해자에 한 섹션씩.

나는 눈길을 한 번 주고 그 노트를 바닥에 떨어트렸고, 부리나케 경찰에 전화했다. 그 한 번의 눈길에 알게 된 것조차 참을 수 없었다.

멜의 혐의는 한 건의 납치, 고문, 살인에서 다수의 것으로 수정됐다. 신문은 죄목을 다 읽기도 전에 서기의 목소리가 갈라졌다고 썼다. 그때 나는 교도소에서 나 자신의 재판을 기다리고 있었다. 드문 양심을 내보이며 멜은 자신의 범죄에서 내가 무죄라고 밝히길 거절했고, 열성적이고 유명해지고 싶어 안달이 난 이웃 여자는 내가 뭔가를 나르는 모습을 봤다고 주장했다. 결국 내 변호사가 조목조목 반박해 무죄 선고를 얻어냈음에도…… 그녀는 그것이 시체였을 거라고 생각했다.

이 사람은 다시 살인을 저지를 거야. 내 마음속에서 멜의 목소리가 말하고, 나는 몸을 떨며 그 소리를 물리친다. 그를 물리친다. 그가 살인하면 그들이 당신을 주시하지 않을 거라고 생각해? 조사하지 않을 것 같아? 당신 사진을 찍지 않을 것 같아? 요즘은 예전 같지 않아, 지나. 이미지 검색이 바로 그 늑대들을 당신 집 현관으로 데려올걸.

그 목소리가 진짜 멜이 아니라는 걸 알고, 그 말이 맞다는 것도 안다. 우리가 여기 오래 머물수록 프레스터 형사의 조사에 휘말릴 위험이 더 커지고, 그것은 확실히 반쯤 정착한 우리 삶을 날려 버릴 천천히 타는 도화선이다.

하지만 지금 이 집을 코너에게서 빼앗는 것은 아이의 냉소와 자기 보호적이고 방어적인 분노를 유발하고 상황을 더 악화할 것이다. 코너는 이제 막 긴장을 풀고 무언가의 일부가 되었다고 느끼기 시작했다. 우리가 발견될지도 모른다고 해서 그것을 빼앗는 것은 잔인하다.

그렇다고 해도. 밴을 준비해 두는 것은 나쁜 생각이 아니다.

난 심호흡을 하고 하비에게 전화를 건다. 그에게 곧 시간을 내 지프와 밴을 바꾸러 가겠지만 그렇게 급하지는 않다고 말한다. 그는 괜찮다고 한다.

그게 하나의 계획처럼 느껴진다.

그러나 내 어떤 부분은 그것이 정말 충분치 않다는 것도 안다.

4

난 누구도 믿어서는 안 된다는 것을 배웠다. 절대. 컴퓨터 앞에서 샘 케이드-그는 정말로 아프가니스탄전 공군 베테랑이다-에 관해 내가 찾을 수 있는 모든 정보를 찾으며 밤을 새운다. 그는 어떤 성범죄자 명부에도 올라 있지 않고, 범죄 기록이 없으며, 심지어 신용 등급도 양호하다. 나는 인기 있는 가계 사이트들을 확인한다. 누군가의 이름이 가계도에 종종 뜨는데, 그것은 그 집안의 이력을 확인하는 좋은 방법이다. 그러나 케이드의 가족은 등록되어 있지 않다.

케이드에게는 두어 개의 SNS 계정이 있고, 온라인 데이트 매칭 서비스에 지루한 프로필을 올려놓았는데 몇 년 전 것이다. 오랫동안 들어가지도 않은 것 같다. 그가 올린 글들은 영리한 사람들이 보통 쓸 법한 비꼬는 평으로, 군인 취향이 반영되어 있지만 대부분 비정치적이고, 그것은 좀 기적과도 같다. 그는 뭔가에 급속도로 열광하는 사람으로 보이지 않는다.

오점을 찾고 있지만 아무것도 찾을 수 없다.

압살롬에게 연락해 깊게 파 볼 수도 있지만, 사실 난 오로지 멜과 저 스토커 패거리에 관련된 매우 특정한 일만 압살롬에게 의지한다. 깨지기 쉽고 얼굴 없는 우리 관계를 남용하면 중요한 자원을 잃을 수 있다. 이웃에 관한 뒷조사는 아마도 압살롬 시간의 좋은 활용 예가 아닐 것이다. 아마도. 내 일상적 보통 수준의 피해망상을 뛰어넘어 케이드를 의심할 만한 더 나은 이유가 생길 때까지 나는 그 문제를 내버려 둘 수 있다. 그가 나를 피하는 한 나는 그를 피할 것이다.

현관 밖으로 나가면 그의 집 정면의 포치가 보인다는 사실을 깨닫자 여전히 조금 불안하다. 물론 전에도 알던 사실이지만 우리가 이사 왔을 때 그 통나무집은 빈집이었고, 호숫가 주위를 달리고 돌아올 때 그 집에서 누구도 본 적이 없었다. 그의 통나무집이 크지 않고 가로수에 둘러싸여 있다 해도 우리 집과 일직선상에 있다. 정면 창문의 붉은 커튼 사이로 불빛이 보인다.

나처럼 샘 케이드는 부엉이 체질이다.

난 정적 속에 앉아 부엉이 울음소리와 멀리서 나무들이 바스락대는 소리를 듣는다. 호수에 조용히 이는 잔물결에 비친 달빛이 부서진다. 아름답다.

매우 늦은 시간이기도 해서 난 잔을 비우고 자러 간다.

◆　◆　◆

코너를 데리고 병원에 가서 엑스레이를 찍힌다. 여러 군데 멍이 들었지만 부러진 곳이 없는 데 너무나 감사한다. 함께 온 래니는 나와 불쾌한 표정으로 자신을 힐끗거리는 사람은 누구든 노려보며 내내 침묵의 반항 중이다. 다시 코너에게 때린 아이가 누군지 묻지만 아이는 우물처럼 묵묵부답이다. 나는 그냥 넘어간다. 말할 준비가 되면 내게 말할 것이다. 난 두 아이 모두에게 더 많은 호신술 수업을 듣는 것을 제안할까 생각한다. 하비가 지역 체육관에서 그런 수업을 하나 하고 있다. 체육관 근처를 지날 때 그 이야기를 꺼낸다. 둘 다 한마디도 하지 않는다.

그래. 오늘이 그런 날이란 말이지.

우리가 외식을 하는 동네 식당은 매일 굽는 폭신한 머랭 파이로 늘 내게 기쁨을 주는 곳이다. 우리가 다 먹었을 때쯤 나는 하비에르 에스파르자가 들어와 멀지 않은 테이블에 앉아 점심을 주문하는 모습을 본다. 그가 나를 보고 고개를 끄덕여서 나도 끄덕여 답한다.

"얘들아? 에스파르자 씨하고 잠깐 이야기하고 올게."

래니가 노려본다. 코너는 인상을 쓰며 말한다. "아무것도 등록하지 마요!"

안 그러겠다고 약속하고 칸막이를 빠져나간다. 하비에르는 내가 다가오는 모습을 본다. 그리고 웨이트리스가 그의 테이블에 커피를 내려놓을 때, 자신의 건너편 의자를 가리킨다. 나는 거기 앉는다. "안녕하세요." 그가 말하고 커피를 한 모금 마신다. "무슨 일이십니까? 아이는 괜찮습니까?"

"코너는 괜찮아요." 내가 말한다. "그토록 발 빠른 도움에 다시 한번 감사드려요."

"데 나다De nada '천만에요'라는 뜻의 스페인어. 아이에게 그런 도움이 필요 없어서 다행이죠."

"질문 좀 해도 될까요?"

143

그가 흘끗 쳐다보더니 어깨를 으쓱한다. "하세요. 아니, 잠시만요." 웨이트리스가 수프 한 그릇과 코코넛 머랭 한 조각을 가지고 다시 온다. "좋습니다." 그는 그녀가 들을 수 있는 거리 밖으로 가서 자기 일에 신경 쓰는 게 확실할 때까지 기다린다. 비록 내게 그런 경고는 필요 없지만 고맙다.

"케이드 씨, 알죠? 샘 케이드."

"샘? 네, 알죠. 체어 포스Chair force. Air Force의 말장난치고 사격 솜씨는 나쁘지 않죠."

"체어 포스요?"

"저는 플라이보이flyboy 조종사. 약삭빠르다는 뜻도 있다보다 그렇게 부르길 좋아하죠. 그들은 거의 모든 일을 앉아서 하니까요." 하비는 정말 나쁜 뜻은 없다는 것을 내비치려고 씩 웃는다. "케이드는 괜찮은 친굽니다. 왜요? 그 사람이 성가시게 굽니까?"

"아니요, 그런 건 전혀 아니고요. 그냥 코너에게 그렇게 나타났던 게 이상해서요, 확실히 해 두는 게 좋겠다 싶어서……."

하비는 그 말을 심각하게 받아들인다. 그는 한동안 생각에 잠겨 멍하니 스푼으로 수프를 휘저어 수프가 튀게 하더니 마침내 어떤 결론에 도달했다는 듯이 한 입 떠먹는다. "그를 아는, 내가 아는 모든 사람이 그 사람을 좋아합니다." 그가 말한다. "아시다시피 그게 나쁜 짓을 할 리 없다는 뜻은 아니지만 제 본능은 괜찮은 사람이라고 말하는군요. 이런, 제가 조사해 보길 원하는군요?"

"가능하다면요."

"좋습니다. 사격장 교관의 좋은 점 중 하나죠. 이 근처 모든 사람을 안다는 거."

샘이 마을에 새로 온 사람일 뿐이라면 그가 그렇게 말하지 않았겠지? 그는 여기에 오래 있지 않았고, 6개월 임대 기간이 끝나면 떠날 계획이다. 곰곰이 생각해 보면 문제의 소지가 있어 보인다. 문제에 한발 앞서 있는 사람 같은.

아니면 또다시 나의 완전히 가망 없는 피해망상이거나. 왜 신경을 쓰지? 난 쉽게 그를 피할 수 있다. 전에도 용케 케이드와 마주치지 않고 지냈으니 앞으로도 쭉 그를 피할 수 있다.

"그 사람이 우리 집 일을 좀 봐주겠다고 해서요." 하비에르에게 구실을 댄다.

"네, 일을 잘하더군요." 그가 말한다. "이사 온 다음 우리 집 지붕을 새로 올려 줬죠. 아버지하고 건설 쪽 일을 했던 것 같은데, 가격도 괜찮았습니다. 이 동네에 맡기는 것보다 나은 것 같더군요. 여기는 지붕널 하나 똑바로 박을 수 있는 사람이 없거든요. 그리고 그들은 쏘는 것도 젬병이죠."

추천서를 받으려던 것은 아니지만 하나 받았다. 뭐, 내 마음 한구석이 꽤 합리적으로 말한다. '지붕은 그래도 고쳐야 해.'

"고마워요." 하비에르에게 말한다. 그가 내게 그럴 필요 없다는 듯 스푼을 흔든다.

"아웃사이더끼리 서로서로 보살펴야죠." 그가 말한다. 그는 내가 자신과 같은 부류의 아웃사이더라고 믿는 것 같다……. 물론, 우리는 아웃사이더가 아니다. 하지만 상상만으로도 약간 위로가 된다.

그를 자신의 파이와 함께 남겨 두고, 마침맞게 나는 내 파이—초콜릿 머랭—를 먹으러 돌아간다. 내가 눈치채지 못하길 바라며 래니와 코너가 내 파이의 가장자리를 갉아 먹기 시작했기 때문에. 둘은 이미 자신들의 몫을 먹어 치웠다.

"그 파이에 손대지 마." 내가 엄한 목소리로 말하자 아이들은 눈길을 교환하고 눈알을 굴린다. 래니가 포크를 핥는다. "그건 범죄야."

예전에는 '교수형'이란 말을 쓰곤 했다. 아이들이 내가 그 말을 더는 쓰지 않는 걸 눈치챘는지 궁금하다.

파이를 먹고 스틸하우스 레이크로 다시 향한다.

그날 오후 나는 언덕 위 작고 산뜻한 샘 케이드의 통나무집으로 짧은 산책을 나가 그의 집 문을 두드린다. 오후 3시로, 이 호수 근방에서는 집을 방문하기에 적당한 시간으로 보인다. 아니나 다를까 그는 통나무집에 있다.

샘은 나를 만나 놀란 것 같지만 그럭저럭 예의를 차린다. 면도하지 않아 까칠하게 자란 금빛 수염이 빛을 받아 반짝거린다. 가벼운 데님 셔츠와 낡은 청바지, 밑창이 두꺼운 하이킹 부츠 차림의 그가 나에게 들어오라는 손짓을 한다. 그가 부엌으로 향할 때, 식당과 부엌 사이의 트인 벽을 통해 부엌이 훤히 들여다보인다. "죄송합니다." 그가 말한다. "문 좀 닫아 주시겠습니까? 팬케이크를 뒤집어야 해서요."

"팬케이크요?" 내가 따라서 말한다. "정말요? 이 시간에?"

"팬케이크를 먹는 데는 너무 늦거나 이른 게 없습니다. 그 말을 못 믿으시겠다면 돌아가셔도 됩니다. 우린 결코 친구가 될 수 없을 테니까요."

우습고 별난 말이지만 나는 어느새 웃음을 짓고 등 뒤로 문을 닫는다. 잘 알지도 못하는 남자와 함께 통나무집 안으로 발을 디뎠다는 것을 깨달은 순간 웃음은 사라지고 문이 닫힌다. 그리고 이제 어떤 일이든 일어날 수 있다. 어떤 일이든.

재빨리 주위를 둘러본다. 작은 공간이고, 그는 그다지 가진 게 많지 않다. 소파 하나, 팔걸이의자 하나, 구석에 딱 들어맞는 작은 나무 책상 위에 놓인 노트북 한 대. 노트북은 열려 있고, 북극광이 물결치는 화면 보호 프로그램이 띄워져 있다. 보기에 샘에게는 텔레비전이 없지만 훌륭한 레코드판 스테레오 장비가 있다. 가지고 이사를 다니려면 분명 지옥 같을 인상적인 레코드 컬렉션과 함께. 한쪽 벽에 붙인 책장에 가득 찬. 소중히 아끼거나 필요한 것이 전무한 내 삶과는 다르다. 난 그가 삶…… 을 영위하고 있다고 짐작한다. 소박하고 자족적이지만 현실적이고 생기 있는.

팬케이크 냄새가 좋다. 나는 그를 따라 작고 길쭉한 부엌으로 들어가 그가 쇼맨십을 섞어 팬케이크 한 장을 공중으로 올렸다 받는, 많이 해 본 재주를 본다. 인상적이다. 그는 팬을 다시 가스 불 위에 얹고 내게 꾸밈없는 미소를 보낸다. "그러니까," 그가 말한다. "블루베리 팬케이크를 좋아하신다고요?"

"그럼요." 그 미소 때문이 아니라 그 팬케이크를 정말 좋아하기 때문에 그렇게 말한다. 나는 미소에 면역성이 있다. "집수리를 도와주시겠다는 제안은 아직 유효한가요?"

"물론입니다. 전 제 손을 써서 하는 일을 좋아하고, 그 지붕은 교체할 때가 됐죠. 적당한 가격을 흥정할 수도 있습니다."

"그 블루베리 팬케이크가 당신의 협상 카드라면 별 효과 없을 거예요. 전 오늘 파이를 먹었거든요."

"모험을 한번 해 보죠." 그가 불 위에 있는 팬케이크를 지켜보다가 완벽히 구워지자 꺼낸다. 그 팬케이크는 이미 세 장이 포개져 있는 접시에 추가되고, 그는 그 접시를 내게 건넨다.

"아니에요. 당신이 드시려고 만든 거잖아요!"

"몇 장 더 만들면 되죠. 어서 드세요. 다음 한 판을 만드는 동안 그것들은 식어 버릴 겁니다."

나는 식탁 위에 놓인 버터와 시럽을 사용하고, 맛이 괜찮을 것이라는 그의 말에 온열기 위에 있는 주전자에 든 커피를 직접 한 컵 따른다. 커피가 진해서 설탕을 넣어 휘휘 젓는다.

그가 건너편에서 의자를 당기고 앉아 자기 커피를 따를 때, 난 팬케이크-너무나 따뜻하고, 폭신하고, 풍미가 넘치고, 새콤달콤한 신선한 블루베리 맛- 접시를 반쯤 비워 간다. "먹을 만한가요?" 그가 묻는다.

입에 든 걸 삼키고 내가 말한다. "대체 어디서 요리를 배웠어요? 진짜 놀라운 솜씨네요."

그가 어깨를 으쓱한다. "엄마한테 배웠죠. 저는 맏이였고, 엄마는 도움이 필요하셨죠." 그가 말할 때 얼굴에 어떤 표정이 스치지만 그가 팬케이크를 내려다보고 있어 그게 아쉬움인지, 엄마에 대한 그리움인지, 완전히 다른 어떤 것인지 분간할 수 없다.

이내 그 표정이 사라지고 그는 대단한 식욕을 자랑하며 먹기 시작한다.

손을 써서 일하고, 요리를 좋아하고, 준수한 외모……. 난 이 남자가 왜 이곳 호수에 혼자 와 있는지 궁금해지기 시작한다. 그러나 모두가 '사랑/결혼/아기'라는 인생길에 순응하지는 않는다. 난 우리 아이들을 낳은 걸 후회하지 않는다. 단지 그 아이들을 낳게끔 한 결혼을 후회할 뿐이다. 여전히 나는 대부분의 삶보다 나은, 외롭고 고독한 삶을 이해할 수 있다.

그리고 어떻게 타인이 매몰차게 그것에 대해 평가할 수 있겠는가.

그가 지붕 수리 예산에 대해 묻고, 상상 속 부유한 삶에서 내가 꿈꿔 왔던, 집 뒤편에 멋진 덱을 깔 가능성에 대해 이야기를 나누기는 했지만 우리는 대개 친근한 침묵 속에 음식을 먹는다. 집을 수리하는 데 그치는 게 아니라 집을 개선하는 것은 커다란 발전이다. 그것은 수상쩍게도 진짜 뿌리를 내리는 것처럼 들린다. 우리는 어렵지 않게 지붕 수리 가격 흥정을 하고, 나는 덱에 대해서는 망설인다.

약속은 내 특기가 아니다. 내가 이곳에 얼마나 머물 생각인지 묻자 "확실치 않습니다. 임대 기간은 십일월까지죠. 그때까지 있을지도 모릅니다. 내 기분에 달렸죠. 이곳이 마음에 들긴 하지만 두고 보죠." 라고 말한 것으로 보아 약속은 샘 케이드의 특기도 아닌 듯하다.

그가 말하는 '이곳'에 나도 포함되는지 궁금하다. 날 꼬시려는 기미가 있는지 살펴보지만 그런 건 없다. 그는 성별의 구분 없이 사람을 대하고, 어쩌면 넘어올지도 모를 여자의 꽁무니를 맴도는 남자 같아 보이지는 않는다. 잘됐다. 난 누구를 사귈 마음이 없고, 여자를 꾀는 데 혈안인 남자는 참을 수 없다.

그보다 먼저 팬케이크를 다 먹은 뒤 달리 물어보지 않고 나는 내 끈적한 접시와 포크, 컵을 싱크대로 가져가 뽀드득 소리가 날 때까지 깨끗이 씻어 건조대 위에 놓는다. 식기세척기는 없다. 그는 내가 식은 팬과 반죽 볼에 손을 뻗을 때까지 아무 말 하지 않는다.

"그럴 필요 없어요." 그가 말한다. "그건 제가 할 겁니다. 하지만 고마워요."

그 말을 받아들이고 레몬색 마른행주에 손을 닦으며 그를 돌아본다. 사라지기 직전인 팬케이크에 집중하는 그는 완벽히 편해 보인다.

내가 말한다. "정말 여기서 뭐 하는 중이에요, 샘?"

그는 포크의 움직임을 멈추고 몇 초간 팬케이크 조각에서 시럽이 흐르게 두더니 그것을 천천히 입으로 가져가 마무리한다. 그는 씹고 삼키고 커피를 쭉 들이켠 다음, 포크를 내려놓고 의자를 뒤로 뺀 다음 내 시선과 마주한다.

그는 정직해 보인다. 그리고 약간 화가 난 듯하다.

"책을. 쓰고. 있습니다. 그 질문은 '너는 뭐 하는 사람이냐'인가요?" 그가 말한다. "당신에게 엄청난 비밀들이 있다고 내가 생각하지 않는다면 말이죠, 프록터 씨. 그리고 돈 때문에 당신 집 지붕 위에 올라간다 해도 내가 그걸 관여해선 안 되겠죠. 아시다시피 이웃들은 당신에 대해 아는 게 별로 없어요. 호숫가를 도는 연로한 클레어몬트 씨가 말하길 당신이 잘 놀란다더군요. 좀 쌀쌀맞고요. 그의 말에 동의할 수 없다고는 말하지 못하겠군요. 당신이 착한 손님처럼 앉아 팬케이크를 먹으며 품위 있는 대화를 했다고 해도요."

그의 반응이 상황을 놀랍게 굴절시킨 것 같다. 조금 전까지만 해도 나는 샘 케이드가 자신이 주장하는 사람이 아닐 경우 그가 보일 어떤 반응을 기대하며 공격적이었지만, 지금은 내가 수세에 몰린 느낌이다. 대신 그는 거울을 내 쪽으로 비춰 나를 꼼짝 못하게 만들었고, 난…… 그에 감탄한다. 그런 걸 믿지 마라, 페르 세per se 그 자체로는. 하지만 이상하게도 나는 그에게 점수를 준다.

나는 거의 즐거워하며 말한다. "아, 제가 쌀쌀맞군요, 좋아요. 그리고 제가 이곳에 있는 이유에 대해선 당신이 상관할 바가 아닌 것 같네요, 케이드 씨."

"그렇다면 그냥 미스터리로 남겨 두죠, 프록터 씨." 그가 시럽을

늙어모은 포크를 빨더니 접시를 싱크대로 나른다. "실례하죠."

난 옆으로 물러선다. 그는 효과적인 움직임으로 반죽 볼, 팬, 주걱을 차례로 씻는다. 흐르는 물이 침묵을 채우도록 놔두고, 난 팔짱을 낀 채 그가 수도를 잠그고 건조대 위에 식기들을 구분해서 놓고 마른행주를 집어 손을 닦을 때까지 기다린다. 이내 내가 말한다. "좋아요. 내일 지붕 건으로 보죠. 아침 아홉 시 어때요?"

여전히 차분하고 풍부하고 읽기 힘든 그의 표정은 미소를 지을 때도 큰 변화가 없다. "그러죠." 그가 말한다. "아홉 시요. 다 될 때까지 매일 저녁 현금으로 주시는 겁니다."

"그러죠."

난 고개를 끄덕인다. 그가 악수를 하기 위해 손을 내미는 수고를 하지 않아서 나도 손을 내밀지 않고 밖으로 나온다. 그의 통나무집에서 걸어 내려와 굽이진 내리막길에서 잠시 쉬면서 밀도 높은 호수의 공기를 천천히 들이마신다. 공기는 후텁지근하고 활기 없는 테네시의 열기로 무겁다. 내쉬는 숨에서 여전히 팬케이크 냄새가 난다.

그는 정말이지 놀라운 요리사다.

◆ ◆ ◆

한 주만 더 있으면 방학인 아이들은 기말고사에 대한 부담이 따른다. 말하자면, 코너는 스트레스를 받는다. 래니는 아니다. 나는 아침 8시, 버스에 오르는 아이들을 배웅하고 9시까지 커피를 만들어 둔 뒤 케이드의 팬케이크와 경쟁 상대가 되리라고는 기대할 수 없기에 가게에서 산 페이스트리를 내놓는다. 그는 정시에 노크한다. 그리고 난 그를 안으로 들여 커피와 도넛을 대접하고, 그가 수리하면서 해야 할 일을 함께 점검한다. 필요한 물품 구매를 위해 선급으로 현금을 지불하자 그는 다시 몸을 돌려 자신의 통나무집으로 향한다. 15분 뒤 군데군데 녹색으로 바랜, 낡았지만 힘 좋은 회색 픽업트럭을 몰고 지나치는 그를 본다.

그가 간 동안 사이코 순찰대를 확인한다. 새로 나타난 것은 없다. 난 포스트 개수를 센다. 다시 줄었다……. 나에게는 온라인상의 우리 이름에 대한 관심도를 추적하는 엑셀 빈도 차트가 있다. 멜빈의 잔혹성이 다른 것들―정욕 살인마, 연쇄살인범, 명분 있는 광신도, 이슬람 과격 테러 조직―에 뒤지고 있다는 사실을 발견하고 기쁜 마음이 든다. 우리 스토커 중 일부가 관심을 잃고 있는 듯하다. 난 '네 인생을 살아'라는 말을 쓰길 싫어하지만, 그 스토커들이 그러고 있을 가능성이 있다. 그들이 옮겨 가고 있다.

어쩌면, 언젠가, 우리 역시, 그럴 수 있다. 희박한 희망이지만 그런 희망이라도 내게는 새로운 느낌이다.

새 내용이 담긴 빈약한 리스트를 출력해 철하고 있을 때, 케이드가 돌아온다. 나는 어쩔 수 없이 출력할 것들을 몇몇 개 남겨 둔다. 그것은 언제나 불안한 일이지만 선택의 여지가 없다. 사무실 문을 잠근 뒤 그를 만나러 나간다.

그는 잔디밭에 안전하게 고정됐는지 살피며 벌써 지붕에 사다리를 놓고 있다. 그는 타르지와 지붕널 한 짐을 쌓아 두고, 허리에 망치와 못 주머니가 여러 개 매달린 공구 벨트를 맸다. 햇볕을 가려 줄 낡은 챙이 달린 모자와 목덜미를 커버하는 화려한 스카프까지 둘렀다.

"여기요." 난 그에게 카라비너 클립이 달린 알루미늄 물통을 건넨다. "얼음물이에요. 도움이 필요해요?"

"아니요." 그가 오를 곳을 쳐다보며 말한다. "어두워지기 전까지 이쪽 면을 끝내도록 하죠. 한 시쯤 쉴 겁니다."

"나는 점심을 준비할게요." 내가 말한다. "그러면…… 당신이 일할 수 있도록 나는 가 볼까요?"

"반가운 말이군요." 그는 물병 클립을 벨트에 채우고, 부피 큰 배낭처럼 양어깨에 멜 수 있게 밧줄을 묶은 첫 짐을 집어 든다. 마치 깃털을 나르는 듯한 움직임으로 그가 올라가는 동안 나는 사다리를 붙든다. 그리고 그가 지붕 위에 단단히 발을 디뎠는지 보기 위해 물러선다. 그는 잘 디디고 있다. 지붕의 경사쯤은 그에게 문제 될 것 같아 보이지 않는다.

샘이 손을 흔들자 나도 손을 흔들어 답하고 돌아서서 안으로 들어가는데 경찰차 한 대가 타이어로 자갈밭을 저벅이며 천천히 지나가는 모습이 보인다. 그레이엄 경관이 모는 차로, 내가 손을 들어 인사하자 그는 내게 고개를 끄덕이고 조핸슨네 지름길 쪽으로, 그 뒤 더 멀리에 있는 자신의 집으로 향한다. 나는 그가 언제고 저녁때 자신이 연습하는 사격장으로 반쯤 초대 비슷한 말을 한 기억이 나지만 그가 자신의 아이들을 데려갈 거라는 생각도 들어…… 내 아이들을 데려갈 마음이 내키지 않는다. 그래서 나는 쿠키나 나를 좀 더…… 온순한 사람으로 보이게 할, 하지만 흥미를 끌지 않을 무언가를 들고 들르기로 마음먹는다.

점심때까지 고객 두 명의 일을 마치고 일을 더 구하기 위해 글을 올린다. 한 사람은 내가 미트볼과 스파게티, 샐러드를 완성할 때쯤 보수를 지급한다. 그리고 샘 케이드가 내려와서 작은 식탁에서 나와 함께 점심을 먹는다. 다른 고객은 하루가 끝나 갈 때쯤 돈을 지불하는데, 그것은 반가운 변화다. 난 받아야 할 돈이 많다. 일단 익숙해지자 케이드가 지붕 위에서 내는 소리가 기묘한 위안을 준다.

경보기가 날카로운 경보음을 반복했을 때 나는 조금 놀랐고, 소리를 멈추기 위해 암호를 누른다. "우리 왔어요!" 래니가 아래층 현관에서 소리친다. "쏘지 마세요!"

"그 말은 심했어." 코너가 하는 말이 들린 다음 래니가 뾰족한 팔꿈치로 찌르기라도 했는지 '윽' 하는 소리가 들린다. "그렇잖아!"

"조용히 해라, 꼬부기포켓몬스터 시리즈에 나오는 캐릭터. 해야 할 지질한 일 없냐?"

난 사무실에서 나와 아이들을 맞기 위해 아래로 내려간다. 코너가 한마디 말도 없이 어두운 얼굴로 나를 밀고 지나가 자기 방문을 쾅하고 닫는다. 래니는 자기 방으로 가는 도중에 나를 만나자 어깨를 으쓱한다. "예민하다니까요." 그녀가 말한다. "왜요? 그게 내 잘못이에요?"

"꼬부기?"

"포켓몬요. 귀여운 애들이라고요."

"나도 그게 포켓몬인 건 알아." 그녀에게 말한다. "왜 동생을 그렇게 불러?"

"왜냐하면, 딱딱한 껍데기가 있고 그 아래 부드러운 배가 있는 게 꼭 쟤 같거든요." 충분한 답이 되지 못한다. 그녀는 으쓱한 어깨를 축 늘어뜨리며 눈을 굴린다. "그냥 화내는 거예요. 시험을 망쳐서……."

"나 B 맞았거든!" 코너가 문 저쪽에서 소리를 지른다. 래니는 한쪽 눈썹을 치켜 올려 날카로운 아치를 만든다. 거울 앞에서 연습한 게 아닌지 궁금하다.

"보셨죠? B래요. 분명 긴장이 풀렸어요."

"그만 됐어." 내가 마침표를 찍듯이 단호하게 말했을 때, 천장을 세 번 두드리는 소리가 난다. 래니가 날카롭게 비명을 지른다. 케이드는 지금 집 뒤쪽에서 일하고 있다. 나는 앞문으로 들어온 딸아이와 코너가 그를 보지 못했을 거라는 걸 깨닫는다.

"괜찮아." 코너가 겁에 질려 텅 빈 눈을 크게 뜨고 자기 방문을 활짝 열 때, 난 아이들에게 말한다. "케이드 씨야. 위에서 지붕널을 교체하는 중이셔."

래니가 깊이 숨을 들이마시고 고개를 젓는다. 그녀는 나를 밀고 지나가 자기 방으로 들어간다.

반면 코너는 눈을 깜빡이더니 꽤 다른 모습을 보인다. 흥미로워하는. "멋져요. 가서 도와 드려도 돼요?"

나는 코너의 말을 숙고한다. 내 아들이 지붕 가장자리에서 넘어지거나 사다리에서 떨어질 위험을 따져 본 뒤…… 그런 다음 그 위험과 지금 아들이 보이는 간절함의 무게를 저울질해 본다. 내가 보여 줄 수 없는 것들을 보여 줄 성인 남자의 필요성. 현재 아이의 아버지가 주는 고통, 두려움, 공포와는 다른 뭔가를 보여 줄 수 있는 사람. 그게 영리한 짓일까? 아마도 아닐 것이다. 하지만 옳은 일이다.

모든 걱정을 삼키고 애써 미소 지으며 말한다. "물론이지."

◆　◆　◆

나는 놀고 있지 않을 것이다. 신난 케이드와 코너가 밑으로 던지는 쓰레기들을 치우면서, 내 아들이 지나치게 자신만만해지거나 균형을 잃고 다치게 될—혹은 더 나쁜 일을 당할 어떤 징후가 있는지 살피면서 다음 몇 시간을 바깥에서 보낸다.

그러나 아이는 괜찮다. 케이드가 단단히 겹쳐지는 지붕 패턴을 만드는 법을 보여 주는 동안, 아이는 민첩하게 균형을 잘 잡으며 인생 최고의 시간을 보내고 있다. 일을 배우며 언뜻언뜻 진짜 환한 미소를 짓고 진정으로 즐거워하는 코너를 보니 내 안의 뭔가가 조금 치유된다. 이날. 난 생각한다. 아이는 이날을 기억할 것이다. 좋았던 날로. 이러한 기억들 중 하나가 아이를 위한 더 좋은 것들의 포석이 될 것이다.

다만 그 일을 함께하지 못해서 조금 섭섭하다. 아들은 저렇게 영웅을 숭배하듯 나를 보지 않고, 앞으로도 그럴 일은 없을 것이다. 우리의 사랑은 진짜지만 진짜 사랑은 골치 아프고 복잡한 법이다. 우리가 겪은 걸 생각하면 어떻게 그러지 않을 수 있겠는가?

그런 면에서 샘 케이드와 함께인 것이 아이에게 안정감을 주고, 나는 감사한다. 입을 다물고 청소를 한다. 그 열의가 좀 과하지만 그 일은 나쁘지 않고 건강에도 좋다.

케이드는 지금의 차림으로 저녁에 초대받을 수는 없다고 만류했지만 우리는 식탁에 둘러앉아 함께 저녁을 먹는다. 부엌을 장악한 래니가 엄한 목소리로 그에게 집에 가서 씻고 오라고 명령하고, 그는 꽃무늬 앞치마를 두른 사나운 고스족 소녀가 자신에게 하는 명령에 재밌어하는 눈치다. 그는 가서 깨끗이 샤워를 하고 돌아온다. 머리칼이 여전히 축축하게 목에 달라붙어 있지만 그는 깨끗한 셔츠와 바지를 입고 있다. 이번에는 덱슈즈바닥이 고무인 가죽 신발를 신었다.

래니는 라자냐를 만들었고, 우리 넷은 정말 굶주린 듯이 먹기 시작한다. 겹겹이 맛의 향연이 이어지고, 딸애가 가게에서 산 파스타만 빼고 모두 갓 만든 것들이다. 코너는 오늘 자신이 배운 것들에 대해 믿을 수 없을 만큼 열변을 토한다……. 학교에서 배운 것이 아닌, 못을 한 방에 똑바로 박으려면 망치질을 어떻게 해야 하는지, 지붕널을 어떻게 배열해야 하는지, 경사진 곳에서 어떻게 중심을 잡는지 등에 관해. 래니는 물론 눈을 굴리지만 동생의 기분 좋은 모습을 보고 행복해한다는 걸 알 수 있다.

"코너가 잘했나 보군요." 아들이 숨을 고를 때 나는 그렇게 말하고, 샘은 입 안 가득 라자냐를 넣은 채 고개를 끄덕이며 씹고 삼킨다.

"코너는 타고났는데요." 그가 말한다. "오늘 정말 잘했어, 친구." 그가 손을 올리자 코너가 그 손을 마주친다. "다음번에는 다른 쪽과 씨름해야 해. 바람이 불거나 비가 오지 않는다면 이틀 내로 작업이 끝날 거야."

그 말에 코너는 약간 실망한 얼굴이다. "하지만 그 나무는 어때요, 엄마? 집 벽 나무에 썩은 데?"

"얘 말이 맞아요." 내가 말한다. "좀 썩은 곳이 있어요. 그 부분 역시 잘라 내고 교체해야 할 것 같아요."

"좋습니다. 사흘." 샘이 포크로 라자냐를 크게 한 입 뜨자 치즈가 쭉 늘어난다. "뒷마당의 덱에 돈을 쓰실 의향이 있으시면 꼬박 일주일이 걸릴 수도 있죠."

"좋아요! 엄마, 제발요. 우리가 덱을 깔아도 되죠?" 코너의 시선이 너무나 열렬해서 그 시선이 파도처럼 나를 때리고 마지막까지 내 안에 남은 불안을 쓸어 낸다. 난 여전히 하비와 밴을 맞바꿀 테지만 내가 머물 이유를 찾고 있다면 그것은 여기에 있다. 내 아들의 눈 속에. 난 아이의 내향성과 고독한 기질, 조용한 분노를 걱정해 왔다. 처음으로 나는 마음을 연 아이를 보고 있고, 순전히 '만약 이러면 어쩌지?'로 그 싹을 자르는 것은 잔인하고 부당한 처사일 것이다.

"넥, 좋을 것 같은데요." 내가 그렇게 말하자 코너는 양손을 번쩍 들어 승리의 자세를 취한다. "샘, 코너가 학교에서 돌아온 후 일을 시작하는 건 힘들까요?"

샘이 어깨를 으쓱한다. "전 상관없지만 일정이 늦어질 겁니다. 반나절씩만 일한다면 한 달이 걸릴 수도 있어요."

"그건 괜찮아요." 코너가 서둘러 말한다. "학교는 한 주만 더 가면 돼요. 그다음에는 온종일 일할 수 있어요!"

샘 케이드가 눈썹을 치켜세우며 나에게 재미있는 표정을 지어 나도 눈썹을 치켜세우고 음식을 한 입 먹는다. "그래." 샘이 말한다. "너희 엄마가 좋다고 하신다면. 하지만 엄마가 집에 계실 때만이야."

샘은 멍청하지 않다. 내가 얼마나 과민하고 신중한지 안다. 그리고 독신 남자가 한 가족과 맞닥뜨렸을 때 생길 법한 많은 불쾌한 의혹들에 대해서도 안다. 난 그걸 그의 얼굴에서 읽을 수 있다. 자신은 잘 인지하고 있으니 내가 어떤 규칙을 세우든 경기하는 데 전혀 무리가 없다는 표정을.

난 인정할 수밖에 없다. 그것만큼은 그를 칭찬할 만하다.

저녁 식사는 완전히 성공적이고 아이들이 기꺼이 어질러진 것을 치우는 동안, 샘과 나는 맥주를 들고 포치로 나간다. 낮 동안의 열기가 마침내 호수에서 불어오는 시원한 산들바람에 자리를 내주는 중이다. 하지만 그 습기에는 좀처럼 익숙해질 것 같지 않다. 아직 한여름에도 이르지 못했건만 맥주는 상쾌한 가을 분위기를 날라다 준다.

오렌지빛 노을이 희미해져 가는 가운데 보트 몇 척-4인 조정 경기용 배 한 척, 값비싼 유람용 모터보트 한 척, 노 젓는 배 두 척-이 호수 위에 떠 있다. 모두 호숫가를 향해 있다.

샘이 말한다. "제 뒷조사를 하고 계십니까?"

뜨끔해서 맥주병을 입으로 가져가다가 멈추고 그를 쏘아본다. "왜 그런 말을 하죠?"

"뒷조사를 할 여자로 보이니까요."

그게 사실이어서 난 웃음을 터트린다. "그래요."

"제 신용 등급이 어떻던가요?"

"꽤 견실하더군요."

"다행이군요. 정말 더 자주 체크해야겠습니다."

"화난 거 아니죠?"

그가 맥주를 들이켠다. 그는 나를 보고 있지 않다. 그의 주의는 오로지 호수 위의 보트들에 쏠려 있는 것 같다. "아닙니다." 그가 마침내 말한다. "어쩌면 조금은 실망했는지도 모르죠. 그러니까, 나는 나 자신을 진짜 믿음직한 남자로 생각하니까요."

"예전에 잘못된 사람들을 믿었던 적이 있었다고 말해 두죠." 막 샘 케이드가 보인 반응과 멜빈이 나를 막 만나 여기 앉았다고 했을 때 보였을 반응을 상상하면, 그 차이가 얼마나 확연할지 생각하지 않을 수 없다. 멜은 화를 냈을 것이다. 기분이 상했다고. 즉각적으로 자신을 믿지 않는다고 나를 탓했을 것이다. 오, 그는 그런 감정을 포장했 겠지만 그의 경직된 태도가 느껴졌을 것이다.

샘에게서는 그런 모습을 찾아볼 수 없다. 그는 자신이 뜻하는 바를 말하고 있을 뿐이다. "그럴 만한 이유군요. 난 고용인입니다. 신원을 확인해 보실 권리가 있죠. 특히나 당신 집에서 당신 아이들 곁에 있게 될 테니. 솔직히 당신이 한 가장 똑똑한 일일 겁니다."

"나에 대해 조사했나요?" 내가 묻는다.

그가 그 말에 놀란다. 약간 몸을 뒤로 기대고 내 쪽을 흘끗 본다. 어깨를 으쓱한다. "주위에 좀 물어봤죠." 그가 말한다. "이를테면 돈을 잘 치르는가. 구글링을 했는지 묻는 거라면 아닙니다. 여자가 남자를 그렇게 조사하면 나는 그걸 예방책이라고 할 겁니다. 남자가 여자에게 그런다면, 그건……."

"스토커 같겠죠." 내가 그 대신 말을 마친다. "그래요. 그래서 마을에서 나에 대한 평판이 어떻던가요?"

"이미 말씀드렸다시피 쌀쌀맞다." 그가 말하며 웃음을 터트린다. "사실 나도 마찬가집니다."

나는 그에게 맥주병을 내밀고 우리는 병을 맞부딪친다. 잠시 우리는 마시기만 한다. 조정용 보트를 탄 사람들이 먼 선창에 다다른다. 노 젓는 보트들은 벌써 다다랐다. 값비싼 유람 모터보트가 마지막으로 물 위에 남아 있고, 바람 없는 고요한 대기를 통해 웃음소리가 들려온다. 보트에 불이 들어오고 네 사람이 보인다. 희미한 음악 소리가 간간이 나에게 흘러든다. 그들 중 세 명은 춤을 추고 있고, 키잡이가 보트를 호수 반대편의 개인 선착장으로 몰아가고 있다. 부유하고 권태로운 사람들이 살아가는 모습.

"저들이 샴페인을 마시고 있다고 생각합니까?" 샘이 무표정한 얼굴로 묻는다.

"돔 페리뇽. 캐비아를 곁들여."

"야만인이군요. 난 훈제 연어를 곁들이는 게 좋습니다. 하지만 '일'

자로 끝나는 요일에만 그렇게 하죠."

"탐닉하면 안 되죠." 내가 최대한 뉴잉글랜드 상류층 악센트를 흉내 내 말한다. 엄마한테 배워 꽤 잘한다. "좋은 샴페인에 취하는 건 저속해요."

"글쎄요. 좋은 걸 마셔 본 일이 없어서 모르겠군요. 전에 결혼식에서 싸구려를 한 잔 마신 것 같은데." 그가 맥주를 들어 올린다. "이게 내 버전입니다."

"옳소!"

"알겠지만 당신 아들은 꽤 당찹니다."

"알아요." 꼭 그에게라기보다 무르익어 가는 저녁에 미소를 보낸다. "알고말고요."

맥주를 다 마신 뒤 빈 병을 모은다. 샘에게 그날 치 임금을 지급하고 그가 언덕 위 자신의 통나무집으로 짧은 거리를 올라가는 모습을 지켜본다. 정면으로 보이는 그의 집 거실에 불이 켜지는 것을 본다. 커튼을 통해 붉은 빛이 난다.

난 안으로 들어가 유리병을 재활용 상자에 넣으며 부엌이 조용하고 깨끗한 것을 알아차린다. 아이들은 자주 그러듯 자신들의 중립 코너에 가 있다.

조용하고 기분 좋은 저녁이지만 문을 잠그고 경보기를 세팅하며 나는 이 상태가 계속될 리 없다는 생각을 한다.

◆　◆　◆

그러나 계속되고 있다. 다음 날인 토요일이 순조롭게 흘러간다는 것이 무엇보다 놀랍게 느껴진다. 사이코 순찰대의 숫자가 줄었다. 경찰은 방문하지 않는다. 일거리를 더 받는다. 일요일도 마찬가지. 월요일, 아이들이 학교에서 돌아오고 오후 4시가 되자 코너와 샘 케이드는 지붕에 올라가 열심히 망치질한다. 소리 때문에 돌아 버리겠다고 래니가 짜증을 내지만 헤드폰이 그 사소한 문제의 해결책으로 등장한다.

좋은 날이 다른 좋은 날로 이어지며 한 주가 간다. 아이들에게 큰 기쁨을 주는 방학이 오고, 케이드는 우리와 함께 아침 식사를 하고 난 후 지붕 일을 마무리하러 코너를 데리고 올라가는 고정 멤버가 된다. 그 일이 끝나자 두 사람은 창문과 문 테두리의 썩은 나무를 교체하기 시작한다. 난 일과 사이코 순찰대의 동태를 살피기 위해 사무실로 물러가고, 주위에 누군가…… 조금이나마 믿을 수 있는 사람이 있다는 사실이 거의 위안을 준다.

일요일에는 집 외벽에 새로 페인트칠을 해서 내가 치워야 할 일이 태산이지만 불만은 없다. 오히려 그 반대다.

페인트가 여기저기 묻은 나는 숨이 차지만 그 어느 때보다 행복하다. 래니와 코너, 케이드 역시 지저분하고 지쳐 있지만 우리는 함께 진짜 무언가를 완수했기에 기분이 좋다.

나는 오늘 내가 샘에게 완전히 경계를 푼 미소를 짓고 있다는 사실을 깨달았고, 그가 격의 없이 솔직한 미소를 돌려줄 때 문득 멜이 내게 처음 미소 지었던 순간이 떠오른다. 이 순간에야 나는 멜의 미소가 솔직하지도, 격의 없지도 않았었다는 사실을 깨닫는다. 그가 좋은 남편, 완벽한 아버지 역할을 하고 있었다 하더라도 그것은 그의 메소드 연기였다. 절대 역할에 반하는 행동을 하지 말 것. 나는 샘이 아이들에게 말하는 방식, 실수를 하고 그것을 바로잡는 방식에서 그 차이를 본다. 멍청한 말도 똑똑한 말도 하는 것이 실제적이고 자연스러운 사람이다.

멜의 방식은 전혀 달랐다. 내게는 그 차이를 비춰 볼 수 있는 좋은 거울이 없었을 뿐이다. 우리 아버지는 대개 부재不在했고, 그다지 따뜻한 분도 아니었다. 자식들을 볼 뿐 이야기를 들으려 하지 않았다. 나를 처음 본 멜은 내 안의 그런 목마름과…… 그것을 채울 필요가 있다는 것을 읽었다. 그는 그 부분을 연구했으리라. 그의 가면이 벗겨진 적이 몇 번 있었고, 나는 그 하나하나를 기억한다……. 브래디의 세 번째 생일 파티에 빠진 그에게 내가 화를 낸 순간이 첫 번째. 그가 갑자기 포악한 공격성을 보이며 나를 향했을 때, 난 냉장고 쪽으로 주춤주춤 물러섰다. 때리진 않았지만 그는 나를 냉장고로 몰아 꼼짝 못하게 머리 양쪽에 내 두 손을 고정한 후, 그때 나를 공포로 몰아넣었던 텅 빈 눈으로 나를 노려보았고, 지금도 그 눈빛은 나를 공포에 떨게 할 힘이 있다.

위장이 완벽했을 때조차 그는 얄팍했다. 그의 차분함은 왜곡되고 부자연스럽게 느껴졌고, 그의 애정도 마찬가지였다.

그가 작업장으로 들어갔을 때, 나는 거기서 진짜 멜의 본성이 나왔을 것이라고 상상한다. 그는 데드볼트가 설치된 문을 닫거나 그 데드볼트를 여는 낙으로 살았으리라.

샘에게는 그 비슷한 점도 보이지 않는다. 사람이 보일 뿐이다. 진짜 사람.

나를 병들게 하고, 아홉 해의 결혼 생활 내내 나와 함께 잠자리에 들며 내 앞에 존재했던 자를 내가 얼마나 이해하지 못했는지를 깨달으니 슬프다. 그것이 내 결혼이었다. 우리의 결혼이 아닌. 멜빈 로열에게 그것은 결코 결혼이 아니었기에.

그의 작업장에 있는 톱, 망치, 칼들처럼 나는 도구였다. 나는 그에게 위장의 방편이었다.

오랜 시간이 지난 후 마침내 이렇게 이해하는 것은 두려우면서도 마음을 진정시킨다. 나는 이런 생각을 되도록 하지 않으려고 했지만 샘을 보면서, 그의 주위에 있는 아이들을 보면서 내 결혼이 잘못되었고 인위적이었다는 걸 깨닫는다.

샘에게는 물론 이런 이야기를 하지 않는다. 그것은 세상에 없을 이상한 대화가 될 것이다. 특히, 나는 내가 정말 누구인지 그에게 말할 생각이 없으므로. 세상에, 안 된다. 하지만 아이들이 그를 좋아한다는 것은 무언가를 뜻한다. 아이들은 둘 다 영리하고, 나는 아이들이 성장하고 더 나아지게 하기 위해 이 안전한 장소를 짓고 있다는 것을 안다. 그것은 중요하다. 모험이지만 필요하다. 꼭 그래야 한다면 난 여전히 도망칠 생각이지만 그럴 필요가 있기 전까지는 아니다.

지금까지는 모든 게 조용하다. 그 어느 때보다 조용하다.

6월 중순 즈음 코너와 샘이 집의 외관을 환상적으로 바꾸어 놓는다. 샘이 내 아들에게 건축의 기본을 가르치고 있다. 그들은 집 뒤에 있는 땅을 평평하게 만들 계획이다. 콘크리트를 붓고 여러 개의 말뚝을 세운다. 그 주위에서 맴돌던 래니가 건축가의 눈으로 계획을 짜는 샘을 골똘히 지켜보다가 갑자기 뛰어들어 제안을 내놓는다.

그것은 장기 프로젝트다. 아무도 서두르는 사람은 없다. 특히 나는. 프리랜서 일은 내가 어느 선에서 거절할 정도로 꾸준히 들어온다. 까다롭게 일을 고르고 그에 따라 비용을 청구할 여유가 생겼고,

평판도 쌓이고 있다. 사정이 확실히 나아지고 있다.

물론 온라인상의 일에서 얻는 수입에 전적으로 의존하는 것은 아니다. 멜이 한 가지를 제대로 했기 때문에 나는 그럴 필요가 없다. 그가 끔찍한 일기와 자신의 전리품들을 보관하던 창고에 그는 자신의 탈출 계획 또한 숨겨 두었다.

현금으로 가득 찬 더플백.

그는 부모에게 상속받은 20만 달러에 가까운 유산을 뮤추얼펀드에 투자했다고 말했었다. 그 돈은 그가 달아나야 할 때를 감지하길 기다리며 그 창고에 수년간 묵혀 있었다. 그는 그 돈을 빼낼 기회가 없었다. 그는 직장에서 체포되었고, 이후 자유로운 몸으로 단 하루도 보내지 못했다.

난 그 보관 창고의 내용물을 경찰에게 넘겼다. 물론 그렇게 했지만, 그러기 전에 그 가방을 집어서 내 차 트렁크에 실었다. 나는 시내 먼 곳까지 달려서 한 상점가의 사서함 저장소를 찾았고, 그 자리에서 즉흥적으로 지은 가명으로 사서함을 하나 만들었다. 그러고 나서 더플백을 시내 반대편 택배 회사 지점으로 가져가, 새로 만든 사서함 주소로 부쳤다. 두려웠다. 난 내가 붙잡히거나 더 나빠지는 상황을 생각했다. 누군가가 사서함을 열어 볼 것이고, 돈은 흔적도 없이 사라질 것이라고. 나는 그에 대해 불평조차 할 수 없을 것이었다.

어쨌든 그 돈은 도착했다. 난 온라인 배송 상태를 추적했고, 그 돈을 찾을 수 있을 때까지 그것을 보관하도록 사서함 센터에 추가 비용을 냈다. 경찰에 협조했음에도 불과 이틀 만에 체포되어 교도소에서 재판을 기다리는 신세가 되었기 때문에 그것은 잘한 일이었다.

더플백이 든 상자는 거의 1년 후 내가 무죄방면될 때까지 계속 거기에 있었다. 감사하게도 여전히 영업 중인 그 사서함 저장소 안쪽 구석에서 뽀얗게 먼지를 뒤집어쓴 채. 작은 기적들.

그중 반을 안전하게 피해 쉴 곳을 구하고 스틸하우스 레이크에 오기 전까지 거쳤던 새 신분들을 만드는 데 썼다. 이 집은 놀라울 정도로 저렴한 가격에 경매로 나왔지만 구매하는 데 2만 달러를 쓰고 수리하는 데 1만 달러가 더 들었다. 지금 벌어들이는 수입도 있고 큰 지출이 없기 때문에 아직 돈은 충분하다. 멜이 주의 깊게 비축해 놓은 돈이 이렇게 사라지는 것에 그가 분노할 것을 생각하니 나는 매우, 매우, 행복해진다. 새 삶을 위해 그 돈을 쓰고 있다는 생각에 마음이 진정된다.

보수를 주면 내가 황폐하게 방치한 정원 일을 돕겠다는 케이드의 제안을 나는 받아들인다. 그는 그렇게 한다. 우리는 특종 품종들을 고르고 그것들을 함께 심는 것에 대해 의논하느라 몇 시간을 함께 보낸다. 화단 둘레에 경계석을 쌓고 거닐 수 있는 오솔길을 만드는 것에 대해. 햇빛에 반짝이는 작고 빠른 금붕어를 갖춘 작은 연못을 만드는 것에 대해.

그리고 나는 서서히 내가 샘 케이드를 신뢰한다는 사실을 깨닫는다. 내가 정확히 그 순간을 집어 낼 수 있다거나 그가 한 말 때문이든 한 행동 때문이든 어떤 특정한 순간에 그것을 느낀 것은 아니다. 그는 내가 겪었던 어떤 남자보다 차분하고 편하며, 볼 때마다 그는 아이들에게 미소를 짓거나 아이들과 대화를 하거나 나와 대화를 나눈다. 나는 이전의 내 선택들이 얼마나 형편없었는지 깨닫는다. 멜빈 로열과의 삶은 얼마나 황량했던가. 그때는 그 삶이 충만해 보였다.

그 삶은 달만큼이나 생기가 없었다.

내가 미처 알아차리기도 전에 두 주가 훌쩍 지난다. 정원은 뭔가 가정적으로 보이고, 전문 잡지에 등장할 법한 모습에 래니조차 비교적 행복해 보인다. 고스족 패션을 신랄하지만 대범한 무언가로 완화한 래니가 놀랍게도 어느 날 내게 친구가 생겼다고 말한다. 온라인상으로 알게 된. 딸은 예의 공격적이고 반항적인 태도로 달리아 브라운과 만나기로 한 영화관까지 태워다 줄 수 있는지 묻는다. 달리아 브라운. 학교에서 딸애가 날린 펀치에 맞았던 소녀.

난 이런 반전에 회의적이지만 달리아 브라운을 만나 보니 큰 키를 어색해하고 치아 교정기를 많이 의식하는 괜찮은 아이 같다. 그녀는 입 안의 금속 때문에 남자 친구에게 차였다. 그녀에게 일어날 수 있는 일 중 가장 잘된 일.

코너와 나는 극장 뒷좌석에 앉고, 달리아와 래니가 붙어 앉는다. 그리고 달리아는 우리와 저녁을 먹으러 집으로 향할 때쯤에는 완전히 편해 보인다. 래니도 마찬가지다.

여름이 무르익음에 따라 영화를 보는 게 일상이 된다. 래니와 달리아는 단짝이 된다. 달리아는 까만 매니큐어에 눈 화장을 진하게 하고, 래니는 달리아 스타일인 꽃무늬 스카프를 한다.

7월 중순이 되었을 때 둘은 완전히 돈독해져 두 친구를 더 끌어들였다. 물론, 난 경계를 늦추지 않는다. 한 소년은 두 콧구멍 사이에 피어싱을 한 골수 고스족이지만, 그의 친구는 영락없는 프레피^{부유한} ^{사립학교 학생이나 그런 스타일을 일컫는 말}고, 둘은 놀랄 만큼 잘 어울린다. 그리고 놀랄 만큼 우습다. 그게 내 딸에게도 좋은 영향을 미친다는 것이.

코너 역시 꽤 달라 보인다. 게임 친구들이 이제 진정한 친구가 되고, 아이는 처음으로 자신이 결정한 직업을 나에게 말한다.

아들은 건축가가 되고 싶어 한다. 아이는 건물을 짓고 싶어 한다. 그리고 아이가 그런 이야기를 할 때 내 눈에 눈물이 고이는 걸 느낀다. 난 필사적으로 아이가 꿈을 갖게 될 거라고, 도망치고 숨는 것을 넘어서는 인생을 갖게 될 거라고 믿어 왔다. 그리고 이제…… 이제 그것이 현실이다.

샘 케이드가 아이에게 내가 주지 못했던 꿈을 심어 주었고, 난 그것에 매우 감사한다. 다음 날 밤, 샘과 포치에서 마실 것을 들고 함께 앉아 있을 때 나는 그에게 코너의 새 관심사에 대해 이야기한다. 잠자코 듣던 그는 한동안 말이 없더니 마침내 나를 돌아본다. 뇌우가 몰려들 것처럼 무거운 기운이 느껴지는 구름 낀 저녁이다. 테네시주 이쪽 지역은 토네이도 영향권에 들었지만 아직 경보가 내리지는 않는다.

샘이 말한다. "코너의 아빠에 대해서는 별로 말이 없으시군요."

사실 난 전혀 말한 적 없다. 말할 수 없다. 말하지 않을 것이다. 그래서 난 대신 이렇게 말한다. "그다지 이야기할 게 없어요. 코너는 누군가 우러러볼 사람이 필요했어요. 샘, 당신이 아이한테 그런 모델이 되어 줬죠."

어스름 속에 그의 얼굴이 보이지 않는다. 내가 겁먹게 했는지 기쁘게 했는지 혹은 둘 다인지 확인할 길이 없다. 지금까지 몇 주간 우리 사이에는 조심스러운 긴장감이 흐르긴 했어도 이따금 거의 우연히 연장이나 맥주를 건넬 때 손끝이 스치는 것 이외에는 접촉한 적조차 없다. 내가 다시 한 남자에게 로맨틱한 감정을 느낄 수 있을지 모르겠고, 그 역시 자신을 억제하게 하는 무언가가 있는 것처럼 보인다. 아마 지독했던 연애 관계. 실연. 나는 모른다. 난 묻지 않는다.

"내가 도움을 줄 수 있었다니 기쁘군요." 그가 말한다. 그의 목소리가 이상하게 들리지만 이유는 정확히 모른다. "코너는 좋은 아입니다, 그웬."

"알아요."

"래니도 마찬가지죠. 당신은……." 잠시 침묵에 잠겼던 그가 갑자기 맥주를 들이켜는 듯한 소리를 낸다. "당신은 아이들에게 정말 좋은 엄마예요."

번갯불은 보이지 않지만 멀리 떨어진 곳에서 천둥이 나지막하게 울린다. 아마 언덕 저편에서. 그러나 나는 비가 몰려올 것 같은 묵직한 공기를 느낄 수 있다. 대기는 부자연스럽게 습한 열기를 머금었고, 나는 부채질이 하고 싶은 동시에 몸이 떨리는 걸 느낀다. "그러려고 노력했죠." 그에게 말한다. "그리고 당신 말이 맞아요. 우린 애들 아빠 이야기는 하지 않아요. 그 사람은…… 그는 몹시 나쁜 사람이었어요."

더 말을 하려고 하지만 감정이 밀려와 아무 말도 할 수 없다. 오늘 아침 멜에게서 또 다른 편지가 도착했기 때문에. 그의 원래 사이클로 돌아간 이번 편지는 여러 가지 추억과 아이들에 관한 질문 같은 평범한 이야기다. 그 편지에 난 신경이 곤두선다. 샘이 아이들을 어떻게 대하는지 봐 왔기 때문에 이제 나는 그 차이를 볼 수 있다. 멜은 광고 사진 속의 좋은 아빠였다. 그는 사진을 위해 가식을 드러내 보이고, 미소 짓고, 포즈를 취했지만 그것은 전부 껍데기였다. 그가 뭘 느꼈든, 지금 뭘 느끼고 있든, 그것은 진짜 애정의 얄팍한 그림자에 불과하다는 것을 나는 안다.

여기 샘 곁에 앉아 있으면서 멜에 대한 생각을 하고 있자니 성적인 끌림에서라기보다 액막이 부적 같은 의미에서 샘에게 손을 내밀어 따뜻한 그의 손을 느끼고 싶다. 멜의 유령을 좇아 버리고 그와 관련된 생각을 멈춰야 한다. 나는 내가 멜에 대한 진실을 샘에게 말하기 직전이라는 것을 깨닫고 깜짝 놀란다. 나에 대한 진실을. 내가 말한다면 그가 그 말의 첫 상대가 될 것이다.

맥주를 마시며 호수를 응시하고 있는 샘의 옆모습을 물끄러미 바라보고 있는 나 자신을 발견하고 화들짝 놀란다. 멀리 희미한 번개가 그의 얼굴을 비춘 순간 이상하게 그의 얼굴이 낯익어 보인다. 샘 같지 않게. 다른 누군가 같게.

당장 떠올릴 수 없는 누군가.

"뭡니까?" 고개를 돌린 그가 내 시선과 마주치자 얼굴이 뜨거워진다. 그것이 나를 불안하게 한다는 게 너무 이상하다. 난 얼굴을 붉히지 않는다. 이제는 꽤 친숙해진 남자와 내 집 포치에 앉아 있으면서 왜 갑작스레 어쩔 도리 없는 당혹감이 느껴지는지 도무지 알 수 없다. "그웬?"

난 머리를 젓고 외면하지만 갑작스러운 그의 주시가 너무나 의식된다. 얼굴에 따스하지만 무섭게 까발리는 듯한 서치라이트가 비치는 느낌이다. 구름이 껴서 다른 날과 달리 어두운 오늘 밤에 감사한다. 내가 쥔 맥주병의 차가운 유리 감촉이 의식되고, 손등 위로 구슬 같은 물방울이 미끄러져 내린다.

이 남자에게 키스하고 싶다. 그가 내 키스에 응하길 바란다.

그 생각은 나에게 진심이되 무시무시한 충격이다. 참으로 오랫동안 이런 충동을 느끼지 않았다. 멜의 범죄라는 화재에, 마음속 깊이 내재된 신뢰의 배신이라는 화재에 모두 타 없어졌다고 여겼다. 그러나 나는 여기에서 떨면서 샘 케이드가 입술로 내 입술을 누르길 원하고 있다. 그리고 그 역시 그것을 느낀다는 걸 나는 안다. 우리 사이에 팽팽히 당겨진 보이지 않는 줄이 있는 것 같다.

목이 타다는 듯이 그가 불쑥 남은 맥주를 들이켰기 때문에 내가 두려운 만큼이나 그것이 그를 두렵게 한 게 틀림없다. "폭풍이 들이닥치기 전에 가야겠습니다." 크게 울리는 그의 목소리가 평소와 달리 낮고 어둡다. 난 아무 말도 하지 못한다. 정말 무슨 말을 해야 할지 상상도 할 수 없다. 나는 그저 고개만 끄덕이고, 그는 자리에서 일어나 나를 지나쳐 계단으로 향한다.

그가 두 계단을 내려갔을 때 마침내 목소리를 컨트롤할 수 있게 되어 그에게 말한다. "샘."

그가 멈춘다. 천둥이 다시 우르릉 낮게 울리고 번개가 하늘을 칼로 긋듯이 또다시 번쩍한다.

내가 양손으로 병을 굴리며 말한다. "내일도 올 거죠?"

그는 고개를 돌린다. "계속 오기를 원하십니까?"

"물론이죠." 내가 말한다. "그래요."

고개를 끄덕이고 그가 빠른 걸음으로 멀어진다. 그가 지나가자 우리가 설치한, 어떤 움직임도 감지해 알려 주는 보안등에 불이 들어온다. 그가 마당을 반쯤 벗어나자 보안등이 꺼지고 그는 곧 대문을 지나 도로로 나선다.

5분 후 비가 내리기 시작한다. 비는 머뭇거리듯 툭툭 떨어지더니 이내 지붕을 꾸준히 부드럽게 두들기다가 포치 가장자리가 일렁이듯 보일 만큼 두꺼운 커튼이 된다. 샘이 이 비를 만나기 전 집에 들어갔기를 바란다. 이 폭우에 정원이 씻겨 내려가지 않기를 바란다.

나는 조용히 앉아 끊이지 않고 퍼붓는 빗소리에 귀를 기울이다가 맥주를 비운다.

'큰일이군.' 나는 생각한다.

전에는 이렇게 연약한 기분을 느낀 적이 없었기 때문에. 지나 로열에서 벗어난 이후로는.

◆　◆　◆

시간이 걸리는 법이다. 뜨겁고 후텁지근한 여름의 끝자락에 샘과 나는 거의 감지할 수 없을 정도로 서서히 경계를 풀고 갑옷을 한편에 치워 둔다. 손이 스쳐도 움찔하지 않고, 아무 계산 없이 미소 짓는다. 진짜라고 느껴진다. 굳건함이 느껴진다.

마침내 난 온전히 인간적인 감정을 느끼기 시작한다.

나는 샘이 내 안의 결딴난 것을 고칠 수 있다고 자신을 속이진 않는다. 그 역시 그런 착각에 빠져 있는 것 같지 않다. 우리 둘 다 상처가 있다. 그것은 처음부터 알 수 있었다. 어쩌면 진정 상처가 있는 사람만이 우리의 방식대로 서로를 받아들일 수 있는지 모른다.

멜에 대해 생각하는 시간이 점점 줄어든다.

날씨를 종잡을 수 없는 9월이 선선해져 기쁘다. 학기가 다시 시작되고, 코너와 래니 둘 다 즐거운 모양이다. 코너를 때린 불량한 애들이 누구든지 간에(아이는 내게 절대 털어놓지 않는다) 아들의 친구가 점점 불어나는 것이 그 이상의 보상이 된다. 아이들은 매주 목요일 저녁이면 D&D던전 앤드 드래건 게임의 약칭 게임을 하려고 오는데, 게임은 곧잘 늦은 시간까지 계속된다. 난 아이들의 열의와 열정, 상상의 세계에서 즐거워하는 모습에 즐거움을 느낀다. 래니는 그게 역겹다고 생각하는 척하지만 실제로는 아니다. 래니는 도서관에서 판타지 소설들을 찾아보기 시작했고, 다 읽고 나면 동생에게 그 책을 빌려준다. 동생 친구들이 꼬부기라는 별명이 멋진 것 같다고 한 이래 래니는 동생을 그렇게 부르길 멈춘다.

9월 말 꽤 늦은 저녁, 샘과 난 옛날 영화를 보며 거실에 앉아 있다. 아이들은 자러 간 지 오래고, 나는 와인 한 잔을 들고 따뜻한 그에게 기대 있다. 달콤한 기쁨이자 고요한 평화. 이 순간만큼은 난 멜이나 다른 그 어떤 것도 생각하지 않는다. 와인이 끊임없이 경계하게 하는 내 안의 불안을 가라앉히고 두려움 또한 무디게 한다.

"이봐요." 그가 내 귓가에 입을 대고 조용히 말한다. 그의 숨결이 귀를 간질인다. "잠든 거 아니죠?"

"물론이죠." 나는 그렇게 말하고 와인을 한 잔 더 가져온다. 그가 내 손에서 그 잔을 빼앗아 단숨에 들이켠다. "이봐요!"

"미안해요." 샘이 말한다. "지금 용기가 좀 필요해서요. 당신에게 뭘 좀 물어보려고 하거든요."

난 얼어붙는다. 숨을 쉴 수 없다. 침도 삼킬 수 없다. 도망칠 수 없다. 앉아서 가면이 벗겨지길 기다릴 뿐이다.

그가 말한다. "키스하면 싫어할 겁니까, 그웬?"

머리가 하얘진다. 차갑고 매끄럽고 텅 빈 빙하 위의 만년설원처럼. 나는 고요해진 내면과 갑작스럽고 황급하게 후퇴한 공포에 망연자실한다.

이내 따뜻함을 느낀다. 마치 그 따뜻함이 줄곧 거기에서 기다리고 있었다는 듯이 그 변화는 순식간에 일어난다.

난 말한다. "안 하면 싫어할 거예요." 둘 다 자신감을 얻고 자세를 잡기 전까지 처음엔 머뭇거린다. 그의 입술은 부드러운 듯하더니 격렬해진다. 그리고 왠지 늘 플라스틱에 하는 것 같던 멜의 키스를 떠올리지 않을 수 없다. 세심하게 계획된 움직임 따윈 없다. 샘은 꾸밈없이 진심을 담아 키스한다. 그의 키스는 보르도에서 나는 풍부하고 깊은 체리 맛이다. 이 키스는 내가 얼마나 삶에 대해 아는 게 없었는지, 멜빈 로열과 결혼함으로써 내가 얼마나 많은 걸 잃었는지 깨닫게 한다. 얼마나 많은 시간을 그에게 낭비했는지.

샘이 먼저 입을 떼고 뒤로 물러나 아무 말도 하지 않은 채 숨을 몰아쉰다. 난 그에게 기댄다. 그가 내게 팔을 두르자 갇혔다기보다 속한다는 느낌이 든다. 보호받는 느낌.

"샘……."

그가 내 귀에 속삭인다. "쉬이." 그래서 나는 어떤 말도 하지 않는다. 어쩌면 그는 나만큼이나 이것을 두려워하는 것 같다.

영화가 끝나고 그를 배웅한다. 집 계단 밑에서 그가 다시 내게 키스할 때, 그것이 더 좋은 일이 생길 거라는 멋진 약속처럼 느껴진다.

◆　◆　◆

다음 날 우편물 재발송 서비스로부터 편지가 도착한다. 맥박이 널뛰듯 하는 게 느껴지지만, 이전만큼 불안하지는 않다. 여전히 난, 늘 하는 모든 예방 조처를 한다. 파란 니트릴 장갑을 끼고 조심스럽게 봉투를 개봉한 뒤 편지지를 펼칠 때는 도구를 사용한다.

이번 편지는 멜의 두 번째 종류의 사이클이라고 예상한다. 멜의 글은 사람이 가면을 쓴 것처럼 특징이 없고 평범하다. 그는 자신이 읽고 있는 책(그는 대개 이해하기 어려운 철학서, 과학서들을 읽는 독서가였다)에 관해 이야기한다. 그는 끔찍하게 맛없는 구내식당 음식에 대해 한탄한다. 운 좋게도 자신의 교도소 내 매점 계정에 돈을 넣어 주는 친구들이 생겨, 교도소 생활을 더욱 즐겁게 해 주는 것들을 살 수 있다고 말한다. 그는 자기 변호사에 관해 이야기한다.

하지만 이내…… 조용히 불안이 엄습하고, 이번 편지는 뭔가 다르다는 걸 깨닫는다. 새로운 뭔가가 있다.

맨 밑에 이르자 그것이 보인다. 그것은 꼬리에 달린 침이고, 그게 나를 치자 침에 달린 가시가 나에게 깊숙이 박힌다.

여보, 알다시피 내가 제일 후회하는 건, 우리가 그토록 자주 이야기하던 호숫가 집을 갖지 못했다는 거야. 그건 천국처럼 들리지 않아? 달빛이 내리는 밤, 당신이 포치에 앉아 호수를 지켜보는 모습이 눈앞에 선해. 그 모습을 떠올리면 마음이 평화로워. 나 이외의 다른 사람과 당신이 그런 시간을 나누지 않길 바라.

해 질 녘 포치에 나와 앉아 호수 저편에서 일렁이는 물결을 바라보며 저녁 맥주를 마시곤 했던 밤을 떠올린다. 그 모습을 떠올리면 마음이 평화로워. 그가 말한다. 나 이외의 다른 사람과 당신이 그런 시간을 나누지 않길 바라.

그는 우리를 보았다—최소한 사진이라도. 나와 샘이 함께 포치에 있는 모습을 봤다.

우리가 어디 있는지 알고 있어.

"엄마?"

난 움찔 놀라 문진처럼 편지를 누르고 있던 스푼 두 개를 떨어뜨린다. 고개를 들자 코너가 나를 바라보며 부엌 조리대 저편에 서 있다. 코너의 뒤에는 목요일 멤버인 빌리, 트렌트, 제이슨과 대럴이 있다. 오늘이 무슨 날인지 잊었다. 라이스 크리스피스 마시멜로를 만들 생각이었는데 그것도 잊었다.

난 재빨리 편지를 접어 봉투에 다시 밀어 넣고, 벗은 장갑을 저 멀리 구석에 놓인 쓰레기통에 던진다. 봉투를 뒷주머니에 넣고 말한다. "애들아, 간식 줄까?" 아이들 모두 환호한다.

말없이 미동도 하지 않은 채 나를 지켜보는 코너만 빼고. 아이는 무언가 문제가 있다는 것을 안다. 안심시키려고 애써 미소 짓지만 아이는 속지 않는다. 절망감으로 아파하며 아이들의 기쁨을 위해 팬에 끈적하게 들러붙은 마시멜로 크림과 라이스 크리스피스를 젓는 동안 생각을 정리하려고 애쓴다. 내 마음은 아이들의 기쁨이나 아이들이나 다른 어떤 것에도 가 있지 않고 오직 '뭘 해야 하는가'에만 쏠려 있다.

도망치라고 모든 본능이 내게 외쳐 댄다. 그냥 밴을 가져와. 애들을 태워. 달려. 다시 시작해. 놈에게 다시 찾아보라고 해.

하지만 차가운 현실은 우리가 줄곧 도망 다녔다는 것이다. 우리는 도망치고, 도망치고, 또 도망쳤다. 나는 아이들에게 부자연스럽게 망가진 삶을 강요했다. 가족, 친구, 심지어 자기 자신까지 고립시키도록. 그랬다. 그들을 구하기 위해 그랬지만 그 대가는? 지금 이곳에서 1년을 꽉 채운 아이들을 보고 있자니 두 아이가 피어나고 성장하는 모습이 보인다.

다시 두 아이의 뿌리를 자르고 도망친다면, 머잖아 그들 안에 있는 모든 좋은 싹들이 자라기도 전에 시들고 얼룩질 것이다.

더는 도망치고 싶지 않다. 어쩌면 마음의 집이 되어 버린-벗어나려고 최선을 다해 노력했는데도 불구하고- 이 집 때문에. 호수 때문이거나 내가 여기서 느끼는 평화 때문인지도.

마침내 좋은 남자에게 느끼는, 연약하고 깨지기 쉽고 조심스러운 끌림 때문인지 모른다.

아니, 아니, 난 빌어먹을 네놈에게서 도망치지 않아, 멜. 다시는. 지금이 내가 오래전에 준비한, 절대 사용하지 않기를 바랐던 계획을 실행할 때다.

아이들이 쫄깃하고 끈적한 간식을 먹으며 주사위를 굴리는 동안, 나는 부엌에서 나가 압살롬이 수년 전에 준 번호로 전화를 건다. 나는 그게 누구의 번호인지 모르고, 그게 과연 연결되는 번호인지조차 알지 못한다. 자동안전장치가 있는 핵폭탄급 옵션이다. 한 번만 사용할 수 있고 그에 대한 대가는 충분히 지불했다.

신호가 울리고 또 울리다가 음성 사서함으로 넘어간다. 인사말 없이 그저 삐 소리뿐이다.

"지나 로열입니다." 내가 말한다. "압살롬이 내가 처리해야 할 일을 당신이 알 거라고 했어요. 실행하세요."

매우 가파른 벼랑 끝에 서 있는 것처럼 어지럽고 속이 울렁거리는 것을 느끼며 전화를 끊는다. 지나 로열이라는 이름이 나를 어둠으로, 내가 존재하지도 않았던 듯한 시간으로 넘어뜨리는 것처럼 느껴진다. 내가 거쳐 온 모든 과정이 환영이었다고, 멜빈이 원하면 어느 때라도 나에게서 앗아 갈 수 있는 무언가라고 느끼게 한다.

다음 날 아침, 멜빈이 수감된 교도소에 전화를 걸어 면회가 가능한
날짜를 예약한다.

5

아이들과 함께 있을 사람을 구해야 한다.

그에 관해 생각한다. 허공을 노려보며 입술을 물어뜯으며 몇 시간을 고민한다. 부탁할 사람이 몇 있긴 하지만 그야말로…… 극소수다. 아이들을 비행기에 태워 할머니에게 보내도 되겠다고 생각하고 확인해 보니, 엄마는 여행 가서 집에 계시지 않는다. 래니와 코너 둘만 놔둘 순 없고, 그렇다고 내가 가는 곳으로 데려갈 수도 없다.

아무도 믿지 않는 사람에게 그것은 거대한 한 걸음, 거인이 내딛는 한 걸음이다. 샘에게 부탁하고 싶다. 바로 그 욕망에 의구심이 든다. 멜의 교훈을 통해 나 자신의 판단을 믿으면 안 된다는 생각이 들고, 내가 가장 피하고 싶은 일이 아이들을 위험에 빠트리는 일이기 때문이다.

아는 여자들이 더 많았으면 하고 바라지만, 내가 지금껏 노턴이나 호숫가 주변에서 알게 된 이들은 모두 쌀쌀하고 호감이 가지 않거나 낯선 이들에게 노골적인 적대감을 드러낸다.

어떻게 해야 할지 몰라 오래도록 무력하게 앉아 있자니 래니가 사무실로 들어와 의자에 털퍼덕 앉아 내가 관심을 보일 때까지 오랫동안 나를 물끄러미 바라본다. "왜, 아가?"

"내가 할 말인데요, 엄마. 뭔 일이에요?"

"무슨 말인지 모르겠구나."

"알면서." 래니는 그렇게 말하고 뚫어지게 나를 본다. 나에게 배운 대로 눈을 가늘게 뜨고. "지금 여기 앉아서 엄지손가락을 씹고 계시잖아요. 잠도 거의 안 자고. 뭐가 문제예요? 그리고 말을 해 주기엔 내가 너무 어리단 소린 마요. 그런 말은 사양이에요."

'사양이다'는 래니의 최신 유행어로, 날 웃게 한다. 열여섯 즈음에는 훨씬 더 직설적인 말로 바뀌어 있지 않을까 싶지만 지금으로서는 래니에게는 재미있고 유용한 말투다. "엄마는 멀리 갈 데가 있어." 그녀에게 말한다. "당일치기로 갔다 올 거야. 너희가 학교에 있는 동안이겠지만…… 하지만 정말 아침 일찍 나가야 하거든. 그리고 아주 늦을 거야. 너희와 여기 같이 있어 줄 사람이 필요해." 난 크게 숨을 들이마신다. "너라면 누가 좋겠니?"

아이가 눈을 깜빡인다. 내가 마지막으로 언제 자신의 의견을 물었는지조차 기억할 수 없기 때문일 것이다. 그리고 대답하지 못할 것이다. 내가 보통 하는 질문이 아니니. "어디 가요?"

"그게 중요한 건 아니야. 제발 묻는 말에 집중해 줘."

"좋아요. 아빠 만나러 가요?"

난 딸애 입에서 그 말을 듣는 게 싫다. 희망차게 끝이 올라간 어조로 그가 여전히 '아빠'라니. 몸서리가 쳐지고, 딸애 역시 그 모습을 본다. "아니야." 난 할 수 있는 한 단조롭고 건조한 어조로 거짓말을 한다. "그냥 일 때문에."

"으응." 내 딸이 날 믿는지 안 믿는지 분간할 수 없다. "좋아요. 그렇다면…… 샘 아저씨가 괜찮겠네요. 그 아저씨는 어쨌든 수리하러 여기 매일 오니까요. 코너랑 그 아저씨랑 아직도 덱을 만드는 중이잖아요."

딸의 입에서 샘의 이름을 듣는 것은 큰 안도감이다. 게다가 딸이 옳다. 샘은 어쨌든 보통 여기 있으니까. 덱 프로젝트는 여기 조금, 저기 조금 하는 식의 느긋한 페이스로 진행 중이었다. "엄마는 그러니까, 여기서 널 지켜 주지 못할 거야. 그러니까 조금이라도 불편하게 느껴지면……."

"엄마, 제발." 이번에는 눈을 완전히 한 바퀴 굴린다. "아저씨가 변태 같았다면 내가 아저씨 얼굴에 대고 말하지 않았을까요? 그리고 엄마한테 말하지 않았을까요? 큰 소리로?"

래니는 그랬을 것이다. 릴리는 부끄럼쟁이였다. 래니는 아니다. 그 생각이 좋다 한들 열네 살짜리의 판단에 기댈 수 없다는 걸 알면서도 마음이 놓인다.

이 일과 관련하여 나는 오직 나 자신에게만 기댈 수 있다. 나는 위험을 감수해야 하고 바로 그 생각에 움찔한다. 난 위험을 감수한다. 아이들과 같이? 아이들도?

"엄마." 이제 몸을 내게 기울인 래니에게서 강단이 있는 모습을 본다. 나는 그녀가 자라서 될 여자의 환영을 본다. "엄마, 샘은 괜찮아요. 그 아저씨는 좋은 사람이에요. 우린 괜찮아요. 그렇게 해요."

그렇게 하자. 나는 의자에 몸을 묻고 천천히 심호흡을 하며 고개를 끄덕인다. 래니는 천천히 미소 짓고 팔짱을 낀다. 이겨서 기쁜 모양이다.

"제가 매의 눈으로 아저씨를 지켜볼게요." 딸이 내게 말한다. "그리고 하비에르와 그레이엄 경관도 단축 번호로 저장돼 있어요. 별일 아니에요, 엄마."

별일이 아니라고. 하지만 별일이다. 그래도 내게는 맹신이 필요한 시점이고, 딸 의견을 받아들인다. 핸드폰을 꺼내 번호를 누르면서 래니와 다시 눈을 마주친다.

신호가 두 번 가고 그가 전화를 받는다. "안녕하세요, 그웬."

평소처럼 환영하는 목소리가 나를 진정시키고, "부탁이 있는데요."라고 말할 때 내 목소리는 정상에 가깝게 들린다.

흐르는 물소리가 난다. 그는 물을 잠그고 뭔가를 내려놓은 다음 내게 완전히 주의를 기울인다. "말해 봐요." 그가 말한다. "해 드리죠."

그토록 간단하다.

◆　◆　◆

"단지 열두 시간쯤 자리를 비우는 거예요." 비행기를 타기 하루 전인 일요일 밤 샘에게 말한다. "그래도 당신이 와 있으면 고맙겠어요. 래니는 책임감 있는 아이지만……."

"그래요, 열네 살이잖아요." 그가 말한다. 그는 내가 건넨 맥주—그가 선호하는 듯 보이는 피캔 포터—를 한 모금 마신다. 크래프트 맥주는 신이 내린 선물이다. 나는 거품이 부드러운 새뮤얼 애덤스 오가닉 초콜릿 스타우트를 홀짝인다. 내 위장의 초조함을 진정시켜 준다. "당신은 맥주 캔이 산처럼 쌓인 쓰레기장이 된 집에 오고 싶지 않은 거죠?"

"맞아요." 래니가 과연 파티를 열 생각이나 있을까 싶으면서도 나는 그렇게 대답한다. 내가 없다 한들 딸은 그 또래 다른 소녀처럼 자유를 만끽하지 못하리라. 아이는 취약함을 느낄 것이고—그리고 래니는 취약하다. 아이 아버지가 우리 위치를 알고 있다면, 정말 누군가가 그를 대신해 우리를 지켜보고 있다면……. 그 생각을 하지 않으려 애쓴다. 밖에서 지금 누군가 우리를 지켜보고 있을지도 모른다는 것을 의식한다. 석양 속 호수 위에 두어 척의 배가 호숫가를 향하고 있다. 어쩌면 그중 하나에 우리 포치를 향하고 있는 카메라가 있을지 모른다. 몸을 근지럽게 하는 생각이다. '멜은 이 삶을 망가뜨릴 것이다. 그는 모든 것을 파괴한다.'

내가 그를 면회하려는 이유가 그것이다. 그는 지금 우리가 하는 게임을 절대적으로 확실히 이해하고 있다.

샘에게는 어딜 가는지 말하지 않았다. 그 대화는 어떻게 시작해야 할지조차 모르겠다. 나는 무선 카메라를 설치한 이야기도 하지 않는다. 하나는 현관에, 하나는 뒷마당을 향하게, 하나는 넓은 시야를 확보하기 위해 집에서 멀찍이 떨어진 나무 위에, 하나는 거실과 부엌 공간을 커버하도록 높이 달린 에어컨 창살 안쪽에 설치했다. 난 카메라에 딸려 온 태블릿으로 카메라들의 화면을 볼 수 있다. 비상시에는 노턴 경찰서에 그 링크를 이메일로 전송할 수 있다.

샘을 믿지 못해서가 아니다. 난 일종의 보험 같은 게 필요했을 따름이다.

나는 결국 이 질문을 한다. "샘, 총 있어요?"

그는 맥주를 마시다 내 말에 기침하며 호기심 어린 표정으로 나를 보기 위해 몸을 돌린다. 내가 그에게 한쪽 눈썹을 들어 보이자 그는 내 말에 유감이라는 미소로 답한다. "미안해요." 그가 말한다. "내 허를 찌르는군요. 네, 물론 하나 갖고 있죠. 왜요?"

"당신이 우리 집에 와 있을 때 그걸 지니고 있으면 안 될까요? 난 그냥……."

"아이들만 남겨 두는 게 걱정돼서요? 네, 그러죠. 문제없습니다." 하지만 그는 계속 나를 지켜보며 조금 낮은 목소리로 말한다. "내가 알아야 할 특정한 위협이라도 있습니까, 그웬?"

"특정한 위협이오? 아니요. 하지만……." 난 주저하며 어떻게 그 이야기를 꺼낼까 생각한다. "누군가 우리를 지켜보는 사람이 있는 것 같아요. 미친 것처럼 들리죠?"

"킬하우스Killhouse 주변에요? 그럴 리가요."

"킬하우스?"

"그렇게 부른다고 날 탓하진 마요. 당신 딸에게 해요. 래니의 고스족 친구가 생각해 낸 말인가 봐요. 귀에 쏙 들어오지 않습니까?"

난 그 말이 싫었다. 스틸하우스도 나에게는 충분히 으스스하다. "뭐, 잘 돌봐 주기만 하세요. 제 부탁은 그게 다예요. 하루도 안 돼 돌아올 테니까요."

그가 고개를 끄덕인다. "괜찮다면 덱 만드는 일을 하고 있을까 합니다."

"좋고말고요. 고마워요."

난 충동적으로 손을 내밀고, 그가 내 손을 가져가 한동안 잡아 준다. 그게 전부다. 그것은 키스가 아니다. 포옹조차 아니다. 하지만 그것은 강한 무언가이고, 우리는 한동안 앉아 그 무언가를 음미한다.

그가 마침내 남은 피캔 포터를 모두 마시고 일어서며 말한다. "당신이 출발하기 전 이른 아침에 다시 오죠. 괜찮죠?"

"그럼요." 내가 동의한다. "새벽 네 시에 녹스빌로 출발해요. 애들은 여덟 시에 학교에 갈 거고, 자기들이 알아서 일어나 통학 버스를 탈 수 있어요. 애들이 돌아오는 세 시까지는 당신이 이곳을 독차지하는 거예요. 난 어두워지고 난 다음에야 올 거고요."

"반가운 소리군요. 음식이란 음식은 모조리 축내면서 제일 비싼 유료 채널만 골라 볼 겁니다. 쇼핑 채널의 당신 계정으로 온갖 것들을 사들여도 됩니까?"

"파티하는 법을 아는군요, 샘."

"너무 잘 알아 걱정이죠."

그가 내게 상냥한 큰 미소를 짓고 언덕 위 자신의 작은 통나무집을 향해 출발한다. 나 또한 미소를 짓고 있다는 사실을 거의 의식하지 못한 채 그가 가는 모습을 지켜본다. 그게 정상이라고 느껴진다.

마침내 미소가 사그라지면서 지금은 정상이라는 게 매우 위험하다는 생각이 든다. 내가 그런 세상에서 살 수 있을 거라고 자신을 속여 왔지만 내 세상은 한 층 아래에, 그늘 속에, 아무것도 안전하지 않고 정상적이지 않고 지속적이지 않은 곳에 있다. 샘과 함께하면서 거의 그것을 잊고 살았다. 여기 머물며 나는 아이들에게 도움을 주고 있지만 모든 위험 역시 지고 있다.

모범 답안이란 없지만 나는 이번에는 강해지려는 것만은 아니다. 나는 반격을 하는 중이다.

다음 날 녹스빌에서, 우리가 한때 살았던 위치토로 가는 꼭두새벽 항공편에 오르고, 위치토에서 차를 빌려 엘더레이도까지 운전해 간다. 이곳은 사방 수 킬로미터에 아무것도 없는 커다란 공장 부지처럼 이상하게도 공업단지 같은 느낌이 들지만 일단 철조망으로 둘러싸인, 희미하게 반짝이는 울타리를 보면 그곳이 어디인지 착각할 리 없다. 난 전에 이곳에 와 본 일이 없다. 이 일을 어떻게 할지 모른다. 다른 공기 냄새가 오래전 사라진 나의 예전 삶과 옛집을 떠오르게 한다. 내가 교도소에 있는 동안 은행이 담보권을 행사했다. 그 한 달 후, 누군가 집에 불을 질렀고 집은 잿더미가 됐다. 지금 그 자리에 기념 공원이 있다.

날 벌주고 싶어질 때, 나는 구글 지도로 내가 살았던 그 장소를 본다. 기억을 더듬어 공원 위에 옛집을 겹쳐 보려고 애쓴다. 멜의 차고이자 도살장이었던 곳 중앙에 커다란 돌 기념비가 놓인 것 같다. 적절해 보인다.

나는 엘더레이도로 가는 길만 주시하고 우회하지 않는다. 그럴 수가 없다. 난 하나에만 집중하고, 주차를 하기 위해 교도관의 지시에 따를 때 내가 교도소 안에 가지고 갈 수 있는 것은 내 몸뿐이다. 나는 글록을 녹스빌에 있는 지프의 총 금고에 두고 왔고, 지금 지닌 것이라고는 걸치고 있는 옷과 5백 달러가 든 현금카드, 태블릿 컴퓨터, 옛 지나 로열 신분증뿐이다.

신분증을 면밀히 검사하고 지문을 뜨는 입소 절차를 견디며 나는 교도관뿐 아니라 가족을 보러 온 여자들의 시선과 수군거림의 대상이 된다. 누구와도 눈을 마주치지 않는다. 난 거리 두기의 달인이다. 교도관들은 물론 흥미로워한다. 나는 멜빈을 보러 온 적이 없었다. 그들은 복도를 오가며 열띤 토론을 나눌 것이다.

다음으로 옷을 제외한 모든 소지품이 교도관실에 맡겨진 후 나는 알몸 수색을 당한다. 수치스럽고 침해당하는 기분이지만 이를 악물고 불평 없이 견딘다. 이 절차는 중요해 보인다. 멜은 체스 게임을 좋아한다. 면회라는 이 한 수가 내 체크메이트체스에서 외통수다. 그 수를 만들기 위한 희생에 주춤할 여유는 없다.

다시 옷을 입고 나는 다른 대기실로 안내돼 내 앞에 온 여자가 두고 간, 귀퉁이가 접힌 연예 잡지를 읽으며 시간을 보낸다. 한 시간이 되기 전에 교도관이 나타나 나를 호출한다. 그는 젊고 무감각한 얼굴에 눈길이 냉담하다. 흑인. 보디빌더 같다. 나는 누구에게도 거스를 마음이 없다.

그가 나를 폐소공포증이 느껴지는 작은 부스로 안내한다. 얼룩지고 닳은 카운터에 의자 하나, 칸막이벽에 고정된 전화기 하나. 자잘한 긁힌 자국이 있는 두꺼운 특수 아크릴 수지가 가로막고 있는. 이런 부스가 죽 늘어서 있고, 칸마다 필사적이 된 사람들이 웅크리고 앉아 평화와 인간성을 찾고 있다. 그중 어느 하나도 제공되지 않는 곳에서. 나는 발걸음을 옮기며 소곤거리는 대화를 듣는다. 엄마가 좀 안 좋으셔……, 동생이 또 음주 운전으로 들어갔어……, 이번에는 변호사를 살 형편이 안 돼요……, 네가 집에 오면 좋겠구나, 보비. 모두 보고 싶어 해.

어떤 느낌도 생각도 없이 의자에 몸을 묻는다. 뿌연 플라스틱 장벽 너머로 멜빈 로열을 보고 있기 때문에. 전남편. 아이들의 아버지. 우아하고 매력적인 매너로 나를 사로잡았던 남자, 주 박람회의 대관람차가 꼭대기에 이르렀을 때 흔들리는 버킷 안에서 내게 프러포즈를 한 남자. 그는 내가 오도 가도 못할 고립된 상황이 될 때까지 기다렸다. 당시 난 그게 무척이나 로맨틱하다고 생각했다. 그는 내가 바닥으로 곤두박질치거나 혹은 전적으로 자신에게 매달리는 나를 상상하며 즐거워했으리라고 나는 능히 짐작할 수 있다.

그가 한 모든 일이 이제 나에게 오점으로 남았다. 미소는 그저 기계적이었다. 웃음은 인위적이었다. 공개적인 애정의 몸짓은 그냥 몸짓일 뿐이었다. 사람들의 눈을 의식한.

그리고 언제나, 늘, 그 모든 행위의 이면에는 괴물이 있었다.

멜은 몸집이 큰 사람이 아니다. 억세 보이지만 재판에서 알려졌듯이 속임수와 미끼로 가까이 오도록 여자들을 꾄 다음 전기 충격기를 썼고, 일단 그들을 붙잡으면 케이블 타이로 묶어 제압했다. 살이 찐 그는 근육 위에 물렁하고 출렁이는 지방층이 생겼고, 한때 날렵했던 턱 선은 뭉개졌다. 그는 외모에 허영심이 많았다. 내 외모에 대해서도. 그는 늘 자신과 잘 어울리도록 내가 말쑥하게 꾸미길 원했다.

지금 그는 곤죽이 되도록 얻어터지고 살아 내가 쉽게 알아볼 구석이 많지 않다. 난 그 파괴의 흔적을 응시한다. 군데군데 누레진 멍, 자상들, 오른쪽 눈은 완전히 감겼고, 왼쪽 눈은 간신히 뜨고 있는 정도다. 목 주위에 역겨운 붉은 멍들과 선명한 손가락 자국이 보인다. 왼쪽 귀에는 붕대가 두툼하다. 그가 전화기에 손을 뻗을 때 치료를 위해 겹쳐서 테이핑한 부러진 손가락들이 보인다.

말로 다 표현할 수 없을 만큼 이 모든 것이 나를 행복하게 한다.

난 수화기를 들어 귀에 갖다 댄다. 멜은 쉿소리를 내지만 언제나처럼 자제력 있는 목소리다. "안녕, 지나. 참 오래 걸렸군."

"좋아 보이는데." 놀랍게도 그에게 말하는 내 목소리가 완벽히 정상처럼 들린다. 속으로는 떨고 있지만 나는 그것이 본능적인 공포 때문인지 상처 입은 그를 본 야만적인 기쁨 때문인지조차 알 수 없다. 그는 아무 말도 하지 않는다. "아니, 진심이야. 참 잘 어울려, 멜."

"와 줘서 고맙군." 그가 나를 초대라도 한 것처럼 말한다. 디너파티에라도. "보아 하니 내 편지를 받았군."

"보아 하니 내 대답을 알겠군." 나는 그렇게 말하고 그가 내 눈을 똑똑히 볼 수 있게 앞으로 몸을 내민다. 드라이아이스처럼 내 두 눈에는 냉기가 타오르고 있다. 그는 날 두렵게, 끊임없이 두렵게 하지만 두려운 만큼 그에게 내 그런 모습을 보일 생각이 없다. "이건 경고야, 멜. 다음에 또 날 가지고 놀면, 넌 죽는 거야. 충분히 알아들었어? 우리가 이 거지 같은 협박을 또 할 필요가 있을까?"

그는 두려워 보이지 않는다. 체포, 재판, 선고 때의 기억을 떠올리면 그는 그때와 똑같이 무관심한 표정이다. 그러나 그가 법정에서 고개를 돌린 순간 찍힌 사진 속에서 그는 눈에 괴물을 드러내 보였다. 그게 사실이므로 그 눈빛은 오싹하다.

그는 내 말을 거의 듣고 있지 않는 것처럼 보인다. 그의 머릿속의 소음과 판타지가 지금 이 순간 매우 강하기 때문이리라. 비명을 지르는 나를 갈가리 찢는 상상을 하는지 궁금하다. 우리 아이들 역시 갈가리 찢는 상상을. 동공이 탐욕스럽게 작은 한 점으로 수축한 것으로 보아 아마 맞으리라. 그는 빛조차 탈출할 수 없는 블랙홀 같다. "여기서 친구들을 샀나 보군." 그가 말한다. "좋아. 친구는 누구나 필요하지 않나? 하지만 놀라운데, 지나. 당신은 친구 사귀는 데 영 소질이 없었잖아."

"지금 너랑 장난치자는 거 아니야, 개자식아. 날 잊고 우릴 내버려두라는 걸 확실히 알려 주러 온 거야. 우린 상관없는 사람이라고. 어떤 면으로도. 어디 말해 봐." 손바닥에 땀이 밴다. 한 손은 수화기를 잡고 있고 다른 손은 얼룩진 카운터를 누르고 있다. 그의 눈이 잘 보

이지 않는다. 뭐가 그 안에서 내다보고 있는지 알기 위해 그의 눈을
봐야 한다.

"날 이렇게 다치게 할 의도가 아니었다는 거 알아, 지나. 당신은 잔
인한 여자가 아니니까. 당신은 그랬던 적이 없지." 그의 목소리. 세상
에. 그 목소리는 내 머릿속에서 여전히 들리는 것과 똑같다. 아주 차
분하고 이성적이며 슬쩍 연민을 비치는 목소리. 그는 그 목소리를 연
습해 왔고, 나는 그가 그랬다는 것을 확신한다. 자신의 목소리를 듣
기. 적절한 어조에 맞추기 위해 조정. 포식자의 위장술. 그가 내 어깨
에 팔을 두르고 영화를 보거나 이야기를 나누었던 수많은 밤을 떠올
린다. 침대에서 그의 온기에 몸을 웅크렸던 밤들을. 그는 지금과 똑
같이 부드러운 어조로 이야기했다.

빌어먹을 거짓말쟁이.

"내 의도야." 그에게 말한다. "멍 하나하나. 자상 하나하나 모두.
똑똑히 머리에 넣어 둬, 멜. 이제 그 수법은 더 이상 나에게 통하지
않아."

"뭐가 안 통한다는 거지?"

"이런…… 가면 놀이."

그는 한동안 말이 없다. 그에게 감정이란 것이 조금이라도 있다고
생각했다면 나는 내가 그의 감정을 상하게 했다고 거의 믿었을지도
모른다. 그에게 감정이란 없다. 어쨌든 내가 인식하는 한에서는. 그
리고 내가 그의 몸에 난 멍만큼이나 그의 감정에 멍을 들게 했다 하
더라도 나는 괘념치 않을 것이다.

그가 다시 입을 열었을 때, 목소리가 사뭇 다르게 느껴진다. 같은
목소리겠지만 그 어조, 그 음색이…… 매우 다르다. 그는 내게 두 번

걸러 한 번씩은 보내는 편지에서마다 그러는 것처럼 위장을 내려놓았다. "날 화나게 하지 마, 지나."

그의 입에서 내 옛 이름을 듣는 게 싫다. 거의 가르랑거리며 말하는 게 싫다.

그를 떨쳐 내려는 반응을 하면 안 된다는 것을 알기에 나는 반응하지 않는다. 그저 조용히 의자에 앉아 지켜보자 갑자기 그가 몸을 숙여 온다. 장벽 너머 그가 있는 쪽 교도관이 레이저빔을 쏘는 듯한 시선으로 그를 주목하며 차고 다니는 전기 충격기에 손을 댄다. 그들은 가족 앞에서 수감자를 쏘고 싶지 않을 것이다.

멜은 자기 뒤에 교도관이 있는 걸 모르거나 신경 쓰지 않는 듯하다. 그는 목소리를 낮춰 말을 잇기까지 한다. "알겠지만 당신의 인터넷 팬들은 여전히 당신을 찾고 있더군. 그들이 당신을 찾아내면 어쩌나. 그들이 무슨 짓을 할지 상상도 못 하겠어. 당신은 상상이 가?"

나는 우리 사이의 침묵을 전류처럼 흐르게 두었다가 천천히 몸을 숙여 특수 아크릴 수지 1센티미터 앞까지 간다. 그와의 거리는 5센티미터. "그들이 내가 어디 있는지 안다는 눈치가 아주 조금이라도 보이면, 당신을 끝장낼 거야."

"어떻게 그렇게 할 건지 말해 줘, 지나. 난 여기서 힘이 좀 있으니까. 난 늘 힘이 있었지."

나는 말없이 그를 쏘아본다. 그는 오른손으로 수화기를 잡고 있지만 왼손은 테이블 상판 밑에 있다. 그의 바로 뒤에 있는 교도관은 그의 몸에 가려져 그의 손을 보지 못한다. 교도관은 지금 멜이 아니라 나를 보고 있다.

멜이 사타구니를 문지르고 있다는 것을 깨닫고 가슴이 철렁한다.

날 어떻게 죽일지 사주할 수 있다는 생각에 그가 흥분하고 있다. 역겹지만 두렵지는 않다. 이제 그런 단계는 지났다. 그의 눈을 볼 수 없지만 괴물이 내다보고 있음을 안다.

그리고 나는 저항한다. 화가 치민다.

목소리를 낮게 유지하고 말한다. "거기에서 손 떼, 멜빈. 다시 날 열 받게 하면, 남아나는 게 없을 거야. 알아들어?"

그가 흐트러짐 없는 미소를 보낸다. "내가 여기서 죽으면, 내가 아는 모든 게 온라인에 떠. 그렇게 해 놨지. 당신이 그런 것처럼."

그의 말을 믿는다. 멜이 할 만한 짓이다. 무덤에서 마지막으로 뱉는 침. 그는 자신의 아이들이 그 때문에 다치건 말건 상관하지 않을 것이다. 더는. 한때 그는 아이들을 사랑했고, 그 점을 의심하지 않지만 그건 이기적인 사랑이었다. 그는 자신이 자랑스러웠기 때문에 아이들을 자랑스러워했다. 아이들이 어떤 의문도 품지 않고 무조건 자신을 사랑했기 때문에 아이들을 사랑했다.

그러나 결국 그것은 멜과 멜에게 이용 가치가 있는, 걸어 다니는 고깃덩어리인 우리라는 관계일 뿐이다. 나는 그것을 어렵게 배웠다.

그가 이해하는 것은 폭력뿐이기 때문에 난 압살롬에게 전화로 이런 부탁을 했다. 멜빈이 우리를 뒤쫓을 때 자신이 무릅쓰는 위험이 뭔지 분명히 느끼길 원한다. 죽음의 공포만이 우리를 내버려 두도록 설득할 수 있는 유일한 것이다. 그가 고통을 두려워할 수 있는지도 의문이다. 나는 그가 고통을 겪는다는 것을 알지만 그에게 두려움은 까다로운 감정이다. 그래도 한 가지는 확실하다. 그는 죽거나 평생 불구로 살아야 하는 것은 원하지 않을 것이다. 자신의 방식대로가 아닌 한. 그는 욕지기나는 변태적인 단계로 조종을 개시한다.

"그럼 이렇게 하지." 그에게 말한다. "우리를 가만 놔두고 뒤쫓겠다는 생각을 잊으면 당신은 쇠몽둥이로 쥐어 터지거나 샤워장에서 죽을 만큼 얻어맞지 않을 거야. 어때?"

입술이 찢어지고 부었지만 그는 미소를 짓는다. 그러자 보랏빛 피부가 당겨져 검붉은 상처가 터지면서 한 줄기 피가 턱을 따라 흐른다. 부러진 손가락을 감싼 깨끗한 붕대 위에 떨어진 피가 붕대에 스며들어 붉은 얼룩이 퍼진다. 그의 온몸에 퍼져 있는 바로 그 괴물처럼. 더 이상 숨지 않는다. 그는 그런 자신을 알아차리지도 상관하지도 않는 듯 보인다. "자기," 그가 말한다. "자기한테 이런 면이 있는 줄 몰랐는데. 솔직히 말하면 섹시해."

"닥쳐."

"이게 어떻게 진행될지 알려 주지, 지나." 그는 내 옛 이름 부르기를 즐긴다. 그 이름을 입안에 넣고 굴리며. 그것을 음미하며. 좋아, 좋을 대로 해. 난 이제 지나가 아니니까. "난 당신을 알아. 당신은 태엽 감는 장난감보다 신비로울 게 없어. 당신은 그 작은 시골집으로 줄행랑쳐서 내가 위협을 이행하지 않길 기도하겠지. 당신은 하루나, 어쩌면 이틀쯤 미적거릴 거야. 그런 다음 나에게서 호의를 기대할 수 없다는 걸 깨달을 테고, 그러면 내 애들을 움켜잡고 또 도망치겠지. 당신은 이렇게 계속 도망치고 숨으면서 애들을 망가트리고 있어. 애들이 괜찮을까? 브래디는 조용히 미쳐 가고 있는데 당신은 그것조차 모르고 있어. 하지만 난 그게 보여. 내 피가 어디 가겠어. 그리고 당신은 도망치고, 애들의 삶을 갈가리 찢고, 또 다른 구렁텅이로 밀어 넣고, 다시……,"

난 그가 소름 끼치는 차분한 목소리로 통렬한 비난을 쏟아 내는 중간에 수화기를 내려놓고 일어서서 더러운 플라스틱 유리를 통해 그를 응시한다. 이 장벽에 몸을 기댄 이들이 있었다. 땀 때문에 난 지문과 엷은 립스틱 자국이 보인다.

나는 침을 뱉는다.

유리에 맞은 침이 밑으로 흐른다. 그가 얼굴에 역겨운 미소를 띠고 있지만 않다면 흐르는 침이 그를 울고 있는 것처럼 보이게 한다. 한동안 나는 소독약 냄새와 땀 냄새, 그것들이 합쳐진 모든 냄새에 짓눌린다. 그의 턱에서 피가 떨어지는 모습. 번지르르하고 끔찍한 그의 목소리가 내 안에서 벌레처럼 기어 다니며 두려움과 혐오감, 회의에 떨게 한다. 한때 이 괴물을 신뢰했기 때문에.

그는 여전히 수화기에 대고 말하는 중이다.

난 다시 전화기를 들지 않고, 양손으로 카운터를 짚고 괴물과 눈을 맞댄다. 내가 결혼 상대로 택한 남자. 내 아이들의 아버지. 열두 명 이상의 젊은 여성을 죽인 살인자. 그들의 시체는 물속에서 흔들리며 천천히, 천천히 썩어 문드러지고 있었다. 그들 중 한 명의 신원은 아직도 밝혀지지 않았다. 그녀는 기억조차 되지 않는다.

그를 얼마나 강렬히 증오하는지 죽을 것 같다. 나 자신 역시 증오스럽다.

"널 죽일 거야." 한 마디 한 마디 또렷하게 발음하기 때문에 방음 유리 너머의 그가 내 말을 알아들을 수 있다는 걸 안다. "이 더러운 괴물." 나는 머리 위 천장의 돔형 카메라가 나를 찍고 있다는 것을 매우 잘 의식하고 있다. 상관없다. 언젠가 이 장벽의 잘못된 쪽에 선다면 그것은 아마 내 아이들을 보호하기 위해 치러야 할 대가일 뿐이리라. 그런 것쯤은 아무렇지도 않게 감수할 수 있다.

그가 웃음을 터트린다. 입술이 떨어지고 입이 벌어지자 그 입속 새까만 동굴이 보인다. 나는 그가 저 이로 피해자들을 물어뜯고 살점을 씹었다는 것을 기억한다. 그는 멍들고 부푼 눈꺼풀을 들어 올리려 안간힘을 쓰는 중이다. 그가 희생자에게 던진 시선과 지금 나에게 던지는 시선은 분명히 똑같으리라. 그 눈은 전혀 인간의 눈처럼 보이지 않는다.

"뛰어." 내가 입 모양을 읽을 수 있도록 발음하는 그를 본다. "달아나." 대신 난 걷는다. 천천히. 침착하게.

그를 엿 먹이기 위해.

◆　◆　◆

공항으로 돌아가는 길에 지연반응_자극을 받고 나서 바로 반응이 나타나지 않고 어느 정도 시간이 경과된 후에 반응을 일으키는 것_에 따라 심하게 몸이 떨려 차를 세우고, 신경을 가라앉히기 위해 설탕이 들어간 단 음료를 산다. 주차한 차에서 그것을 마시고 나서 우회해서 가기로 마음먹는다. 나는 커다란 선글라스, 금발 가발, 챙이 넓은 모자 차림이고, 우리의 옛집에서 네 블록 떨어진 곳에 주차한 뒤 지금은 공터가 된 옛집으로 걸어갈 때는 해 질 무렵이다.

그곳은 지금, 작지만 멋진 공원이다. 말끔하게 관리된 빽빽한 푸른 잔디. 잔디밭 가장자리에는 밝은색 꽃들이 심겨 있고, 아무런 장식이 없는 네모난 대리석 분수에서 물이 샘솟고 있다. 대리석에 새겨진 글에는 이곳이 살인 현장이었다는 말은 전혀 없다. 단지 멜에게 희생된 사람의 명단과 날짜 그리고 맨 끝에 '이곳에서 편히 쉬소서.'라고 적혀 있을 뿐이다.

가까운 곳에 눈을 끄는 벤치가 있다. 우리 거실이었음 직한 자리인 3미터쯤 떨어진 콘크리트 바닥 위에 작은 연철 테이블과 의자들이 있다.

난 앉지 않는다. 이 자리에서 나를 쉬게 할 권리가 없다. 바라만 보다가 잠시 머리를 숙인 뒤 걸어 나온다. 누군가가 나를 지켜보고 있다고 해도 그들이 나를 알아보거나 나에게 다가오길 원하지 않는다. 나는 날씨 좋은 날 산책하러 나온 여자로 보이길 바랄 뿐이다.

감시당하는 기분이지만 어깨 위에 놓인 죄책감의 무게 때문이라고 생각한다. 배고프고 화난 유령들이 여전히 여기에 머물러 있을 터다. 그렇다고 해서 그들을 탓할 수 없다. 나 자신을 탓할 뿐이다.

다시 차를 향해 걸음을 빨리해 무언가에 쫓기기라도 하듯, 조금 지나치다 싶게 빨리 차를 뺀다. 몇 킬로미터를 달려오고 나서야 다시 안전하다는 느낌이 들고, 숨 막히게 하는 땀투성이 가발과 모자를 벗는다. 선글라스는 벗지 않는다. 벗기에는 석양이 너무 눈부시다.

난 다시 차를 세우고 태블릿 컴퓨터를 꺼낸다. 수신 상태가 좋지 않아 로딩이 오래 걸린다. 현관에서 보이는 우리 집, 뒷마당, 원거리 뷰, 집 내부. 뒷마당에 나와 있는 샘 케이드가 아직 작업이 덜 끝난 덱 위의 널빤지를 망치로 때리고 있다.

샘에게 전화하자 모두 잘 있다고 말한다. 평범하고 평온한 날처럼 들린다. 특별한 일 없는.

평범은 도달할 수 없고 금지된 천국처럼 들린다. 멜이 여전히 얼마나 큰 영향력을 우리에게 미치고 있는지 너무나 잘 인지하고 있다. 어떻게 우리를 찾아냈는지 난 알지 못하고, 아마 결코 알 수 없을 것이다. 그에게는 정보원이 있다. 그것은 자명하다. 그에게 정보를 전하는 자들이 누구든 자신들이 하고 있는 일의 유해성을 자각조차 못하리라. 멜은 거짓말에 능하다. 늘 남을 조종하는 데 일가견이 있었다. 그는 세상에 풀린 치명적인 바이러스이므로 그 개자식을 죽이는데 내 총알을 썼어야 했다. 일을 마무리 지을 무언가를 준비하기 위해 압살롬에게 전화한다면 내가 안정적으로 지급할 수 있는 돈보다더 많은 돈이 들 것이다. 그건 안다. 그리고 사형을 기다리는 사람을 죽이는 일일지라도 살인 청부를 할 계제가 되면……. 그러기엔 뭔가나를 주저하게 하는 게 있다. 아마 그것은 내가 체포돼 아이들이 세상에 홀로 남겨질 것이라는 두려움이리라. 무력하게 보호받지 못한채 남겨질.

간절히 집에 가고 싶은 마음에 나를 미행할 가능성이 있는 사람들을 과민하게 의식하면서 남은 길을 극도의 주의를 기울여 운전한다. 내가 떠나 있는 일분일초는 아이들의 방패가 되어 그들을 보호하지못하는 일분일초다. 난 렌터카의 빠른 반납 서비스를 이용한다. 보안검색은 영원히 끝나지 않을 것처럼 보이고, 신발을 어떻게 벗는지 노트북을 어떻게 꺼내는지 주머니에서 핸드폰을 어떻게 내놓는지 모르는 바보들에게 비명을 지르고 싶다.

일단 검색대를 통과하자 녹스빌로 가는 항공편이 취소되었다는사실을 알았기 때문에 그런 일 따위는 문제가 아니다. 다음 비행기를타려면 두 시간을 기다려야 하고, 나는 어느새 거리 계산을 하고 있다. 운전을 하든 뭐든 해야겠다는 미칠 듯한 충동이 일지만 그것은당연히 더 오래 걸릴 것이다.

기다릴 수밖에 없어서 플러그 옆에 자리를 잡고 태블릿을 충전한다. 해가 지기 시작할 무렵의 집을 보고 있자니 화질이 거친 흑백 이미지로 바뀐다. 집 내부 카메라로 전환하자 샘이 유리잔을 손에 들고 소파에 앉아 TV를 보고 있다. 래니는 부엌에서 뭔가를 만드는 중이다. 코너가 보이지 않는데, 자기 방에 있는 모양이다.

나는 집 밖을 지켜본다. 만일의…… 경우에 대비해. 마침내 비행기에 탑승하는 동안에도 화면을 켜 놓았다가 인터넷 연결을 끊어 달라는 승무원의 말에 마지못해 엄지손가락으로 화면을 끈다. 하늘에 있는 동안 무슨 일이 일어날 수도 있다는 생각을 하지 않으려 애쓴다. 아주 긴 비행은 아니지만 충분히 길다. 인터넷을 이용해도 된다는 표시가 뜨자마자 태블릿을 꺼내 유료 비행기 와이파이에 접속해 다시 확인한다.

모든 게 평화롭다. 으스스한 평온. 멜의 피투성이 미소를 떠올리자 나도 모르게 몸이 얼어붙은 듯 떨고 있다. 어쩌면 진짜 얼어붙었는지도 모른다. 머리 위 에어컨 스위치를 끄고 담요를 부탁하고는 비행기가 공항에 들어설 때까지 비행 내내 자주 끊기고 느린 화면을 지켜본다.

문까지, 비행기에서 내리기까지 영원의 시간이 걸린다. 문까지 느릿느릿 나아가는 동안 모든 화면을 지켜보고 있다가 문을 통과한 순간 태블릿을 가방에 넣고 승객들을 요리조리 피해 연결 터널을 달려 내려간 다음 출구를 향해 터미널을 전력 질주한다. 또다시 뒷덜미에 뜨거운 숨결이 느껴진다. 딱딱거리는 이에 찰과상이 생긴 것 같은 느낌이다.

이내 나는 어둡고 축축한 밖으로 나와 지프가 주차된 곳을 미친 듯이 찾는다. 지프를 찾자 나는 다시 카메라들을 확인한 다음 조수석에 태블릿을 켜 놓고 빠르게 공항에서 빠져나와 스틸하우스 레이크로 향한다. 나는 샘에게 전화해 가는 중이라고 말한다.

운전 중 위험하지 않을 때면 화면을 흘긋 보며 아이들이 잘 있고 아무도 그들을 덮치지 않는다고 나 자신을 안심시킨다……. 오는 내 내 망가진 멜의 얼굴에 떠오른 유령 같고 섬뜩한 미소가 어른거린다.

그 미소가 내게 그가 아직 끝나지 않았다고 말한다.

우리는 끝나지 않았다.

6

스틸하우스 레이크로 난 길을 돌 때는 이미 어둠이 짙게 내려앉았다. 오늘 밤 이 길을 걷고 있는 사람이 아무도 없기를 바라며, 라이트를 끄고 운전하는 사람이 없기를 바라며, 칠흑 같은 모퉁이를 지나치게 빨리 돈다.

그런 차와 사람은 없다. 고요한 가운데 진입로에 들어서며 역설적인 안도감을 느낀다. 이 집, 이 안식처는 더 이상 안전하지 않기 때문에. 환영幻影. 언제나 환영이었다.

주차하고 헤드라이트를 끌 때 샘 케이드는 포치에서 맥주를 마시며 앉아 있다. 손을 뻗어 태블릿을 끄려고 하니 배터리가 완전히 방전돼 있다. 태블릿을 챙기고 마음을 가라앉히기 위해 두어 번 심호흡을 한다. 왠지 나는 내가 집에 돌아올 것이라고도, 모든 게 괜찮다는 것을 알게 되리라고도 생각하지 않았다.

그것이 내 가장 강렬한 희망이었음에도.

차에서 내려 포치에 있는 샘에게 걸어간다. 그가 말없이 건넨 차가운 새뮤얼 애덤스의 뚜껑을 비틀어 열고 감사한 마음으로 들이켠다. 훌륭한 귀가의 맛이다.

"엄청 짧은 여행이군요." 그가 말한다. "다 잘됐습니까?"

난 그의 물음에 내가 어떤 분위기를 풍기고 있는지 궁금하다. "네. 그런 것 같아요. 업무적으로 처리해야 할 게 있었어요. 이제 다 됐어요." 아니. 다 되지 않았다. 다 된 것은 없다. 멜은 확실히 내 메시지를 받았지만 우려조차 하지 않는 모습이었다. 그는 날 두려워하지 않는다.

그것은 내가 그를 두려워하는 편이 낫다는 것을 뜻한다. 다시.

"그렇군요. 덱 프레임을 짰어요. 널을 깔고 방수하는 데 며칠 더 걸리고, 그러고 나면 사용할 준비가 되는 거죠." 그가 주저하다가 말을 꺼낸다. "그웬, 한 시간 전에 경찰이 왔었어요. 다시 물어볼 게 있다더군요. 알다시피 호수에서 발견된 여자 건으로요. 당신이 전화할 거라고 말했습니다."

속이 요동치지만 고개를 끄덕이고 그게 별일 아니라는 듯 보이기만 바란다. "여전히 죽은 여자에 관해 지푸라기라도 잡고 싶은가 보군요. 지금쯤은 해결했길 바랐는데요." 혹시 이것은 새로운 사건일까? 멜을 모방한?

"해결된 건 아무것도 없을 겁니다. 살인자를 잡지 못했으니." 샘이 말한다. 그는 새 맥주를 마신다. "말하지 않은 거라도 있습니까?"

"없어요. 당연히 없죠."

"그들이 풍기는 느낌이 좋지 않아서 물어본 것뿐입니다. 그들에게 말할 때는 신중해야 합니다. 오케이? 변호사를 대동하든지요."

변호사? 내 첫 반응은 충격과 거부지만 이내 재고한다. 좋은 생각일지도 모른다. 나는 변호사에게 내 과거에 대해 모조리 털어놓을 수 있고, 그는 그걸 누설해서는 안 된다. 마침내 짐을 내려놓으면 기분이 나아질지도 모른다. 아닐 수도 있고. 모든 비밀을 털어놓을 만큼 여전히 샘을 전적으로 신뢰할 수 없다면, 노턴의 어떤 시골 변호사를 신뢰한다는 것은 불가능에 가까우리라. 작은 동네다. 사람들 사이에 말이 돈다.

난 주제를 바꾼다. "애들은 어때요?"

"잘 있습니다. 저녁으로 피자를 먹었죠. 숙제가 있답니다. 별로 행복해하는 것 같진 않더군요. 숙제 말입니다. 피자에는 환장했고요."

"뭐, 정상이에요." 갑자기 허기를 느낀다. 온종일 커피와 탄산음료 말고는 음식다운 걸 먹은 게 없다. "피자 남은 거 있어요?"

"애가 둘인데요? 라지 사이즈 한 판을 둘이서 못 끝냈을 거로 생각하면 큰 오산이죠." 샘이 살짝 미소 짓는다. "하지만 바로 그런 이유로 두 판을 주문했죠. 살짝 데우기만 하면 됩니다."

"천국 같군요. 같이 드실래요?"

그래서 우리는 어느새 부엌 식탁에 말없이 나란히 앉아 있고, 난 두 조각을 해치우고 하나를 더 먹을지 생각한다. 래니가 방에서 불쑥 나오더니 에너지 드링크를 집은 다음 피자 한 조각을 훔친다. 그녀가 한쪽 눈썹을 올리며 말한다. "오셨네요."

"그렇게 신나게 들리진 않는데."

그녀는 눈을 굴리고 두 손을 파닥거리며 거슬릴 만큼 간드러지게 목소리를 높인다. "왔군요! 아, 엄마! 얼마나 보고 싶었다고요!"

피자가 목에 걸릴 뻔한다. 그녀는 능글맞게 웃더니 자기 방으로 돌아가 굳이 왜 그러는지 모르겠지만 문을 쾅 닫는다. 그 소리에 코너가 머리를 내민다. 나를 보고 조용히 씩 웃는다. "안녕, 엄마."

"안녕, 아가. 숙제하는 거 좀 도와줄까?"

"아니요, 다 알아요. 어렵지 않아요. 돌아와서 기뻐요."

아이가 하는 말이 진심으로 들려 난 따스한 마음이 담긴 미소로 답한다. 그 온기는 코너가 방으로 들어가면서 사그라들고 나는 냉혹한 현실과 직면한다. 멜은 우리가 어디 있는지 안다. 그는 안다. 그는 브래디에 대한 말을 했다. 내 아들을 특정해서.

답은 자명하다. 하비에르는 밴을 준비해 두었다. 지프를 몰고 가 밴을 가지고 온 다음 짐을 싣고 떠나기만 하면 된다. 새로 시작할 장소를 찾아라. 우리는 여기서 80킬로미터 떨어진 곳의 땅에 묻어 둔 상자에서 비상 신분증을 꺼내 쓸 수 있다. 나는 가진 돈의 일부를 거기에 넣어 두었고, 당장은 쓰지 않을 생각이다. 여전히 나에겐 3만 달러 이상의 돈이 있다. 일단 이 신분증을 태워 버리고 깨끗한 새 서류와 배경을 얻으려면 압살롬에게 비트코인을 지불해야 하고, 그것은 적어도 1만 달러가 추가로 들 것이다. 그가 어렵지 않게 그 일을 해내는 것으로 보아, 그가 가짜 신분이 스팸 메일처럼 흔한, 일종의 지하 세계 정보국 같은 곳에서 일할 것이라고 추정할 뿐이다.

멜빈은 내가 도망치기를 기대한다. 그는 그렇게 말했다. 그러나 모두가 괴물에게서 도망친다. 괴물을 잡는 사람을 제외한 모두가라고 머릿속에서 어떤 목소리가 말한다. 이번에는 멜의 음성이 아니다. 나 자신의 목소리. 그 목소리는 차분하고 침착하며 완전히 능력을 갖춘 것처럼 들린다. 그러지 마. 너희는 여기서 행복하잖아. 그자가 이기게 하지 마. 우위에 있는 건 너고, 그자도 그걸 알아. 그자는 죽고 싶어 하지 않고, 넌 언제든, 언제든 그 방아쇠를 당길 수 있어.

피자와 맥주를 다 해치우며 그에 관해 생각한다. 샘은 나를 지켜보지만 침묵을 깨지도, 질문을 하지도 않는다. 그가 그러지 않아 좋다.

마침내 내가 말한다. "샘……. 말할 게 있어요. 가고 싶다면 그래도 돼요. 조금도 탓하지 않을게요. 하지만 난 누군가 믿을 사람이 필요하고, 그게 당신일 거라고 결론 내렸어요."

그는 아주 살짝 놀란 듯하더니 입을 연다. "그웬……," 그가 뭔가 얘기하고 싶어 한다는 걸 감지하고 기다리지만 말을 꺼내지 않는다. 마침내 그가 고개를 젓는다. "좋아요. 말해요."

"밖에서요." 내가 말한다. "애들이 듣길 원치 않아요."

우리는 선선한 밖으로 나가 같이 의자에 자리 잡는다. 오늘 밤은 호수에서 구름 같은 안개가 피어올라 분위기가 스산하고 신비롭다. 반달이 산탄총 세례를 받은 시골 도로 표지판처럼 별들이 흩뿌려진 맑은 하늘에 떠 있다. 서로를 볼 수 있을 만큼 밝다.

그러나 이야기를 시작하며 난 그를 보지 않는다. 그가 상황을 자각하는 순간을 보고 싶지 않다. "내 진짜 이름은 그웬 프록터가 아니라," 그에게 말한다. "지나 로열이에요."

기다린다. 시야 가장자리로 그의 반응을 보지만 그는 미동도 하지 않는다. 그가 말한다. "오케이." 그는 그 이름을 모르는 게 분명하다.

"난 멜빈 로열의 아내였었죠. 당신은 그자를 기억할 거예요. 캔자스 호러?"

그는 숨을 날카롭게 들이쉬고 의자에 몸을 묻는다. 병을 입에 대고 더는 나오지 않을 때까지 맥주를 다 비운 그가 양손으로 병을 굴리며 말없이 앉아 있다. 호수에서 물결 소리가 들린다. 이 안개 속에 누군가 나가 있는 것 같다. 엔진 소리는 들리지 않는다. 노를 젓고 있다. 그러기에는 어두운 밤이지만 어떤 이들은 어둠을 좋아한다.

"나는 종범으로 재판에 회부됐죠." 그에게 말한다. "그들은 나를 '멜빈의 작은 조력자'라고 불렀어요. 난 그러지 않았어요. 그가 한 짓에 대해서는 아무것도 알지 못했지만 그런 건 거의 중요치 않았죠. 물론 사람들은 내가 그랬다고 믿고 싶어 했어요. 괴물과 결혼하고 그와 한 침대에서 잤으니까. 내가 어떻게 모를 수 있었을까요?"

"좋은 질문이군요." 샘이 말한다. "어떻게 모를 수가 있죠?" 말에 뼈가 있다. 아프다.

침을 삼키자 혀 뒤에서 금속 맛이 난다. "모르겠어요. 단지…… 그는 사람다운 척을 아주 잘하죠. 좋은 아버지. 맙소사, 난 그런 일이 일어날 줄 몰랐어요. 그냥 그가…… 특이한 성격인 줄 알았어요. 결혼한 부부들이 그러듯 우리는 서서히 사이가 멀어졌어요. 그 SUV가 차고 벽을 뚫고 들어갔을 때야 난 알았고, 거기서 마지막 피해자가 발견됐어요……. 그녀를 봤어요, 샘. 난 그녀를 봤고, 그 모습이 어땠는지 절대, 절대 잊을 수 없을 거예요." 말을 멈추고 샘을 본다. 그는 나를 보고 있지 않다. 안개가 피어오르는 호수에서 물결이 이는 모습을 보고 있다. 너무나 표정이 없어서 그가 어떻게 느끼는지 조금도 감을 잡을 수 없다. "나는 무죄 판결을 받았지만 큰 의미는 없어요. 내가 유죄라고 믿는 사람들이 사실을 받아들이지 않으니까요. 그들은 나에게 벌을 내리고 싶어 해요. 그리고 그들은 그러고 있죠. 우리는 이사하고, 도망치고, 한 번 이상 이름을 바꿔야 했어요."

"일리 있는 말일지도 모르죠." 그가 말한다. 그의 말이 평소와 다르게 들린다. 엄격하고 혹독하다. "그들은 당신이 여전히 유죄라고 생각할 겁니다."

"아니에요!" 드디어 희망이 자라고 있다고 생각했던 마음속 한구석이 이제는 쿡쿡 쑤신다. 그 희망이 실시간으로 죽어 가는 게 느껴진다. "그럼 내 아이들은 어쩌죠? 아이들은 이런 똥 같은 대접을 받아선 안 돼요, 결코."

그는 오랫동안 침묵하지만 자리를 뜨지는 않는다. 그는 생각 중이다. 나는 그가 머릿속으로 뭘 검토 중인지 모르고, 그는 대여섯 번쯤 입을 열려고 하다가 생각을 고치고, 말을 꺼내려던 순간은 사라진다.

그가 뭔가 말을 꺼내는데, 내가 기대했던 말은 아니다. "추적당하는 게 걱정이겠군요. 피해자 가족들에게."

"네. 항상요. 저한테는 누구를 신뢰한다는 게 정말 어려워요. 왜인지 알겠죠? 우리는 마침내 이곳에 집이 생겼어요, 샘. 그걸 두고 도망치고 싶지 않아요. 하지만 이제……."

"그녀를 죽였습니까?" 그가 내게 묻는다. "호수에서 발견된 여자를? 그래서 지금 나한테 이런 얘기를 하는 겁니까?"

난 할 말을 잃는다. 그의 옆얼굴을 뚫어지게 보며 말이 나오지 않는다. 깊은 상처를 받은 사람이 그러듯이 무감각하다. 끔찍한 실수를 저질렀어. 난 생각한다. 멍청하고 멍청한 여자. 샘이 이토록 빨리 돌변하리라고는 짐작조차 못 했기 때문에.

"아니요." 마침내 내가 말한다. 달리 무슨 말을 할 수 있겠는가? "난 결코 누구도 죽이지 않았어요. 누구든 다치게 한 적도 없어요." 뒤의 말은 사실이 아닌 것 같다. 멜의 멍과 찢긴 상처, 그 망가진 모습을 보며 오늘 느낀 쓰디쓴 만족감이 떠오른다. 하지만 그 특별한 경우를 빼고는 사실이다. "어떻게 당신에게 그에 관한 확신을 줄 수 있는지 모르겠군요."

그는 대답하지 않는다. 우리는 한동안 침묵이 고이도록 앉아 있다.

편치는 않지만 나 역시 그 침묵을 끝낼 사람이 될 생각은 없다.

샘이 마침내 말한다. "그웬, 미안해요. 내가 계속 당신을 그웬이라고 불러도……,"

"네." 내가 말한다. "항상요. 내가 아는 한 지나 로열은 죽은 지 오래예요."

"그럼…… 당신 남편은요?"

"전남편이죠. 엘더레이도 교도소에서 목숨을 부지하고 있어요." 그에게 말한다. "내가 오늘 간 데가 거기예요."

"여전히 그를 면회합니까?" 그 말에 담긴 혐오감을 놓치려야 놓칠 수 없다. 그가 품었을 나에 대한 어떤 이미지가 산산조각 난 듯한 배신감을. "맙소사, 그웬……."

"아니에요." 나는 말한다. "그가 체포된 이래 그를 만난 건 이번이 처음이에요. 그 얼굴을 보느니 차라리 손목을 긋겠어요. 정말이에요. 그런데 그자가 날 협박했어요. 그자는 내 아이들을 위협했어요. 그걸 당신에게 말하려는 거예요. 그자가 우리 위치를 찾아냈고, 어떻게 알아냈는지는 하느님만 아시죠. 그는 우리를 스토킹해 왔던 이들 중 한 명에게 그저 한마디만 흘리면 돼요. 그와 이 게임을 하지 않을 거라는 걸 명확히 하기 위해서 난 그를 봐야 했어요."

"그러면 어떻게 되는 겁니까?"

"내가 예상한 대로겠죠. 그래서 큰 결정을 내려야 해요. 도망칠 것인지 머물 것인지. 난 그냥 있고 싶어요, 샘. 하지만……."

"하지만 떠나는 게 훨씬 현명할 겁니다." 그가 말한다. "봐요, 난 당신이 어떤 일을 겪는 중인지 모르지만, 나라면 교도소에 갇혀 있는 전남편에 대한 걱정보다…… 피해자들의 유족들에 대해 더 걱정할 겁니다. 그들은 가족을 잃었어요. 아마 유족들은 그자도 하나를 잃는 게 정의라고 생각할 겁니다."

물론 그것을 걱정한다. 나는 현실적이고 정당한 슬픔과 분노를 우려한다. 난 반사회적 행동을 연습하고 있을 뿐인, 무익하고 무신경한 사이코 순찰대의 악의를 우려한다. 난 모두를 우려한다. "어쩌면요." 그에게 말한다. "맙소사. 난 그 말을 너무나 잘 알아서 이해가 안 된다는 말조차 못하겠군요." 난 말을 멈추고 나쁜 기분을 떨쳐 낼 셈으로 맥주를 한 모금 마신다. "멜은 사형을 기다리고 있지만 사형대에 묶일 때까지 오랜 시간이 걸릴 테고, 난 그가 그런 일이 일어나기 전에 자살할 거라고 생각해요. 주도권을 포기하기 싫을 테니까."

"그렇다면 당신은 도망치지 말아야겠군요. 그가 바라는 건 당신이 계속 겁을 먹고 도망 다니는 겁니다." 그는 말을 잠시 멈추고 마침내 병을 포치 바닥에 내려놓는다. "그래요? 겁이 납니까?"

"머리가 아플 만큼." 그에게 말한다. 멜에게라면 이렇게 말했을 것이다. '빌어먹을 내 머릿속에서 꺼져.' 묘하다. 멜이 내 안의 분노를 끄집어냈기 때문에 나는 그의 면전에서 뱃사람처럼 욕을 퍼부어 댔지만 샘 앞에서는 그런 말을 쓰고 싶지 않다. 그렇게 방어적이 되지도 않는다. 그 방어막이 필요 없다. "나한테는 무슨 일이 생겨도 상관없다고 말하진 않을 거예요. 물론 상관있으니까. 하지만 아이들은요. 아이들은…… 그자의 자식이라는 이유만으로 충분히 힘들었어요. 애들을 위해서라면 머무는 게 낫다는 거 알지만 어떻게 그 위험을 감당하죠?"

"애들도 압니까? 자기 아버지에 대해?"

"네. 대충은요. 끔찍한 세부 내용은 모르게 하려고 애쓰고 있지만⋯⋯." 난 무력하게 어깨를 으쓱한다. "인터넷 시대잖아요. 래니는 지금쯤 거의 다 알고 있을 거예요. 코너는, 맙소사, 모르기를 바라요. 어른에게조차 그런 최악의 사실을 감당하긴 힘든 일이니까요. 코너 나이 또래에게 그게 어떤 영향을 미칠지는 상상도 못 하겠어요."

"아이들은 당신이 생각하는 것보다 강합니다. 죽음에 병적인 흥미를 보이기도 하고요." 샘이 말한다. "내가 그랬습니다. 죽은 것들을 찾아 헤맸죠. 피비린내 나는 이야기들을. 하지만 상상과 현실은 엄연히 다릅니다. 그들에게 사진만은 절대 보여 주지 마십시오."

그가 아프가니스탄에서 복무했다는 말이 떠오른다. 그가 거기서 뭘 봤기에 그렇게 어두운 어조가 됐는지 궁금하다. 그 끔찍한 사진들을 모두 봐야 했고, 재판 과정에서 피해자 가족들의 경악과 분노를 대면해야 했던 나보다 더한 경험이었으리라. 당시 재판에 참석할 만큼 비위가 강한 사람들은 많지 않았다. 내가 무죄 선고를 받았을 때, 판결 끝까지 있었던 사람은 모두 넷뿐이었다.

그중 셋이 나를 죽이겠다고 협박했었다.

유족들 대부분이 멜의 재판정에 있었다고 들었는데, 그들은 무너져 내렸다. 그자는 재판 과정을 매우 지루하게 여겼다. 그는 하품을 하고 졸았다. 한 어머니가 물속에 떠도는 딸의 부패한 얼굴 사진을 처음으로 보고 기절하자 그는 웃음을 터트리기까지 했다. 나는 그 기사를 읽었다.

그자는 그 여인의 고통―어머니의 고통―을 똥 취급했다.

"샘⋯⋯." 난 그에게 무슨 말을 하고 싶은지 모르겠다. 그에게서 듣고 싶은 말이 무엇인지는 안다. 모든 게 괜찮을 거라는 말. 용서한다는 말. 우리가 우리 사이에 빚은 평화, 깨지기 쉽고 명명되지 않은 관계가 내 말에 말살되지 않았다는 말.

그는 여전히 호수를 향한 채 자리에서 일어나 청바지 주머니에 손을 찔러 넣는다. 그 행동이 발을 빼겠다는 뜻이라는 것을 알기 위해 심리학자가 될 필요는 없다.

"이런 말이 당신에게 얼마나 힘들었을지 압니다. 나에 대한 당신의 신뢰를 소중하게 생각하지 않는 건 아니지만…… 생각을 해 봐야겠군요." 그가 내게 말한다. "걱정 마요. 누구한테도 말하지 않을 테니. 약속하죠."

"당신이 그럴 거라고 생각했다면 애초에 얘기를 꺼내지도 않았겠죠." 내가 말한다. 힘든 부분은 그에게 사실을 알리는 일이 아니라는 걸 깨닫는다. 그것은 그가 내게 등을 돌릴 것이라는, 지금이 우리가 친구거나 우호적인 관계일 마지막 순간일 것이라는 내 내면의 공포가 인다는 것이다. 난 그것이 상처가 되리라고 생각지 못했지만, 상처가 된다. 내가 뻗어 내린 그 작고 연약한 뿌리가 뽑히고 있다. 어쩌면 이게 최선일 것이라고 나 자신에게 애써 말하지만 내가 느끼는 것은 슬픔뿐이다.

"잘 자요, 그웬." 그는 계단을 내려가기 시작하며 말하지만…… 그대로 가 버리지 않는다. 그는 망설이다가 마침내 나를 돌아본다. 표정을 잘 읽을 수 없지만 적어도 화난 모습은 아니다. "괜찮겠어요?"

그 말이 내게 작별을 고하는 소리처럼 들린다. 어떤 말을 해도 도움이 될 것 같지 않기에 난 고개를 끄덕이고 아무 말도 하지 않는다. 피해망상이 껍질을 뚫고 나와 나를 덩굴처럼 감싸기 시작한다. 그가 자기 말을 지키지 않으면 어떡하지? 소문을 내면 어떡하지? 인터넷에 이 이야기를 할까? 우리가 누구인지 포스팅하면 어떡하지?

어떤 면에서 나는 어떤 결정도 없이 결정했다는 것을 깨닫는다. 나는 이 대화로 옵션을 차단했다. 멜은 우리가 어디 있는지 안다. 이제 샘 역시 모든 것을 알게 됐다. 친구든 아니든, 동맹이든 아니든 난 그를 신뢰할 수 없다. 누구도 신뢰할 수 없다. 절대 그럴 수 없다. 몇 달간 자신을 속여 왔지만 그 꿈은 이제 끝났다. 아이들을 좌절시킬지 모르지만 그들의 몸을 지키는 게 먼저고 마음은 그다음 일이다.

어둠 속으로 사라지는 그를 지켜보고 나서 핸드폰을 꺼내 압살롬에게 문자를 보낸다.

마지막 문자 이후 오랜만. 나는 보낸다. 곧 떠남. 신분증과 핸드폰을 없애야 함. 이동 중 새 패키지가 필요함. 당장은 준비된 서류를 쓸 수 있음.

답장을 받는 데 몇 초밖에 걸리지 않는다. 압살롬이 언제 자는지, 자기는 하는지 궁금하다. 새 신분증 비트코인으로 같은 가격. 조금 시간 걸릴 수 있음. 방법은 아시는 대로. 그는 무슨 일 때문에 도망치는지 절대 묻지 않는다. 그가 실제로 신경을 쓰는지조차 모른다.

집 안으로 들어가 아이들을 확인한다. 아이들은 각자 자기 세상에서 사는 중이며, 괜찮다. 나는 그런 사치와 그런 평화를 소원한다. 멜의 시선에 담긴 야만적이고 검은 기쁨이 그 모든 것을 벗겨 냈고, 이제 샘도 가 버려 나는 전혀 겪어 보지 못한 방식으로 세상에 벌거숭이로 남은 기분이다.

맥주 한 병을 더 가져와 컴퓨터 앞에 앉는다. 압살롬이 가르쳐 줬던 단계들을 밟아 비트코인을 송금한다. 이 컴퓨터 역시 없애야 한다는 생각이 떠오른다. 너무 많은 정보가 이 안에 묻혀 있어서 이 컴퓨터를 가져가 하드 드라이브를 태운 뒤 조각조각 부순 다음 강에 빠트릴 필요가 있다. 백업 드라이브가 있으니 새 기계로 다시 시작해야 한다.

새로운 시작. 나 자신에게 그렇게 말하며 그것이 단지 또 다른 후퇴이자 내가 벗어 버리는 자아의 또 다른 겹이 아니라고 애써 믿는다. 나는 지금 거의 뼈까지 사포질되어 있다.

머릿속으로 파쇄해야 할 것, 짐에 넣어야 할 것, 뒤에 남겨 둘 물건의 목록을 만들기 시작하지만 깊이 생각하기도 전에 현관문을 세게 두들기는 소리가 난다. 자리에서 벌떡 일어나게 할 만큼 크고 강압적인 소리라 나는 보안 카메라를 확인하고 밖에 누가 있는지 보러 가기 전에 권총을 가져온다.

경찰이다. 큰 키에 넓은 어깨, 변함없이 칼같이 주름을 잡은 옷을 입은 그레이엄 경관. 그 모습이 마음에 들지 않지만, 총을 다시 금고에 넣고 잠근 다음 현관문을 연다. 그는 이웃으로 우리 식탁에 앉아 음식을 먹은 적도 있건만 지금은 웃음기 하나 없다.

"부인." 그가 말한다. "저와 가 주셔야겠습니다."

그를 보며 수많은 생각이 머릿속을 스친다. 첫째, 내가 집에 돌아왔는지 알기 위해 나를 감시하고 있었을 것이다. 그렇거나 샘이 그에게 전화했거나 둘 중 하나다. 둘째, 이 늦은 시간의 방문은 나를 놀라게 해 게임에서 우위를 점하려는 의도가 깔려 있다. 전술. 나도 그레이엄 경관 못지않게 그 게임을 할 줄 안다. 거의 그것을 확신한다.

몇 초간 대답도 움직임도 없이 기다린다. 난 저항하기 힘든 기억과 공포의 조류와 싸우다가 마침내 말한다. "시간이 많이 늦었어요. 질문이 있다면 안으로 들어오시는 건 환영이지만 애들만 남겨 두고 갈 순 없어요. 그럴 순 없죠."

"동료를 데려와 아이들과 함께 있도록 하겠습니다." 그가 말한다.

"하지만 프록터 씨는 저와 서로 가 주셔야겠습니다."

난 그와 눈싸움을 벌인다. 불쌍하고 어리석고 약해 빠진 지나 로열이었다면 부들부들 떨다가 불평을 늘어놓고 어찌 됐든 결국은 수동적으로 따라갔을 것이다. 그녀는 수동적이기만 했다. 그레이엄 경관에게는 안된 일이지만 난 지나 로열이 아니다. "영장," 내가 감정이 섞이지 않은 사무적인 어조로 말한다. "가져오셨나요?"

그 말에 그는 한발 물러선다. 그는 자신의 충격과 공포의 접근 방식을 재고하면서 나를 더 열심히 살핀다. 나는 그가 친근한 투와 거리가 먼 어조로 입을 열기 전에 머리를 굴리는 모습을 본다. "그웬, 당신이 자발적으로 따라오기만 하면 일이 훨씬 쉬워집니다. 우리가 결국 영장을 받아야 한다면 당신은 골치 아픈 일을 겪어야 합니다. 그리고 일이 커져서 결국 당신한테 범죄 기록이 남는다면 아이들에게 무슨 일이 일어나겠습니까? 아이들을 데리고 있을 수 있겠어요?"

난 눈도 깜빡이지 않지만 좋은 공격 포인트다. 교활한. "나를 강제로 연행하겠다면 영장이 필요할 거예요. 당신이 영장을 받아 올 때까지 나는 어떤 질문에도 답해야 할 의무가 없고, 그러지 않을 거예요. 그건 내 권리예요. 잘 가세요, 그레이엄 경관님."

난 문을 닫기 시작한다. 그가 손바닥으로 닫히는 문을 막자 맥박이 마구 뛰고 온몸의 근육이 긴장한다. 그가 문에 몸무게를 싣는다면 그는 나를 밀치고 안으로 들어올 수 있다. 나는 이미 여러 옵션을 고려했다. 총 금고는 지금 무용지물이다. 지문 인식 장치는 여는 데 시간이 너무 오래 걸려 내가 문을 열기도 전에 그가 날 잡을 것이다. 내최선의 동선은 칼이 빼곡한 것은 말할 것도 없고 잡동사니 서랍 뒤에 소형 32구경을 숨겨 둔 부엌으로 후퇴하는 것이다. 이 계산이 수

년간의 피해망상에 의한 훈련 덕에 부지불식간에 떠오른다. 솔직히 그가 폭력적으로 돌변하리라고는 생각하지 않는다.

나는 그가 그렇게 나온다면 내가 어떻게 반응할지 알 따름이다.

그레이엄 경관은 약간 미안한 기색으로 문을 빠끔히 열어 둔 채 서 있다. "부인, 우리는 호수에 여자 시체가 유기된 날 밤, 당신이 보트를 타고 있었다는 걸 목격한 어떤 이웃의 제보를 받았습니다. 공교롭게도 목격자가 본 보트가 따님의 묘사와 일치합니다. 지금 저와 함께 가시지 않으면 삼십 분 후에 형사들이 여기에 올 거고, 그들은 거절은 받아들이지 않을 겁니다. 당신의 협조를 강제하기 위해 영장이 필요하다면 그들은 그걸 가져올 거고요. 차라리 지금 저와 같이 가서 성실하고 믿을 만한 사람이라는 걸 보여 주는 편이 부인에게 훨씬 유리할 겁니다."

"내가 들은 게 맞는다면 익명의 제보를 하나 받으신 것뿐이군요." 나는 머릿속으로 샘, 샘이 너에게 이런 짓을 한 걸지도 몰라.라고 울부짖으며 그렇게 말한다. 그러나 더 오싹한 가능성은 어떤 방법을 썼는지 몰라도 배후에 멜이 있다는 것이다. "영장 발부에 행운을 빌어요. 제 기록은 깨끗해요. 저는 두 아이의 엄마이자 법을 지키는 여자고, 어디도 동행하지 않을 거예요."

이내 그는 포기하고 문을 닫게 놔준다. 쾅 닫고 싶은 마음이 굴뚝같지만 조용히 닫는다. 떨리는 두 손으로 모든 자물쇠를 잠그고, 빗장을 지르고, 경보기를 켠다.

나는 뒤를 돌아 홀에 서서 나를 응시하는 코너와 래니를 본다. 래니는 동생 앞에 서 있다. 손에 부엌칼을 든 채. 그 순간 내 피해망상이 두 아이에게 끼친 영향을 보고 충격을 받는다. 특히 내 딸은 당면

한 위협이 아님에도 동생을 지키기 위해 살인을 불사할 준비가 너무나 명백히 되어 보인다. 그녀가 손에 든 게 총이 아니라는 사실이 기쁠 따름이다.

그레이엄 경관이 옳다. 나는 내 아이들을 알고, 손에 총을 대지 말라는 내 말만으로는 충분치 않게 되리라는 것을 알기에 래니를 사격장에 데려가 제대로 가르칠 필요를 느낀다. 비록 래니가 사격을 배우는 것을 내가 원치 않는다 해도 딸은 나에게서 배운다. 창백한 얼굴로 두렵지만 용감하게 칼을 들고 서 있는 딸의 모습을 보니 가슴 저릴 만큼 강렬한 사랑을 느낀다. 내가 딸을 어떤 사람으로 키웠는지 두렵기도 하다.

"괜찮아." 물론 사실이 아니지만 아주 부드러운 목소리로 내가 말한다. "래니, 칼은 좀 치우렴."

"경찰을 찔러 죽이는 건 그다지 좋은 생각이 아니겠죠." 그녀가 말한다. "하지만 엄마, 만약……,"

"정식 서류를 갖춰 돌아온다면 엄마는 조용히 따라갈 거야." 딸에게 말한다. "그리고 네가 코너를 돌보는 거야. 코너, 너는 누나 말은 무조건 따르는 거야, 알겠지?"

"저는 이 집의 남자예요." 아이가 투덜거리고 그 말에 나는 오싹해진다. 아이 아버지가 코너 안에서 메아리치는 것 같다. 하지만 자기 아버지 말투와 달리 공격적이지 않다. 불평일 뿐이다.

래니는 칼집에 칼을 꽂으며 눈을 굴리지만 어떤 말도 하지 않는다. 대신 그녀는 부드럽게 코너를 그의 방 쪽으로 민다. 코너는 두 발로 버티고 서서 움직이지 않는다. 아이는 미간에 주름을 모으고 걱정 가득한 눈으로 나를 보느라 바쁘다. "엄마." 코너가 말한다. "우린 여길 떠나야 해요. 지금 당장. 그냥 가요."

"뭐?" 래니는 자기도 모르게 불쑥 그렇게 내뱉고, 난 그 생각이 그녀의 마음에도 늘 머물러 있다는 것을 본다. 래니는 그 생각을 끔찍하게 여기고 있었던 한편 예상해 왔다. 나는 너무나 오랫동안 아이들이 칼날 위에서 균형을 잡도록 해 왔다. "아니야. 아니, 우린 안 가. 우리 떠나는 거예요? 그래야 해요? 오늘 밤?"

나는 오해의 여지가 없는 래니의 간청을 본다. 그녀는 이제 막 친구들을 찾았고, 위치토의 상상도 할 수 없는 공포의 소용돌이 속에서 잃은 무언가를 찾았다. 래니는 짧고 하찮은 행복을 막 찾은 참이다. 그러나 그녀는 애원하지 않는다. 그저 바랄 뿐.

그녀 스스로 대답을 알기 때문에 난 대답할 필요가 없다. 래니가 바닥을 내려다보며 말한다. "네, 그래요, 우린 당연히 그래야죠. 그래야 되죠, 그렇죠? 경찰이 깊이 파고들면 알아내고 말 테니까……."

"내 지문을 채취한다면, 그래. 우리가 누군지 알게 될 거야. 엄마는 일을 지체시켜 얼마간 시간을 번 거야." 나는 심호흡을 한다. 가슴이 아플 만큼. "가서 필요한 걸 챙겨. 여행 가방 한 개야, 알았지?"

"우리가 지금 도망가면 엄마는 죄지은 사람처럼 보일 거예요." 딸이 내게 말한다. 그리고 물론 그녀가 옳다. 하지만 난 이 기차를 멈출 수가 없다. 그것은 내가 행사할 수 있는 어떠한 통제권도 훌쩍 넘어선다. 우리가 머문다면 양쪽에서 내리꽂히는 폭풍을 감수해야 한다. 도망은 나에게 죄가 있는 것처럼 보이겠지만 적어도 나는 여기서 멀리 떨어진 안전한 곳에 아이들을 데려다 놓고 무죄를 밝히러 다시 돌아올 수 있다.

코너가 총알처럼 자리를 뜬다. 래니는 아무 말 없이 애절함이 담긴 눈으로 나를 쳐다보다가 그 뒤를 따른다.

"정말 미안하구나." 나는 딸의 등에 대고 말한다.

딸은 아무 말도 하지 않는다.

7

꽤 늦은 시간이지만 하비에르에게 전화해 최대한 빨리 밴을 가져와 달라고 부탁한다. 나는 그에게 지프는 가져갈 수 있게 준비돼 있고, 여기까지 가져오는 수고비는 따로 내겠다고 말한다. 그는 별다른 질문 없이 30분 안에 도착하겠다고 약속한다. 시간이 빠듯하다.

난 방으로 가서 노트북 코드를 뽑고, 나중에 분해해서 처리하기 위해 그것을 비상 대피용 배낭에 넣는다. 이 노트북 안에는 나와 전남편을 연결 지을 만한 게 없다.

이번엔 다른 게 아닌가? 간직하고 싶은 여분의 물건들을 가방에 집어넣는데 멜의 속삭이는 듯한 목소리가 뇌리에서 떠나지 않는다. 당신은 스토커들한테서만 도망치는 게 아니야. 심지어 나한테서도. 지금은 경찰한테서도 도망치는 중이지. 경찰들이 마음먹고 당신을 쫓는다면 얼마나 멀리 갈 수 있을 것 같아? 모두가 당신을 쫓는다면?

한 번도 버리고 간 적 없는 사진 앨범을 잡으려다가 멈춘다. 그 안에 멜의 사진은 없고, 나와 아이들, 친구들 사진뿐이다. 멜은 존재하지 않았던 편이 낫다……. 그의 말이 옳다는 것을 빼면. 어쨌든 멜의 생각이다. 내가 도망친다면 그들은 나를 추격할 가치가 있다고 여길 것이고, 그것은 완전히 다른 패러다임이다. 나는 압살롬이 법망을 피하는 나를 도울지 의문이다. 그는 나를 최초로 추격했던 자다.

현관문을 두들기는 소리가 난다. 사진 앨범을 가방에 밀어 넣고 지퍼를 닫은 뒤 그것을 침대 위에 두고 방을 나선다. 나머지는 모두 값싸게 구한 것들이고 쉽게 대체할 수 있다.

현관문을 열자 하비에르가 서 있다.

"고마워요." 그에게 말한다. "자동차 열쇠를 가져올……,"

그가 내 말을 가로막으며 유감스럽다는 듯이 말한다. "네, 그거 말인데요. 우리가 그에 관해 대화를 나눈 적은 없지만 아시다시피 나는 예비 보안관보입니다. 당신이 밴을 갖다 달라고 전화했던 바로 그 시간에 무전기로 경찰이 당신을 조사할 생각이라는 걸 들었습니다. 당신은 어디에도 갈 수 없어요, 그웬. 난 전화할 수밖에 없었어요."

하비 바로 뒤에 프레스터 형사가 서 있다. 오늘은 검은색 양복을 입고 파란 넥타이를 너무나 솜씨 없게 매고 있어서, 그가 옭매듭을 매고 그것을 만족스럽게 생각하는 건 아닌지 싶다. 피곤하고 화난 듯 보이는 그는 손에 세 번 접은 빳빳한 종이를 들고 있다. 종이에는 공식 직인이 찍혀 있다. 그가 말한다. "실망했습니다, 프록터 씨. 우리 사이에 정중한 대화가 오갔다고 생각했는데요. 저한테서 도망치실 참이었군요. 이 말을 해야 할 것 같습니다. 별로 좋아 보이지 않습니다. 전혀요."

난 덫에 갇힌 기분이다. 곰을 잡는 덫이 아닌, 찢을 수 없는 비단실로 짠 덫에. 비명을 지를 수도, 분노할 수도 있지만 이것에서 더는 도망칠 수 없다.

이게 무엇이든지 간에.

난 하비에르에게 아무 느낌 없는 미소를 지으며 말한다. "괜찮아요." 그는 미소로 답하지 않는다. 경계하는 강렬한 눈빛으로 나를 살피고 있다. 그들은 모두 내가 총기 은닉 휴대 허가를 받았다는 것을 잘 알고 있으리라. 두 사람은 내가 위험하다는 것을 알고 있다. 어둠 속에 저격수들을 배치한 건 아닌지 궁금하다.

아이들을 생각하며 난 두 손을 올린다. "무기는 없어요. 확인해 보세요."

프레스터가 아무 감정이 없는 신속한 손동작으로 나를 훑는다. 나는 가족 미니밴의 뜨거운 후드 위에 몸을 구부렸던 지나 로열이 처음 겪었던 몸수색을 떠올린다. 가련하고 멍청한 지나는 그 행위를 침해라고 생각했다. 그녀는 왜 그런 일을 당하는지 짐작도 못 했었다.

"없군요." 프레스터가 말한다. "그래요. 좋고 쉽게 갑시다, 그러시겠죠?"

"먼저 아이들과 얘기할 수 있게 해 주시면 조용히 따라가죠."

"좋습니다. 하비에르, 그녀와 함께 가게."

하비에르는 고개를 끄덕이고 주머니에서 검은 케이스를 꺼내 허리띠에 끼운다. 금을 입힌 보안관보의 별이 거기서 반짝인다. 그는 지금 공식적인 업무를 수행 중이다.

집 안으로 들어간 나는 현관문을 응시하며 긴장한 채 앉아 있는 코너와 래니를 발견한다. 아이들은 안도했다가 따라 들어온 하비에르가 경계 자세를 취하는 모습을 보고 표정을 바꾼다. "엄마?" 래니의 목소리가 조금 갈라진다. "다 괜찮은 거예요?"

난 소파에 주저앉아 팔로 두 아이를 감싸고 꼭 끌어안는다. 말하기에 앞서 최대한 다정하게 그들에게 키스한다. "엄마는 지금 프레스터 형사하고 같이 가야 해. 다 괜찮아. 엄마가 돌아올 때까지 하비에르가 너희와 여기 있을 거야."

내가 하비에르를 올려다보자 그가 고개를 끄덕이더니 시선을 돌린다. 래니는 울지 않지만 코너는 아주 조용히 눈물을 흘린다. 나는 양손으로 눈가를 훔친 코너가 자신에게 화가 났다는 것을 안다. 둘 다 한마디 말도 하지 않는다.

"엄마는 너희를 너무 사랑해." 나는 그렇게 말한 다음 일어선다. "엄마가 올 때까지 서로 잘 보살펴 주렴."

"엄마가 돌아온다면요." 래니가 말한다. 속삭임에 가깝다. 지금 래니를 보면 나는 무너져 내릴 테고, 그들이 나를 아이들에게서 떼 놓기 위해 끌고 가야 할 테니 그 말을 못 들은 척한다.

간신히 집 밖으로 나와 계단을 내려간 다음 차 옆에 선 프레스터에게 다가간다. 돌아보자 집 안으로 들어가 문을 잠그는 하비에르가 보인다.

"아이들은 괜찮을 겁니다." 프레스터가 내게 말한다. 그는 나를 뒷좌석으로 안내한 다음 몸을 숙여 차에 오른다. 안에서 문이 열리지 않는다는 것만 빼면 택시 합승 같다는 생각이 든다. 적어도 공짜. 그레이엄이 앞좌석에 앉아 운전한다.

프레스터는 말이 없고, 나는 그에게서 어떤 분위기도 감지하지 못한다. 드라이클리닝제와 올드 스파이스 냄새를 희미하게 풍기는, 햇볕에 달구어진 화강암 옆에 앉은 것 같다. 나는 그에게 어떤 냄새를 풍기는지 모른다. 아마도 두려움. 죄 있는 여인의 땀 냄새. 난 경찰들이 어떤 식으로 생각하는지 알고, 그들은 내가 흥미를 끄는 사람—그들이 쓰는 말대로—이 아니었다면 나를 데리러 오지 않았을 것이다. 그 말은 기소할 만큼 충분한 증거를 모으지 못한 용의자라는 뜻이다. 난 인생에서 적당하지 않은 시기에 너무나 많은 책임을 떠맡게 된 래니가 걱정이다. 이내 나는 내가 진짜 죄가 있다고 생각하고 있다는 걸 깨닫는다.

나는 죄가 없다. 나는 호수 살인에 죄가 없다. 잘못된 남자와 결혼하고 그가 인간의 탈을 쓴 악마라는 사실을 눈치채지 못한 것 말고는 아무 죄가 없다.

천천히 숨을 들이마시고 내쉰 다음 말한다. "내가 무슨 짓을 했다고 여기든 잘못 생각하시는 거예요."

"무슨 짓을 했다고 말한 적 없습니다." 프레스터가 말한다. "영어의 다채로운 관용구를 빌리자면, 부인은 우리의 조사에 도움을 주고 계시는 겁니다." 그의 영국식 악센트는 거의 넥타이 매듭만큼이나 형편없다.

"용의자가 아니라면 영장을 가져오셨을 리가 없죠." 내가 심드렁하게 말한다.

그에 대한 대답으로 프레스터는 서류를 펼친다. 맨 위에 시 로고가 있고 '영장'이라는 단어가 볼드체로 인쇄된 훌륭한 공식 문서지만 자세한 인적 사항이 있어야 할 자리에 그래픽 디자이너들이 공간을 채울 때 사용하는 아무 의미 없는 단어가 적혀 있다. 로렘 입숨Lorem ipsum 가짜 라틴어. 내용보다 디자인 요소를 강조하기 위해 사용되는 텍스트. 나도 같은 텍스트를 자주 사용했기 때문에 피식 웃음을 터뜨린다. "우리가 지금 가지고 있는 정보만으로는 영장을 받을 수 없었습니다, 프록터 씨.

공짜로 알려 드리죠."

"멋진 소품이군요. 그게 잘 통하나요?"

"언제나요. 이 동네 바보들은 이걸 힐끗 보고 그게 라틴어로 쓰인 공식 성명이거나 그와 비슷한 뭔가 터무니없는 거라고 생각하죠."

그 라틴어를 해석하려고 애쓰는, 화가 난 주정뱅이가 상상돼 이번에 나는 웃음이 터진다. 라틴어 공식 문구. "그렇다면 한밤중에 나를 데리러 와야 할 만큼 그토록 급한 게 뭐죠?"

내 상상 같았던 프레스터의 미소가 사라지고 표정이 읽히지 않는다. "당신 이름이오. 당신은 온통 거짓으로 포장된 삶을 살고 있고, 말하자면 나는 그걸 정확히 이해하지 못하겠다는 겁니다. 우리는 당신의 진짜 이름에 대해 오늘 익명의 제보를 받았고, 이 지역을 뜰 계획일지도 모른다는 말을 들어서 빨리 움직여야 했습니다."

몸이 약간 차가워지지만 정말 놀라지는 않는다. 내 삶을 보다 힘들고 보다 비참하게 하기 위해서라면 그것은 전남편에게는 사리에 맞는 플레이였다. 상처를 주는 데 도움이 된다면 어떤 사소한 악의적인 것이라도. 그것이 이곳 노턴에 나를 가두었고, 또 다른 사이클을 시작하지 못하게 방해했다. 해명 대신 나는 고개를 돌린다.

"이 모든 게 얼마나 이상하게 보이는지 아시겠죠." 프레스터가 말한다. "그렇지 않습니까?"

난 대답하지 않는다. 상황을 나아지게 할 만한 말이 정말 아무것도 떠오르지 않는다. 순찰차가 덜컹거리며 노턴으로 향하는 주요 도로로 향할 때 나는 버틸 따름이고, 차는 시내를 향해 속도를 높인다.

◆　◆　◆

프레스터가 내 앞에 사진들을 펼칠 때 난 꿈쩍도 하지 않는다. 내가 왜 그러겠는가? 나는 멜빈 로열의 소름 끼치는 작업을 지금까지 수백 번 마주했다. 난 그 끔찍함에 완벽히 적응했다.

아직도 가슴을 두근거리게 하는 사진은 두 장뿐이다.

우리 옛 차고에서 철사 올가미에 매달려 사지를 늘어뜨린 채 피부까지 벗겨진 벌거벗은 여자의 사진.

다른 하나는 멜의 '여자들의 정원'을 물속에서 찍은 사진. 어둠 속에 으스스하게 떠다니는 여자들의 다리는 무거운 추와 연결된 사슬에 꽉 묶여 있고, 일부는 거의 해골만 남았다.

그는 시체를 처리할 때 정확히 얼마만큼 무거운 추를 사용해야 하는지를 연구했다. 시체들을 가라앉히려면 얼마만큼의 무게를 더해야 하는지 확신이 들 때까지 죽은 동물들로 실험해 시행착오 끝에 그것을 계산했다. 모두 법정에서 나왔던 내용이다.

멜은 괴물보다 더 최악이다. 그는 머리 좋은 괴물이다.

내가 이 끔찍한 사진들을 보며 차분한 상태를 유지하고 몸을 움찔도 하지 않는 것이 나에게 도움이 되지 않는다는 것을 알지만 그 가짜 반응이 뻔히 드러나 보이리라는 것도 안다. 내 앞에 나열된 사진 너머 프레스터의 눈길을 마주한다. "내가 충격받길 기대하신다면 이보다는 더 잘하셔야 할 거예요. 내가 이 사진들을 얼마나 많이 봐야 했는지 상상해 보시죠."

그는 대답하지 않는다. 대신 그는 사진 한 장을 사진 더미 위에 미끄러뜨린다. 그것은 스틸하우스 레이크 선착장에서 찍은 사진으로, 아마도 우리 집 현관에서 그리 멀지 않은 곳 같다. 프레스터가 지금 신고 있는 낡은 윙팁 구두가 사진 가장자리에 살짝 보이고, 제복 경관이 보통 신는 광이 나는 검은 구두는 그레이엄 경관의 구두일 것이다. 난 사진 중앙에 있는 것을 보고 싶지 않아 구두들을 주목하고 있다.

억지로 젊은 여자에게 시선을 맞추자 그녀는 거의 알아볼 수조차 없는 상태다. 그녀는 분홍빛 근육과 누런 인대를 드러내고 언뜻언뜻 하얀 뼈를 내보이는 해부학 교재 같다. 퀭하고 흐릿한 눈, 잡초처럼 늘어진 검은색 젖은 머리에 피부가 반쯤 벗겨진 얼굴. 온전한 입술이 최악의 외설적인 분위기를 연출한다. 난 그녀의 입술이 왜 여전히 풍만하고 완벽한지 생각하고 싶지 않다.

"그녀는 얼마 동안 가라앉아 있었습니다." 프레스터가 말한다. "밧줄이 모터에 걸려 잘렸고, 장내 박테리아 덕에 다시 떠올랐죠. 피부가 벗겨지고 난 뒤, 호수 바닥에 오래 있지 않았을 겁니다. 가스가 빠져나갈 데가 많았으니까요. 어쨌든 당신은 그에 관해 잘 알 겁니다. 그게 당신 남편의 수법 아니었습니까?"

멜의 희생자들은 절대 떠오르지 않았다. 그 사건만 일어나지 않았다면 그는 자신의 조용히 부유하는 정원에 또 다른 열두 명을 수집했을 것이다. 그 사건이 멜의 죄에 해당하지 않은 한 가지였다. 그가 선택할 수 없는 일.

나는 이렇게만 말한다. "멜빈 로열은 여자들에게 이런 짓을 하길 좋아했죠. 형사님이 묻는 게 그런 의미라면."

"그리고 그는 여자들을 물속에 넣어 처리했죠, 아닙니까?"

난 끄덕인다. 이제 난 죽은 여자에게 시선을 고정했고, 눈을 뗄 수 없다. 태양을 바라보는 것처럼 아프다. 난 그 잔상이 일평생 내 머릿속에 낙인처럼 남으리라는 것을 안다. 침을 삼키자 목구멍에서 침 넘어가는 소리가 난다. 기침을 하자 갑자기 심하게 욕지기가 올라온다. 갑작스럽게 차가워진 피부에 땀이 날 만큼 욕지기를 참는다.

프레스터가 눈치챘다. 그가 가지고 있던 물병을 나에게 내민다. 나는 뚜껑을 열어 벌컥벌컥 들이켜며 내 위에 모이는 시원하고 맑은 무게에 감사한다. 병의 반을 비운 후에야 다시 뚜껑을 닫고 옆으로 치운다. 그건 물론 내 DNA를 얻기 위한 책략이다. 상관없다. 그가 그걸 기다리기로 선택한다면 그는 캔자스주 경찰서에 확인을 요청할 수도 있다. 난 서류화되어 인쇄되고 사진 찍히고 파일로 분류되어 있고, 비록 예전 지나 로옐이 나한테는 죽은 사람이라고 해도 우린 여전히 같은 피와 뼈와 몸을 공유한다.

"내가 처한 문제가 보이시죠." 그가 내게 따뜻하고 느린 목소리로 말한다. 그 목소리가 깊이 웅웅거리고, 나는 옛 시대의 교수형을 좋아했던 재판관, 두건을 쓴 사형집행인, 밧줄, 올가미를 떠올린다. 전선 끝에서 흔들리던 젊은 여자를 떠올린다. "당신은 전에 캔자스에서 이것과 비슷한 사건에 연루된 적이 있습니다. 공범 혐의로 재판을 받은 적이 있고요. 우연히 당신과 이렇게 가까운 곳에서 또 이런 사건이 발생했다고 보기는 힘들 것 같다는 게 제 요지입니다."

"난 멜이 저지른 일에 대해 결코 알지 못했어요. 결코. 그 자동차 사고가 있기 전까지는요."

"흥미롭게도 당신 이웃은 다르게 말하던데요."

침착함을 유지하려고 노력하지만 그 말에 벌컥 짜증이 난다. "밀슨 부인요? 그 여자는 지독한 험담꾼이었고, 리얼리티 쇼의 스타가 될 기회를 노렸죠. 뉴스에 나오고 싶어서 위증을 했어요. 내 변호사가 법정에서 그녀의 증언을 무너뜨렸죠. 그녀가 거짓말을 했다는 건 모두 아는 사실이고, 난 그 일과 아무 관련이 없어요. 무죄로 판결이 났다고요!"

프레스터는 눈도 깜짝하지 않는다. 그의 표정은 변하지 않는다. "무죄로 판결이 났든 아니든 당신한테 그리 좋아 보이지 않군요. 같은 종류의 범죄, 똑같은 특징. 그러니 차근차근 검토해 봅시다."

그가 처음 올렸던 사진 위로 다른 사진을 내려놓는다. 섹시하게 웃고 있는 흑갈색 머리의 젊은 여자가 어떤 여자에게 머리를 기대고 앉은 모습이라 어떤 면에서 그 사진은 먼저 사진만큼이나 보기 괴롭다. 같은 연령대의 금발 머리 여자는 아쉬워하는 표정을 귀엽게 짓고 있다. 친구 같다. 가족이라고 하기에는 서로 닮지 않았다.

"우리가 호수에서 발견한 레인 해링턴이라는 아가씨는 한때 이런 모습이었습니다. 예쁜 아가씨죠. 이 근방에서 사랑을 듬뿍 받았습니다. 열아홉 살. 수의사가 되고 싶어 했고요." 그는 다쳐서 붕대를 감은 개를 안고 있는 그녀의 다른 사진을 내놓았다. 감상에 호소하는 뻔한 수작이지만 그래도 미묘하게 감지되는 지진처럼 그것이 나를 관통한다. 난 눈길을 돌린다. "이 빌어먹을 세상에 원수진 일이라고는 없는 착하고 사랑스러운 아가씨죠. 똑바로 봐요!"

그가 깜짝 놀랄 만큼 마지막 말의 목소리를 높이지만 내가 움찔하기를 기대했다면 그는 무척 실망하게 될 것이다. 사격장에서 총을 쏠 때의 심한 반동에도 움츠리지 않는다면 나는 여기서 그에게 어떤 빌어먹을 나약함도 내보이지 않을 것이다. 어쨌든 좋은 전략이다. 캔자스 경찰이 프레스터 형사에게 좀 배워야 할 텐데. 그가 그토록 쉽고 빠르게 돌변한 것을 보면 어딘가…… 거친 곳에서 훈련을 받은 것이 틀림없다. 억양으로 보아 아마도 볼티모어. 그는 진짜 범죄자들을 처단해 왔다.

지금 그의 문제는 내가 그런 범죄자가 아니라는 점이다.

찬찬히 사진들을 응시하며 이 불쌍한 여자를 생각하니 가슴 아프다. 내가 그녀에게 무슨 짓을 해서가 아니라 내가 인간이기 때문에.

"당신은 그녀가 아직 살아 있는 동안 피부 대부분을 벗겨 냈습니다." 형사가 내 머릿속에서 들리는 많은 목소리 중 하나와 거의 흡사하게, 부드럽게 말한다. 예를 들면 멜의 목소리처럼. "그녀는 성대를 잘렸기 때문에 비명조차 지를 수 없었습니다. 지옥이 따로 없죠. 우리가 추정하는 한 관절이란 관절은 모조리 붙들어 매어지고 머리는 가죽띠 같은 것으로 고정됐을 거라는 겁니다. 당신은 발에서 시작해 위쪽으로 작업해 갔습니다. 알겠지만 우리는 그 과정 중 어느 지점에서 그녀가 사망했는지 정확히 알 수 있습니다. 살아 있는 조직은 반응합니다. 죽은 조직은 그렇지 않고요."

난 아무 말도 하지 않는다. 움직이지도 않는다. 그것을 상상하지 않으려고 애쓴다. 그녀의 공포, 고통, 자신에게 일어난 일에 대한 완전히 무력한 공포.

"남편을 위해 한 일입니까? 멜을 위해서? 그가 자신을 위해 그렇게 하라고 시켰습니까?"

"그렇게 말하면 역한 감정이 들 거라고 생각하나 보군요." 내가 같은 높이, 같은 크기의 목소리를 유지하며 그에게 말한다. 어쩌면 프레스터 형사도 머릿속에서 여러 목소리가 들리는지 모른다. 그러길 바란다. "내 전남편은 괴물이죠. 왜 나는 아니겠느냐고요? 어떤 평범한 여자가 그런 남자와 결혼하고, 하물며 살기까지 하겠느냐고요?"

내가 그를 쳐다보자 그가 나를 꿰뚫듯이 노려본다. 나는 그 시선에

델 것 같지만 피하지 않는다. 그가 보게 둔다. 그가 알게 둔다. "멜빈 로열과 결혼한 건, 그가 청했기 때문이었어요. 난 특별히 예쁘진 않았죠. 나는 내가 특별히 똑똑하다고도 생각하지 않았어요. 나는 세상에서의 내 가치가 어떤 남자의 행복한 아내가 되어 그의 자식을 낳는 거라고 배웠어요. 난 그에게 딱 맞는 여자였어요. 빛나는 갑옷을 입은 기사가 나타나 나를 영원히 사랑하고 보호해 줄 거라는 환상에 속은 온실 속 순진한 처녀."

프레스터는 아무 말도 하지 않는다. 그는 나를 주시하며 펜으로 메모장을 두들긴다.

"실은, 그래요, 내가 바보였죠. 난 그의 완벽한 전업주부 아내이자 엄마가 되기로 선택했어요. 멜은 돈을 잘 벌었고 난 그에게 훌륭한 두 명의 아이를 선사했죠. 그건 정상이었어요. 당신이 내 말을 안 믿는다는 거 알아요. 젠장, 나도 안 믿어지니까. 하지만 난 크리스마스와 생일, 학부모 모임과 댄스 경연 대회, 연극 동아리와 축구로 채워진 세월을 거쳤고, 아무도 그런 삶을 의심하지 않았어요. 그게 그의 재능이죠, 형사님. 그는 나조차 차이를 느낄 수 없을 만큼 정말 너무 아주 훌륭히 사람인 척 연기를 하죠."

프레스터가 눈썹을 들어 올린다. "나는 지금 당신이 매 맞는 여성의 수법을 쓴다고 생각하는데요. 그게 당신이 미는 해명입니까?"

"아마도요. 그리고 아마도 이 여자들 대부분이 피해자죠. 하지만 멜은……," 순간 침실에서의 한순간이 머리를 스친다. 그가 폭신한 재질로 덧댄 끈을 내 목에 두르고 조였을 때, 그 두 눈 뒤에서 차가운 파충류의 위협을 보았던 순간이. 그리고 난 본능적으로는 그가 옳지 않다는 걸 알았었다. "멜은 괴물이에요. 하지만 그렇다고 해서 그게 그가 모든 것들에도 빌어먹게 능숙지 못하다는 뜻은 아니에요. 당신이 그런 괴물과 잠자리를 함께했다면 기분이 어떨 것 같아요? 당신이 그런 괴물의 아이를 낳았다는 걸 알았다면요?"

침묵. 프레스터는 이번에는 그 침묵을 깨트리지 않는다.

"그 망가진 차고를 들여다보고 진실을 보게 됐을 때 뭔가가 바뀌었어요. 난 볼 수 있었어요. 이해가 됐죠. 돌이켜 보면서 그 암시와, 들어맞지 않고 이해할 수 없었던 사소한 일들이 보였지만 그때의 나와 내가 믿었던 바로는 그걸 볼 재간이 없었어요." 내가 물을 한 모금 더 마실 때 플라스틱 병이 총소리처럼 날카로운 소리를 낸다. "무죄방면 후 난 다른 사람으로 태어나 아이들을 보호했어요. 내가 다시 멜빈 로열을 위해 어떤 일이든 하고 싶을 것 같아요? 그를 증오해요. 그를 경멸해요. 그가 눈앞에 나타난다면, 빌어먹을 장전된 총알을 몽땅 다 그 머리에 갈길 거예요. 형체를 알아볼 수 없을 때까지."

그 한 마디 한 마디가 진심이다. 그리고 난 이 형사가 진실을 본능적으로 감지한다는 걸 안다. 그는 그 진실을 마음에 들어 하지 않지만 젠장, 그가 뭘 좋아하든 난 살기 위해 싸우고 있다. 가까스로 되찾은, 깨지기 쉬운 안전을 위해.

프레스터는 아무 말도 하지 않는다. 나를 응시할 뿐이다.

"당신한텐 증거도 없어요." 내가 마침내 그에게 말한다. "그건 내가 무슨 한니발 렉터급으로 영리해서가 아니라 저 불쌍한 여자에게 어떤 짓도 하지 않았기 때문이에요. 나는 그녀를 본 적도 없어요. 저런 일을 당한 건 정말 안됐지만 난 내가 사는 곳에서 왜 그런 일이 벌어졌는지 설명할 수 없어요. 나도 그럴 수 있길 바라요. 내 말은, 멜이 하는 말을 모조리 신봉하는 추종자들이 있지만 그렇다 하더라도 그가 어떻게 자신을 위해 그런 짓을 해 달라고 누군가를 설득했는지 몰라요. 그는 라스푸틴^{Rasputin} 제정 러시아 말기의 파계 수도자이자 예언자이 아니에요. 맨슨^{Charles Milles Manson. 미국의 사교 집단 맨슨 패밀리를 이끈 연쇄살인범}도 아니에요. 도대체 무엇이 사람을 그렇게 병들게 할 수 있는지 난 몰라요. 형사님은 아나요?"

"천성." 그가 억양 없이 말한다. "양육. 뇌 손상. 제길, 그들 중 최악은 그런 변명거리가 전혀 없죠." 형사는 당신들이 아니라 그들이라고 했다. 그가 자신이 그렇게 말했다는 것을 아는지 궁금하다. "그토록 가까이서 지켜봤으니 뭐가 멜빈을 그렇게 만들었는지 내게 말해 주는 게 어떻습니까?

"몰라요." 나는 말한다. 그리고 진심이다. "그의 부모님은 사랑스러운 분들이었어요. 자주 보지는 못했지만 늘 부서질 것 같았죠. 지금 생각해 보면 아들을 두려워했던 것 같아요. 그분들이 돌아가시기 전에는 그런 사실을 깨닫지 못했죠."

"그럼 뭐가 당신으로 하여금 이토록 젊은 여자를 갈가리 찢게 했습니까?"

난 한숨을 내뱉는다. "형사님. 난 괴물과 결혼했고, 제때 그걸 알아차릴 정도로 똑똑하지도 못했어요. 그게 내 죄의 전부예요. 내가 한 짓이 아니라고요."

우리는 몇 시간 동안 같은 자리를 맴돈다. 변호사를 생각하지 않은 것은 아니지만 요청하지 않는다. 노턴에서 받을 수 있는 도움은 내가 기대할 수준이 아니다. 차라리 진실을 고수하는 편이 낫다. 프레스터 형사는 모든 수를 다 써 보지만 그는 내 말이 거짓이라는 것을 증명하지 못한다. 그는 아무것도 몰랐던 지나 로열 시절의 나라면 그럭저력 요리할 수 있겠지만 이것은 내 첫 로데오 시합이고, 그는 그 사실을 안다. 그는 가진 게 없다. 그는 내가 범인임을 암시하는 익명의 전화를 받았고, 전화를 건 사람은 내 신분을 알아낸 인터넷 트롤일 수도, 전남편이 판을 흔들기 위해 돈을 주고 산 또 다른 인물일 수도 있다. 그래도 형사의 본능은 옳다……. 이 불쌍한 어린 여자가 그런 낯익은 방법으로 학살당하고 내 집에서 바로 건너다보이는 호수에 던져진 것은 우연이 아니다.

누군가 메시지를 보내고 있다.

그것은 멜일 수밖에 없다.

이상하고도 불안한 기분으로, 적어도 나는 멜을 알기에 실제로 그렇기를 희망한다. 그가 어디 있는지 안다. 하지만 조력자가 있을 것이다. '멜이 요구하는 것을 기꺼이 정확하게 해내는 조력자'가. 그리고 나는 거짓말을 하지 않을 것이고, 그것이 나를 몹시 두렵게 한다. 다음번에는 래니가 죽은 채 발견되는 걸 원치 않는다. 혹은 코너가 침대에서 학살된 채 발견되는 것을. 난 산 채로 가죽이 벗겨지는 말도 못 할 고통을 겪으며 올가미에 매달려 죽고 싶지 않다. 프레스터가 나를 집으로 돌려보낼 때는 자정이 지난 새벽이다. 노턴은 텅 빈거리 위 차 한 대 없는 유령 도시고, 순찰차가 호수를 향해 방향을 바꿀 때 깊은 밤은 어두워만 간다. 랜슬 그레이엄 경관이 나를 데려다주고 있다—아마 그 후에 바로 자신의 집으로 향할 수 있기 때문에. 그는 내게 말을 걸지 않는다. 나도 대화하려고 시도하지 않는다. 난 머리를 시원한 유리창에 기대고 잠들 수 있기를 바란다. 오늘 밤은 잠들지 못할 것이다. 어쩌면 내일 역시. 살해된 여자의 사진이 눈꺼풀 안에서 끔찍한 색채로 불타오를 것이고, 눈을 깜빡여도 그것들은 없어지지 않을 것이다.

멜은 자신의 희생자들에게 시달리지 않는다. 그는 항상 깊이 잠들고 원기를 회복하며 깼다.

악몽을 꾸는 사람은 나다.

"다 왔습니다." 그레이엄이 그렇게 말하고서야 나는 차가 멈춘 걸 깨닫는다. 어쨌든 난 눈을 감았고, 이런저런 생각 끝에 깜빡 불안한 잠에 빠져들었다. 그레이엄이 빙 둘러 와 차 문을 열어 주어 고맙다는 말을 건넨다. 그가 손까지 내밀어 정중하게 받아들이다가 이내 그가 자리를 뜨지 않아 불안해진다. 그가 나를 지켜보고 있다는 것을 알 수 있다―아니, 느낄 수 있다.

"당신을 믿습니다." 그의 말이 나를 놀라게 한다. "프레스터는 잘못된 자취를 쫓고 있어요, 프록터 씨. 난 당신이 이 일과 아무 관련이 없다는 걸 압니다. 미안하군요, 그게 당신의 인생을 망치고 있다는 걸 깨달았습니다."

나는 프레스터가 얼마나 많은 이야기를 했는지, 내 다른 이름인 지나 로열에 관한 뉴스가 이미 새기 시작했는지 궁금하다. 샌 것 같지는 않다. 그레이엄은 내 전남편에 대해 알고 있는 사람의 표정을 짓고 있지 않다.

그는 미안해하고 조금 걱정하는 듯 보일 뿐이다.

난 다시 그에게 좀 더 따뜻하게 고맙다고 말하고, 그는 나를 보내 준다. 내가 집에 다가갈 때 하비가 포치로 나와 자동차 키로 저글링을 하고 있다. 어서 가고 싶다는 표시 같다.

"애들은……," 내가 입을 연다.

"애들은 잘 있습니다." 그가 내 말을 자르며 말한다. "잠들었거나 적어도 그런 척하고 있죠." 그가 내게 날카롭고 가차 없는 눈길을 보낸다. "형사가 오래도 붙잡아 뒀군요."

"난 범인이 아니에요, 하비에르. 맹세해요."

그가 '물론이죠'같이 들리는 말을 중얼거리지만 그레이엄이 뒤에서 순찰차에 시동을 걸어 제대로 들리지 않는다. 자동차 꼬리등 불빛이 하비에르의 얼굴을 새빨갛게 물들인다. 피곤해 보이는 그는 지난 몇 시간을 문질러 없애려는 듯 얼굴을 비빈다. 이 일로 샘 케이드가 그랬던 것만큼 확실하게 그가 내 친구이기를 그만둘지 궁금하다. 내 과거를 알게 된다면 그레이엄 경관도 확실히 그럴 것이다—그는 정말 친구라고도 할 수 없지만. 그저 친절할 뿐.

아무도 남지 않는다. 이때쯤이면 그것을 알아야 한다. 아이들뿐이다. 아이들은 나처럼 목까지 수렁에 빠져 있기 때문에 그 문제에는 선택의 여지가 없다.

"부인, 대체 무슨 일에 빠진 겁니까?" 하비에르는 묻지만 알고 싶어 할 것이라고는 생각하지 않는다. 정말로는 아니다. "저기요, 말했듯이 전 예비 보안관봅니다. 당신을 좋아하지만 명령이 떨어지면……."

"당신은 당신 일을 하면 돼요. 오늘 밤 그랬던 것처럼." 난 고개를 끄덕인다. "이해해요. 애초에 이 동네를 떠나는 걸 돕겠다던 당신에게 놀랐을 뿐이에요."

"전 당신이 폭력적인 전남편으로부터 도망 중이라고 생각했습니다. 그런 표정을 수도 없이 봤으니까요. 몰랐어요……."

"뭘 몰랐다는 거죠?" 이번에는 그의 눈을 똑바로 응시하며 곧장 도전하듯 묻는다. 그의 표정을 읽을 수 없지만 그 역시 내 표정을 읽을 수 없을 것이다. 완벽히는.

"당신이 이런 사건에 관련된 거요." 그가 말한다.

"난 관련되지 않았어요!"

"그렇게 보이지 않는데요."

"하비……."

"이걸 분명히 해 두죠, 프록터 씨. 당신이 깨끗해지면 우리 사이는 문제없습니다. 그러나 그렇게 될 때까지 거리를 좀 두죠, 오케이? 그리고 만일 제 조언을 원하신다면, 총을 댁에서 가지고 나와 안전한 보관을 위해 사격장에 두십시오. 우린 이 일이 잠잠해질 때까지 그걸 보관해 드릴 수 있고, 저는 경찰서에 제출할 증빙서류를 발급해 드릴 수 있습니다. 전 그저 그런 생각은 하고 싶지……."

"경찰이 여기 왔을 때, 이곳에 작은 무기고가 있다는 생각을 하기 싫다는 말이겠죠." 나는 부드럽게 말한다. "그래서 이차 피해가 생길지도 모른다는 생각을."

그가 천천히 고개를 끄덕인다. 그의 몸짓은 공격적이지 않지만 그 이면에 강인함이 깔려 있다. 믿고 싶어지는, 침착하면서도 남성적인 강인함이. 신뢰하게 하는.

난 그를 신뢰하지 않는다.

"포기하라는 법원 명령서를 볼 때까지는 계속 총을 갖고 있을 거예요." 그에게 말한다. 눈도 깜빡이지 않는다. 만약 그가 그걸 공격적이라 여긴다면, 좋다. 이 순간, 지금 이 모든 순간, 난 약하게 보일 만한 여유가 없다. 나 자신을 위해서가 아니다. 집에는 두 아이가 있고, 난 아이들 목숨—절대 안전하지 않고, 결코 안심할 수 없는—을 책임지고 있다. 아이들을 방어하기 위해서라면 해야 할 무슨 일이든 할 것이다.

그리고 난 내 총을 포기하지 않는다.

하비에르가 으쓱한다. 그 제스처가 상관없다고 말한다. 하지만 유감스러운 듯 천천히 움직이는 어깨가 상관있다고 말한다. 그는 작별인사도 없이 그냥 돌아서서 몰고 온 하얀 밴을 향해 걷는다. 그 밴을타고 거의 도망칠 뻔했었는데. 내가 무슨 말을 할 새도 없이 그가 창문을 내리더니 지프에 대한 권리증을 나에게 던진다. 거래가 취소됐다는 말은 하지 않지만 그는 그 말을 할 필요조차 없어 보인다.

권리증을 손에 든 채 그가 큰 화물 밴을 운전해 멀어지는 모습을지켜보다가 몸을 돌려 집으로 들어간다.

어둡고 조용하다. 경보기를 다시 켜면서 난 조용히 모든 걸 재확인한다. 그 소리에 익숙하기에 아이들이 깰 거라고는 생각지 않지만…… 코너의 방을 확인하러 갈 때 래니의 방문이 열린다. 어둑한가운데 우리는 한동안 말없이 서로 바라보았고, 이내 래니가 내게 들어오라는 손짓을 하고 내 뒤에서 문을 닫는다.

침대에서 몸을 웅크린 딸은 세운 무릎을 팔로 감싸 안는다. 딸은모를지 몰라도 나는 그 자세를 안다. 재판이 끝나고 교도소에서 나온후 여러 달 동안 이런 자세로 있는 딸을 수도 없이 보곤 했다. 그 자세를 충분히 자연스럽게 보이게 하지만 그것은 방어적인 모습이다.

"그러니까, 경찰이 엄마를 다시 집어넣지는 않았네요."

"난 아무 짓도 안 했어, 래니."

"지난번에도 엄마는 아무 짓 안 했어요." 그녀가 지적한 것은 완벽한 진실이다. "이런 게 싫어요. 코너는 죽을 만큼 겁에 질렸어요."

"알아." 내가 말한다. 천천히 침대에 앉자 래니가 내게 닿지 않게 얼른 발가락을 뺀다. 그 행동에 가슴이 살짝 무너지지만 내가 그녀의 무릎에 손을 얹을 때는 움츠리지 않아서 조금 마음이 풀린다. "너한테 거짓말하지 않을 거야. 네 아버지는 우리가 어디 있는지 알아. 난 여기서 빠져나갈 계획을 세우고 있었는데……"

"그런데 지금 죽은 여자가 나타났고, 경찰이 우리가 누군지 알아내서 우리는 갈 수 없는 거고요." 래니가 말한다. 똑똑한 아이. 딸은 눈을 깜빡이지 않지만 눈물처럼 반짝이는 것이 보인다. "난 그에 관해 어떤 말도 하지 말았어야 했어요. 내가 그 말만 안 했어도……"

"아니야. 넌 옳은 일을 한 거야. 알겠니? 절대 그런 생각 하지 마."

"내가 아무 말도 하지 않았으면 지금쯤 우린 떠나 있었을 텐데." 딸은 내 앞에서 끈질기게 말을 잇는다. "다시 집 없는 신세가 됐을 테지만 적어도 우리는 안전했을 거고, 그 사람은 우리가 어딨는지 모르게 됐겠죠. 엄마, 그 사람이 안다면……"

말을 멈춘 딸의 눈에 글썽이던 눈물방울이 점점 굵어지더니 뺨으로 흘러내린다. 래니는 눈물을 닦지 않는다. 자기가 눈물을 흘리고 있다는 걸 아는지조차 모르겠다.

"그 사람이 엄마를 해칠 거예요." 그녀가 속삭이듯 말하고 머리를 숙여 이마를 무릎에 댄다.

옆으로 자리를 옮겨 래니, 내 아이를 안아 준다. 딸은 근육과 뼈와 슬픔이 한데 뭉쳐 딱딱하게 굳어 있다. 나에게 안겼지만 래니는 긴장을 풀지 않는다. 모든 게 괜찮을 거라고 말하지만 래니가 나를 믿지 않는다는 것을 안다.

마침내 나는 래니를 침묵으로 둘러싸인 자신의 보호 구球에 남겨두고 래니의 동생을 확인하러 간다. 코너는 잠든 것처럼 보이지만 그런 것 같지 않다. 코너는 창백해 보이고 멍의 여파처럼 눈 밑에 짙은 연보랏빛 자국이 있다. 아이는 매우 피곤하다.

나도 그렇다.

조용히 문을 닫고 내 방으로 가, 나를 압박하듯 둘러싸는 스틸하우스 레이크의 고요 속에 꿈도 꾸지 않는 거대한 잠 속으로 빠져든다.

◆　◆　◆

아침, 호수에 또 다른 여자 시체가 떠 있다.

8

비명 소리에 잠이 깬다. 나는 화들짝 일어나 내가 잠에서 깼다는 사실을 인식하기도 전에 재빨리 침대에서 빠져나와 문을 향해 있는 신발 쪽으로 걸어가며, 소방관처럼 효율적인 동작으로 청바지에 발을 집어넣고 티셔츠를 입는다. 침실에서 나오며 그것이 우리 아이의 비명이 아니라는 것을 깨닫는다. 아이들의 방문도 활짝 열려 있다. 플란넬 가운을 걸친 래니는 잠이 덜 깬 눈이고, 머리카락이 한쪽으로 뻗친 코너는 웃통을 벗은 채 파자마 바지 차림이다.

"여기 있어." 내가 아이들에게 소리치며 현관으로 달려간다. 나는 커튼을 젖히고 호수를 내다본다.

비명은 선착장에서 6미터쯤 떨어진 곳에서 부유하는 작은 보트에서 나는 중이다. 배에는 낚시꾼이 쓰는 모자와 주머니가 많이 달린 조끼 차림의 나이 든 남자와 진저리를 내며 그에게 몸을 기댄, 나보다 연상인 잿빛 금발의 여자가 타고 있다. 남자가 여자를 붙잡고 있고, 여자가 갑작스레 몸을 젖혀 거의 뒤집힐 것처럼 보트가 격렬하게 흔들리고 있다.

경보기를 끄고 밖으로 뛰쳐나가 자갈밭을 지나 목재 선착장으로 달리다가 서서히 속도를 늦추자 시체가 보인다.

시체는 암흑에서 모습을 드러냈다. 시체는 벌거벗겨져 물 위에 엎어져 있고, 긴 머리카락이 수초처럼 수면에 떠 있다.

희미한 새벽빛에 털 뽑힌 닭 색깔의 노출된 근육이 역겹게 보이지만 착각할 리 없다. 누군가가 그녀의 엉덩이와 작은 등과 흰색 외계 생물체 같은 척추가 드러나도록 피부의 대부분을 벗겨 냈다. 그러나 전부는 아니었다. 이번에는 아니다.

여자는 갑자기 비명을 그치고 토하기 위해 뱃전으로 돌진한다. 남자는 소리를 내지 않는다. 배가 흔들리지 않도록 반사적으로 움직이는 남자는 평생 물 위에서 지낸 사람 같지만 정말 넋을 잃었다. 쇼크 상태. 그는 텅 빈 표정으로 자신이 보고 있는 것을 이해하려 애쓰며 눈앞을 주시한다.

나는 핸드폰을 꺼내 911을 누른다. 선택의 여지가 없다. 내 문 앞에서 벌어진 일이다.

신호음을 들으며 시체가 마침내 부드러운 물의 품에서 풀려날 때까지 서서히 꼼지락거리며 유령의 거품처럼 떠올랐다는, 피할 수 없는 끔찍한 사실에 대해 생각한다. 시체는 내가 하비에르와 이야기를 나눴던 어젯밤 거기에 떠 있었다. 내가 자는 동안 거기에 있었다. 내가 샘 케이드와 포치에 앉아 맥주를 마시며 멜빈 로열에 대한 이야기를 하고 있던 밤에는 수면 저 아래 숨어 있었을 것이다.

보트 위 여자가 다시 토하고 흐느낀다.

마침내 비상 전화가 대답한다. 내가 하고 있는 말을 깊이 생각하지 않고 사건 현장, 위치, 내 이름을 말한다. 내 목소리가 너무 차분하게 들려 나중에 사람들이 녹음한 전화를 듣는다면 내게 좋지 않으리란 것을 안다. 전화를 끊지 말고 대기하라고 하지만 난 그 말을 듣지 않는다. 대신 나는 생각하려 애쓰며 전화를 끊고 주머니에 핸드폰을 넣는다.

눈 뜨고 볼 수 없을 만큼 난도질당한 여자의 시체 한 구는 끔찍한 우연일지도 모른다. 두 구라면 계획적일 수밖에 없다. 경찰이 곧 여기에 도착할 것이고, 그들이 오면 난 끌려갈 것이다. 이번에는 본격적인 심문이 될 것이다.

난 곧 체포될 것이다.

내 아이들을 잃게 될 것이다.

문자 수신음이 울려 핸드폰을 꺼내 보니 표시되지 않는 번호로 온 압살롬의 문자다. 내용을 읽기 위해 화면을 민다.

링크가 하나 걸려 있을 뿐이다. 그것을 클릭해 네모지게 디자인된 메시지 보드가 화면에 가득 차는 것을 본다. 나는 특정 메시지가 아닌 맨 위에 있는 글을 읽기 위해 확대한다.

나에 관한 글이다.

발견: 죽여 마땅한 계집 한 명! 여러분, 멜빈의 귀여운 조력자를 추적했어요. 사진과 모든 것. 확실한 정보. 그의 자식들이 그 여자와 같이 있고, 따라서 그 여자는 아직 애새끼들을 물에 빠트려 죽이지 않았네요. 더 좋은 소식: 그곳에 살인이 일어났어요!!! 자세한 건 나중에.

수백 개는 되는 댓글의 홍수가 있지만 글 작성자는 정보를 가지고 장난치면서 제대로 된 답변 없이 암시만 내비치며 뜬소문들을 부정 중이다. 그리고 손가락으로 다섯 번쯤 스크롤을 내렸을 때, 그가 빼도 박도 못하는 확실한 사실 한 가지를 흘린다.

계집은 자원자주 The Volunteer State 테네시주의 별칭. 남북전쟁 때 테네시주 사람들이 자발적으로 전쟁에 참여했다고 해서 붙여진 별명**에 숨어 있다.**

읽은 사람 중 적어도 반은 서둘러 구글 검색을 하러 갔을 테고, 난 그들이 그랬으리라는 것을 즉시 안다. 그는 내가 테네시주에 있는 것을 안다. 그건 내가 스틸하우스 레이크에 있다는 것을 그가 거의 확실히 안다는 뜻이다. 그는 멜빈이 보았던 사진과 똑같은 사진들을 갖고 있을 공산이 크고, 어쩌면 그 자신이 사진들의 출처인지 모른다.

내 체스의 수는 빌어먹을 전남편에게 통하지 않았다. 그는 방아쇠를 당겼고, 이제 난 그가 침상에 누워 웃음을 터뜨리는 모습이 그려진다. 피부를 벗기듯 내 안전을 벗기는 상상을 하며. 그 생각으로 자위하며.

고통스러워 숨도 쉴 수 없다.

한동안 중력을 느끼지 못한다. 추락도 아니고 안정도 아니다. 끝났다. 우리는 끝났다. 내 모든 노력, 도피, 위장…… 끝이다. 인터넷은 영원하다.

트롤들은 절대 잊는 법이 없다.

멀리서 사이렌 소리가 난다. 경찰이 오고 있다. 죽은 여자는 물 위에 한결같이 까닥까닥 떠 있고, 머리카락이 천천히 올라가는 연기처럼 꼬이고 소용돌이친다. 보트는 이제 선착장을 향해 움직인다. 마침내 낚시꾼이 정신을 차린 것 같다. 그의 얼굴에 심장 발작 전 단계의 병색이 사라졌고, 그는 맹렬한 힘으로 노를 젓는 중이다. 남편에 기댄 아내는 좋아 보이지 않는다. 이들의 안전하고 평범한 세계는 발밑에서 무너져 내렸고, 그들은 어두운 세계로 추락해 버렸다. 내가 사는 곳으로.

노턴에서 출동한 경찰차의 번쩍이는 경광등이 멀리 언덕 꼭대기에 이른 모습이 보인다.

압살롬에게 문자를 보낸다. 지금 중요하지 않음. 곧 체포되려고 함.

침을 쏘기 직전 화가 난 말벌처럼 날카롭게 진동하는 알림 소리와 함께 그의 답신이 도착할 때까지 영원 같은 시간이 흐른다. 젠장. 당신이 죽였어요?

그는 물어야 한다. 모두가 물어야 한다.

나는 아니라고 보내고 다시 전화기를 끈다. 보트가 선착장에 세게 부딪히자─거의 충돌한 것처럼─ 나는 낚시꾼에게 밧줄을 던진다. 의도와 다르게 밧줄이 그의 아내를 치지만 그녀는 알아차리지도 못하는 듯하다.

누군가가 쳐다보는 게 느껴져 고개를 돌린다.

샘 케이드가 여기서 풋볼 경기장 두 개만큼 떨어진 자신의 집 포치에 서 있다. 그가 빨간색과 검은색 체크무늬 목욕 가운에 슬리퍼 차림으로 나를 바라보고 있다. 정신적 충격을 입은, 보트에 탄 두 사람을. 그가 호수의 시체를 주목했다가 다시 나를 주목하는 것을 감지한다.

나는 시선을 돌리지 않는다. 그 역시 돌리지 않는다.

그는 돌아서서 통나무집으로 향한다.

난 나이 든 여인에 이어 그녀의 남편이 보트에서 내리는 것을 돕고 그들을 근처 벤치에 앉힌 다음 따뜻한 담요를 가지러 집을 향해 달린다. 담요를 그들 어깨에 둘러 주고 있을 때 첫 번째 경찰차가 끼익 소리를 내며 몇 미터 떨어진 곳에 멈춘다. 경광등은 긴급하게 돌아가지만 이제 사이렌은 멈췄다. 네모진 세단이 그 뒤를 따르고, 나는 운전대를 잡은 프레스터 형사를 보고 놀라지 않는다. 그는 전혀 잠을 자지 않은 것처럼 보인다.

내가 죽은 것처럼 느껴진다. 멍하다. 그가 차에서 내릴 때 나는 자세를 가다듬는다. 젊은 제복 경관 둘이 순찰차에서 내린다. 두 사람 중에 그레이엄은 없지만 그들을 노턴 관할에서 보았다. 지금 우리를 향해 더 많은 차들이 줄지어 오는 중이다. 이 새벽에 대한 불가피한 감정이 느껴진다. 두려워해야 한다는 걸 알지만 난 두렵지 않다. 어찌 된 일인지 살해돼 호수에 유기된 이 불쌍한 여자를 본 후부터 그 모든 두려움이 사라졌다. 이 일은 내내 다가오는 중인 것 같았고, 어떤 차원에서 나는 그것을 알고 있었다.

프레스터가 다가오는 모습을 보고 그에게 돌아서서 말한다. "우리 애들이 괜찮은지 확인해 주세요. 누군가가 인터넷에 우리 위치를 흘렸어요. 살해 협박을 받았어요. 진짜예요. 지금 당장 나한테 무슨 일이 일어나든 상관없지만 아이들은 안전해야 해요."

얼굴이 딱딱하게 굳어 있지만 그가 말없이 끄덕인다. 그가 내 옆에 멈춰 서서 보트에 탄 운 나쁜 두 사람을 본다. 그가 그들에게 질문하는 동안 나는 고개를 돌린다. 나는 샘 케이드의 통나무집을 보고, 오래지 않아 그 보상을 받는다. 빛바랜 청바지와 무늬가 없는 회색 티셔츠를 입고 다시 밖으로 나오는 그를 본다. 그는 문을 잠그고—두 자물쇠를 건다— 천천히 우리를 향해 걸어 내려온다. 순찰 경관들은 아직 저지선을 설치하지 못했지만 사실 그럴 필요는 없다. 샘은 곧장 걸어와 내게서 몇 미터 떨어진 곳에 멈춘다. 우리는 말이 없고, 그는 청바지 주머니에 손을 넣은 채 몸을 앞뒤로 흔들며 내가 아닌 호수의 까닥거리는 시체를 응시한다.

"누군가를 불러 드릴까요?" 그가 죽은 여자에게 묻듯 허공에 대고 묻는다. 나 역시 그를 보고 있지 않다. 두 사람 모두에게 기껍지 않은 대화다. 너무나 우리 두 사람답다.

"그러기엔 좀 늦은 것 같군요." 죽은 여자와 나 모두에게 해당하는 말이다. 피난처를 구하리라는 어떤 희망도 없이 세상에 노출된 우리 둘은 길을 잃고 표류한다. 하지만 곧 우리가 어떤 식으로든 비슷하다고 여긴 자신이 부끄럽다. 나는 사디스트의 손에서 몇 시간, 어쩌면 몇 날을 고통받다가 그의 손에 죽는 끔찍한 경험을 하지 않았다. 나는 그런 사디스트와 결혼했을 따름이다. "프레스터 형사에게 말했지만, 그가 코너와 래니를 잘 돌보는지 확인해 주면 좋겠군요. 그 말이 샜어요, 샘. 우리가 어디 있는지. 당신이 그랬나요?"

그가 완벽히 자연스럽게 느껴지는 갑작스러운 태도로 내게 주의를 돌린다. 나는 그가 깜짝 놀라며 일으킨 감정의 변화를 본다. "내가 뭘 했다고요?"

"당신이 인터넷에 우리 신상 정보를 흘렸어요?"

"물론 안 그랬습니다!" 그는 눈살을 찌푸리며 그렇게 툭 내뱉고, 난 그 말을 믿는다. "난 그런 짓은 안 합니다, 그웬. 무슨 일이 있어도. 당신이든 아이들이든 그런 위험에 내몰지 않았습니다."

난 고개를 끄덕인다. 타당한 용의자이긴 하지만 정말 그가 한 짓이라고 생각하지 않는다. 아니, 나는 익명으로 마땅한 정의를 구해 보겠다고 결심한 노턴 경찰서의 어떤 똑똑한 얼간이를 떠올린다. 사무원일 수도 있다. 프레스터 형사에게 도착한, 내 옛 신원에 대한 연쇄 정보를 쥔 누군가. 난 정말로 그들을 탓할 수조차 없다. 아무도 멜빈 로열을 잊지 않았다.

멜빈의 조력자 역시 아무도 잊지 않았다. 사람들은 남자 연쇄살인범에게 어떤 광적이고 불건전한 끌림을 느끼는 반면, 공범인 여성은 훨씬 더 증오하는 경향이 있다. 그것은 여성 혐오와 독선적인 분노, 다른 이들은 안 되지만 이 여자는 망가트려도 괜찮다는 단순하고 맛있는 사실이라는 독이 들어간 수프다.

난 결코 무죄가 아닐 테니 무죄가 된 것을 절대 용서받을 수 없다.

샘은 다시 시선을 돌리고, 나는 다소 비이성적이게도 그가 내게 무언가를 말하고 싶어 한다고 생각한다. 뭔가를 털어놓고 싶어 한다고. 그는 말없이 몸을 앞뒤로 조금 더 흔들다가 고개를 젓고 우리 집을 향해 걷기 시작한다.

프레스터 형사가 돌아보지도 주의를 돌리지도 않고 말한다. "케이드 씨. 당신하고도 이야기를 나눌 필요가 있을 겁니다."

"프록터 씨 집에서 절 찾으시면 됩니다." 그가 말한다. "아이들이 괜찮은지 보러 가는 중입니다."

프레스터가 밀어붙일지 말지 고민하는 모습이 보이지만 그는 그것을 기다릴 수 있다고 마음먹는다. 지금 큰 물고기가 대기 중이다. 일시에 살을 발라 낼 수 있지 않은 이상 잡고 있어 봐야 소용없다.

재빨리 래니에게 샘을 들여보내도 괜찮다는 문자를 보내자 그가 문에 다다랐을 때 딸은 문을 활짝 열고 그의 품 안으로 뛰어든다. 코너도 뛰어든다. 아이들이 얼마나 쉽게 그를 환영하는지 놀라는 한편 약간 찔린 듯한 아픔이 느껴진다.

처음으로 내가 아이들 삶의 일부로 계속 남는 것이 그들을 적극적으로, 끊임없이 망가트리는 게 아닌지 의구심이 든다. 너무나 중요하고 너무나 끔찍한 그 질문은 숨을 멎게 한 뒤 목 안에서 고통스럽게 부푼다. 그 질문은 이제 내 손을 떠났을지 모른다. 아이들을 사회복지 시스템에 빼앗기고 나는 다시 아이들을 볼 수 없을지 모른다.

그만해. 넌 그가 원하는 대로 생각하고 있어. 무기력한 희생자처럼. 네가 이룬 걸 그자가 가져가게 두지 마. 그걸 위해 싸워.

천천히 눈을 감으면 고통과 근심이 사라지리라. 호흡이 편안해져 눈을 뜨자 프레스터 형사가 시체를 발견한 두 사람의 심문을 끝내는 모습이 보인다. 그가 나에게 다가온다.

나는 기다리지 않는다. 나는 몸을 돌려 그의 세단을 향한다. 허를 찔린 그가 선착장 나무 바닥에 급히 놀리는 구두 소리를 내지만 그는 나에게 틀린 방향이라고 말하지 않는다. 그가 내게 따로 질문하고 싶어 한다는 것을 안다.

나는 조수석 뒷자리에, 그는 운전석 뒷자리에 앉는다. 그리고 나는 천천히 한숨을 쉬며 따뜻한 싸구려 좌석 커버에 몸을 맡긴다. 갑자기 피로감이 몰려온다. 동물적인 감각은 여전히 두려움을 느끼지만 일어날 일이 무엇이든 지금 내가 바꿀 수 없다는 것을 안다.

"당신은 당신에 관한 정보가 인터넷상에 올라 있다고 말했습니다." 프레스터가 말한다. "이야기를 시작하기 전에 내가 한 짓이 아니라는 걸 알길 바랍니다. 우리 서의 누군가가 그랬다면 찾아내서 엉덩이에 구멍을 하나 더 내 줄 겁니다."

"고마워요." 내가 말한다. "하지만 지금 그게 도움이 될까요?"

그는 그렇지 않다는 것을 안다. 그리고 잠시 주저하더니 그는 주머니에서 디지털 녹음기를 꺼내 켠다. "노턴 경찰서 소속, 프레스터 형사. 오늘 날짜는……," 그가 시계를 확인하는 모습에 나도 모르게 우습다고 생각하지만 그는 날짜 기능이 있는 빈티지 시계를 차고 있다. "구월 이십삼일. 일곱 시 삼십이 분. 지나 로열로도 알려진 그웬 프록터를 인터뷰 중. 프록터 씨, 당신의 권리를 읽어 드리겠습니다. 형식절차일 뿐입니다."

물론 그렇지 않다. 그리고 나는 쓴웃음이 나온다. 미란다원칙을 수도 없이 외워 온 남자가 웅얼웅얼 줄줄이 권리를 나열하는 동안 나는 듣는다. 그리고 그가 끝마치자 나는 그가 설명한 권리들을 이해한다고 말한다. 우리 둘은 기본적인 절차를 기쁘게 해치운다. 이런 일에 익숙한 두 사람.

프레스터의 목소리가 낮고 조용히 웅얼대는 소리로 바뀐다. "그웬이라고 부르는 편이 좋습니까?"

"그게 내 이름이에요."

"그웬, 오늘 아침 당신 집 현관에서 보이는 호수에서 두 번째 시체가 발견됐습니다. 당신 이력에 비추어 볼 때, 당신은 이 상황이 상당히 나쁘게 보인다는 걸 알아야 합니다. 당신 남편은 멜빈 로열이고, 그는 매우 특별한 과거가 있는 사람입니다. 우리가 호수에서 첫 번째로 발견한 여자는 묘한 우연일지도 모르고, 나도 그렇게 인정할 겁니다. 하지만 두 구의 시체? 둘은 계획적입니다."

"내 계획은 아니에요." 내가 말한다. "형사님, 당신은 나에게 수백만 가지 질문을 수백만 가지 방식으로 할 수 있지만 나는 내가 아는 모든 걸 솔직히 말할 생각이에요. 비명을 들었어요. 그 소리에 침대에서 벌떡 일어났죠. 나와 아이들은 동시에 방에서 나왔어요. 애들이 보증할 거예요. 나는 무슨 일이 일어났는지 보려고 여기로 나왔고, 보트에 탄 두 사람과 물속에 있는 시체를 봤어요. 그게 내가 이 상황에 대해 아는 전부예요. 첫 번째 시체에 관해서는 이보다도 아는 게 없어요."

"그웬."프레스터의 목소리에는 실망한 아버지 같은 책망이 담겨 있다. 나는 지능적인 그의 전략을 높이 산다. 다른 형사들이라면 거칠게 달려들었겠지만 그는 본능적으로 나를 무장해제하는 법, 내가 대답을 회피하는 방법을 모른다는 것을 안다. 그것은 친절이다. "우린 둘 다 그걸로 끝나지 않을 거란 걸 알지 않습니까? 자, 처음으로 돌아갑시다."

"그게 시작이었어요."

"오늘 아침 말고요. 당신이 이렇게 훼손된 시체를 봤던 처음으로 돌아갑시다. 나는 재판 기록을 읽고, 구할 수 있는 모든 재판 영상을 봤습니다. 그날 당신이 집 차고에서 뭘 봤는지 압니다. 어떤 느낌이었습니까?"

인지 테크닉. 그는 내가 정신적 충격을 받은 때로 데려가 그 무기력한 공포를 다시 체험시키려는 중이다. 나는 잠시 시간을 갖고 나서 말한다. "내 모든 삶이 땅 밑으로 꺼지는 것 같았어요. 여태 지옥에서 살아왔으면서 전혀 몰랐던 것 같은 느낌. 소름이 끼쳤어요. 그런 건 본 적도 없었어요. 상상조차 한 적 없었어요."

"그리고 당신 남편이 그 살인뿐 아니라 다른 것들에 대해서도 유죄라는 걸 깨달았을 때는요?"

나는 목소리에 날을 세운다. "내가 어떻게 느꼈을 것 같아요? 그리고 여전히 어떻게 느낄 것 같아요?"

"저야 모르죠, 프록터 씨. 이름을 바꿀 정도로 나빴나 보군요. 아니면 사람들이 당신을 괴롭히는 걸 막을 수 있어서 바꾼 것뿐이지도 모르고요."

그를 응시하지만, 그가 그 의미를 축소했다 하더라도 물론 그의 말이 옳다. 평범한 세상, 정상적인 세상에 존재하는 대부분의 사람들에게 인터넷 군중의 위협을 진지하게 받아들이는 것은 나약의 징후다. 프레스터도 다르지 않으리라. 나는 불현듯 샘이 아이들과 함께 있어서 매우 다행이라는 생각이 든다. 전화가 울리기 시작하면 그가 욕설 공세를 처리할 수 있다. 그는 그 전화의 강도와 숫자에 충격을 받을 것이다. 대부분이 그러듯.

난 이상하게 공허하고, 신경을 쓰기에 너무나 지친 느낌이다. 그동안 들인 모든 노력과 돈을 생각하고, 어쩌면 그 멍청한 놈들이 전력을 다하도록 캔자스에 눌러 있어야 했다고 생각한다. 모든 게 같은 식으로 끝난다면, 왜 모든 시간과 에너지를 안전한 새 삶을 만드는 데 쏟아부었단 말인가?

프레스터가 내게 뭔가를 묻고 있었고, 나는 그 질문을 놓쳐 다시 말해 달라고 해야 했다. 그는 참을성이 많아 보인다. 훌륭한 형사는 항상 참을성이 많아 보인다. 적어도 처음에는. "지난주에 뭘 하셨는지 하루씩 말해 주십시오."

"언제부터 시작하죠?"

"지난 일요일부터 시작하죠."

시작하기에 뜬금없는 날이지만 나는 따른다. 그것은 어렵지 않다. 내 생활은 보통 정신없이 이어지지 않는다. 시체의 상태로 보아 두 번째 피해자는 일요일쯤 실종된 것 같다. 나는 빠짐없이 말하지만 설명함에 따라 결정을 해야 한다는 것을 깨닫는다. 엘더레이도에 있는 멜빈을 만나기 위해 내가 탄 비행 편이 그 시간대에 떨어진다. 프레스터에게 연쇄살인범 전남편을 면회했다고 말해야 할까? 그에 관해 거짓말을 하고 들키지 않길 바라야 할까? 그것은 진정 선택 사항이 아니라는 것을 깨닫는다. 그는 유능한 형사다. 캔자스에 면회자 기록을 확인할 것이고 내가 멜을 보러 간 적이 있다는 것을 알게 될 것이다. 더 나쁘게는 시체가 나타나기 직전 내가 그를 면회했다는 것을 알게 될 것이다.

좋은 선택은 없다. 보이지 않는 어떤 힘이 나를 밀어붙이고 있든지 간에 이 순간은 역시 계획되어 있었다는 느낌이 든다. 나는 내 손을 내려다보다가 고개를 들어 세단의 앞 유리창 밖을 응시한다. 이 안은 후덥지근하고, 오래되고 퀴퀴한 커피 냄새가 난다. 취조실로 가면 이보다 더 심할 것이다.

난 고개를 돌려 프레스터를 쳐다보고 그에게 엘더레이도에 면회 간 일에 대해, 그가 우리 집에서 곧 발견할 멜빈 로열의 편지들에 대해, 계속해서 나를 노리는 협박과 욕설들에 대해 이야기한다. 나는 그것들을 극적으로 만들지 않는다. 흐느끼거나 몸을 떨거나 그에게 어떤 나약함을 보이지 않는다. 그래 봤자 그는 상관도 하지 않을 것이다.

프레스터는 이미 그것을 전부 다 알고 있었다는 듯 끄덕인다. 아마 알았을 것이다. 아니면 대단한 도박사일 뿐이거나. "프록터 씨, 이제 경찰서로 가셔야겠습니다. 이해하시겠습니까?"

나는 고개를 끄덕인다. 그가 뒤에서 수갑을 꺼낸다. 수갑은 그의 허리 뒤쪽 벨트에 달린 낡고 오래된 케이스에 들어 있고, 나는 별다른 항의 없이 돌아서서 그가 그것을 채우게 한다. 그는 수갑을 채우면서 살인 혐의로 나를 체포한다고 말한다.

놀랐다고는 말하지 못하겠다.

화가 났다고조차 말하지 못하겠다.

◆　◆　◆

취조는 몽롱하다. 몇 시간째 계속된다. 맛없는 커피와 물을 마시고, 이곳에 언제부터 있었는지 모를 차가운 칠면조 치즈 샌드위치를 먹는다. 너무 피곤해서 잠이 들 뻔하다가 마침내 무감각한 상태가 사라지고 두려움을 느낄 수 있게 되자 너무 두려워 속에서 끊임없이 차가운 폭풍이 치는 것처럼 느껴진다. 그 뉴스가 아직 알려지지 않았다고 해도 그것은 시간문제일 뿐이고 하루도 안 돼 세상에 나돌 것이다. 24시간 보도되는 뉴스는 나를 벌하려는 수천 명의 열성적인 신참들에게 폭력의 식욕을 끊임없이 돋운다.

내 아이들은 취약한 상태로 노출되었고, 그것은 내 잘못이다.

이 시점에서 내가 고수하는 이야기는 모두 진실이다. 첫 번째 여자가 사라진 날, 시내에서 나를 봤다고 맹세하는 증인들이 있다고 한다. 래니가 정학당하고 잔뜩 먹기 위해 나와 래니가 들렀던 제과점에서 그녀도 먹고 있었다고 한다. 난 그녀—아이패드를 갖고 구석 자리에 앉아 있던 문신이 있는 젊은 여자—에 대해 기억나는 게 거의 없다. 나는 딸애와 내 사소한 문제들 외에 누구에게도 신경을 쓰지 않았다.

제과점을 나선 그녀를 본 사람이 아무도 없다는 생각에 등골이 서늘해진다. 누군가가 그녀를 주차장에서 납치했다면 아마 우리가 아직 안에 있었던 동안에 그랬거나 우리가 떠난 직후에 그랬으리라.

그런 짓을 한 자가 누구든 그자는 우리를 죽 지켜봤을 것이다. 더 나쁜 것은, 그들은 안전하게 납치할 수 있는 희생자에게 접근할 기회를 기다리며 우리를, 나를 따라다녔을 것이라는 점이다. 그렇다고 하더라도 그것은 굉장한 위험이 따르는 데다 아마추어가 할 수 있는 일이 아니었다. 작은 마을에서조차, 특히 작은 마을에서 사람들은 평소와 다른 점을 주목한다. 벌건 대낮에 여자를 납치한다는 것은…….

무언가가 내 머릿속에 끼어든다. 뭔가 중요하지만 그것을 생각하기에는 너무나 피곤하다. 프레스터는 다시 처음부터 시작하기를 원한다. 나는 위치토에서 도망 나온 후의 내 삶을 살펴본다. 첫 번째 여자가 사라진 시간부터 두 번째 여자가 호수에 뜰 때까지 내 행적을 자세히 기술한다. 그에게 전남편과 했던 대화를 기억나는 대로 모두 말한다. 그 어느 것도 그에게 전혀 도움이 되지 않지만 나는 애를 쓰고 있고, 그도 인정한다는 것을 안다.

문을 노크하는 소리가 들리고, 또 다른 형사가 또 다른 샌드위치와 탄산음료를 건넨다. 프레스터에게도 건넨다. 함께 먹으며 그는 가벼운 대화를 시도한다. 나는 그럴 기분이 아닌 데다 그것이 관심이 아니라 심문 기술이라는 것을 알아차린다. 말없이 샌드위치를 다 먹고 심문으로 돌아가려는 참에 다시 노크 소리가 들린다.

또 다른 경찰이 문을 열고 머리를 들이밀자 프레스터가 얼굴을 찌푸리며 의자에 몸을 묻는다. 모르는 얼굴로, 그 역시 흑인이지만 프레스터보다 한참 젊다. 대학을 갓 졸업한 듯 보인다. 그가 나를 흘끗 보고 형사에게 주의를 돌린다. "죄송합니다." 그가 말한다. "진전이 있습니다. 이걸 들어 보셔야 할 것 같습니다."

프레스터는 짜증이 난 듯 보이지만 테이블을 밀치고 그를 따라 나간다.

문이 닫히기 전에 복도로 이끌리는 누군가를 본다. 흘끗 봤을 뿐이지만 수갑을 찬 백인이라는 것을 파악하고, 누구인지 생각도 하기 전에 즉각적으로 아는 사람을 떠올린다.

누구인지 알았을 때 의자에 몸을 깊이 묻은 나는 반쯤 비운 콜라 캔을 와락 움켜쥐고 소리가 나게 우그러뜨린다.

대체 왜 샘 케이드가 수갑을 차고 여기 있는 거지?

그렇다면 아이들은 대체 어디 있는 거야?

9

취조실 문은 물론 잠겼고, 나는 문을 두드리며 소리를 질러 보지만 목소리가 갈라지고 손가락 관절이 빨갛게 될 때까지도…… 아무런 응답이 없다.

마침내 문이 열리고 내가 문밖으로 나가지 못하게 몸을 들이민 사람은 프레스터다. 나는 그와 닿지 않는다. 한 걸음 물러서서 숨을 몰아쉬며 거친 목소리로 으르렁거리며 말한다. "아이들은 어디 있죠?"

"잘 있습니다." 그가 등 뒤로 문을 닫으며 달래는 어조로 나지막이 말한다. "자, 자, 프록터 씨. 앉아요, 앉아. 당신은 피곤한 상태입니다. 당신이 알아야 할 걸 모두 말씀드리겠습니다."

나는 나도 모르게 의자에 몸을 묻고 긴장한 상태로 경계하며 허벅지 위에서 손을 꽉 움켜쥔다. 그는 잠시 나를 응시하다가 자리에 앉아 팔꿈치를 기댄다. "자, 그럼. 조금 전 케이드 씨가 연행된 걸 보셨을 테죠."

나는 끄덕인다. 그에게 눈길을 고정한다. 필사적으로 그의 의중을 읽을 수 있기를 바란다. "그랬나요—샘이 우리 애들에게 무슨 짓을 했나요?"

프레스터의 얼굴이 살짝 펴지다가 이내 딱딱해진다. 그가 고개를 젓는다. "전혀 아닙니다, 그웬. 애들은 잘 있습니다. 애들한테는 아무 일 없습니다. 아이들은 무슨 일이 일어나고 있는지, 자신들이 지금 어떤 처지인지 몰라 겁을 좀 먹은 겁니다."

"그럼 왜 샘을 데려온 거예요?"

프레스터가 이번에는 오랫동안 응시하며 나를 살핀다. 나는 그가 손에 파일을 들고 있다는 것을 깨닫는다. 아까 들고 있던 게 아니다. 이번 파일의 겉표지는 담황색이다. 아직 라벨도 붙어 있지 않다.

그는 테이블 위에 파일을 놓지만 펼치지 않는다. 그가 말한다. "샘 케이드에 대해 정확히 뭘 아십니까?"

"난······," 나는 그에게 그냥 말하라고 비명을 지르고 싶지만 게임을 해야 한다는 것을 안다. 그래서 난 목소리를 고르고 말한다. "그의 뒷조사를 해 봤어요. 신용 조사니 그런 것들을. 나와 아이들 곁에 있을 사람이라면 누구든 그렇게 해요. 그는 깨끗했어요. 그가 말한 대로 아프가니스탄에서 복무했던 사람이었어요."

"그건 모두 사실입니다." 프레스터가 내게 말한다. 그는 폴더를 열고 공식 군용 사진을 꺼낸다. 빳빳하게 주름을 잡은 파란 공군 유니폼을 입고 있는, 조금 젊고 조금 덜 덥수룩한 샘 케이드. "훈장을 수여받은 헬기 조종사. 이라크와 아프가니스탄에 네 번 파병. 귀향해 사랑하는 여동생이 죽은 것을 발견." 그는 이제 내 폴더를 펼친다. 철사 올가미에 매달려 죽은 여자의 악몽 같은 사진을 꺼낸다. 갑자기 나는 다시 그곳, 햇빛이 내리쬐는 엉망이 된 잔디 위에 서 있다. 부서진 멜의 성소聖所인 차고를 응시하며, 썩은 살의 악취를 맡으며 눈을 감지 않으려고, 그 광경에서 숨지 않으려고 안간힘을 쓴다.

"이 여자는," 프레스터가 두툼한 손가락으로 사진을 툭 치며 말한다. "케이드의 여동생, 캘리입니다. 당신이 그녀를 놓친 건 놀라운 일이 아닙니다. 케이드가 여덟 살, 여동생은 고작 네 살 때 차 사고로 고아가 됐죠. 두 사람은 각각 위탁 가정으로 보내졌습니다. 케이드는 부모의 성姓을 지켰지만 동생은 아니었습니다. 그녀는 입양되어 오빠를 알지도 못한 채 자랐죠. 두 사람은 케이드가 배치를 받았을 때 편지를 주고받기 시작했습니다. 그는 정말 고국으로 돌아가 동생과의 재회를 고대했을 겁니다. 그리고 조국을 위해 봉사하고 돌아와 이런 일을 마주했습니다."

나는 입안이 바짝 말랐다. 나는 그 연결 고리에 얼마나 근접했던가. 아무것도 나타나지 않았던 검색 결과를 떠올린다. 그는 웹상에 자신의 이름이 뜨지 않도록 애를 썼으리라. 이름이 뜨지 않게 하기 위해 누군가를 고용했거나.

샘 케이드는 나를 스토킹해 왔다. 이제 그에 관한 의문을 품지 않는다. 그는 내가 온 후 그 통나무집으로 이사 와 시간을 둔 뒤 나와 마주치려 했다. 그는 그 만남을 자연스러워 보이게 했다. 그는 우리 집 문턱 안으로, 내 삶 속으로, 아이들의 삶 속으로 들어오는 데 성공했고, 난 아무것도 알아차리지 못했다.

토하고 싶었다. 그웬 프록터는 새로운 사람이 아니었다. 그녀는 얼굴이 괜찮고 편안한 미소를 띤 남자의 말이라면 뭐든지 믿을 준비가 된 지나 로열의 2.0버전이었을 뿐이다. '난 그를 애들과 함께 뒀어. 맙소사. 하느님 저를 용서하소서.'

숨을 쉴 수가 없다. 나는 내가 아주 빠르게 숨을 들이마시는 것을 깨닫고 머리를 수그려 호흡을 조절하려 애쓴다. 약간 어지럽다. 프레스터 형사가 자리에서 일어나 돌아 나올 때 의자가 긁히는 소리가 들리고, 그의 손이 내 등에 부드럽게 얹힌다. "진정해요." 그가 내게 말한다. "진정하고, 이제 천천히 숨을 쉬어요. 숨을 깊이 들이마셔요. 내쉬고. 좋아요."

난 그의 충고는 무시하고 헐떡이며 묻는다. "그가 무슨 짓을 했죠?" 분노야말로 내게 필요한 것이다. 분노는 나를 안정시키고, 땅에 내려놓으며, 공황 상태에서 빠져나올 수 있도록 목적과 힘을 준다. 나는 몸을 바로 하고 눈을 깜빡여 눈물을 참는다. 프레스터가 한 걸음 물러선다. 그가 지금 내 얼굴에서 보는 게 무엇일지 궁금하다. "그 사람 짓이에요? 샘이 저 여자들을 죽인 거예요?" 그 이상 완벽할 수 없기 때문에. 지나 로열이 연쇄살인범에게 빠지다니. 두 번이나. 내 타입이 따로 없다고는 말 못 하겠다.

"그걸 조사 중입니다." 프레스터가 말한다. "요는, 케이드 씨가 흥미 있는 인물이라는 거고, 그래서 우리가 심문 중이라는 겁니다. 이렇게 급작스럽게 당신이 그 사실을 알게 돼 유감이지만, 알고 싶은 게 있습니다……."

"그가 어떤 사람이었는지 내가 알고 있었냐는 거겠죠." 내가 퉁명스럽게 받아친다. "젠장, 물론 몰랐어요. 알았으면 애들과 함께 놔뒀겠어요, 내가?"

나는 그가 그 말을 머릿속에서 굴리고 있다는 것을 안다. 내가 알았다면 피해자의 핏줄을 내 삶에, 내 집에 기꺼이 들일 리 없다. 프레스터는 샘 케이드와 내가 이 일을 공모했다는 시나리오를 짜 보려

하지만 아귀가 맞지 않을 뿐 아니라, 그 아귀는 빌어먹을 같은 퍼즐에서 나온 것도 아니다. 그는 내가 사건에 연루되었다고 시사하고 징역형을 선고하려는 미친 의도로 나나 샘이 그 여자들을 죽였다고 생각하거나…… 우리 둘 다 그러지 않았다고 생각하거나 둘 중 하나다. 그러나 우리는 공모하지 않았다. 그가 늘어놓은 사실들에 의하면 아니다.

프레스터는 이것이 전혀 마음에 들지 않는다. 나는 그가 애쓰고 있다는 것을 안다. 나는 버번위스키 한 병과 하루 휴가가 필요한 사람처럼 보이는 그를 탓하지 않는다.

"케이드가 한 짓이라면," 내가 그에게 말한다. "그를 족쳐요. 제발, 그렇게 하라고요."

그가 한숨을 쉰다. 그는 또 하루의 힘든 날을 맞고 있고, 그는 그렇다는 것을 안다. 그는 다시 페이지를 획획 넘기며 그 파일을 읽고, 난 그가 생각하게 내버려 둔다.

그가 마침내 자리에서 일어나 파일과 사진들을 한데 모은다. 그가 결정을 내렸다는 걸 알 수 있다. 아니나 다를까 그가 나를 위해 연 문을 붙들고 말한다. "아이들은 복도를 내려가면 있는 오른쪽 휴게실에 있습니다. 샘이 당신 지프에 태워서 운전해 왔죠. 집으로 데려가세요. 하지만 이곳을 떠나지는 마십시오. 만약 그러면 FBI에게 당신을 쫓도록 하는 걸 내 사명으로 여길 거고, 당신의 남은 삶이 어떻든 망가트리고 말 겁니다. 알아듣겠습니까?"

난 고개를 끄덕인다. 그가 실제로 내게 어떤 호의도 베풀고 있지 않기 때문에 고맙다는 말은 하지 않는다. 그는 나를 붙들어 둘 만한 것이 거의 없고, 뭐든 있다 해도 괜찮은 피고 측 변호사—예를 들어

녹스빌에서 왔다고 치자―라면 땀 한 방울 흘리지 않고 그것을 쓰레기통에 처박아 버리도록 자신의 사건을 두들길 수 있다는 것을 깨닫는다. 특히 뻔히 보이는 곳에 숨은 샘 케이드가 있는 상황에서는. 맙소사, 그 순간 프레스터가 조금 안됐다는 생각까지 든다.

그러나 머뭇거리고 있을 만큼은 아니다. 난 곧바로 문밖으로 나가 노턴 경찰서의 작은 대기실을 서둘러 지난다. 그레이엄 경관이 서류를 작성하는 모습이 보이고, 그가 고개를 들어 지나치는 나를 본다. 휴게실 문에만 온통 마음이 가 있는 나는 고개를 끄덕이거나 미소 짓지 않는다. 투명한 유리로 된 휴게실 문에는 미니 블라인드가 삐딱하게 걸려 있고, 그 틈을 통해 하얀 정사각형 테이블에 의기소침하게 앉아 있는 래니와 코너가 둘 사이에 주둥이를 벌린 팝콘 봉지에 번갈아 손을 넣는 모습이 보인다. 아이들이 살아 있고, 무사하며, 다친 데가 없는 모습을 보고 너무 좋아 숨을 내쉬자 육체적인 고통이 따른다.

문을 열고 안으로 발을 내딛자 래니가 재빨리 일어나는 바람에 의자가 바닥 타일에서 밀려 넘어질 뻔한다. 딸은 내게 돌진하다가 내 품에 뛰어들기 전에 자신이 맏이라는 것을 기억한다. 대신 코너가 누나를 쏜살같이 지나쳐 나한테 뛰어들고, 나는 코너를 격하게 끌어안으며 한쪽 팔을 딸에게 뻗는다. 딸은 마지못해 받아들인다. 점차 몸 안에 퍼지는 안도감이 더 달콤하고, 따뜻하고, 다정한 무언가로 대체된다.

"그들이 엄마를 체포했군요." 래니가 말한다. 내게 얼굴을 묻어 목소리가 작아졌지만 그녀는 고개를 들고 나를 똑바로 보며 나머지 말을 한다. "그들이 왜 그런 거예요?"

"그들은 엄마에게 책임이 있을지도 모른다고 생각해서……."

내가 미처 다 말하기도 전에 딸이 끼어든다. "그 살인들 때문에."

그녀가 말한다. "당연해요. 아빠 때문이죠." 그녀는 마치 그것이 세상에서 가장 논리적인 결론이라는 듯 말한다. 아마 그러리라. "하지만 엄마가 그런 게 아니었어요."

그녀는 당연하다는 듯이 그렇게 판결을 내리고, 난 딸의 무조건적인 믿음에 사랑이 벅차오른다. 보통 래니는 내 동기들을 수상쩍게 여기기에, 내가 그녀를 이해하려기보다 그녀가 나를 인정했다는 것에 더 많은 의미가 있다.

코너가 내 몸에서 떨어지며 말한다. "엄마, 경찰이 와서 우리를 데려왔어요! 난 가서는 안 된다고 했는데, 누나가……."

"누나가 우린 경찰과 바보 같은 싸움은 하지 않을 거라고 했죠." 래니가 보충한다. "우린 싸우지 않았어요. 게다가 엄밀히 말하면 경찰은 우리를 잡으러 온 게 아니었어요. 그들은 우리를 거기에 남겨둘 수 없었던 것뿐이에요. 내가 지프를 가져오게 했어요. 그래야 나중에 집에 타고 갈 수 있으니까." 그녀는 잠시 머뭇거리며 다음 질문을 아무렇지 않게 보이려고 애쓴다. "음…… 그러니까 경찰이 왜 샘 아저씨하고 이야기하고 싶어 하는지 엄마에게 말했어요? 엄마가 그들에게 뭔가를 말해서 그런 거예요?"

난 아이들 아버지가 한 짓을 아이들에게 공개하고 싶지 않다. 얼마나 많은 사람을 죽였는지, 얼마나 많은 가정이 찢겼는지……. 그 자신의 가족을 포함해서. 하지만 동시에 설명하지 않을 수 없다는 것을 안다. 이제 아이들은 어리지 않고, 나는 이 상황이 우리 모두에게 훨씬 더 나빠지리라는 것을 본능적으로 안다.

그러나 아이들 앞에서 샘 케이드를 함부로 말하기가 꺼려진다. 아이들은 그를 좋아한다. 그리고 내가 보기에 그 역시 아이들을 좋아했다. 한편으론 그가 나를 좋아했다는 생각도 든다.

어쩌면 그는 두 여자의 목숨을 앗아 간 살인 모의의 일부인지 모른다. 나는 여전히, 지금도 샘이 그들을 죽였는지 알 수 없지만…… 슬픔과 분노와 고통이 누군가를 어떻게 한계 너머로 내모는지 쉽게 이해할 수 있다. 결코 그 이상 넘을 수 없다는 생각 이상으로. 나는 과거의 지나 로열을 파괴하고 그녀의 잿더미에서 나 자신을 다시 세웠다. 그는 자기 분노를 밖으로, 그의 가상의 적인 나에게로 표출하는 데 집중했다. 어쩌면 그 젊은 여자들은 목적에 도달하기 위한 냉혹한 군인의 계산에서 나온 부수적인 피해였는지도 모른다. 난 거의, 거의 그렇다고 믿는다.

"엄마?"

난 눈을 깜빡인다. 코너는 정말 걱정 가득한 눈으로 나를 보고 있고, 내가 얼마나 생각에 빠져 있었는지 궁금하다. 너무 피곤하다. 샌드위치를 먹었는데도 배가 고파 죽을 지경이고, 너무나 오줌이 마려워 화장실에 다다르기도 전에 방광이 터지지 않을까 싶다. 우습다. 아이들이 안전하다는 것을 알기 전에는 이 모든 것은 중요치 않은 사소한 것들이었다.

"집에 가는 길에 얘기하자." 코너에게 말한다. "잠깐 화장실 좀 들렀다가. 알았지?"

코너가 좀 미심쩍다는 듯이 고개를 끄덕인다. 아이는 샘을 걱정하는 듯하고, 또 아이의 마음에 상처를 주기 싫다. 하지만 이번 일은 내 탓이 아니다.

난 제시간에 화장실에 도착해 앉은 자리에서 몸을 떨며 소리 없이 운다. 손과 얼굴을 씻고 심호흡을 할 즈음 거울 속에서 나를 응시하는 얼굴이 거의 정상으로 보인다. 거의. 머리를 자르고 다시 염색해야 한다는 것을 깨닫는다. 흰머리가 조금씩 반갑지 않은 모습을 드러내기 시작했다. 재밌네. 늘 늙기 전에 죽을 거라고 생각했는데. 그것은 그 사건이 있었던 날을 목격하고 삶이 끝장났다고 여겼던 예전 지나의 속삭임이다. 어찌 되었든 순진하게 진실한 사랑의 힘을 믿었던, 자신이 의심할 여지 없이 좋은 여자라고 믿었던, 자신의 남편이 좋은 남자라고 믿었던 옛 지나를 증오한다. 그것은 그녀가 당연히 받을 만한 증오다.

이 모든 일을 겪은 후에도 내가 여전히 그녀와 아주 많이 닮았다는 것을 깨달은 지금, 더더욱 그녀가 싫다.

◆　◆　◆

집으로의 운전은 조용히 시작되지만 분위기가 무겁기만 하다. 아이들은 알고 싶어 한다. 나는 아이들에게 말하고 싶다. 어떻게 말을 꺼내야 할지 모를 따름이어서 손을 뻗어 지프의 라디오 스위치를 만지작거려 뉴 컨트리 뮤직, 서던 록, 올드 컨트리 뮤직을 거쳐 양철 두드리는 소리 같은 포크 뮤직이 나오자 앞으로 손을 뻗친 래니가 과단성 있는 손가락 펀치를 날려 스위치를 끈다. "이제 됐어요." 그녀가 말한다. "제발. 그냥 말해요. 샘 아저씨한테 무슨 문제가 있는 거예요?"

하느님 맙소사. 나는 그에 관한 말을 하고 싶지 않지만 비겁한 충동을 삼키고 말한다. "샘의 여동생 때문이야. 그러니까 샘은 자신이 말한 사람이 아니었어. 뭐, 그는 자신이 말한 사람이긴 하지만 우리한테 있는 그대로 말하지 않았던 거야."

"말도 안 돼요." 코너가 말한다. 아이 말이 옳을 것이다. "잠깐, 호수의 여자가 샘 아저씨 여동생이에요? 샘 아저씨가 자기 여동생을 죽였어요?"

"야!" 래니가 날카롭게 말한다. "여동생 죽이기로 비약하지 말자고, 응? 샘 아저씨는 아무도 죽이지 않았어!"

내가 왜 전에는 이 모습을 못 봤는지 궁금하다. 지금 딸의 얼굴을 한 번 흘끗 보는 것만으로 아이가 성이 나 있고 동요한 데다 정말로 방어적이라는 것을 알 수 있다. 딸애는 그레이엄 경관에게 빠졌었지만 이것은 다르다. 내가 읽은 것은 연상에 대한 반짝 사랑이 아닌 욕구다. 샘은 그녀의 삶에 소리 없이 강하고 친절하고 한결같이 존재한 사람이었던가? 그는 그녀가 가졌어야 할 아버지의 차선책이다.

"그래." 나는 딸에게 말하며 팔을 뻗어 그녀의 손을 잠깐 꼭 쥔다. 딸이 나처럼 긴장한 것이 느껴진다. "물론 샘은 그러지 않았어. 코너, 그들이 그를 경찰서로 데리고 간 건 그가 우리와 연관이 있다는 걸 발견했기 때문이야. 이전부터."

래니가 나에게서 떨어져 차 문에 기댄다. 코너 역시 긴장을 풀고 앉는다. "전부터요?" 아들이 조용히 묻는다. 목소리가 약간 떨린다. "그러니까, 엄마 말은 우리가 다른 사람이곤 했을 때도요?"

"그래." 나는 가책을 느끼며 내가 아이들을 또 다른 사람으로 이끌지 않아도 되는 것에 안도감을 느낀다. "우리가 캔자스에 살았을 때였어. 그의 여동생…… 그의 여동생은 너희 아버지가 죽인 사람들 가운데 한 명이었어."

그의 여동생이 마지막 피해자였다는 말은 하지 않는다. 그것은 어떻든 상황을 더 악화시키는 말이다.

"오." 래니가 작은 목소리로 말한다. 공허하게 들린다. "그래서 아저씨가 우리를 따라 여기로 온 거군요. 아닌가요? 아저씨는 진짜 우리 친구가 아니었어요. 우리를 지켜보려고 했던 거죠. 아빠가 한 짓 때문에 화가 나서 우리를 해치려고."

오 하느님. 딸애가 그자를 아빠라고 불렀어. 나를 깊이 벤 그 말이 나를 고통스럽게 한다. "얘야……,"

"누나가 옳아요." 코너가 뒷좌석에서 말한다. 백미러로 흘끗 보자 아이는 창밖을 내다보고 있고, 한순간 아이가 그의 아버지처럼 오싹하게 보인다. 너무 오래 응시해서 호수로 가는 굽은 길을 오를 때 살짝 벗어난 차선을 바로잡아야 했다. "아저씨는 우리 친구가 아니었어요. 우리한테는 친구가 없어요. 그렇게 생각한 우리가 바보였죠."

"야, 그건 아니지." 래니가 말한다. "너하고 지질한 게임 하는 괴짜 군단이 있잖아. 그리고 그레이엄 집안의 카일하고 리는 어떻고? 게네가 맨날 너한테 뭐든 같이 하자고 하잖아……."

"난 친구가 없다고 말했어. 그냥 게임이나 같이 하는 애들이 다야." 코너가 말한다. 전에 없이 아이의 목소리에 날이 섰고, 난 그게 마음에 들지 않는다. 전혀. "그레이엄 형제도 싫어. 개들이 또 때릴까 봐 어울리는 척하는 것뿐이야."

딸애 표정을 보건대 그녀도 이 순간까지 코너의 마음을 몰랐다. 코너는 샘에게는 털어놓았을 것이고, 그에게 배신감을 느끼자 코너의 비밀은 더 이상 비밀이 아니게 되었다. 나는 몸이 굳는다. 그레이엄 형제가 주위에 있으면 코너가 뻣뻣하게 있던 모습이 떠오른다. 처음에 핸드폰을 어떻게 잃어버렸는지 말하면서 둘 중 한 명이 가져간 게 틀림없다며 코너가 경고했던 말이 떠오른다. 그 일에 대해 따져 묻지 않은 나 자신을 원망한다. 사건이 연달아 생기고 멜이 무슨 짓을 꾸미고 있는지 걱정하느라, 그리고 살인 사건까지 일어나서 난 그만 잊어버렸다. 내 아들을 실망시키고 말았다.

샘이 코피가 터지고 멍든 아이를 발견했을 때 그것은 그레이엄 형제가 한 짓이었다.

난 이를 악물고 남은 거리 동안 한마디도 하지 않는다. 래니와 코너 역시 말할 의사가 없어 보인다. 나는 집으로 들어가는 진입로 입구에서 차를 멈추고 기어를 주차에 놓은 다음 아이들에게 고개를 돌린다. "우리에게 생겼던 나쁜 일을 엄마가 고칠 수는 없어. 그건 그냥 일어난 일이야. 엄마는 그게 누구 잘못인지 모르고 더 이상 상관하지 않아. 하지만 너희에게 한 가지는 약속할게. 엄마가 너희를 돌볼 거야. 둘 다. 만약 누가 너희를 해치려고 한다면 먼저 엄마부터 통과해야 할 거야. 알아듣지?"

아이들은 알아듣지만 그들 안의 무언가는 여전히 팽팽하게 긴장한 채 누그러지지 않는다. 래니가 말한다. "엄마가 늘 여기 있지는 않잖아요. 그러려고 하신다는 건 알지만, 어떤 때는 우리가 서로를 보살펴야 해요. 그러니까 엄마가 그 암호를 나한테 알려 주면……,"

"래니. 안 돼."

"하지만……,"

딸이 바라는 게 뭔지 안다. 총 금고 암호. 그리고 난 그걸 알려 줄 생각이 없다. 절대 내가 바라는 바가 아니다. 난 절대 아이들을 총잡이, 싸움꾼, 소년병으로 키우고 싶지 않다.

내게 그들을 보호할 힘이 있는 한 그것을 허락하지 않을 것이다.

힘든 침묵 속에 지프의 기어를 넣고 집 진입로의 자갈을 밟으며 올라간다.

헤드라이트가 집을 비출 때, 피가 보인다. 처음으로 눈에 띈 게 그것이다. 차고 문의 선명한 빨간 얼룩. 나선형으로 튄 방울들. 세게 브레이크를 밟자 우리 모두 안전띠에 내쳐진다. 할로겐 등에 비친 그것이 아마도 피가 아닌 것 같다고 깨닫는다. 너무 빨갛고 너무 짙다. 그것은 아직 마르지 않은 채 불빛에 번들거린다. 어쨌든 지켜보자 몇몇 방울은 여전히 흘러내리는 중이다.

생긴 지 오래되지 않았다.

"엄마." 코너가 속삭인다. 난 아이를 보지 않는다. 난 지금 우리 창문과 현관문 위의 벽돌을 가로질러 휘갈겨진 글들을 응시하고 있다.

살인자

나쁜 년

쓰레기

도살자

창녀

엿 먹어라

죽어

"엄마!" 코너의 손이 내 어깨를 쥐었고, 나는 공황 상태에 빠져 정말 두려워하는 아들 목소리를 듣는다. "엄마!"

나는 지프를 후진해 자갈을 튀기며 도로를 향해 진입로를 내려간다. 가로막고 있는 차들 때문에 브레이크를 밟아야 한다. 두 대. 먼지하나 없는 새것 같은 메르세데스 SUV와 진흙을 걷어 내면 빨간색일, 바퀴가 큰 더러운 트럭. 두 차가 우리를 가로막고 있다.

언덕 위에 사는 조용하고 멋진 커플 조핸슨 부부. 이곳에 이사 왔을 때 나는 내 소개를 했다······. 그들은 자기네 SUV 안에 있으면서 나를 쳐다보지 않는다. 우연히 내 빌어먹을 진입로를 막고 있는 것처럼 길만 바라보고 있다. 자기들은 관련이 없다는 듯이.

진흙투성이 빨간 트럭 안의 개자식과 그의 친구들은 그런 거리낌이 없다. 그들은 주목받아 희희낙락한다. 확장한 운전석에서 그들 중세 명이 내리고 있고 또 다른 세 명은 짐칸에서 어기적어기적 기어나오는 중이다. 몸을 가누지 못하는 것으로 보아 술에 취했고 상당히흥분한 상태다. 그들 중 한 명을 알아본다. 사격장에서 본 적 있는, 하비에르가 불량한 행동 때문에 출입을 금지한 얼간이 칼 게츠.

그들이 우리를 향해 걸어오기 시작하고, 나는 한기를 느끼며 나와함께 있는 아이들과 무기의 부재를 깨닫고, 맙소사, 경찰들은 동네의치안을 위한 순찰차 한 대 남길 신경조차 쓰지 않았다는 것을 깨닫는다. 프레스터의 선한 의도라는 게 이 정도다. 그에게 그런 게 있기나 했다면. 끌려갔다 나온 지 하루도 안 돼 벌써 우리는 생명의 위협을 느낀다.

이것이 내가 지프를 모는 이유다.

나는 기어를 거칠게 저단으로 놓고 잠시 경사면을 올라갔다가 경사가 급한 울퉁불퉁한 곳을 향해 돌이 묻혀 있거나 튀어나와 있는 잡초밭을 가로질러 가파른 경사를 내려간다. 최악의 곳을 피해 가지만 트럭 운전사와 일행이 우르르 트럭에 타는 모습을 보고 속도를 올려야만 한다. 트럭 역시 사륜구동이다. 전속력으로 우리를 쫓을 것이다. 나는 우리 사이의 거리를 떨어트릴 필요가 있다.

총이 있었으면. 간절히 생각한다. 지금 뒷좌석 금고에는 무기가 없다. 하비에르와 차를 바꾸려고 총을 치웠다. 상관없어. 자신에게 말한다. 물건에든 사람에든 의지하는 것은 좋지 않다. 처음이든 마지막이든 항상 자신에게 의지해야 한다. 그것이 멜이 가르쳐 준 교훈이다.

첫째, 안전한 곳으로 가야 한다. 둘째, 전열을 가다듬는다. 셋째, 무슨 일이 있더라도 아이들을 이곳에서 빼낸다.

난 거의, 거의 안전한 길에 다다른다.

그 일은 이렇게 일어난다. 잡초가 빽빽이 우거진 곳에 숨은, 튀어나온 바위를 피하느라 나는 핸들을 급하게 꺾어야 하고, 그러는 동안 오른쪽 바퀴가 눈에 띄지 않았던 넓은 배수로에 빠진다. 차체가 기울며 잠시 심장이 멈춘 순간 나는 전복 사고의 높은 발생률에 대해 생각한다. 이내 차는 튕겨 올랐다가 래니의 갑작스러운 비명이 내 귀를 때리기도 전에 제자리를 되찾고, 나는 생각한다. 우린 괜찮아.

우리는 괜찮지 않다.

왼쪽 바퀴가 반쯤 묻힌 돌덩이에 부딪혀 비스듬히 튕겨 나가면서 차가 휙 방향을 튼다. 금속성의 으스러지는 충돌 소리가 들리고 내 손에서 벗어난 운전대가 마구 흔들리면서 거칠게 뛰어오른다. 심장이 꾸준히 스타카토 레이스로 쿵쾅거리는 가운데 난 다시 단단히 운전대를 붙잡고, 차축이 부러진 것을 깨닫는다. 앞바퀴와 운전대가 말을 듣지 않는다.

나는 다음 바위를 피할 수 없다. 그 바위는 지프의 후드 중앙을 박

살 낼 만큼 크고, 우리는 멍이 들 만큼 세게 안전띠에 걸려 앞으로 솟구친다. 그리고 내 얼굴에 무언가가 거세게 닿는 충격과 압축가스 타는 냄새로 에어백이 터진 것을 안다. 얼굴이 아프고 흐르는 피의 뜨거움과 마찰을 느낀다. 고통보다는 놀라움이 더 크지만 내 첫 본능은 나에게 일어난 일이 아니다. 난 좌석에서 몸을 틀어 미친 듯이 래니와 코너를 살핀다. 둘 다 멍한 듯하지만 괜찮다. 래니는 살짝 훌쩍이는 소리를 내며 코를 살피듯 만진다. 피가 흐르고 있다. 나는 울먹이며 아이들에게 질문을 퍼붓지만—너희 괜찮니, 얘야 괜찮아?— 나는 대답을 듣지조차 않는다. 나는 걱정스럽게 코너를 보면서 피가 흐르는 딸의 코에 대려고 휴지를 한 움큼 쥔다. 코너는 래니보다 멀쩡한 것 같지만 이마에 붉은 자국이 생겼다. 오므라든 하얀 실크 에어백이 축 늘어져 아이의 어깨에 걸쳐 있다. '사이드 커튼 에어백.' 나는 기억해낸다. 래니의 것도 터졌고, 그것이 그녀의 코에서 피가 나고 있는 이유다.

내 것도 터졌을 것이다. 관심 없다.

우리가 뜻하지 않은 사고를 당한 게 아니라는 것과 술 취한 남자들이 잔뜩 탄 트럭이 우리를 쫓아 같은 경사면을 타고 있다는 것을 기억해 낼 만큼 마음을 가라앉힌다. 망했다. 나는 아이들을 심각한 위험에 빠트렸다.

그리고 나는 그것을 바로잡아야 한다.

서둘러 지프에서 빠져나오다가 거의 떨어질 뻔한다. 문에 걸린 나는 하얀 셔츠 앞자락으로 들쭉날쭉하게 굵은 핏방울이 떨어지는 것을 깨닫는다. 상관없다. 머리를 흔들어 핏방울을 날리고 더듬더듬 지프의 뒤로 나아간다. 나에게는 두 가지가 있다. 쇠로 된 타이어 지렛대와, 스위치를 켜면 백색과 붉은색으로 정신없이 점멸하는 비상등. 이 비상등에는 찢어지는 듯한 경보음 기능까지 내장돼 있다. 지난주에 막 교체했기 때문에 배터리는 쌩쌩하다. 난 그 비상등과 무거운 쇠 지렛대를 쥐고 다시 운전석 문이 쾅 닫히기 전에 핸드폰을 찾아 좀 더 침착해 보이는 코너에게 던진다. "구일일에 전화해." 코너에게 말한다. "우리가 공격당하는 중이라고 말해. 문은 다 잠그고."

"엄마, 거기 밖에 있지 마세요!" 코너는 그렇게 말하고, 난 아이가 문을 잠그지 않을까 봐 걱정이다. 아이가 주저하면서 시간을 끌까봐. 그래서 나는 차 문을 열고 잠금장치를 단단히 누른다. 그리고 나서 코너와 래니, 차 키를 안에 두고 창문을 모두 올린다.

난 오른손에 쇠 지렛대, 왼손에는 다용도 비상등을 들고 돌아서서 픽업트럭이 더 가까이 오기를 기다린다.

트럭은 다가오지 못한다. 언덕 반쯤 아래에서 그들은 뭔가에 부딪혀 옆으로 미끄러지고, 트럭이 비탈면에서 균형을 잃고 쓰러질 때 뒷좌석의 남자들이 소리를 지르며 밖으로 몸을 던지는 모습을 지켜본다. 한 사람이 어디가 부러지거나 심하게 꺾인 듯 비명을 지르지만 다른 두 사람은 술에 취한 사람처럼 어기적거리며 일어선다. 트럭은 끼이이이익 금속성 소리를 내며 구르고 심벌즈가 내는 소리와 함께 유리창이 산산조각이 나지만 계속해서 언덕을 내려가지는 않는다. 트럭은 모로 눕고, 운전자가 액셀에서 발을 뗄 분별도 없는 것처럼 타이어가 헛돌고, 엔진은 여전히 으르렁거린다. 안에 있는 세 사람이 도와 달라고 소리 지르기 시작하고, 트럭 짐칸에서 나와 여전히 꼿꼿이 서 있던 두 사람이 안에 있는 이들을 도우려고 허둥지둥 움직인다. 그들은 트럭의 중심을 거의 잃게 해 비탈 더 아래로 굴러떨어지게 한다. 코미디가 따로 없다.

갑자기 시동이 걸린 조핸슨네 SUV가 서둘러 쌩하고 도로로 나선다. 자신들이 주최한 파티에 늦었다는 게 막 기억났다는 듯이. 그들은 피를 보고 기절할 듯 놀랐으리라. 내 피에도. 그들이 경찰을 부르지 않을 거란 걸 알지만 전혀 관심 없다. 코너가 이미 전화했다. 내가 해야 할 일은, 나 자신에게 다짐하지만, 사이렌 소리와 함께 경광등이 보일 때까지 누구든 적의를 품고 달려드는 사람을 바쁘게 만드는 것이다. 난 아무것도 잘못한 게 없다.

어쨌든, 아직은.

술 취한 사내 중 하나가 무리에서 떨어져 나와 나를 향해 다가오고, 그것이 사격장의 칼이라는 사실이 대단히 놀랍지는 않다. 하비를 모욕했던 자. 그가 내게 뭐라고 소리를 질러 대지만 나는 사실상 듣고 있지 않다. 총을 가졌는지 확인하려고 애쓸 뿐이다. 총을 가졌다면 망했다. 그는 그가 선 곳에서 나를 죽일 수 있을 뿐 아니라 내가 손에 든 쇠 지렛대로 자신을 공격했기 때문에 정당방위였다고 주장할 수 있다. 나는 앞으로 일이 어떻게 돌아갈지 충분히 추측할 수 있을 만큼 노턴을 잘 안다. 우리 애들이 증언한다 해도 저 개자식이 풀려나는 데는 5분도 채 걸리지 않을 것이다. 생명의 위협을 느꼈다고 말하겠지. 사악한 겁쟁이들의 일반적 방어책. 문제는 그것이 정당하게 겁을 먹은 사람의 방어책이기도 하다는 것이다. 나 같은.

안도. 총을 가진 것 같지는 않다. 적어도 나한테는 보이지 않고, 저 자식은 그걸 숨기며 내숭 떠는 타입이 아니다. 총이 있다면 그것을 휘둘러 내 쇠 지렛대를 진짜 위협적인 물건으로 만들었을 것이다.

그가 자리에서 멈춘다. 그리고 내가 자신을 쳐다보게 하려고 코너가 지프 유리창을 두드리고 있다는 것을 깨닫는다. 나는 흘끗 쳐다보는 위험을 감수한다. 아이 얼굴은 극도로 창백하다. 코너가 지르는 소리가 들린다. "경찰에 전화했어요, 엄마. 지금 오는 중이에요!"

네가 그랬다는 거 알아, 아가. 내가 그렇게 할 수 있는 마지막일지도 모르기에 난 아이에게 미소, 진짜 미소를 짓는다.

이내 나는 술 취한 남자에게 시선을 돌린다. 그의 친구 하나가 지금 우리를 향하자 난 말한다. "저리 꺼져."

두 사람은 웃음을 터트린다. 막 다가온 자는 조금 더 키가 크고 조금 더 체격이 크지만 술도 더 취해 발밑의 구르는 돌에 첫 번째 남자에게 매달려야 한다. 폭력을 못 휘둘러 안달 난 키스톤 캅스20세기 초 코미디 무성영화에 등장하는 우왕좌왕하는 경찰들.

"우리 트럭을 망가트리다니." 그가 말한다. "그 값을 치러야 해, 가증스러운 계집."

뒤쪽 전복된 트럭에서는 조수석 문이 탱크의 해치처럼 삐걱하고 올라가고 있지만 탱크와는 달리-이 바보들에게 그 사실을 알려 줄 수도 있지만- 자동차 문은 뒤로 젖혀지거나 옆으로 젖히도록 고안되어 있지 않다. 문을 위로 밀어젖혀 밖으로 나오려는 시도는 문이 경첩 끝까지 열렸다가 그걸 민 사람에게 공격적인 속도로 다시 내려오게 한다.

그는 손가락이 으스러지기 직전에 꽥 비명을 지르며 트럭에서 손을 뗀다. 내가 똥을 쌀 만큼 겁을 먹지 않고, 아무 죄도 없는 두 아이를 책임지고 있지 않았다면 그 모습이 웃겼겠지만 이 얼간이들은 자신들 몸조차 책임지지 못하고 있다.

나와 대면한 두 놈이 덤벼들려고 하자 나는 스위치를 켜 비상등의 충격 기능을 작동시키며 그들이 내게 다가오지 못하도록 그것을 그들에게 겨눈다. 그것은 여전히 얼굴에 들이댄 벽돌 같다. 앞에 있는 자는 말할 것도 없고 뒤에 있는 자도 견디기 힘들 정도로, 믿을 수 없을 만큼 밝은 불빛이 불규칙하게 번쩍거리고 소리가 고막을 찢는다.

칼과 그의 친구가 입을 벌리고 도저히 못 들어 줄 만큼 시끄럽게 미친 듯이 비명을 지르며 엉덩방아를 찧는다. 격렬히, 환상적으로 솟구치는 아드레날린이 쇠 지렛대로 이자들을 후려치고 싶은 충동을 들게 한다. 이 개자식들이 다시는 내 아이들을 위협하지 못하게 확실하게 해 두고 싶다.

그러나 그러지 않는다. 거의 그럴 뻔하지만 프레스터가 옳다는 것을 증명할 뿐이라는 생각이 나를 자제하게 한다. 내가 살인자라는 증명. 내 손에 이 지역 사람의 피를 묻히는 것. 내가 쓰러진 이자들을 친다면 그들은 나에게 해를 끼친 누군가에게 재빨리 무죄 선고를 내린 것처럼 재빨리 나에게 수갑을 채울 것이다. 그런 생각들이 이 상황을 영원히 끝장내는 대신 사이렌을 울리는 점멸등을 든 나를 서 있게 한다.

점멸하는 빛 때문에 앞이 보이지 않음에도 코너가 창문을 내리고 내 팔을 잡아 경찰이 오고 있다는 것을 안다. 아이가 가리키는 대로 저 아래 도로로 시선을 돌리자 경광등 불빛으로 밤을 가르는 순찰차 한 대가 멈춰 선다. 점멸등이 놀랄 정도로 선명한 초록빛 덤불과 뼈처럼 창백한 돌을 일렁일렁 비추는 가운데, 두 사람이 차에서 내려 나를 향해 힘겹게 언덕을 오르기 시작한다.

나는 비상등의 방어 모드를 끄고 미친 듯이 침을 뱉으며 정신을 못 차리는 두 주정뱅이에게 할로겐 불빛을 고정한다. 그들은 여전히 귀에 손을 대고 있다. 한 놈은 몸을 구부리고 멀건 맥주를 게워 내지만 다른 한 놈─칼─은 내게 시선을 고정한다. 나는 그 눈빛에서 증오를 본다. 거기에는 이성이 없다. 따라서 안전을 장담할 수 없다.

"경찰이 오고 있어." 내가 말한다. 그가 몰랐다는 듯이─그리고 아마 몰랐을 것이다─ 주위를 훑어보는 모습에 순수한 분노가 일어 쇠지렛대를 다시 꽉 움켜쥔다. 이자는 나를 해치고 싶어 한다. 아마 죽이고 싶으리라. 그리고 자신의 분노를 아이들에게 풀고 싶으리라.

"넌 빌어먹을 창녀야." 그가 말한다. 지렛대로 놈의 이를 날려 버리면 얼마나 통쾌할지 생각한다. 놈은 170센티미터의 키에 지독한 입 냄새를 풍기며 제 몸도 못 가누는 자고, 내가 놈을 끝장낸다 해도 세상에서 빛이 사라질 거라고 생각되지 않는다. 그러나 이자를 사랑하는 사람들도 있으리라.

나조차도 그 정도는 있다.

제일 먼저 내 옆에 온 사람은 그레이엄 경관이다. 그를 봐서 기쁘다. 키도 덩치도 큰 그는 마음만 먹는다면 거의 누구의 척추든 분지를 수 있다고 겁을 줄 것처럼 보인다. 그는 상황을 살피며 얼굴을 찡그리고 말한다. "대체 무슨 일입니까?"

내가 먼저 이야기를 하는 게 최선이기에 재빨리 입을 연다. "이 얼간이들은 그다지 우호적이지 않은 방문을 하기로 마음먹었죠." 내가 말한다. "이자들이 우리 집 진입로를 막았어요. 누군가가─아마 이들이겠죠─ 우리 집을 파손했고요. 들판을 가로지르려 했지만 돌덩이에 부딪혀 운전대가 망가졌어요. 선택의 여지가 없었어요. 이놈들이 아이들에게 가까이 오지 못하게 해야 했으니까요."

"거짓말쟁이 넌……,"

그레이엄이 내게 눈을 떼지 않고 주정뱅이에게 손을 뻗는다. "클레어몬트 경관이 진술서를 받을 거요." 그가 놈에게 말한다. "케즈?"

오늘 밤 그레이엄의 파트너는 머리를 바짝 깎은, 키가 크고 마른 흑인 여자로, 활기가 넘치고 허튼 구석이 없다. 그녀는 두 주정뱅이를 넘어진 트럭 저편으로 데려간 다음 운전석에 갇힌 세 사람과 언덕 위쪽의 뼈가 부러진 사람을 위해 구조대와 구급차 한 대를 요청한다. 그들은 혀가 꼬인 새된 목소리로 경황없이 주절대는 중이다. 그녀가 즐거울 거라고는 상상할 수 없다.

"그러니까 이 모든 일이 아무 이유도 없이 벌어졌다는 말씀이군요." 그레이엄이 말한다.

나는 고개를 돌려 그를 보고 나서 코너가 연 창문 안으로 몸을 숙여 아이 이마에 키스한다. "래니? 넌 괜찮니?"

그녀는 내게 엄지손가락을 들어 보이고, 코피를 멈추려고 머리를 뒤로 젖힌다.

"그 쇠 지렛대는 내려놓는 게 어떻습니까?" 그레이엄의 건조한 목소리에 나는 내가 여전히 위협에 직면해 있는 것처럼 지렛대를 꽉 움켜쥐고 있다는 걸 깨닫는다. 엄지손가락 역시 비상등의 충격 기능 버튼에 놓여 있다. 나는 한 치 앞도 볼 수 없는 절벽에서 뒷걸음치는 듯한 긴장을 누그러트리며 둘 다 지프 옆에 내려놓고 거기서 두어 걸음 떨어진다. "그래요. 시작이 좋습니다. 자, 당신은 이자들이 당신을 막았다고 했습니다. 그들과 말다툼을 했습니까?"

"알지도 못하는 사람들이에요." 난 말한다. "하지만 내 전남편에 대한 정보가 샌 것 같군요. 경관님도 알 테죠."

그는 그다지 드러내지 않지만 그의 시선 깊은 곳에서 뭔가가 꿈틀거리는 게 보이고 입매가 팽팽해진다. 그는 의도적으로 입매에 힘을 뺀다. "당신 남편이 유죄 판결을 받은 살인자라고 알고 있습니다."

"전남편이죠."

"음. 제가 알고 있는 게 맞는다면 연쇄살인범이고요."

"제대로 아시네요." 내가 말한다. "말은 빨리 퍼지죠. 이런 조그만 마을에서라면 그럴 거예요. 난 프레스터 형사에게 아이들에 대한 일종의 보호 요청을 했……."

"그 일을 하러 오는 길이었습니다." 그가 내게 말한다. "우리는 오늘 밤 집 앞에 순찰차를 댈 참이었습니다."

"그때쯤이면 페인트가 다 말랐겠군요."

"페인트요?"

"여기 일이 끝나면 가 보세요. 바로 알게 될 거예요." 그에게 말한다. 나는 완전히 방전됐다. 충돌로 생긴 통증이 이제 느껴지기 시작한다. 안전띠에 눌려 접질린 듯 왼쪽 어깨가 결린다. 목이 뻣뻣하고 이제 미간의 콧대에 둔한 통증이 인다. 적어도 코피가 멈춰 코의 어딘가가 부러지지는 않은 것 같고, 만져 보니 콧대가 어긋난 느낌은 없다. 난 괜찮은 듯하다. 당한 일에 비하면 낫다. "이건 일 라운드일 뿐이에요. 그래서 보호가 필요하다고 말씀드린 거고요."

"프록터 씨, 당신을 쫓은 여섯 남자 중 적어도 넷이 다쳤다는 걸 생각하셔야 할 겁니다." 그레이엄이 불쾌하지 않게 말한다. "이번 라운드는 당신이 이겼다고 할 수 있을 것 같군요. 점수를 매긴다면요."

"안 매겨요." 나는 그렇게 말하지만 거짓말이다. 저 거지 같은 픽업트럭이 냉각수를 땅속으로 흘려보내며 옆으로 누워 있어 기쁘다. 그들 중 넷이 부상을 치료하느라 다시 찾아올 생각은 못 할 것 같아

기쁘다. 다시는 이런 짓을 못 할 만큼 부상이 심하지 않은 게 유감일 따름이다. "날 체포하지 않으시는군요."

"그럴 거라고 의심조차 하지 않으셨잖습니까."

"제대로 된 변호사라면 당신을 개밥으로 만들 거예요. 술 취한 얼간이 여섯에게 공격당한 애들과 있는 엄마를? 정말요? 삼십 분 내로 난 트위터에서 떠오르는 영웅이 될 거예요."

그가 한숨을 쉰다. 저 아래 철썩대는 호수의 물결 소리와 어우러지는 길고 느린 한숨이다. 공기가 순환을 시작할 만큼 차가워지면서 수천 명의 유령이 달아나는 것처럼 물에서 안개가 피어오르기 시작한다. 죽은 자의 호수. 나는 그런 생각을 하며 호수를 보지 않으려 애쓴다. 내게 스틸하우스 레이크의 아름다움은 망쳐졌다. "그래요." 그레이엄이 마침내 입을 연다. "당신을 체포하지 않습니다. 저들을 사유재산 침해와 저기 있는 바비 영감을 음주 운전으로 체포할 겁니다. 만족합니까?"

만족하지 않는다. 나는 저들 모두가 폭행죄로 체포되기를 원했고, 그 말은 그의 입에서 들썩이지조차 않는다.

내게서 그런 항의가 터져 나오려 하는 모습을 봤는지 그가 선수를 쳐 한 손을 들고 말한다. "봐요, 저들은 당신에게 손 하나 대지 않았습니다. 적어도 저들 중 한 명은 차가 전복된 것을 보고 여기에 도우러 왔고, 당신이 피해망상으로 그걸─대체 그게 뭔지 모르겠지만─자신들에게 쐈다고 주장할 수 있다는 걸 생각해 낼 만큼 술에 취하지 않았습니다. 우리가 페인트에서나 그들에게서나 트럭에서 어떤 증거를 발견하지 않는 한 그들은 당신 집 낙서에 대해 전혀 아는 바가 없다고 주장할 수 있……."

"낙서? 그건 뱅크시영국의 미술가 겸 그라피티 아티스트 아트가 아니에요!"

"그렇다면 좋습니다. 기물 파손. 그러나 요점은 그들이 스토킹이나 폭행과 관련된 모든 걸 충분히 부정할 수 있다는 겁니다. 그리고 쇠 지렛대를 들고 있던 사람은 당신이고요. 내가 말할 수 있는 한 그들 은 무장을 하지 않았습니다."

6 대 1의 싸움에서 무기는 필요치 않고, 그도 그걸 알지만, 물론 그의 말이 옳다. 변호는 양쪽에 똑같이 적용된다.

힘이 빠진 나는 전복된 지프에 기댄다. "레커차가 필요해요."그에게 말한다. "그거 없이 이 지프는 어디도 못 갈 거예요."

"수배하겠습니다."그가 말한다. "그동안 애들을 데리고 집으로 돌아가시죠. 침입한 자가 없는지 확인하고요."

그런 사람이 없다는 걸 안다. 경보 시스템이 모바일 알림을 보내기 때문에 만약 경보기가 꺼지면 난 즉시 태블릿으로 누가 왔었는지 영상을 되돌려 볼 수 있다. 깨진 창문도 없고 문을 발로 찬 흔적도 없지만, 그렇다고 해도 지금 아이들을 데리고 빨간 페인트가 여전히 뚝뚝 떨어지는 집으로 돌아가는 것만은 피하고 싶다. 그들은 고의로 특정한 패턴으로 페인트를 흩뿌릴 장소를 위해 차고를 골랐을 것이다. 멜빈이 어디서 그 소름 끼치는 작업을 하길 좋아했는지 내게 상기시키려고.

그러나 정말 선택의 여지가 없다. 그레이엄의 표정으로 보아 그는 오늘 밤 우리를 노턴에 있는 어느 모텔에든 데려다주지 않을 것이고, 프레스터 형사에게 전화한들 답이 나오지 않을 거라는 강한 의구심이 든다. 지프가 망가졌기에 내 유일한 옵션은 타인의 친절에 기대는 것인데…… 나는 그것을 고려하기조차 두렵다. 가장 가까이 사는 이웃은 조핸슨 부부지만 우리 진입로를 막는 것을 도운 사람들이다. 샘 케이드는 처음부터 내게 거짓말을 했다. 예비 보안관보인 하비에르 는 역시 내 전화를 받지 않을 것이다.

난 열린 지프의 창으로 손을 뻗어 도어록을 푼 다음 자동차 키를 회수하고 래니가 내리는 것을 돕는다. 래니의 코피는 거의 그쳤다. 코가 부러진 것 같지는 않지만 멍이 남을 것이다. 우리 모두 그렇겠지. 내 잘못이다.

나는 딸을 꼭 붙들고, 우리 셋은 천천히 그레이엄 경관을 따라 더 는 우리 집처럼 느껴지지 않는 집을 향해 언덕을 오른다.

10

그레이엄 경관이 부지런히 피해 현장의 사진을 찍는다. 그 빨간색
은 피가 아니다. 그것은 여전히 선명한 빨강이고, 피였다면 지금쯤은
산화돼 갈색으로 변했을 것이다. 단어들 대부분은 스프레이로 분사
되었고, 도살자만 붓으로 써 페인트가 뚝뚝 흘러내리게 했다. 잠긴 현
관문을 열고 경보기를 해제하자 그레이엄이 집 전체를 철저히 확인
한다. 그는 아무것도 찾아내지 못하지만, 다시 한번 말하자면, 난 그
가 찾지 못할 것을 알았다.

"이상 없습니다." 그가 거실에 있는 우리에게 돌아와 권총을 허리
의 총집에 넣으며 말한다. "당신 총을 주셔야겠는데요, 프록터 씨."

"영장 있나요?" 내가 묻는다. 그가 나를 쏘아본다. "그렇다면 드릴
수 없어요. 협조를 거부합니다. 영장을 받아 오세요."

그의 표정은 변함이 없지만 몸짓은 그렇지 않다. 그의 몸이 약간
다가오며 공격적인 기미를 띤다. 나는 그것을 본다기보다 감지한다.
코너가 차 안에서 한 말을 떠올린다. 내 아들을 때린 애들은 바로 그

레이엄 형제였다. 그들이 아버지에게서 정확히 뭘 배웠는지 궁금하다. 난 이 남자를 믿고 싶다. 배지를 찬 그는 나와 곧 나에게 들이닥칠 성난 이들 사이의 한가운데에 서 있는 유일한 사람이다. 그러나 그를 보면서 그를 믿는 모험을 해도 되는지 확신이 서지 않는다.

내가 더 이상 누구도 믿을 수 없는 것이겠지. 내 판단력은 맛이 간지 오래다.

"좋습니다." 그레이엄은 분명 그렇게 생각하지 않으면서 그렇게 말한다. "문 잠그시고 경보기를 켜 두십시오. 경찰서에도 울립니까?"

왜요. 그래서 무시하려고? "바로 울려요." 내가 말한다. "전원이 차단돼도 울리고요."

"그렇다면 안전실은……?" 난 아무 말도 하지 않고 그를 바라보기만 한다. 그가 어깨를 으쓱한다. "당신이 그 안에 있을 때 도움받을 방법이 있는지 확인하는 겁니다. 당신이 안전실 안에 있는지 우리가 모르면 도울 수 없으니까요."

"거기에는 전화선이 따로 있어요." 내가 말한다. "우린 괜찮을 거예요."

그는 내가 가고자 하는 길의 아주 멀리까지 갔다는 것을 안다. 그리고 그는 마침내 고개를 끄덕이며 현관으로 향한다. 문을 열고 그를 배웅하며 나는 엉망이 된 곳을 보지 않으려 애쓴다. 일단 문이 닫히자 조금쯤은 모든 게 정상인 것처럼 행동할 수 있다. 경보기 암호를 입력하자 '상황 유지 중'이라는 신호의 부드러운 소리가 나 자신이 떨고 있는 줄도 몰랐던 내면의 무언가를 진정시킨다. 모든 잠금장치를 잠그고 문을 등진다.

래니는 세운 무릎에 팔을 두르고 소파에 앉아 있다. 다시 방어적인 자세. 코너는 누나에게 기대 있다. 딸의 뺨에 핏자국이 있고, 나는 부엌에서 젖은 타월을 가져와 딸의 뺨을 부드럽게 닦는다. 내가 닦기를 마치자 딸이 그 타월을 가져다 나를 위해 조용히 같은 행동을 한다. 난 그렇게 피가 많이 묻은 줄 몰랐다. 하얀 타월이 선명한 빨간색으로 물들 정도로. 닦을 필요가 없는 유일한 사람은 코너다. 그래서 나는 타월을 옆으로 치우고 아이들과 나란히 앉아 그들을 안고 천천히 몸을 흔든다. 우리 중 누구도 꺼낼 말이 없다.

누구도 그럴 필요를 느끼지 못한다.

마침내 나는 더러워진 타월을 들고 싱크대로 가서 그것을 찬물에 헹군다. 래니는 오렌지 주스를 통째로 들고 와 몹시 목이 말랐던 듯 벌컥벌컥 들이켠다. 딸이 마시고 나자 코너가 주스 통을 받아 든다. 아이들에게 컵을 사용하라고 말할 힘조차 없다. 난 그저 고개를 젓고 많은 양의 물을 마신다. "뭐 먹고 싶니?" 아이들에게 묻는다. 두 아이 모두 됐다고 중얼거린다. "그래. 가서 눈 좀 붙여. 엄마가 필요하면, 엄마는 샤워하고 오늘 밤은 여기 거실에서 잘 거야. 알았지?"

아이들은 놀라지 않는다. 아이들은 내가 무죄 판결을 받고 우리가 캔자스를 떠나기 전, 내가 어떻게 매일 밤 셋집의 을씨년스러운 거실 낡은 소파 위에서 옆에 총을 둔 채 잠들었는지 분명히 기억할 것이다. 벽돌이 날아와 유리창이 깨지고, 한번은 불은 나지 않고 스르륵 꺼졌지만 화염병이 날아온 적도 있었다. 기물 파손은 우리가 다시 이사할 때까지 끊임없는 이어진 삶의 현실이었다.

그리고 그때 내가 안 것은 지금과 마찬가지로 이웃들의 도움에 기댈 수 없었다는 것이다. 혹은 경찰이나.

샤워는 지옥 같은 하루를 보내고 잠시 한숨을 돌리는 달콤하고 평범하고 따뜻한 천국 같다. 젖은 머리를 수건으로 말리고 새 스포츠 브라와 속옷을 입는다. 그러고 나서 내가 가진 것 중 가장 보드라운 운동복 바지와 극세사 셔츠, 양말을 찾는다. 운동화만 빼고 가능한 한 옷을 다 입고 있으려 한다. 운동화는 비상시 끈을 풀지 않고 바로 신을 수 있도록 신축성 있는 끈이 달린 것을 갖추고 있었다. 소파는 충분히 편안하고, 총은 총구를 나와 멀리해 손을 뻗어 쥘 수 있는 곳에 넣어 둔다. 피해망상증에 걸린 너무나 많은 사람이 안전장치를 거는 데 실패했다.

놀랍게도 난 잠에 빠져들고, 꿈도 꾸지 않는다. 아마 너무나 피곤해서. 아침 커피가 다 내려졌다는 자동 커피메이커의 부드러운 알림 소리에 잠이 깨고, 나는 혼미한 정신으로 내가 다시 체포되면 저 망할 기계를 끄라고 래니에게 말할 것을 마음에 새긴다. 밖은 아직 어둡다. 나는 어깨 권총집을 찾아서 셔츠 위에 걸치고 권총을 꽂은 뒤 커피를 따르러 간다. 양말 바람이어서 소리가 나지 않는다. 복도 끝문이 끼익 열리는 소리가 난다.

래니다. 한눈에 딸이 잠을 많이 못 잤다는 것을 안다. 딸은 이미 검은색 카고 바지, 해골이 그려진 반쯤 찢어진 회색 티셔츠 사이로 짧은 탱크톱이 보이는 옷을 갖춰 입고 있다. 2년 후에는 안에 긴 탱크톱을 입으라고 그녀와 싸워야 할 것이다. 빗질을 했지만 곧게 펴지지 않아 살짝 웨이브 진 머리가 움직일 때마다 빛을 받아 반짝인다. 불그스름하던 눈 밑의 멍이 거의 갈색에 가까운 짙은 진홍색으로 변했고, 코는 약간 붓긴 했지만 걱정했던 것만큼은 아니다.

얼굴이 상했는데도 딸아이는 아름답기 그지없고, 나는 예기치 못한 고통에 숨을 고르면서 설탕을 넣은 커피를 분주히 휘저으며 그

감정을 비치지 않는다. 왜 그런 감정을 느끼는지조차 알 수 없다. 딸이 또다시 다치기 전에 세상을 파괴하고 싶은 뜨거운 감정이 치민다.

"비키세요." 래니가 짜증을 내서 나는 그녀가 선반에서 컵을 휙 잡아채도록 자리를 비킨다. 그녀는 컵을 확인하고—열두 살 때 셋집에 있던 컵에서 바퀴벌레를 발견한 후에 생긴 반사적 행동— 커피를 콸콸 붓는다. 딸은 블랙커피를 좋아해서가 아니라 그렇게 마셔야 한다고 생각해서 그것을 마신다. "그래요. 우린 아직 살아 있네요."

"아직 살아 있지." 내가 동의한다.

"사이코 순찰대, 확인했어요?"

그 일을 하기가 두렵지만 딸이 옳다. 그것이 다음 단계다. "곧 할 거야."

딸이 냉소적으로 웃음을 터트린다. "학교는 안 가도 되겠네요."

그녀는 학교 가는 차림이 아닌 듯하고, 물론 딸애 말이 옳다. "학교는 안 가. 홈스쿨을 시작할 때인 것 같아."

"오, 네. 잘됐네요. 다시는 집 밖으로 나가지도 못하겠죠. 택배 하나 부치려면 그 전에 배달원 신원 조회부터 해야 하고요."

기분이 안 좋은 상태인 딸은 싸우고 싶어 안달이고, 나는 눈썹을 치켜세운다. "제발 그러지 마." 내가 말하자 그녀가 쏘아본다. "네 도움이 필요하구나, 래니."

그 말에 딸애는 쏘아보는 데다가 눈을 굴리기까지 한다. 10대 소녀만이 완벽히 통달할 수 있는 뛰어난 묘기가 아닐까 싶다. "맞혀 볼게요. 저더러 코너를 돌보라는 말이겠죠. 감시관으로서. 저한테 배지라도 주셔야 할걸요. 그리고……." 그녀가 내 어깨 권총집을 막연하지만 의미심장하게 가리킨다.

"안 돼." 내가 그녀에게 말한다. "나하고 같이 가서 이메일 검토하는 걸 도와줬으면 해. 네 노트북을 가져와. 어떻게 하는지 보여 줄 테니. 그리고 그걸 다 하면 다음 단계를 얘기해 보자."

잠시 할 말을 잃은 딸아이의 모습이 새롭다. 이내 컵을 내려놓은 딸아이가 커피를 꿀꺽 삼키고 말한다. "더 일찍 말씀하셨어야죠."

"그래." 내가 동의한다. "그러게. 하지만 정말 난 너한테 그런 건 영원히 보여 주고 싶지 않았어."

딸이 맞닥뜨릴 타락의 수준을 단계별로 서서히 적응시킬 힘든 아침 일이고, 그것들을 어떻게 골라내고 분류하는지 보여 준다. 딸에게 보낼 것을 나는 미리 심사한다. 강간 포르노나 살인 피해자들에게 우리의 얼굴을 합성한 사진은 안 된다. 그런 건 딸에게 보여 줄 수 없다. 곧 보게 될지도 모르지만 그것은 내가 어쩔 수 없어서이지, 내가 허락해서는 아니다.

증오의 쓰나미가 밀려오는 아침이고, 둘이서 그것을 가려내 다양한 학대 관련 기관에 보고하는 데도 아주 오랜 시간이 걸린다. 대부분은 꽤 평범한 것들이다. 살해 협박. 마침내 이메일 하나가 딸의 움직임을 멈추게 하고 마치 죽은 무언가를 만지기라도 한 듯 손을 들고 의자를 밀어 노트북에서 멀리 떨어진다. 그녀는 말없이 나를 보고, 난 딸애 안에서 이는 어떤 불꽃을 본다. 그 불꽃은 약간의 희망이다. 세상이 우리에게조차 여전히 친절할 수 있다는 약간의 믿음.

"그냥 말일 뿐이야." 딸에게 말한다. "키보드 앞에서 용감한 소인배들이 하는. 하지만 네가 어떻게 느낄지 엄만 알아."

"끔찍해요." 딸이 그녀가 되려고 애쓰는 성인이 아닌, 어린 소녀 같은 목소리로 말한다. 딸은 목을 가다듬고 다시 말을 잇는다. "이 사람들은 야비해요."

"그래." 딸 어깨에 손을 얹으며 내가 동의한다. "그들은 네가 자기들 말에 상처를 받든 말든, 네가 읽기나 하는지조차 신경 쓰지 않을 거야. 오로지 자신을 위해 쓰는 거야. 이걸 보고 두렵고 침범당한 느낌이 드는 건 당연해. 엄마는 늘 그렇게 느껴."

"하지만?" 딸은 그 말이 따라올 것을 안다.

"하지만 너한텐 파워가 있어." 딸에게 말한다. "언제든 이 컴퓨터를 끄고 자리를 뜰 수 있지. 그들은 화면상 픽셀이야. 그들은 지구 반 바퀴 떨어진 곳에 있거나 이 나라 반대편에 있을지도 모르는 개자식들이고, 그렇지 않다고 해도 마주칠 확률은 천문학적으로 낮아. 컴퓨터 화면 앞에서 소리를 지르는 것 외엔 절대 어떤 짓도 할 수 없을걸. 됐니?"

그 말이 딸을 안정시키는 듯하다. "알았어요." 그녀가 말한다. "그래도……. 그들이 그 확률을 깬다면요?"

"그래서 엄마가 있잖아. 엄마한테는 이게 있고." 나는 어깨 권총집을 두드린다. "엄마는 총을 좋아하지 않아. 엄마는 십자군 기사가 아니야. 총을 구하기가 더 힘들어져서 소몰이 막대나 야구방망이에 의지할 수 있으면 좋겠어. 하지만 우리가 사는 세상은 그렇지 않아. 그러니 네가 총 쏘는 법을 배우겠다면 그렇게 하자. 네가 싫다면 그것도 좋아. 총을 갖고 있으면 총에 맞을 확률이 훨씬 높아지니까 안 배우는 편이 좋지. 총구를 너한테 멀리하면서 이걸 뽑아. 집어넣을 때도 마찬가지고. 알겠니?"

그녀는 이해한다. 처음으로 딸은 내가 방패처럼 가지고 다니는 총을 위험하다는 듯이 본다. 좋다. 총이 답이라고 배워 온 사람에게는 냉엄한 교훈이다. 총은 문젯거리의 순수하고 단순하고 직접적인 답일 뿐이다. 누군가를 죽이는 것.

난 딸이 그런 상황에 놓이길 결코 바라지 않는다. 내가 그런 상황에 놓이길 바라지 않는다.

딸을 인터넷이 연결된 노트북 앞으로 보낸다. 코너가 하품을 하며 여전히 파자마 차림으로 문간에 나타났을 때 우리는 말없이 일하는 중이다. 코너는 어깨에 널찍하게 멍이 들었지만 그것 말고는 괜찮아 보인다. 코너는 우리에게 눈을 깜빡이고 손가락으로 빗질을 한다. "둘 다 일어났네." 코너가 말한다. "왜 아침이 없어요?"

"시끄러워." 래니가 반사적으로 말한다. "아기 났었네. 팬케이크 만드는 법 좀 배워. 무슨 로켓 만드는 과학도 아니잖아."

코너가 하품을 하며 내게 애처로운 표정을 짓는다. "엄마." 오늘 코너는 아이처럼 애지중지 보살핌을 받으며 안전하다는 느낌을 받고 싶어 한다. 정면 승부를 원하는 래니와는 반대로. 그리고 그것도 괜찮다. 코너는 더 어리고, 그것이 그의 선택이다. 래니의 선택 역시 괜찮다.

분노의 세찬 물줄기 샤워를 잠시 멈추고, 먹어 치워야 하는 신선한 피칸을 넣은 팬케이크 반죽을 휘저으러 간다. 그리고 놀랍게도 평상시와 같은 느낌으로 아침 식사 중일 때 훼손된 현관문을 단호히 두들기는 소리가 들린다.

나는 자리에서 일어난다. 래니가 벌써 포크를 내려놓고 의자에서 반쯤 일어섰지만 나는 래니에게 앉으라는 몸짓을 한다. 씹길 멈춘 코너가 나를 응시하고, 내 머릿속은 여러 가능성이 줄달음친다. 하필이면 오늘, 우리는 완전히 새로운 위험에 직면한다. 우체부일 수도 있다. 보자마자 내 얼굴을 날려 버릴 준비가 된 산탄총을 든 남자일 수도 있다. 문간에 훼손된 반려동물 사체를 남긴 누군가일 수도 있다. 보지 않고는 알 방법이 없어 태블릿을 가져와 부팅하려고 한 순간 그것이 먹통이 된 게 생각난다. 배터리가 방전됐다. 빌어먹을 테크놀로지.

"별일 아니야." 별일이 아닌지 알 도리가 없으면서도 나는 아이들에게 말한다. 현관으로 가 조심스럽게 문에 달린 창을 확인하자 문 앞에 선 피곤해 보이는 흑인 여성이 보인다. 낯이 익지만 예전에 언뜻 봤을 뿐이고, 경찰 제복을 입고 있었기 때문에 누군지 떠올리는 데 몇 초가 걸린다.

어젯밤 그레이엄과 함께 있던 경찰로, 그녀는 그레이엄이 우리와 이야기하는 동안 주정뱅이들을 상대했었다.

경보기를 해제하고 잠긴 문을 열자 그녀가 어깨 권총집에 시선을 고정한 채 잠시 몸이 굳는다. "네?" 내가 초대도 거부도 아닌 어조로 묻는다. 내 눈을 보기 위해 짙은 갈색 눈이 움직이고, 그녀는 매우 조심스럽게 손에 아무것도 없음을 보인다.

"제 이름은 클레어몬트예요." 그녀가 말한다.

"클레어몬트 경관님. 어젯밤에 뵀었죠."

"네." 그녀가 말한다. "저희 아버지는 호수 반대편에 사세요. 조깅하러 나온 부인과 따님을 만났다고 말씀하시더군요."

그 노인, 에저키엘 클레어몬트. 이지. 난 망설이다가 손을 내밀고, 우리는 악수한다. 그녀는 건조하고 사무적으로 굳게 손을 잡는다. 평상복을 입은 그녀를 가까이에서 보니 옷맵시뿐 아니라 머리를 자른 모양이라든지 완벽히 다듬은 손톱에서 우아한 분위기가 풍긴다. 내가 노턴 경찰에 기대할 수 있었던 것은 아니다. "들어가도 될까요?" 그녀가 묻는다. "돕고 싶어요."

난데없이. 그녀의 눈길은 침착하고, 말투에서 차분함과 강인함이 느껴진다.

하지만 난 밖으로 나가 등 뒤로 현관문을 닫는다. "죄송하지만," 그녀에게 말한다. "전 당신을 잘 몰라요. 이름도 모르잖아요."

따뜻한 환대가 아니어서 당황했을지 몰라도 그녀는 티를 내지 않는다. 그녀는 잠시 눈을 가늘게 떴다가 그 표정을 미소로 감추며 말한다. "케지어. 줄여서 케즈예요."

"만나서 반가워요." 예의상 그녀에게 말한다. 대체 그녀가 왜 여기 있는지 정말 궁금하다.

"아버지가 당신이 괜찮은지 가 보라고 하셨어요." 그녀가 말한다. "당신이 곤경에 처했었다는 말을 들으시고요. 아빠는 노턴 경찰 팬은 아니시죠."

"일요일 저녁 식사 때마다 어색한 상황이 연출되겠는데요."

"말해 뭐해요."

내가 포치의 의자들을 가리키고, 샘 케이드가 늘 앉곤 했던 의자에 그녀가 앉자 순간적으로 날카로운 고통이 느껴진다. 그 나쁜 자식을 그리워하고 있다는 반갑지 않은 사실이 나를 무겁게 강타한다. 아니, 그렇지 않아. 나의 멜이 존재한 적이 없었던 것처럼 난 애초에 존재하지 않았던 사람을 그리워하는 거야. 적어도 진짜 샘 케이드는 스토커에다 거짓말쟁이다.

"이쪽에서 보니 예쁜데요." 그녀가 호수의 전망을 훑으며 말한다. 다른 이들처럼 그녀 또한 내가 바로 저기에 시체를 버렸을지도 모른다는 견해가 얼마나 그럴듯한지 생각하리라. "아빠네 집 쪽의 전망은 숲에 약간 가려지거든요. 그래서 더 싸죠. 아빠를 언덕 아래로 이사하시게 해서 언덕길을 오르지 않게 하려고 노력 중이지만……."

"담소를 나누는 건 좋지만 팬케이크가 식고 있어서요." 그녀에게 말한다. "뭘 알고 싶으신 거죠?"

그녀는 여전히 시선을 호수에 둔 채 고개를 살짝 저을 뿐이다. "당신을 돕기가 쉽지 않군요. 당신이 처한 상황이라면 그런 태도에 제동을 거셔야 할 것 같은데요. 친구들이 필요하실 거예요."

"이런 태도가 날 살려 왔죠. 들러 주셔서 감사합니다."

나는 의자에서 몸을 일으킨다. 그녀가 날 제지하기 위해 완벽히 매니큐어를 칠한 손을 내밀며 마침내 시선을 돌려 내 눈을 본다. "당신에게 이런 짓을 한 사람을 찾도록 제가 도와 드릴 수 있을 것 같은데요." 그녀가 말한다. "우리 둘 다 가까이 있는 누군가의 짓이라는 걸 아니까요. 지역 주민. 그리고 그럴 만한 이유가 있는 사람."

"샘 케이드에게 이유가 있죠."

"제가 그의 알리바이 확인하는 일을 도왔어요. 여자들이 사라졌던 두 번 모두." 그녀가 말한다. "그는 절대 그자가 아니에요. 경찰은 이미 그를 풀어 줬어요."

"풀어 줬다고요?" 난 차고에 흘러내린 페인트와 벽돌에 분사한 분노에 찬 빨간 글씨를 본다. "잘했네요. 이게 설명되는군요."

"전 그렇게 생각하지……,"

"이봐요, 케즈. 노력은 감사하지만 샘 케이드가 나쁜 남자가 아니라고 설득하려는 거라면, 지금 전혀 나를 돕는 게 아니에요. 그는 날 스토킹했어요."

"그랬죠." 그녀가 말한다. "그가 그걸 인정했습니다. 화가 났었고 복수하고 싶었지만 당신은 자신이 생각했던 그런 사람이 아니었답니다. 그가 당신을 해치려고 했다면 그럴 기회가 차고 넘치지 않았을까요? 제 생각에 이건 전적으로 다른 누군가의 짓이고, 저는 단서 하나를 쫓고 있어요. 지금 제 생각을 듣고 싶은가요, 아닌가요?"

아니라고 대답하고 자리를 박차고 일어나 성큼성큼 가 버리고 싶지만…… 그럴 수가 없다. 케지어 클레어몬트에게 다른 속셈이 있을지 몰라도 꽤 진심 어린 제안처럼 보인다. 그리고 내가 모험을 감수해야 할 만큼 신뢰할 수 없는 누군가라 할지라도 난 친구가 필요하다. 고작 샘을 신뢰하는 정도의 수준이지만.

"듣고 있어요." 마침내 내가 말한다.

"좋아요. 그러니까 이곳 스틸하우스 레이크는 늘 폐쇄적인 공동체였죠." 그녀가 말한다. "대부분이 백인. 대단한 부자는 아니더라도 대부분 유복한."

"이곳의 많은 집들이 담보로 잡힌 경기 침체 이후로는 아니죠."

"사실이에요. 부동산의 삼분의 일 정도가 지난해 급하게 팔리거나 세를 놓게 됐죠. 원래부터 호숫가에 살던 주민들을 제외하면 살펴볼 집이 서른 채쯤이에요. 당신 집을 빼면 스물아홉이고요. 저희 아버지를 빼는 걸 이해해 주세요. 스물여덟 집."

별로 내키지 않지만 논의를 위해서라면 이지 클레어몬트를 제외할 의사가 있다. 그는 집에 가기 위해 언덕을 기어오르길 기꺼워하지 않았고, 하물며 건강하고 힘센 젊은 여자 둘을 납치해 죽이고 시체를 처리하는 일은 말할 것도 없다. 나 자신도 제외할 수 있다. 스물여덟 집. 그 안에는 경찰이 이미 제외한 샘 케이드도 포함되고, 어쩔 수 없이 나도 그를 제외해야 할 것 같다. 그렇다면 스물일곱. 적은 숫자다.

"명단이 있나요?" 내가 묻는다. 그녀가 고개를 끄덕이며 주머니에서 접힌 종이를 꺼내 내게 건넨다. 어느 사무용 프린터에나 사용되는 줄 없는 복사 용지로, 거기에 이름과 주소, 전화번호가 적혀 있다. 그녀는 철저히 조사했다. 어떤 이들에게는 별표가 붙어 있는데, 거기에는 범죄 기록이 적혀 있다. 언덕 저 위 통나무집에 같이 사는, 필로폰 제조로 유죄 판결을 받은 적이 있는 두 남자가 특별히 의심스럽지는 않지만 알아 두면 확실히 좋을 정보다. 성범죄자도 있는데, 케지어가 굵은 글씨로 표시한 것으로 보아 그는 이미 철저히 심문을 받았고, 용의자로 치부되어 명단에서 빠지지 않았다.

케지어가 말한다. "혼자서도 끝낼 수 있지만 복잡한 일들을 잊기 위해 뭔가 하실 게 필요할 거란 생각이 들었어요. 다 개인 시간을 들여서 조사한 거예요."

그녀를 본다. 웃음기 없는 얼굴이다. 그녀에게는 굴하지 않는 무언가, 휘어지기는 해도 부러지지는 않는 무언가가 있고, 난 그걸 알아본다. 나 역시 내 안에서 그런 것을 느낀다. "내가 누군지 아실 거예요." 내가 말한다. "왜 날 돕고 싶어 하죠?"

"당신은 도움이 필요해요. 아버지 부탁이기도 하고요. 그리고 또……." 그녀가 고개를 저으며 시선을 돌린다. "당신이 통제할 수 없었던 일로 평가받는다는 게 어떤 건지 아니까요."

침을 삼키자 순간 식은 팬케이크와 시럽 맛이 느껴지는 것 같다. 커피를 갈망한다. "안으로 들어가실래요?" 그녀에게 묻는다. "우린 팬케이크를 먹고 있었죠. 한 접시 드릴 정도는 있어요."

그녀가 서서히 조용한 미소를 짓는다. "저야 좋죠."

11

케지어 클레어몬트는 처음에 말없이 경계하고 있던 아이들에게 대인기인 것으로 판명 난다. 침묵 속에서 대화를 이끌어 내는 자연스러운 매력이 있고, 아이들을 다루는 요령을 안다. 언젠가 훌륭한 수사관이 될 것이다. 그녀는 성가신 주정꾼들을 상대하며-물론 그것도 나무랄 데 없었지만- 제복 경관으로 아깝게 썩고 있다. 케지어의 아침을 만들면서 내 것을 데우고, 우리가 함께 먹는 동안 아이들은 자신들의 접시를 설거지하고 그들의 구분된 영역으로 떠난다. 래니가 머무르고 싶어 하는 눈치를 보이지만 내가 조용히 고개를 젓자 후퇴한다.

"아는 사람이 좀 있어서," 둘만 남게 되자 케지어가 조용히 말한다. "비공식적으로 이들의 뒷조사를 할 수 있어요. 저기요, 아버지가 당신이 문제에 빠졌다고 하셨는데, 놈들이 장난 아니게 빨리 움직였죠. 당신은 보호가 필요해요."

"알아요." 그녀에게 말한다. "난 총이 있어요. 하지만……,"

"하지만 공격은 방어가 아니죠. 당신은 하비에르를 알아요. 제가 여기 있는 또 다른 이유는 그 사람 때문이에요. 그는 당신을 좋아해요. 아직은 당신이 완전히 무죄라는 걸 믿으려 하지 않지만 당신이 동의만 한다면 나쁜 놈들이 가까이 오지 못하게 돕고 싶어 해요."

무슨 일이 생길지 모르는 멍청이처럼 꾸물대는 대신 처음 그러고 싶은 마음이 들었을 때 저 밴에 짐을 싣고 떠나기만 했다면, 이곳을 떠나 또 다른 지옥으로 향했다면, 상황이 지금과는 얼마나 달랐을지 생각한다. 그럴 만한 이유야 있었지만 이제 그 이유는 부질없어 보인다. 신기루 같기만 하다. 이제 지프가 망가졌으니 밴과 바꿀 수는 없고, 어찌 됐든 하비에르는 절대 그것을 내주지 않을 것이다. 둘 중 누구도 서류상 흔적이 남는 건 원치 않을 것이다.

"그가 우리를 지켜보겠다면, 난 좋아요. 그의 병력兵力까지 얻는다면 더 좋겠군요."

케즈가 날카롭게 한쪽 눈썹을 치켜든다. "당신이 얻을 수 있는 건 취하는 게 좋아요. 이제 당신의 지지자는 별로 없을 거예요."

그녀 말이 옳기에 난 입을 다물고 고개를 끄덕인다. "내가 명단의 반을 맡죠." 내가 말한다. "조사를 기꺼이 도울지도 모를 사람이 있어요." 압살롬은 공짜가 아닐 것이다. 대가를 지급하지 않으려다가는 당장 내 목이 잘릴 수도 있다. 나는 도망칠 수 없다. 멜(멜일 수밖에 없기 때문에)이 내게 던진 이 그물을 끊고 벗어나는 데에는 돈을 쓰는 편이 낫다. 철창에 갇힌다면 그 멍에를 지고 새 인생을 시작할 수 없다. 아이들이 위탁 가정에 맡겨진다면 내 가족을 구할 수 없다.

케지어가 옳다. 지금은 도와주겠다고 하면 모두 같은 편으로 받아들여야 한다.

그래서 아침 식사를 마쳤을 때 그녀에게 고맙다고 말하자 그녀가 내게 전화번호를 건넨다. 만약 내가 그녀의 진심을 잘못 읽었다면, 같이 의논한 모든 것이 기록되고 문서화되어 노턴 경찰서 공식 기록으로 남을 수도 있지만…… 프레스터가 그런 노선을 취할 것 같지는 않다.

압살롬에게 문자를 보내자 마치 중요한 일을 하고 있는데 내가 붙잡기라도 한 것처럼 그가 간단히 뭐죠라고 답장해서 필요한 것을 간략히 말한다. 그의 답장은 직설적이고 간단명료하다. 감옥에 있는 줄 알았음. 나는 무죄라고 답장했고, 꼬박 1분간 침묵을 지키던 그가 물음표 하나만 달랑 찍어서 보낸다. 그것은 그의 별나고 특이한 준말로 뭐가 필요해요?라는 의미다.

그래서 난 케지어의 깔끔하고 정확한 필적이 담긴 종이를 사진으로 남기고, 그가 조사하길 바라는 이름들을 말한다. 답장으로 보내온 비트코인 가격에 멈칫하지만 그는 내가 돈을 낼 것을 알고, 난 컴퓨터로 그것을 송금한다. 나는 이메일을 확인하지 않는다. 다시 계정을 없앨 때다. 거기에 단서들이 있다고 할지라도 내 영혼을 타락시키지 않고 그 유독한 홍수 속을 헤엄치는 건 불가능하다. 당장은 계정을 그냥 두고 압살롬에게 돈을 송금한 다음, 전에 고용한 적이 있는 사설탐정에게 이름에 표시를 한 명단 사진을 이메일로 보낸다. 그녀가 책정한 표준 요금과 함께.

화장실에서 오줌을 누고 있을 때 선불폰이 울려, 전화기를 집어 번호를 본다. 모르는 번호지만 압살롬일지도 모른다.

급히 닦고 물을 내린 뒤 통화 버튼을 누르고 말한다. "여보세요?"

"안녕, 지나."

그 음성에 숨이 멎는다. 그건 내 머릿속에서 울리는, 내가 아무리 기도해도 절대 쫓아 버릴 수 없는 목소리다. 손가락의 감각이 없어진 채, 세면대에 기대어 거울 속 겁에 질려 굳어 버린 얼굴을 응시한다.

멜빈 로열이 나와 통화 중이다. 어떻게 이런 일이 일어날 수 있지?

"지나? 듣고 있어?"

전화를 끊고 싶다. 계속 연결 상태로 두는 것은 거미가 가득 든 가방을 들고 있는 것과 같다. 그러나 어떻게든, 나는 가까스로 말을 한다. "그래, 듣고 있어." 멜빈은 떠벌리길 좋아한다. 자신의 승리를 맛보길 좋아한다. 그가 이번 일을 연출했다면 그랬다고 말할 것이고, 그리고 어쩌면, 정말 어쩌면 내가 써먹을 수 있는 정보를 이야기할 것이다.

그가 내 번호를 알아. 어떻게 내 번호를 알았지? 어떻게 그럴 수가?

케즈. 그녀가 내 삶에 새로 등장했지만…… 그녀에게 내 번호를 주지 않았다. 샘. 아니야, 샘은 아니야. 제발, 샘이 아니기를.

잠깐.

전화기를 교도소에 가지고 갔었다. 안에 들어갈 때 그걸 내줘야 했고, 나올 때 가지고 나왔다. 교도소 내의 누군가는 그의 편지를 전달한다. 그들이 내 전화 역시 해킹했을 가능성이 있다. 그들에게는 시간이 충분했다. 그런 생각을 전에 하지 못했다는 게 가슴 쓰리다.

멜은 여전히 말하는 중이다. 지금 그의 목소리는 꾸며 낸 온화함을 유지하고 있다. "여보. 정말 힘든 한 주를 보내고 있겠군. 시체가 또 나왔다는 게 사실이야?"

"그래. 봤어."

"무슨 색이었지?"

그가 보일 반응을 여러 가지 예상했었다. 하지만 이건 아니었다.

"뭐라고?" 내가 멍하니 말한다.

"피부가 없을 때의 여러 단계를 살펴보려고 컬러 차트를 만든 적이 있지. 생닭에 가까운 색이었나? 아니면 끈적한 갈색이었나?"

"닥쳐."

"닥치게 해 봐, 지나. 내 전화를 끊어. 하지만 잠깐, 당신이 그런다면, 그런다면 말이지, 당신을 잡으러 올 자를 절대 알지 못할 거야."

"널 죽여 버리겠어."

"물론 그래야지. 하지만 당신은 시간이 없어. 내 장담하지."

이런 적이 있었나 싶을 만큼 몸이 식는다. 그의 목소리는 여전히 그답다……. 합리적이고, 차분하고, 침착한. 이성적이다. 그가 하는 말이 전혀 이성적이지 않다는 것을 빼면. "그렇다면 말해 봐. 시간 낭비 하지 말고."

"당신 새 친구 샘에 대해 알게 됐을 거야. 당신은 그저 남자를 끊지 못하는군, 안 그래? 장담컨대 그자는 당신에게 하고자 하는 짓들을 생각하고 있었을 거야. 그 기대를 안고 매일 밤 잠들었겠지."

"그 생각으로 잠드는 거야, 멜? 그게 네가 가질 수 있는 전부야, 멜. 넌 다시는 나를 보지 못할 거야. 다시는 날 건드릴 수 없어. 그리고 난 이 상황을 헤쳐 나갈 거야."

"당신은 무슨 일이 일어나고 있는지조차 모르는군. 안 보이나 봐."

"그럼 말해 봐." 내가 말한다. "내가 놓치고 있는 게 뭔지 말해 보라고. 내가 얼마나 멍청한지 알려 주고 싶어 죽을 지경이잖아!"

"그러지." 그가 말한다. 그리고 갑자기 그의 말투가 바뀐다. 가면이 갈기갈기 찢기고, 나는 그 괴물이 하는 말을 듣는다. 그것은 매우,

매우 다른 목소리다. 인간의 음성이 아닌 것 같다. "그 일이 생기면, 그 일이 닥치게 되면 그게 다 네 잘못이라는 걸 알기 바라, 멍청하고 쓸모없는 년. 너부터 시작했어야 하는 건데. 하지만 너로 끝장을 내 주지, 가까운 시일 안에. 내가 너를 안 건드릴 거 같아? 그래 주지. 안 이 밖으로 나오도록."

피부에 소름이 돋고, 그가 어떻게든 전화기를 통해서라도 팔을 뻗어 나를 움켜잡을 것 같아 구석으로 뒷걸음친다. 그는 여기 없어. 여기올 수 없어. 하지만 저 목소리가…….

"당신은 절대 교도소에서 나올 수 없어." 가까스로 말한다. 내 목소리는 이제 그웬처럼 들리지 않는다. 지나처럼 들린다. 난 지금 지나다.

"오, 못 들었어? 새 변호사는 내 권리가 침해됐다고 생각하지. 무시된 증인을 구할 수 있을지 모른다고. 새로 재판을 할지도 몰라, 지나. 어때, 그 모든 일을 다시 겪는 건? 이번엔 증언하고 싶나?"

그 생각이 육체적인 고통을 주고, 목구멍에서 신물이 올라온다. 난 대답하지 않는다. 전화를 끊어. 내가 내 몸 밖에 서 있는 것처럼 나 자신에게 비명을 지른다. 끊어, 끊어, 끊어! 마치 가위에 눌린 것처럼 움직일 수 없는 것 같더니…… 숨을 내쉬자 마비 상태가 풀리고, 엄지를 '통화 종료' 버튼으로 가져간다.

"마음을 바꿨어." 그가 말하지만 나는 이미 버튼을 누르고 있다. "내가 말해 주지……,"

뚝. 끊어졌다. 그는 사라졌다. 한 점 딴 기분…… 인가? 그냥 도망친 걸까?

오, 맙소사. 그들이 전화기를 조사했다면 더 많은 정보를 얻었을 것이다. 아이들 전화번호. 압살롬의 번호. 또 뭐가 들었지?

난 세면대와 문의 경첩 사이 구석에 등을 밀어 넣고 무너지듯이 쭈그리고 앉아 핸드폰을 조심스럽게 바닥에 내려놓은 다음 그게 썩은 고기로 변하거나 갑자기 전갈 떼를 쏟아 내기라도 할 것처럼 핸드폰을 응시한다. 손을 위로 뻗어 끌어 내린 타월을 세게, 턱 근육이 아플 만큼 세게 물고 비명을 지른다.

마음이 다시 진정될 때까지 그렇게 한다. 이삼 분쯤 걸린다. 마침내 질문을 시작한다. '어떻게?' 교도소의 누군가가 내가 면회실에 있는 동안 전화기에서 내 번호를 훔친 게 분명하다. '하지만 어떻게 전화를 걸었지?' 멜빈의 전화 특혜는 변호사에게로만 엄격히 한정돼 있다. 그는 다른 사람과의 접촉이 허락되지 않고, 특히 나는 그가 전화해서는 안 되는 사람 리스트에 올라 있다. 그러나 사형선고를 받고 집행을 기다리는 와중에도 밀반입한 핸드폰으로 시간을 살 수 있다는 생각이 든다.

수억이 들었기를 바란다, 개자식.

난 집에 머물 수 없다. 숨이 막히고 자포자기로 화가 치민다. 한동안 거실을 서성이다가 케지어 클레어몬트가 남기고 간 번호로 전화를 걸어, 그녀에게 제발 아이들을 지켜봐 달라고 부탁한다.

"창밖을 보세요." 그녀가 말한다. 거실 커튼을 한쪽으로 밀고 창밖을 보니, 아직 진입로에 서 있는 그녀의 차가 보인다. 그녀가 손을 흔든다. "무슨 일이에요?"

멜이 전화했다고 말하자 그녀는 냉정하고 사무적인 태도로 내가 읽어 주는 번호를 받아 적고―그는 번호가 뜨지 않게 하는 수고를 하지 않았다― 그 번호를 확인해 보겠다고 말한다. 분명 별다른 단서는 나오지 않을 것이다. 그들이 그 전화기를 찾는다 해도 달라질 것은 없다. 그는 원한다면 철창 뒤에서 언제든지 손을 뻗을 수 있다는 것을 증명했다. 다음번에는 그가 아닐 것이다. 그가 사주한 다른 누군가일 거다.

"케지어……." 나는 긴장으로 목소리가 떨리고 욕지기가 난다. "한 시간 정도 머물면서 집을 감시해 줄 수 있어요?"

"물론이죠." 그녀가 말한다. "제 자유 시간이에요. 온종일. 왜요? 그가 구체적으로 어떤 위협을 하던가요?"

"아니요. 하지만 나가야겠어요. 잠깐 동안이오." 이곳에 갇힌 기분이다. 곧 폭발할 거라는 걸 안다. 좀 숨 쉴 공간이 필요하고 자제력을 회복할 필요가 있다. "기껏해야 한 시간이에요." 멜과 대면한 결과가 독으로 바뀌기 전에 그것을 몸 밖으로 배출할 필요가 있다.

"문제없어요." 그녀가 말한다. "어쨌든 전화 좀 걸어 볼게요. 전 바로 여기 있을 거예요."

아이들에게 곧 돌아올 것이고 케지어가 바로 바깥에 있다고 말하며, 엄마가 나가 있는 동안 현관문을 열지 않겠다고 다짐하게 한다. 우리는 비상 상황이 발생했을 때 대처법을 점검한다. 아이들은 말이 없고, 무슨 일인지 지켜보는 눈치다. 엄마에게 무슨 일이 생겼다는 걸 알고 겁을 먹고 있다. 그게 보인다.

"괜찮을 거야." 아이들에게 말한다. 래니, 그다음 코너의 머리에 키스한다. 둘 다 포옹에서 벗어나려 꼼지락대지 않고 몸을 맡긴다. 그래서 그들이 걱정하고 있다는 것을 안다.

잠금장치가 있는 플라스틱 총 케이스에 탄창을 빼고 약실을 비운 총을 넣는다. 총이 들어 있지 않은 어깨 총집을 그대로 멘다. 총집을 가리기 위해 지퍼가 달린 후드를 입고 총 케이스를 작은 배낭에 넣는다.

"엄마?" 래니다. 경보기를 끄려다가 알람 패드 위의 손을 멈춘다. "사랑해요." 딸의 조용한 말이 쓰나미처럼 나를 때리고, 나는 숨조차 쉴 수 없는 너무나 격렬한 감정의 폭풍에 빠져 안으로 침전한다. 키패드 버튼 위의 손가락이 떨리고, 순간 눈물이 앞을 가린다.

눈을 깜빡여 눈물을 참고 돌아서서 가까스로 미소를 보인다. "엄마도 사랑해."

"빨리 오세요." 그녀가 말한다. 나는 래니가 칼을 두는 곳으로 가 칼 하나를 집어 드는 모습을 본다. 딸은 몸을 돌려 방으로 돌아간다.

비명을 지르고 싶다. 여기서 그러면 안 된다는 걸 안다. 암호를 누르다 잘못 입력해 다시 눌러 경보를 해제한다. 간신히 타이밍을 맞춰 안전 모드가 발동되기 직전에 문을 열고 밖으로 나와 알람을 다시 작동시킨 후 문을 잠근다. 저기서. 내 아이들은 안전하다. 보호받고 있다. 통화 중인 케지어를 스쳐 지날 때 그녀가 스프링 노트에 메모하며 내게 고개를 끄덕인다.

난 달리기 시작한다. 조깅이 아닌, 아슬아슬하게 균형을 잡은 전력 질주로 진입로를 내려간다. 잘못된 한 걸음에 다리를 삐거나 뼈가 부러질 수 있지만 신경 쓰지 않는다. '상관없어.' 멜빈 로열의 독을 몸 밖으로 끄집어내야 한다.

불이 붙은 것처럼 달린다.

도로로 나가 시계 방향으로 계속 달리며 경사면을 올라간다. 후드를 쓴 나는 호숫가를 달리는 또 한 명의 이름 없는 주자일 뿐이다. 걷는 사람, 선창에 선 사람 등 몇몇 사람을 지나칠 때, 내 속도에 사람들이 흘끗 쳐다보지만 그뿐이다. 오른편으로 샘 케이드의 통나무집을 지나지만 멈추지 않는다. 더 많은 에너지를 근육에 쏟아붓고 긴장을 떨치며 산등성이 꼭대기까지 줄기차게 달리자 바닥이 평평하고 고른 사격장 주차장이 나를 반긴다. 속도를 줄여 타는 듯한 근육의 통증을 천천히 가라앉히며 걷는다. 원을 그리며 걷는다. 후드가 땀에 흠뻑 젖어 무거워지고, 나는 여전히 내 안에서 메아리치는 분노를 느낀다.

멜이 이기게 두지 않겠다. 결코.

후드를 벗고—주의 사항일 뿐 아니라, 단순한 예절— 사격장 문을 열자 한복판에 서서 문 뒤의 게시판에 뭔가를 붙이고 있는 하비에르와 마주친다. 이곳은 탄약과 사냥 도구, 활사냥 용품…… 위장 색 팝콘까지 파는 매점 구역이다. 계산대를 담당하고 있는 젊은 여자의 이름은 소피로, 노턴에서 7대째 사는 토박이다. 이곳에 등록하러 온 날 그녀가 시시콜콜 말해 주었기 때문에 안다. 수다스럽고 곰살맞게.

그녀가 나를 흘끗 보더니 표정만으로 매점 문을 닫는다. 여기서 더 이상의 잡담은 없다. 그녀는 카운터 아래 무기를 쥐고 두 번째 경고 후 총구에서 불을 뿜으려는 사람처럼 긴장된 표정에 무표정한 눈빛을 하고 있다.

내가 말한다. "에스파르자 씨." 하비에르는 마지막 압정을 포스터에 밀어 넣고 돌아서서 나를 본다. 그는 놀라지 않는다. 그는 뛰어난 공간지각으로 내가 문을 연 순간 그게 나라는 것을 정확히 알았을 거라고 확신한다.

"프록터 씨." 그는 소피처럼 불친절해 보이지 않고, 무표정하게 예의를 지킨다. "그 권총집 안에 아무것도 없는 게 좋을 겁니다. 규칙을 아실 테니.”

난 후드 상의의 지퍼를 내려 빈 총집을 보이고, 권총 케이스를 보이기 위해 배낭을 기울인다. 그가 망설이는 걸 알 수 있다. 그는 내가 이곳에 오는 것을 거절할 수도 있다—사격장 교관으로서 언제든, 어떤 이유로든 그렇게 할 권리가 있다. 그러나 그는 그냥 고개를 끄덕이며 말한다. “맨 끝에 팔 사로가 열려 있습니다. 절차는 아실 테죠.”

안다. 선반에서 귀마개를 쥐고, 등을 돌리고 있는 사격수들을 재빨리 지나 끝까지 간다. 8사로의 천장 등이 다른 곳보다 어두워 보이는 게 우연은 아닐 것이다. 나는 보통 입구와 가까운 사로에서 쏘곤 했다. 이곳은 내 기억으로 하비가 사격 절차 미준수로 칼 게츠를 단속했던 날, 그가 썼던 곳이다. 아마 하비가 문제아들을 배치하는 곳일 것이다.

총과 탄환 클립을 펼쳐 놓고 두꺼운 귀마개를 한다. 계속해서 울리는 격발 소리에 본능적으로 안도감을 느끼며 부드럽고 침착한 동작으로 장전을 마친다. 이 행위는 내게 명상 같은 것이 되었다. 오직 나와 총 그리고 목표물만 남을 때까지 감정들을 조금씩 밖으로 흘려보내는 공간.

그리고 타깃 앞에 유령처럼 서 있는 멜. 총을 쏠 때 나는 내가 죽이는 사람이 누군지 정확히 안다.

여섯 개의 타깃을 너덜너덜하게 하고 나서 다시 깨끗하게 비워진 기분이 들자 총을 낮춰 탄창과 약실이 비었는지 확인하고 이젝션 포트는 위로, 총구는 과녁을 향하게 총을 내려놓는다. 해야 하는 대로 정확히.

그러는 동안 사격이 멈춘 것을 깨닫는다. 사격장에 감도는 정적에 이상한 느낌이 들어 재빨리 귀마개를 벗는다.

나 혼자다. 사로에는 한 사람도 남아 있지 않다. 저 끝 입구에서 나를 지켜보고 있는 하비에르뿐이다. 그가 서 있는 위치 때문에 그의 얼굴이 선명히 보이지 않는다. 머리 위로 눈부신 빛이 내리쬐어 짧게 자른 그의 갈색 머리칼이 반짝이고, 그의 표정은 그늘에 드리웠다.

"제가 영업에 별 도움이 되지 않나 보군요." 내가 말한다.

"아니요, 환상적으로 도움이 됩니다." 그가 대답한다. "지난 며칠 간 탄약이 얼마나 많이 팔렸는지 두 번이나 재고를 들여야 했지요. 제가 총포상 주인이 아닌 게 안타까울 따름이죠. 이번 주에 은퇴도 할 수 있었을걸요. 피해망상에 따른 사재기로 말이죠."

그의 말투는 평범하지만 이상하게 느껴지는 무언가가 있다. 모든 장비를 총 케이스에 넣고 잠근 후 배낭에 넣을 때, 하비에르가 한 걸음 내딛는다. 그의 눈은…… 죽어 있다. 불안하다. 그에게 무기는 없지만 그렇다고 해서 덜 걱정스럽지 않다. "질문이 하나 있습니다." 그가 말한다. "꽤 기본적인 거죠. 당신은 알고 있었습니까?"

"뭘 말인가요." 그가 물을 법한 유일한 질문임을 알면서도 내가 말한다.

"당신 남편이 뭘 하고 있었는지."

"아니요." 난 절대적인 진실을 말하면서도 그가 나를 믿을 거라는 희망을 전혀 품지 않는다. "멜은 내 도움을 원하거나 필요로 하지 않았어요. 난 여자예요. 그와 같은 인간들에게 여자는 결코 사람이 아니에요." 배낭 지퍼를 올린다. "여기서 자경단원의 정의를 펼쳐 보려는 거라면 계속하세요. 난 지금 무장을 하고 있지 않아요. 무장을 하고 있다고 해도 내가 당신을 쓰러트릴 수는 없을 테고, 우리 둘 다 그걸 알죠."

그는 움직이지 않는다. 입을 열지 않는다. 나를 주시하고 가늠할 뿐으로, 나는 멜처럼 하비에르가 생명을 앗는다는 게 무엇인지 안다는 것을 떠올린다. 멜과 달리 지금 그가 분노하는 것은 이기심이나 나르시시즘 때문이 아니다. 하비에르는 자신을 보호자로, 옳은 일을 위해 싸우는 남자로 여긴다.

그게 내가 덜 위험한 상황에 놓여 있다는 의미는 아니다.

그가 마침내 입을 열자 속삭임에 가까운 부드러운 목소리가 나온다. "왜 나한테 얘기하지 않았죠?"

"멜에 대해서요? 왜 그랬다고 생각해요? 난 모두 잊었어요. 그러고 싶었죠. 당신이라면 안 그러겠어요?" 난 한숨을 쉰다. "이봐요, 하비. 제발. 난 애들에게 돌아가야 해요."

"애들은 잘 있어요. 케즈가 지켜보고 있습니다." 그가 그녀의 이름을 말하는 투에서 느껴지는 게 있다. 케지어 클레어몬트는 아버지의 걱정 때문만으로 온 게 아니었다. 그녀의 아버지는 나를 단 한 번 만났을 뿐이고, 좋은 노인인 듯했지만 반드시 그렇다는 보장은 없었다. 그녀는 사무적인 방식으로 하비에르를 언급했다. 그러나 하비에르가 그녀를 언급하는 방식은 더 많은 것을 드러낸다. 즉시 둘의 관계를 알 수 있다. 하비에르는 강한 여자들을 좋아하고, 케즈는 확실히 그런 여자다. "문제는 내가 첫 살인이 일어난 직후 당신이 이곳을 떠나는 걸 도울 뻔했다는 겁니다. 나와는 맞지 않는 일이죠, 그웬. 전혀. 당신은 내 부엌에 앉아 내 맥주를 마셨습니다. 만약 당신이 알았다면 어떨까요? 당신이 캔자스의 당신 집 부엌에 앉아 당신 남편이 차고에서 그 짓을 하는 동안 그 여자들의 비명을 들었다면 어떨까요? 당신은 내가 그걸 아무렇지도 않게 여길 거라고 생각합니까?"

"당신이 그러지 않을 거라는 걸 알아요." 그에게 말하며 배낭을 어깨에 걸친다. "그들은 비명을 지르지 않았어요, 하비에르. 그럴 수 없었죠. 멜이 그들을 납치해 제일 먼저 한 일이 성대를 자르는 거였으니까요. 그에게는 그 짓을 위한 특별한 칼이 있었어요. 경찰이 내게 그걸 보여 주더군요. 난 그들의 비명을 들을 수 없었어요. 왜냐하면 그들은 비명을 지를 수 없었으니까요. 그래요, 맞아요. 난 부엌에서 점심을 준비했고, 아이들 식사를 만들었고, 아침, 점심, 저녁을 먹었어요. 그리고 그 빌어먹을 벽의 저편에서는 여자들이 죽어 가고 있었죠. 나라고 그걸 멈추지 못한 게 한이 되지 않을 것 같아요?" 나는 마지막에 자제력을 잃었고, 내 고함의 메아리가 총알처럼 돌아와 나를 강타한다. 눈을 감고 숨을 쉬자 화약, 오일, 땀 냄새가 난다. 아침 식사의 달콤함이 변질해 입에서 신맛이 난다. 피부가 벗겨진 채 매달린 여자가 즉각 다시 떠올라, 허리를 굽히고 두 손을 무릎에 댄다. 총 케이스가 앞으로 쏟아져 뒤통수에 부딪치지만 상관없다. 숨을 쉬어야만 한다.

하비에르가 손을 대서 움찔 놀라지만 그는 내가 일어설 수 있게 도울 뿐으로 내가 고개를 끄덕이며 자세를 잡을 때까지 나를 지탱해 준다. 나 자신이 부끄럽다. 내 나약함이. 비명을 지르고 싶다. 다시.

대신 나는 말한다. "가져온 총알을 다 썼어요. 두 상자 살 수 있을까요?"

그는 말없이 나갔다가 돌아와 탄약 두 상자를 8사로 선반에 놓는다. 움직일 때다. 배낭을 내려 발치에 놓고 사로 벽에 몸을 지탱하며 말한다. "고마워요."

그는 대답하지 않는다. 자리를 뜰 뿐.

귀마개를 하고 있는데도 귀가 울릴 때까지, 마침내 내면의 소음이 잠잠해질 때까지 타깃―몸통 중앙, 머리, 몸통 중앙, 머리, 손발을 겨냥한다―을 연이어 갈기갈기 찢으며 두 상자를 거의 다 써 버린다. 그러고 나서 짐을 챙겨서 나온다.

하비에르는 매점에 없다. 나는 총알값을 치른다. 소피는 반항적인 침묵 속에 잔돈을 직접 건네는 대신 그것을 카운터 위로 민다. 그녀는 우연히라도 살인자의 전처를 건드리는 일이 없을 것이다. 더러운 년이 전염병에 걸렸을지도 모르니까.

밖으로 나와서도 하비에르를 찾지만 그의 트럭은 없고, 주차장은 그늘진 곳에 주차된 소피의 파란색 구식 포드를 빼면 인적이 없다.

발걸음을 돌려 집을 향해 달린다. 샘 케이드의 집을 지나칠 때, 현관 포치에 앉아 커피를 마시는 그가 보여 의지와 반하게 그를 보기 위해 속도를 줄인다. 그가 돌아보며 커피를 내려놓고 일어선다.

"헤이." 그가 말한다. 대단하진 않지만 사격장에서 받은 대접보다 낫다. 그는 거북한 듯 약간 얼굴을 붉히지만 단호하기도 하다. "그래요. 우린 얘기를 해야 할 것 같군요."

나는 잠시 그를 응시한다. 속도를 내 빠르고 거칠게 자리를 뜰지 생각한다. 후퇴. 그러나 케지어가 말한 두 가지가 머릿속을 맴돈다. 첫째, 샘 케이드는 여자들이 납치됐을 때 알리바이가 있다. 둘째, 난 내 편이 필요하다.

집을 내려다본다. 케즈의 차가 아직 거기에 있다.

"좋아요." 나는 그에게 말하며 포치 계단을 오르기 위해 걸음을 옮긴다. 그는 조금 더 긴장하고, 나도 마찬가지다. 그리고 잠시 다시 사격장으로 돌아간 것 같은 깊은 침묵이 흐른다. "그래요. 얘기해요."

그가 커피 잔을 내려다보았고, 내가 서 있는 곳에서도 잔이 빈 것이 보인다. 그가 어깨를 으쓱하더니 통나무집의 현관문을 열어젖히고 안으로 들어간다.

난 문간에 일이 초쯤 서 있다가 따라 들어간다.

안이 어두워 그가 흐릿한 천장 등을 켜고 유리창에 친 체크무늬 커튼 중 하나를 젖히기 전에 두어 번 눈을 깜빡여야 한다. 그는 곧장 커피포트가 있는 곳으로 가 자기 잔을 채우고 또 다른 잔을 꺼내 커피를 가득 따른다. 그는 아무 말 없이 설탕과 함께 그것을 건넨다.

편안해야 했지만 그러려고 노력한다는 느낌, 우리 사이에 철 가로대가 있어 돌아가려고 애쓰고 있는 느낌이다. 커피를 홀짝이자 그가 헤이즐넛 블렌드를 좋아한다는 게 기억난다. 나도 그렇다. "고마워요." 내가 말한다.

"화약 냄새가 나는군요." 그가 내게 말한다. "총 쏘러 사격장에 올라갔었습니까?"

"그들이 안 된다고 할 때까지 갈 거예요." 내가 말한다. "경찰이 당신을 풀어 줬군요."

"그런 것 같습니다." 그는 신중한 검은색 눈으로 커피 잔 너머로 나를 주의 깊게 살핀다. "당신도요."

"난 아무 죄가 없으니까요, 샘."

"그래요." 그가 커피를 마신다. "당신이 그렇게 말했죠. 그웬."

그의 얼굴에 커피를 뿌릴 뻔하지만 가까스로 참는다. 폭행죄로 체포될 뿐인 데다 델 만큼 뜨겁지도 않다는 것을 알기 때문에. 이내 왜 내가 그렇게 지독히 화가 나는지 의아하다. 그에게는 나를 미워할 권리가 있다. 내게는 그가 그런다고 미워할 권리가 없다. 날 속인 것에 대해서는 물론 분노할 수 있지만 결국, 진짜 원한이 있는 사람은 우리 중 한 사람뿐이다. 진짜 아픔.

갑자기 너무나 피곤해 의자에 몸을 묻고 말초적인 감각에 의지해 커피를 마시고 있다는 것을 의식할 뿐이다. 불현듯 그가 정말 누구인지 궁금해지면서 그를 뚫어지게 바라본다. 진짜 나는 누구인가. 우리가 다시 편안한 관계가 될 수 있을까.

"왜 이곳에 왔죠?" 내가 묻는다. "이번에는 사실을 말해요."

샘은 조금도 시선을 피하지 않는다. "난 거짓말하지 않았습니다. 책을 쓰고 있죠. 여동생 살해에 관한. 그래요, 당신을 추적했습니다. 군 정보국에 있는 친구에게 부탁했는데, 그 친구는 당신이 어떻게 매번 사라지는지 무척 인상 깊어 하더군요. 난 당신을 연거푸 네 번이나 놓쳤죠. 난 당신이 이곳에 머물 거라는 것에 운을 맡겼습니다. 이번에는 집을 샀으니까요."

그렇다. 스토킹은 내 상상이 아니다. 전혀. "그건 어떻게 왔느냐에 대한 답이죠. 왜 왔느냐가 아니라."

"난 당신이 한 짓을 고백하길 바랐습니다." 그가 말한다. 그는 그 말을 입 밖에 냈다는 데 놀랐다는 듯 눈을 깜빡인다. "그게 내가 생각한 전부였죠. 난 당신을 그렇게 생각…… 그러니까, 난 당신이 그 일에 가담했다고 믿었습니다. 모든 걸 알았다고. 난 당신이……,"

"유죄라고요." 내가 그를 대신해 말을 맺는다. "그렇게 생각하는 사람이 당신 혼자는 아닐 거예요. 그렇게 생각하는 사람이 소수도 아니에요." 난 맛도 느끼지 못한 채 커피를 삼킨다. "그걸로 당신을 탓하진 않아요. 않고말고요. 당신 입장이었다면 난……," 난 정의를 얻기 위해 무슨 짓이든 했을 것이다.

나는 나를 죽였을 것이다.

"그래요." 그가 한숨을 쉰다. "문제는 당신을 만나 이야기하고, 당신을 알게 될수록…… 모르겠더군요. 자신이 겪은 일에서 간신히 살아남아 가족을 안전하게 지키고자 하는 사람을 봤습니다. 당신은…… 그런 여자가 아니었습니다."

"지나 역시 죄가 없었어요." 그에게 말한다. "그냥 순진했을 따름이죠. 그리고 행복을 원했을 뿐이에요. 그는 그걸 어떻게 이용할지 알았고요." 침묵이 흐른다. 나는 나도 모르게 이렇게 말함으로써 침묵을 깬다. "당신 여동생을 봤어요. 그녀가…… 그녀가 마지막 희생자였죠. 차가 차고를 부수고 들어간 날 그녀를 봤어요."

몸이 굳은 샘은 잠시 멈춰 있다가 차분하게 커피 잔을 내려놓는다. 머그잔이 조금 세게 탁자를 때린다. 우리 사이에는 보이지 않는 장벽이 아닌 윤을 낸 넓은 나무 탁자가 놓여 있고, 차라리 보이지 않은 장벽이 나을지 모른다. 나는 그것을 가로질러 손을 내밀 수도 있다. 그도 마찬가지다.

하지만 둘 다 그러지 않는다.

"그 사진들을 봤습니다." 그가 그렇게 말하고, 나는 우리 아이들에게 절대 사진들을 보여 주지 말라던 그의 말이 떠오른다. 이제 그 이유를 안다. 그것은 막연한 동정심 따위가 아니었고, 그가 아프가니스탄에서 목격한 일들 때문도 아니었다. "당신도 그걸 잊을 수 없을 겁니다."

"못 잊어요." 커피를 삼키지만 여전히 입이 마른다. 난 열린 창문에서 가장 가까운 자리에 앉았고, 노르스름한 빛이 다정한 듯, 다정하지 않은 듯 그를 비춘다. 빛이 그의 눈가의 미세한 주름과 입가의 팔자 주름, 왼쪽 눈썹 가까이 독특하게 움푹 파인 곳을 드러낸다. 머리 선 밑에서 오른뺨으로 이어지는, 거의 보이지 않을 만큼 희미한 거미줄 같은 흉터. 눈 속의 색깔 반점이 매혹적으로 불꽃을 튀긴다. "언제나 그녀를 봐요. 언뜻언뜻. 눈을 감을 때마다 거기 있어요."

"그녀의 이름은 캘리예요." 그가 말한다. 이미 알고 있지만 왠지 그녀를 그 시체, 그 여자, 그 피해자라고 생각하는 게 훨씬 편했다. 그녀에게 이름이 붙고, 그가 그 이름을 슬픔과 사랑이 섞인 어조로 말하자 가슴이 아프다. "우린 각각 다른 위탁 가정으로 보내지면서 연락이 끊어졌지만 나는 그녀를 찾았습니다. 아니, 그 애가 나를 찾아냈죠. 그 애는 내가 파병됐을 때 내게 편지를 썼습니다."

"당신 심정이 어떨지 헤아릴 수조차 없어요." 그에게 말한다. 진심이지만 그는 거의 듣고 있는 것 같지 않다. 그는 내가 기억하는 시체가 아닌, 살아 있는 여자를 생각 중이다.

"그 애는 시간이 나면 나와 화상 통화를 했습니다. 동생은 위치토 주립 대학에 입학한 참이었죠. 난 컴퓨터 공학과 미술을 두고 고민 중인 동생에게 말했습니다. 현실적이 되라고, 컴퓨터를 택하라고 얘기했죠. 자신을 행복하게 하는 일을 하라고 말했어야 했는데. 하지만 알잖아요. 난 동생이……,"

"동생이 시간이 있을 거라고 생각했죠." 침묵 가운데 내가 그를 위해 말을 끝맺는다. "난 상상조차 할 수 없어요, 샘. 유감이에요. 난 정말……." 내 목소리가 끔찍하게 두 갈래로 갈라지고 잠긴다. 그리고 마음이 산산이 부서진다. 난 지금까지 내가 유리로 만들어졌다고 여긴 적이 없는데, 모든 것이 무너져 내리고 눈물이 솟는다. 슬픔과 분노와 배신감과 참담함의 쓰나미, 죄책감의 쓰나미에 전에 없이 눈물이 솟구쳐 커피 잔을 옆으로 치우고, 심장을 포함한 내 안의 모든 것이 망가진 것처럼 손에 얼굴을 묻은 채 대놓고 흐느낀다.

그는 아무 말 하지 않는다. 탁자 저편에서 키친타월 두루마리를 밀어 줄 뿐 움직이지 않는다. 나는 한 손 가득 쥔 타월을, 오랫동안 한 번도 정면으로 부딪친 적 없이 멀리서 느껴 왔던 내 슬픔과 죄책감과 애끓는 고통을 감싸는 데 쓴다.

얼마나 오래 거기에 앉아 있었는지 모른다. 눈물에 흠뻑 젖은 한 움큼의 타월을 바닥에 떨어뜨렸을 때, 철썩 소리가 날 만큼 오래. 떨리는 목소리로 중얼중얼 사과하고 얼굴을 닦은 후 타월을 쓰레기통에 갖다 버리고 돌아오자 샘이 말한다. "당신 남편이 재판을 받는 동안 난 시골에 갇혀 있었지만 매일같이 그 재판을 주시했습니다. 난 당신 잘못이라고 생각했죠. 그리고 당신이 무죄로 풀려났을 때…… 난 생각했습니다. 당신이 처벌을 모면했다고. 당신이 도왔다고 생각했죠."

그는 이제 그렇게 믿지 않는다. 그의 목소리에 깃든 고통에서 그것을 알 수 있다. 난 아무 말 하지 않는다. 그가 왜 그렇게 생각했는지 안다. 왜 모두가 그렇게 생각했는지 안다. 그런 일이 자기 집에서, 자기 침대에서, 자기 결혼 생활에서 벌어지게 놔두는 바보가 어디 있겠는가, 그 일에 가담하지 않았다면. 누군가가 나를 무죄로 석방한 데 대해 여전히 놀라운 기분이 든다. 난 아직 지나 로열을 용서하지 못했다.

"난 알았어야 했어요. 내가 그를 막았더라면……,"

"당신도 죽었겠죠. 아마 당신 아이들도." 그가 의심의 여지가 없다는 듯 말한다. "나는 놈을 보러 갔습니다. 멜빈을. 두 눈으로 그자를 봐야 했습니다. 난 알아야 했죠……."

그가 내가 앉았던 그 교도소의 의자에 앉아 멜빈의 얼굴을 들여다 봤다는 생각에 호흡이 멎는다. 멜이 내 안에서 깨운 그 공포를 떠올린다. 샘이 그것을 어떻게 느꼈을지 상상조차 할 수 없다.

그래서 난 충동적으로 손을 뻗어 그의 손을 잡고, 그는 그러도록 놔둔다. 우리는 가벼운 접촉 이외의 어떤 것도 요구하지 않으면서 느슨하게 손을 맞대고 있다. 그의 손인지 내 손인지 가볍게 떨리고 있다. 나는 떨림을 느낄 뿐이다.

그의 뒤쪽 창문으로 뭔가를 본다. 그것은 단지 어떤 형체, 그림자였고, 내 뇌가 마침내 그것이 인간이라고 식별했지만 그게 더는 중요한 문제가 아니다. 인간이라는 것은 그 어떤 형체가 총을 가져와 그것을 들어 올려 조준하고 있다는 그 행위만큼 중요하지 않기 때문에.

저것은 산탄총이고, 샘의 뒤통수를 노리고 있다.

난 생각하지 않는다. 샘의 손을 거세게 움켜쥔 다음 그가 중심을 잃고 바닥에 쓰러지도록 옆으로 잡아끎과 동시에 나 역시 앉아 있던 의자에서 몸을 던진다. 난 계속 잡아끈다. 의자에서 이끌린 샘이 반쯤 테이블에 엎어진 순간 그의 밑에 있던 의자가 넘어지고, 믿을 수 없을 만큼 크게 탕 하는 소리가 났을 때, 그가 바닥에 육중하게 모로 쓰러진다. 탁자에서 떨어진 커피 잔이 내 허벅지를 때리는 것 같다. 따뜻한 피 같은 열기와 액체가 내게 쏟아지더니 유리 파편이 빗발쳐 나는 얼굴을 가린다.

내가 보지 못했더라면, 내가 반응하지 않았더라면 샘의 뒤통수는 잼처럼 으깨졌으리라. 순식간에 시체가 됐으리라.

내 옆에 있던 샘이 곧 움직이기 시작해 유리 파편 위를 구른 뒤 놀라운 속도로 산탄총을 세워 둔, 그늘에 반쯤 가린 구석으로 게처럼 움직인다. 몸을 말고 총을 잡은 그는 팔꿈치를 바닥에 대고 멈춘 다음 총을 들어 올려 창문을 살핀 뒤 무릎을 당겨 쭈그리고 앉는다. 난 움직이지 않는다. 그는 재빨리 피하거나 납작 엎드릴 태세로 서서히 몸을 일으키지만 아무것도 보이지 않는 것 같다. 그는 신속하게 몸을 돌려 현관으로 간다. 그가 옳다. 거기가 다음 위협이 나타날 곳이다.

난 기회를 봐서 배낭으로 기어가 지퍼를 열고 잠긴 상자를 연다. 숙련된 동작으로 빠르게 총을 조립하고 총알 하나를 약실에 넣은 다음, 몸을 굴려 팔꿈치를 바닥에 대고 엎드린다. 우리는 암묵적으로 동의한다. 그는 높이, 나는 낮게 쏜다.

하지만 아무것도 없다. 누군가가 호숫가에서 소리치는데, 멀리서 희미하게 들리는 소리고, '숲 옆에 있는 집 쪽에서 났어.'라고 한 것 같다. 이 집은 길이나 호수에서 보기 힘든 곳이다. 모두가 아는 것은 누군가가 총을 쐈다는 것이다. 그들은 그 소리가 이쪽에서 났다는 것을 알 것이다. '그리고 난 화약 잔여물로 덮여 있지.' 이것 역시 계획의 일부였는지 궁금하다. 놀랄 일도 아니다. 전혀. 감식 결과는 불 보듯 뻔하다. 우리는 이곳 식탁에 앉아 있었다. 누군가가 우리를 노리고 쐈다.

호수 근처에서 더 많은 외침이 들린다. 희미하게 '경찰'이라고 외치는 소리, '경찰을 부르라는' 것 같은. 샘은 쭈그린 상태에서 일어난다. 산탄총을 내리지는 않는다. 군인다운 조심스러운 동작으로 문을 향해 나아가 창문을 확인하고 문을 활짝 연 다음 기다린다. 아래에 펼쳐진 호수에서 배들이 서둘러 선착장을 향해 움직이는 모습이 보인다. 평화롭고, 거리감이 느껴진다. 내 몸속을 질주하는 아드레날린과 부합하지 않게 내 몸의 열기가 사라지고 번개처럼 스치는 냉기가 실제로 입었을지도 모르는 상처를 가린다.

아무 일도 일어나지 않는다. 아무도 총을 쏘지 않는다. 샘이 내게 말없이 눈짓으로 신호를 보내 나는 재빨리 일어나 그의 옆 벽에 바싹 붙는다. 그리고 그가 천천히 밖으로 움직일 때 그의 뒤를 따르며 전방을 주시하는 그가 보지 못하는 다른 각도를 주시한다.

우리는 집을 한 바퀴 돈다.

집 주위에는 아무도 없다. 샘이 질질 끌린 발자국―와플 모양 밑창의 부츠―을 가리키지만 그 자국은 흐릿하고 불완전하다. 하지만 누군가가 여기 서서 총을 조준한 다음 그의 뒤통수에 대고 발사한 게 분명하고, 그리고 나는 그의 목숨을 구했다.

몸이 떨리기 시작한다. 주의 깊게 약실에서 총알을 확실히 제거한 총을 어깨 총집에 꽂는다. 그 익숙한 무게가 가슴의 곡선을 파고들 때의 느낌이 좋다. 발자국을 좀 더 가까이 보기 위해 쪼그리고 앉는다. 난 전문가가 아니다. 확실히 알 만한 정보가 없다.

"지크를 케이스에 다시 넣는 게 좋겠습니다." 샘이 내게 말하며 산탄총을 어깨에 기댄다. "서둘러요. 경찰이 오는 중일 겁니다, 다시."

샘이 옳다. 난 내 총을 쏘지 않았고, 합법적인 총을 소지했다는 이유로 우연을 가장한 고의로 총을 맞고 싶은 생각 역시 추호도 없다.

나는 통나무집 안에서 분해한 총을 상자에 넣는다. 상자를 다시 배낭에 집어넣을 때 샘은 산탄총을 구석에 기대 놓고, 우리를 향해 타이어에 불이 나도록 도로를 따라 올라오는 차가 잘 보이게 나를 위해 현관문을 연다.

그레이엄 경관이 아니다. 뺀 총을 몸에 붙이고 차에서 내리는 사람은 케지어 클레어몬트다. "케이드 씨. 여기서 총이 발사됐다는 신고를 받았습니다."

나는 경사면 아래 도로 한 편에 조용히 자리를 잡은 우리 집을 내려다본다. 그녀가 아이들을 그냥 두고 왔어. 괜찮을 거야. 미세하게 다른 점이 느껴진다면 반대편 언덕 너머로 SUV 한 대가 사라지는 것처럼 보인다는 것이다. 아마 조핸슨네 차일 것이다.

"네." 모든 게 사냥꾼의 잘못된 조준이었을 뿐이라는 듯 그가 침착하게 말한다. "보세요. 창문이 날아갔습니다. 안에 산탄도 있습니다."

"지독히 운이 좋았군요." 케지어가 샘을 보며 말한다. "그게 날아오는 걸 봤겠죠?"

"아니요. 등을 돌리고 있었어요." 그가 턱을 내밀어 나를 가리킨다. "그웬이 봤죠."

난 우리 집을 응시하고 있다. 내가 없는 사이에 아무도 접근하는 사람이 없기를. 시야에 들어오는 사람은 없다. 애들은 괜찮아. 괜찮을 거야. "자세히 보지는 못했어요. 애매해요. 그가—백인이었던 것 같지만 장담할 순 없어요— 창문 아래에서 튀어나왔어요. 솔직히 말해서 총구가 눈에 들어온 순간 피해야 한다는 생각뿐이었죠."

케지어가 고개를 끄덕인다. "알겠습니다. 두 분이 있었던 자리에 앉아 보세요."

"난 집에 가야 해요." 내가 말한다.

"잠깐이면 돼요. 앉으세요. 그걸 확인해야 해요." 그녀의 목소리에 명령의 울림이 있다. 나는 집에서 눈을 떼지 않고 뒷걸음질쳐 식탁의 내 자리에 앉는다.

곧이어 샘이 자신의 의자를 다시 세워 앉는다. 식탁 위에 두 주먹을 꽉 쥐고 앉아 있는 모습으로 보아 지금 그는 창문을 등지고 앉아 있는 것이 편치 않다는 걸 알 수 있다. 식탁 가장자리에서 커피가 뚝뚝 흘러 내 운동복 바지에 스민다.

난 이 상황이 싫다. 여기서 길이 보인다. 집은 보이지 않는다. "빨리 확인해요!" 케지어에게 그렇게 말하지만 이미 바깥으로 나간 그녀는 창문으로 향한다.

샘과 나는 침묵 속에 서로를 응시한다. 그의 얼굴은 창백하고 이마에 땀방울이 맺히기 시작했다.

"계속 내 뒤를 주시하고 있죠?" 그가 말한다. 난 고개를 끄덕인다. 그는 몸을 약간 움직인다. 그리고 나는 자신의 머리가 실질적인 타깃인데도 앉은 자리에서 어떻게 꼼짝도 하지 않을 수 있는지 그의 절제력이 궁금하다. 이 일로 내면에 어떤 트라우마가 생길지도 모른다. "고마워요, 그웬. 진심입니다. 난 누군가가 다가오는 걸 절대 못 봤을 겁니다."

"그 사람은 갔어요." 나는 샘에게 말한다. "우린 이제 괜찮아요." 난 조각난 유리창에 긁혀 띠처럼 피가 맺힌 곳이 화끈거리고, 왼쪽 어깨 어딘가가 찢어진 것 같다. 그리고 난 가야 한다. 당장.

케지어가 그의 뒤 부서진 유리창에 나타나자 샘의 육감이 발동한다. 그가 몸을 부르르 떤다. 그가 제자리에 있는 건 노력 덕이다. "괜찮아요." 내가 그에게 말한다. "클레어몬트 경관이에요. 당신한테는 아무 일 없어요." 그는 이제 매우 창백해졌다. 땀방울이 얼굴 옆으로 흐르지만 그는 움직이지 않는다.

그의 뒤에서 케지어가 양팔을 뻗어 산탄총을 든 흉내를 낸다. "내 키 정도이거나 더 컸어야 해요." 그녀가 말한다. "그는 창문에 바짝

다가서 있었어요. 지금 난 임의로 고른 곳에 서 있지만 그의 발자국은 아마 더 근접한 다른 발자국일 거예요. 총이 거의 창유리에 맞닿았어야 해요." 그녀가 상상의 총을 내린다. "간이 큰 놈이군요. 두 분모두 살아 있는 게 행운이에요."

그녀 말이 옳다. 나는 지금 내가 앉아 있는 뒤편 벽에 박힌 산탄을봤다. 샘의 뇌가 거기에 뿌려졌을 터였고, 순간 나에게 빨강, 연분홍, 날카로운 뼛조각으로 칠갑이 된 벽이 보인다. 나는 그의 피를 뒤집어썼을 터였다. 그의 두개골은 산산조각 났을 것이다.

"들어갈게요." 케지어가 그렇게 말하며 시야에서 사라진다. 샘이약간 긴장을 풀고 자리에서 일어나 창문과 일직선상에서 벗어나게의자를 식탁 옆으로 가져간다. 나는 움직이지 않는다. 일시적으로 샘의 피해망상 일부가 내 일부로 대체되었기 때문에 앉은 자리에서 계속 지켜보는 것이 최선이라는 생각이 든다.

"맙소사." 샘이 그렇게 말하며 기적적으로 여전히 식탁 위에 남아있는 종이 타월 두루마리로 손을 뻗는다. 타월에는 몇 개의 구멍이나 있다. 그는 몇 장을 뜯어내 엎질러진 커피를 훔친다. "개자식이 내가 제일 좋아하는 컵을 죽였군요."

너무 뜬금이 없어서 웃음을 터뜨릴 뻔하지만, 웃기 시작하면 통제가 안 될 것을 알기에 참는다. 난 내 주위의 커피 잔 조각을 치우다가내가 뭘 하고 있는지 깨닫는다. 샘이 뭘 하고 있는지. "샘." 내가 그의팔에 손을 얹자 그가 약간 움찔한다. "멈춰요. 범죄 현장이에요."

"이런." 그가 이제 갈색 액체를 빨아들여 흐물흐물해진 종이 타월을 식탁 중앙에 버려둔다. "맞습니다."

케지어가 다시 안으로 들어온다. 그녀가 몰스킨 노트에 메모를 하며 말한다. "좋아요. 이제 두 분 모두 밖으로 나가라고 말할 참이에요. 다른 팀이 도착하는 대로 현장을 봉쇄하게 할 거예요. 형사들이 오는 중이에요."

난 자리에서 일어나 다시 우리 집이 시야에 들어오는 문 쪽으로 움직인다. 바뀐 것은 없다. 주머니에서 전화기를 꺼낸다. "우리 집을 떠나서 바로 여기로 오신 거죠?"

"아니요." 케즈가 말한다. "간선도로 위쪽에 경관이 쓰러져서 응답해야 했어요. 모두 소집됐죠. 이 신고를 받았을 때 막 돌아오는 중이었어요. 미안해요. 하지만 떠나기 전에 노크하고 아이들에게 가야 한다고 말했어요. 따님이 자신들은 괜찮을 거라고 했고요."

그 말이 나를 강타하고 샘의 눈 역시 커진다. 그가 말한다. "거기에 경찰이 쓰러져 있었다고요?" 그가 간발의 차로 나보다 먼저 묻는다.

케즈의 얼굴이 멍해지더니 이내 굳는다. "아뇨. 그런 흔적은 없었어요."

거짓 신고와 이곳에서의 총격까지……. 주의를 다른 데로 끌기 위해 꾸민 일이었다는 생각이 우리 모두의 머리를 스친다.

다음 순간 자리에서 일어난 샘이 그의 산탄총과 내 배낭을 집어든다. 그가 움직이며 배낭을 내게 던지고, 괴물에게 쫓기듯 난 이미 달리는 중이다.

"기다려요!" 케지어가 뒤에서 소리친다. 난 듣지 않는다. 더 빨리, 더 빨리 달린다. 난 멈출 수 없다. 등 뒤에서 엔진 소리가 들려 한쪽으로 비켜서자 샘이 문을 던지듯 열고 타라는 손짓을 할 때 케지어가 차의 속도를 늦춘다. 차 안으로 뛰어든 나는 닫히는 문에 아슬아슬하게 다리를 찧는 걸 피한다. 케지어가 옳다. 이게 더 빠르다.

우리 아래로 미끄러지는 도로를 바라본다. 케지어 클레어몬트가 미치광이처럼 운전을 하지만 도로를 막고 있는 사람은 아무도 없는 데다 얼마 안 되는 거리다. 그녀가 집 진입로로 급하게 방향을 틀자 차의 꽁무니가 자갈 위에서 요동을 치는가 싶더니 이내 집을 향해 비틀거리며 속도를 내 오른다. 갓 생긴 상처가 벌어져 피를 흘리는 것처럼 차고에서 빨간 페인트가 번쩍인다.

나는 차에서 내린다. 현관으로 달려간다. 문은 잠겨 있고, 내가 잠 긴 문을 열자 경보기가 미친 듯이 경보음을 울리기 시작한다. 암호를 입력하며 난 깊이 숨을 들이쉰다. '감사합니다, 하느님.' 경보기는 여 전히 작동 중이다. 아이들은 어디에도 가지 않았다. '괜찮아, 아이들 은 안전해.'

나는 배낭을 소파에 떨어뜨리고 복도로 향한다. "래니! 코너! 어디 있니?"

대답이 없다. 아무 소리도 나지 않는다. 난 여전히 같은 페이스로 움직이고 있지만 시간이 느리게 가는 듯하다. 복도가 점점 어두워진 다. 양쪽의 닫힌 문들이 확대되어 보인다. 되돌아가서 다른 이들을 기다리고 싶지만 그러지 않는다. 그럴 수가 없다.

래니의 방문을 열어젖히자 벗겨져 바닥에 헝클어져 있는 침대 커 버가 보인다. 매트리스에 씌운 시트 한쪽이 빠져나왔고, 다른 쪽은 헐겁게 늘어져 있다. 딸의 노트북이 열린 채 거꾸로 뒤집혀 예각을 이루며 바닥에 놓여 있다. 나는 그것을 집어 들고 살핀다. 화려한 색 채의 망자의 날^{Day of the Dead 죽은 친지나 친구를 기리며 명복을 비는 멕시코의 기념일} 화면 보호기 해골이 구석에서 구석으로 유쾌하게 뛰어다닌다. 딸의 화면 보호기는 컴퓨터가 절전 모드로 들어가기 전에 잠깐 지속될 뿐이다. 오 분 이상, 십오 분 미만. 그녀가 이랬을 리 없다. 그 애는 절대 자기 노트북을 이렇게 다루지 않는다.

컴퓨터를 매트리스 위에 놓고 주위를 둘러본 뒤 뭘 발견할지 두려워하며 옷장을 연다. 침대 밑을 살핀다.

"그웬……," 뒤에서 샘의 목소리가 들린다. 어깨 너머로 돌아본다. 그는 아들 방에 들어가는 참이다. 정지된 듯 조용한 그의 목소리에서 뭔가 이상한 게 느껴지고, 나를 흘끗 보는 그의 눈은 밝은 백색광을 응시하고 있는 것처럼 동공이 아주 작게 수축해 있다. 내가 그에게로 향하자 그가 수호자처럼 내 치명적인 추락을 막으려고 애쓰듯 한 손을 뻗지만 그가 다른 손에 든 산탄총을 사용하지 않는 한 나를 막을 수 없다.

나는 그를 지나 그가 날 뒤로 끌어내지 못하게 문틀을 움켜쥔다.

피가 보인다.

내 악몽이 재현된다. 코너의 하늘색 시트가 구겨진 채 피로 얼룩져 있다. 바닥에 검붉은 핏줄기가 남아 있다. 베개는 길고 깔끔하게 찢겨 피 묻은 깃털 충전재가 튀어나와 있다.

아들은 없다.

내 아이들이 사라졌다.

무릎에 힘이 풀려 양쪽 문틀을 잡고 나 자신을 지탱한다. 샘이 내게 말하며 어깨에 손을 대지만 무슨 말인지 들리지 않는다. 다시 다리에 감각이 돌아와 앞으로 달려들지만 한 팔로 내 허리를 강하게 감싸 돌린 케지어 클레어몬트가 내 등을 벽에 밀어붙인다. 그녀의 총은 권총집에 들어 있고, 위엄을 띤 그녀의 갈색 눈이 나를 살핀다.

"생각을 해야 해요, 그웬." 그녀가 내게 말한다. "당신은 저 안에 들어갈 수 없어요." 그녀가 주머니에서 전화기를 꺼내 단축 번호를 누르자 상대가 거의 즉시 전화를 받는다. "형사님? 빨리 그웬 프록터의 집에 오셔야 해요. 아이가 유괴된 것 같습니다. 피해자 둘. 지원 필요." 그녀가 여전히 나를 붙든 채 전화를 끊는다. "괜찮아요? 그웬? 그웬!"

난 간신히 끄덕인다. 난 괜찮지 않고, 그럴 수도 없지만 싸워 봤자 소용이 없는 데다 그녀가 묻는 것은 그게 아니다. 그녀는 내가 나를 제어할 수 있는지를 묻고 있고, 난 할 수 있다. 적어도 노력은 할 수 있다.

샘도 어렴풋이 보이기 시작하고, 그의 얼굴에 떠오른 메스꺼움, 의혹을 보고 나서야 이 상황이 두 가지 다른 의미를 띤다는 것을 깨닫는다.

하나, 진실: 내 아이들은 납치되었다.

둘, 아주 그럴듯한 거짓말: 나는 집을 나서기 전에 내 아이들에게 무슨 짓을 했다. 누군가는 그렇게 생각하게 될 것이다. 케지어는 그렇게 생각할 수 없다. 그녀는 밖에서 집을 지켜보고 있었고, 현관문을 통해 래니와 대화했다. 하지만 내가 첫 번째 용의자가 될 것이다. 어쩌면 유일한 용의자. 케지어가 무슨 말을 하든.

"아니요." 내가 말한다. "케지어, 내가 이런 짓을 한 게 아니라는 거 알잖아요!"

"알아요. 하지만 증거 수집과 이 상황을 혼동하지 마요." 그녀는 그렇게 말하고 직업적인 능숙함으로 나를 거실 소파로 데려간다. 게임 컨트롤러가 바닥에 떨어져 있어 나는 무의식적으로 그것을 집어 치운다. 코너의 나쁜 습관. 게임을 하고 치우지 않는. 그때 아들의 손이 이 컨트롤러에 머물렀다는 생각이 떠오른다. 난 컨트롤러가 깨지기라도 할 듯이, 사라지기라도 할 듯이, 아들이 내 상상 속에서만 존재했는지도 모른다는 듯이 그것을 조심스럽게 집어 든다.

"그웬." 샘이 내 옆에 웅크리고 앉아 내 얼굴을 응시한다. "당신이 말한 게 맞는다면 누군가 당신이 집에서 나온 걸 알았어요. 누구한테 말했습니까?"

"아무한테도요." 난 멍하니 말한다. "당신. 그리고 아이들. 애들한테 곧 돌아올 거라고 얘기했어요. 애들은 괜찮았어요." 내 잘못이다. 나는 절대 떠나지 말았어야 했다. 절대. "당신이 보고 있을 거라고 생각했어요!" 나는 마지막 말을 케지어에게 내뱉는다.

반응이 없지만 긴장한 그녀가 그 말에 상처받은 것을 알 수 있다. 그녀는 자신의 실수를 알고, 그 대가는…… 그 대가는 우리가 서로 얼굴을 마주하길 바라는 것보다는 더 비쌀 것이다.

"애들이 집에 들일 만한 사람이 누구죠?"

"없어요!" 난 비명을 지르다시피 하지만 거의 즉시 그 말이 사실이 아니라는 걸 깨닫는다. 아이들은 아마 샘 케이드라면 집에 들이겠지만 샘이…… 샘이 그럴 시간이 있었을까? 있었다. 그는 언덕을 오르는 나를 보았다. 그렇다면 적어도 여기에 올 한 시간이 주어졌고…… 뭘 했을까? 교묘한 말로 아이들을 설득해 집 안으로 들어가 자신의 흔적을 남기지 않고 어떻게든 아이들을 유괴했을까? 그리고 아이들을 어디로 데려갔을까? 아니다. 아니, 샘이 그랬다고는 믿을 수 없다. 그것은 말이 되지 않았다. 감정적으로는 아니다. 논리적으로도 말이 되지 않는다. 아이들은 죽을힘을 다해 싸웠을 것이다. 내가 그의 집에 들렀을 때 그는 몸에 피 한 방울 묻어 있지 않았다. 그리고 케지어가 그를 봤을 것이다.

그들이 함께 일을 꾸미지 않은 한?

내가 이런 생각을 하는 동안 그가 나에 대해 같은 생각을 하고 있다는 것을 감지할 수 있다. 어떻게 내가 자기 자식한테 그런 짓을 할 수 있을지 이리저리 따져 보면서. 각자 다시 서로를 불신하는 것. 그것이 정확한 핵심일지도 모른다.

다른 사람은? 샘 말고 누가 또 있을까? 아이들이 케지어 클레어몬트를 들였다고는 생각할 수 없다. 그녀를 좋아하고 그녀가 경찰 배지를 달았다고 해도. 프레스터 형사? 어쩌면.

이내 그 생각이 차갑게, 끔찍하게 피부를 팽팽히 잡아당긴다. 한 사람을 잊고 있었다. 아이들이 신뢰한 누군가. 재고의 여지 없이 아이들이 집 안에 들였을 누군가. 그는 내가 아이들과 같이 있게 할 만큼 내 신뢰를 얻었었다. 하비에르 에스파르자. 내 탄환 상자를 전해 주고 간 하비에르.

그의 트럭은 내가 사격장을 떠날 때 그곳 주차장에 없었다.

그는 경보 시스템의 암호를 알고 있을지 모른다. 그는 내가 경보기를 켜고 해제하는 것을 봤을지 모르고, 아이들이 그렇게 하는 것을 봤을지 모른다. 하비에르 에스파르자는 훈련받은 군인이었다. 그는 사람을 은밀히 납치하는 법을 알고 있을 것이다.

그 말을 하려 하지만 할 수 없다. 입에서 소리가 되어 나오지 않는다. 폐에 통증이 느껴져 나는 폐를 진정시키려고 황급히 숨을 들이마신다. 그리고 코너의 플라스틱 게임 컨트롤러가 내 손에서 피부처럼 따뜻하게 느껴지자 생각한다. '코너의 피부는 이제 차가워졌을지도 모른다. 어쩌면 그 아이는……' 그러나 내 뇌가 스스로를 보호해 나로 하여금 나머지 말을 하지 않게 할 것이다. 사격장 혹은 그의 트럭 짐칸에서 손쉽게 산탄총에 접근 가능한 하비에르. 아이들을 봐 달라고 할 만큼 내가 신뢰한 하비에르. 아이들이 집 안에 들일 만큼, 그를 위해 알람을 끌 만큼 신뢰를 받았던 사람. 아이들에게서 손쉽게 암호를 알아내 나가는 길에 경보기를 리셋할 수 있는 사람.

'네가 잊고 있는 게 있어.' 멜의 목소리가 속삭인다. 그 목소리를 원치 않기에, 내 머릿속 그의 목소리를 원치 않기에 움찔한다. 나는 원치 않지만 역시 그가 옳다. 나는 무언가를 잊고 있다…….

"보안 업체에 전화할 참이에요." 케즈가 말한다. "내가 그들과 얘기할 수 있게 당신이 말해 줘야 해요, 아시겠죠? 언제 알람이 꺼졌고 켜졌는지 그들은 기록을 갖고 있을……,"

"카메라!" 내가 불쑥 내뱉는다. 충전을 위해 태블릿을 플러그에 꽂아 두었던 곳으로 급히 달려간다. 카메라 영상은 장비에 실시간으로 전송된다. 정확히 무슨 일이 일어났는지 볼 수 있다.

그러나 태블릿은 사라졌다. 그곳에는 코드만 늘어져 있다.

나는 코드가 태블릿과 연결되어 있지 않다는 게 믿기지 않아 그 끄트머리를 잡고 케지어라면 어떻게든 이 문제를 해결할 것이라는 듯 할 말을 잃은 채 그녀를 본다. 그녀는 얼굴을 찌푸리고 있다. "카메라가 있어요? 그게 보안 시스템에 포함된 거예요?"

"아니요." 내가 말한다. "아니에요, 따로 설치한 거예요. 태블릿이 있었는데……," 나는 무엇이 내 머리를 하나의 생각에서 다음 생각으로 뛰게 하는지 모른다. 아이들을 안전하게 지키는 무언가에 대한 생각이 형체를 잡기도 전에 머리를 스쳤고, 이내 내가 정말로 잊고 있었던 것을 깨닫는다.

안전실.

내가 벌떡 일어나 부엌의 바를 돌아 벽을 향해 돌진하자 놀란 두 사람이 당혹스럽게 나를 본다.

부유했던 예전 소유주가 붙박이로 만든 이 집의 안전실은 아침 식사 테이블이 있는 부엌 구석의 경첩이 달린 패널 뒤에 숨겨져 있다. 난 다가오는 케지어에게 거의 부딪칠 만큼 세게 테이블을 밀친 다음 미친 듯이 패널을 민다. 패널이 튀어나와야 하지만 움직이지 않는다. 마치 그 방이 내 상상 속에만 존재했던 것처럼, 현실이 나에게서 떠나 내 삶의 미치광이 유령의 집 버전으로 이동해 아이들과 함께 안전실이 사라진 것처럼 나는 유체에서 이탈한 듯한 이상한 기분을 느낀다. 다시, 다시, 다시 민 끝에 먼 쪽 귀퉁이가 딸깍하며 튀어 오른다. 나는 그 귀퉁이를 쥐고 확 잡아당겨 패널을 연다. 패널 안쪽에는 무거운 철문이 있고, 철문 옆에는 키패드가 박혀 있다. 숫자가 피로 더럽혀져 있다. 그걸 보고 숨이 멎지만 동시에 그것은 아이들이 안에 있고, 그들이 괜찮다는 뜻이다. 거기에 다른 가정은 없다.

암호를 입력하지만 손가락이 심하게 떨려 잘못 누른다. 나는 숨을 들이마시며 억지로 마음을 가라앉힌다. 여섯 자리 숫자. 이번에는 제대로 입력한다. 진동음이 울리고 녹색 불이 깜빡인다. 난 손잡이를 돌리고 꽉 닫힌 문이 열리기도 전에 소리친다. "코너! 래니!"

안전실 내부는 엉망진창이다. 선반에서 떨어진 생수병의 물이 바닥에 흩뿌려져 있고, 고단백 비상식량 상자가 쓰러져 포장된 내용물이 바닥에 굴러다닌다. 일부는 몸싸움에 으깨졌다.

피가 떨어져 있다. 방울방울. 움직임을 보여 주는 긴 핏줄기. 주의: 여기에 좀비가 있음이라고 쓰인 노란 표지판 밑 구석에 작은 피의 웅덩이. 코너의 표지판이다.

바닥에 부러진 석궁이 그대로 있다. 역시 아들 것으로, 아이는 좀비 드라마에서 석궁을 가지고 다니는 남자를 좋아한다. 벽에서 뜯긴 유선 전화기가 던져져 반대편에 깨진 채 놓여 있다.

난 계속 피를 바라본다. 선명하다. 선명하고 빨갛다.

아이들은 여기 없다.

나는 이해가 되지 않아 멍하니 바라보며 한동안 서 있다. 아이들이 여기에 있어야 한다는 사실밖에 이해가 되는 것은 아무것도 없다. 이곳은 아이들의 성역이자 안전한 장소다. 아이들의 탈출구. 아무도 그들을 여기서 데리고 나갈 수 없다.

그러나 누군가 그렇게 했다. 그들은 여기에 있었다. 그들은 여기서 싸웠다. 여기서 피를 흘렸다.

그리고 사라졌다.

난 방 안에 유일하게 가림막이 있는 작은 붙박이 화장실로 돌진한다. 반투명 유리문이어서 이미 안에 아무도 없다는 걸 알지만, 어쨌든 문을 확 잡아당겨 열어 빈 화장실을 보고 너무나 두려워 욕지기가 난다.

나는 꼼짝달싹도 하지 않은 채 가만히 서 있고, 방의 침묵이 내 안에 차갑게 스민다. 아이들의 부재는 벌어진 상처고, 피는 너무나 빨갛고 눈이 부시게 선명하다.

케지어가 내 어깨에 손을 얹는다. 그 온기가 얼굴에까지 느껴져 깜짝 놀란다. 내 몸이 매우 차갑다는 걸 깨닫는다. 쇼크. 덜덜 떨고 있지만 전혀 느끼지 못한다. "이리 오세요." 그녀가 말한다. "아이들은 여기 없어요. 나가요."

난 나가고 싶지 않다. 이 낯설고 오싹한 성역을 떠나는 것은 엄청난 뭔가를 인정하는 느낌이다. 머리에 이불을 뒤집어쓴 아이처럼 무언가로부터 숨고 싶다.

비이성적으로, 비상식적으로 난 갑자기 멜을 원한다. 끔찍한 생각이지만 난 의지할 누군가, 이 공허한 기분을 나눌 누군가를 원한다. 아마 멜을 원하는 것은 아닐 것이다. 아마 그의 생각을 원하는 것이리라. 내 슬픔과 공포, 우리 아이들을 공유하는 누군가를. 나는 그의 팔이 날 감싸 안길 바란다. 그가 다 괜찮을 거라고 말해 주길. 멜이 허상이고, 언제나 허상이었다 할지라도. 설령 그렇더라도.

케지어가 나를 끌어낸다. 안전실을 열린 채로 두고 부엌 의자—래니가 아침을 먹었을 때 앉은 의자—에 쓰러지듯 앉는다. 모든 것에 추억이 서려 있다. 나무 식탁에 찍힌 지문들, 코너에게 다시 채우라고 했지만 아이가 깜빡해 거의 빈 소금병.

래니의 해골 모양 헤어클립이 의자 아래 바닥에 버려져 있다. 스프링에 비단 같은 머리칼 한 올이 걸린 채. 그것을 주워 살짝 손에 쥐고 있다가 코에 갖다 대자 딸아이의 머리카락 냄새가 난다. 그것이 내 눈에서 눈물을 자아낸다.

샘은 지금 내 손 가까이에 힘없이 손을 늘어뜨리고 앉아 있다. 그가 언제 거기에 앉았는지 모른다. 시간을 뛰어넘어 그냥 나타난 것처럼. 현실이 다시 붕괴 중이다. 지금 모든 것이 멀게 느껴지지만, 몇 센티미터 떨어져 있음에도 그의 살갗의 온기가 햇살처럼 나에게 전해진다.

"그웬." 그가 말한다. 그게 내 이름인 걸 알아듣는 데 조금 시간이 걸린다. 나는 그게 내 이름이라고 믿어야 한다고 나 자신에게 가르쳐 왔기에 고개를 들어 그의 시선을 마주한다. 그의 눈 안에 무언가가 나를 진정시킨다. 나를 어둠에서 사오 센티미터 들어 올려 적어도 약간은 희망적인 무언가로 데려간다. "그웬, 우린 아이들을 찾을 거예요, 알겠습니까? 애들을 찾게 될 거예요. 어떤 계획이라도 있다면……,"

내 핸드폰이 울리는 소리가 그의 말을 방해한다. 난 미친 듯이 움켜쥔 핸드폰을 테이블 위에 내리치듯 놓고 발신자 이름을 보지도 않은 채 스피커폰으로 답한다. "래니? 코너?"

모르는 목소리가 대답한다. 남자 목소리 같지만 목소리 변조 프로그램을 통한 음성이다. "죄를 잘도 모면했다고 생각하나, 이 역겨운 계집? 도망칠 순 있어도 숨을 순 없어. 우리한테 잡히면 넌 차라리 네 남편이 너를 산 채로 매달아 껍질을 벗겨 주길 바라게 될 거다!"

불의의 공격에 깜짝 놀라 한순간 움직일 수도 생각할 수도 없다. 샘은 한 대 맞기라도 한 것처럼 몸을 젖힌다. 구부리고 있던 케지어가 몸을 일으킨다. 원한에 차 있고 고소해하는 말은 단조로운 목소리로 변조되었어도 충격적이다.

할 말을 찾을 때까지 적어도 반 시간쯤 흐른 기분이지만 심장이 한 번 뛸 만큼의 시간일 터고, 난 소리를 지른다. "애들을 내놔, 이 망할 자식아!"

수화기 저편에서 침묵이 흐른다. 내가 그를 곤란하게 한 것처럼. 마치 내가 대본대로 말하지 않은 것처럼. 그때 목소리를 변조하는 알고리즘에 의해 놀란 기색이 제거된 목소리가 말한다. "뭐라고?"

"애들은 괜찮아? 만약 내 아이들을 다치게 했다면, 이 개자식아, 널 찾아내 갈기갈기 찢어 줄 테다……." 난 이제 뻣뻣한 팔을 구부려 핸드폰 위에 있던 몸을 일으킨다. 그리고 내 목소리는 벨 만큼 날카롭게, 무엇이든 산산조각 낼 만큼 커져 있다.

"난—어—안 그랬어. 젠장." 치직 소리를 내며 연결이 끊기고 전화기에서 조용한 멜로디가 울리더니 신호가 끊긴다. 난 의자에 주저앉아 전화기를 들고 화면을 문질러 발신자를 확인한다. 당연히 발신자 번호 표시 제한이다.

"이자는 몰랐어요." 내가 말한다. "애들이 사라진 것조차 몰랐어요." 이런 일이 생길 줄 예상했어야 한다. 내 주소는 다 공개됐다. 나와 가까운 누군가가 그걸 누설했고, 사진들도 찍었다. 멜 또한 내 번호를 뿌린 게 틀림없다. 이런 전화가 물밀 듯 걸려 올 것이다. 살해 협박, 강간 협박, 아이들과 반려동물을 죽이고, 집을 불태우고, 부모님을 고문하겠다는 협박. 전에 겪었던 일이다. 사이코 순찰대의 세계에서 받을 충격은 더 이상 많지 않다. 나는 또한 안다. 그것을 신고할 때마다 이 딱하고 역겨운 소인배들 대부분이 그들의 악의에 찬 장담들을 결코 완수하지 못하리라는 것을 경찰이 나에게 상기시킨다는 것을. 그들의 즐거움은 심리적 손상에서 온다.

저 트롤은 나에게 이런 짓을 하는 데 가책을 느꼈기 때문에 전화를 끊지 않았다. 그는 깜짝 놀랐고, 아동 유괴 수사에 연루될까 봐 두려웠다. 긍정적인 면이라면, 그는 다시 전화하지 않을 것이다.

그러나 그의 뒤에 또 다른 수천 명이 있으리라.

케지어가 내 손에서 핸드폰을 가져가 내 생각을 방해한다. 그녀가 말한다. "우리가 이 건을 어떻게 다룰지 결정할 때까지 제가 전화를 받겠습니다, 괜찮죠?" 전화기를 증거물로 가져가려는 계책이라는 걸 알면서도 나는 고개를 끄덕인다. 샘이 마치 부끄럽다는 듯 시선을 회피한다. 과거에 그가 내 음성 사서함에 몇 번의 분노에 찬 메시지를 남기지 않았을지 궁금하다. 익명 계정으로 몇 차례 분노에 찬 이메일을 보냈거나. 진짜 사이코패스 같은 메시지나 메일을 보내지는 않았을 것이다. 그의 메일은 정당한 분노와 진짜 상실감, 고통에 찬 것이었으리라.

그가 애초에 그런 메시지와 메일에 자신의 이름을 남겼더라면, 우리가 서로에게 정직했더라면, 서로를 이해하고 서로를 바라봤더라면 좋았을 것이다.

경찰은 금세 도착한다. 주변이 분주해진다. 경찰이 집을 철저히 수색하고 수사 절차를 밟을 때 우리는 집 밖으로 내몰린다. 프레스터가 다른 젊은 형사—그를 제외하고는 다들 너무 젊고 미숙해 보인다—와 함께 도착해 케지어, 샘과 서 있는 나를 보고 고개를 젓는다. 그가 샘이 우리와 함께 있다는 사실에 눈썹을 치켜세우는 것으로 보아 나는 그가 자신의 모든 이전 판단과 추측을 따져 보고 재검토한다는 것을 알 수 있다. 나는 이 상황이 나와 샘을 공모자로서 다시금 한 상자에 들어가게 하는 것인지 궁금하다.

만약 그렇게 된다면, 그 배경에는 정말 사악한 집단이 있을 것이다. 내가 몰랐을지라도 우리에게는 과거가 있다. 우리는 서로를 안다. 우리는 이제 어느 정도 서로를 좋아한다. 프레스터처럼 생각하려니 머리가 아프지만 난 그가 우리를 이미 매우 다른 관점에서 보고 있다고 생각한다.

"다 말해 보십시오." 프레스터가 말한다.

일단 말을 시작하니 멈출 수가 없다.

12

이곳에 있고 싶지 않지만 집을 떠나고 싶지도 않다⋯⋯. 집이 더는 우리의 안전한 공간, 천국이라고 느껴지지 않는다. 내부의 추한 무언가가 드러난 과거 위치토의 집처럼 현재의 집은 까발려지고 금이 가고 망한 느낌이다. 이번에는 멜의 사악함 때문이 아니다. 이 집은 더 이상 집의 역할을 하지 못한다. 완벽한 부재⋯⋯. 내게 집이라는 것을 느끼게 하는 한 가지가 없기 때문에.

나는 나와 샘을 신문하는 프레스터와 바깥 포치에 앉아 있다. 옆에 있는 케지어가 그럴 필요가 있을 때마다 우리의 말을 프레스터에게 확인시킨다. 난 그가 노트에 개략적으로 적고 있는 사건의 시간 순서를 상상한다. 빨간 별표가 표시되는 지점. 누군가가 우리 집에 들어와 내 심장을 찢어 놓은 순간이 어느 지점일지 궁금하다. 그는 또 내가 저지른 짓이라고 믿을 테지만 난 더 이상 그런 데는 관심 없다. 아이들을 찾아야 하니까.

난 아이들이 무사하다고—겁을 먹었겠지만 잘 있다고— 믿어야 한다. 즉, 그 피는 연극용이거나 동물의 피고, 날 겁주려고 거기에 뿌린 것이라고. 몸값을 요구하는 전화가 걸려 올 거라고. 내가 본능적으로 믿는 끔찍한 것을 제외한 어떤 것은 사실이라고.

나는 프레스터에게 아이들의 핸드폰 번호를 알려 주고, 그는 그 번호를 케지어에게 넘긴다. 그녀가 30분 후에 돌아와 말한다. "전화기가 꺼져 있어서 GPS 신호가 잡히지 않습니다."

"놀랍지도 않군." 그가 말한다. "요즘 TV를 보는 얼간이라면 빌어먹을 전화기를 버려야 한다는 것쯤은 아니까." 그는 살짝 머리를 흔들며 노트를 덮는다. "마을에 있는 모든 경찰이 동원돼서 찾고 있습니다, 프록터 씨. 하지만 그동안 오늘 아침 클레어몬트 경관과 아침 식사를 한 뒤 무슨 일이 있었는지 말씀해 주셔야 합니다."

"벌써 말씀드렸는데요."

"다시 말씀해 주십시오." 그의 눈은 차갑고 무자비했고, 나는 순간 선명하고 신랄한 분노가 일어, 그가 내 아이들을 숨기고 납치한 사람인 양 그를 증오한다. "이런 일이 어떻게 일어났는지 제가 정확히 이해할 필요가 있기 때문입니다. 경관을 쫓아낸 다음 뭘 하셨습니까?"

"현관문을 잠갔어요. 알람을 리셋했고, 접시를 씻고, 멜에게서 그 전화를 받았어요. 총 금고에서 권총을 꺼내고, 어깨 권총집, 총을 넣을 케이스를 챙겼죠. 후드 달린 옷도요."

"그리고 아이들 방문을 노크했습니까? 아이들에게 어디 간다고 이야기했습니까?"

"래니에게 얘기했어요. 한 시간쯤 집을 비울 거라고 했어요. 그러고 나서 케지어에게 집을 봐 달라고 부탁했어요."

그는 고개를 끄덕이고, 난 생각한다. 내가 아이들을 두고 갔다고 비난

하고 있어. 하지만 난 아이들을 안전실이 있는 요새 같은 집에 두고 문을 잠그고 떠났고, 안 좋을 일에 대한 분명한 방안이 있었다. 현관 앞의 경찰차. 고작 한 시간이었어! 샘의 집에 들렀기 때문에 결국 20분이 더 걸렸고, 누군가 그를 죽이려 했다. 1시간 20분. 내 인생이 무너지는 데 걸린 시간이다.

"그러니까 케지어가 아침 식사를 마치고 당신의 집에서 나간 뒤 당신이 언덕을 오르기 위해 집에서 나서기 전까지의 시간이 삼십 분쯤 된다는 거죠?"

"우리 집을 지나치는 그녀를 봤습니다." 샘이 묻지도 않은 말을 한다. "맞는 것 같습니다. 사격장으로 올라가서 내려오기까지 거의 정확히 한 시간 정도였고, 난 그녀를 집 안에 들였습니다."

프레스터가 가늘게 뜬 눈으로 그를 바라보고, 샘은 손을 올리고 의자에 몸을 묻는다. 하지만 그의 말이 옳다. "그러고 고작해야 삼십 분동안 집에 있다가 나갔어요." 내가 프레스터에게 말한다. "그리고 그때 샘이 길에서 나를 봤죠. 보세요, 여기엔 아무런 문제도 없어요. 케지어에게 물어봐요. 그녀가 내 딸과 이야기를 했어요."

"지금 당장 제 관심사는 그녀의 말이 아닙니다. 그래요. 클레어몬트 경관이 당신 아이들을 마지막으로 본 때와 그다음 당신이 혼자 사격장으로 올라가는 게 목격된 때와의 사이에 삼십 분이라는 시간이 있었습니다. 맞습니까?"

"당신은 내가 삼십 분 동안 내 아이들을 어떤 방법으로든 죽이고 시체를 몰래 빼돌린 다음 몸에 피 한 방울 묻히지 않고 달리러 나갔다고요?"

"전 그렇게 말한 적 없습니다."

"그런 말은 필요없어요!" 난 무릎에 손을 얹고 앞으로 내앉으며 온 적의를 담아 그를 노려본다. 꽤 부담스러울 텐데도 프레스터는 꿈쩍도 하지 않는다. "난. 절대. 내. 아이들을. 다치게 하지. 않아요." 그 말을 하는데 목소리가 갈라지고 눈앞이 뿌예지지만 멈추지 않는다. "난 멜빈 로열이 아니에요. 지나 로열도 아니에요. 난 아이들을 해치고 싶어 했고 여전히 그러길 원했던 사람들에게서 아이들을 지켜야 했던 사람이에요. 용의자들을 원하신다면 파일을 드리죠. 아마 기분 전환으로 그게 유용할 거예요!" 난 기꺼이 그에게 그 파일들을 던질 수 있다. 내 희망과 평화를 죽이려고 고안된 몸서리나는 사진들을, 지극히 폭력적인 말들이 난무하는 종이 뭉텅이를. "모두 내 사무실에 있어요. 그리고 멜빈과 얘기해 봐요. 그는 이 일에 관해 뭔가 알고 있어요. 아는 게 분명해요!"

"그가 사형수 교도소에서 탈출한 다음 아무런 목격자도 만들지 않고 어떻게든 스틸하우스 레이크까지 왔단 말입니까?"

"아니요. 멜빈의 사람들이 있는 것 같아요. 공범이 있었는지 알 게 뭐예요. 경찰들은 그 혐의를 내게 씌우려 했지만 난 아니었어요. 어쩌면 그의 진짜 공범은……." 내 귀에조차 내가 미친 것처럼 들려서 나는 말을 멈춘다. 멜빈 로열에게는 공범이 없었다. 그는 공범이 필요 없었다. 그는 그의 특별하고 끔찍하고 작은 왕국의 왕이었고, 다른 사람과 그 왕국을 공유하는 그를 상상조차 할 수 없다. 하지만 추종자라면? 가능하다. 그는 추종자들을 거느리길 원할 것이다. 그는 자신이 카리스마가 있고, 광신적 종교 집단의 리더처럼 영향력이 있다고 여겼다. 직접 나를 괴롭힐 수 없다면 자신의 꼭두각시로 행동할 사람을 원했을 것이다. 그러나 프레스터는 이미 고개를 젓고 있다.

"당신의 전남편은 확인해 봤습니다." 그가 내게 말한다. "철저히 감시받고 있죠. 컴퓨터를 할 시간은 전혀 없습니다. 한 달에 책 몇 권을 받고, 변호사와 약간의 시간을 보내고, 편지는 모두 교도관들이 먼저 확인합니다. 그는 여자들에게서 편지를 받는데…… 그가 나쁜 게 아니라 사람들에게서 오해를 받고 있을 뿐이라는 내용의 다양한 팬레터라고 할 수 있죠. 그중 한 명이 그와 결혼하기를 원합니다. 그는 아내가 자신을 버렸기 때문에-내 말이 아니라 그의 말입니다- 생각해 보겠다고 했습니다."

"확인해……,"

"이미 했습니다." 프레스터가 내 말을 막는다. "충실한 아내 지망생은 자신의 집을 떠난 적이 한 번도 없고, 그 집은 하고많은 곳 중 알래스카 시골에 있습니다. 그녀가 움직였다면 거의 멜빈만큼이나 주목을 받았을 겁니다. 지역 경찰들은 그녀가 제정신이 아니긴 해도 해를 끼치는 사람은 아니라고 합니다. 캔자스주 경찰이 이미 멜빈에게 편지하는 사람 명단 전부를 조사 중이고, 명단은 길지 않습니다."

"그들이 모든 걸 파악한 건 아니에요. 그가 어떻게 내게 편지를 보내는지 모르지만 어쨌든 그는 그렇게 하고 있어요."

"그럼 우리가 조사해 보죠. 케이드 씨 통나무집 총격도요. 그리고 경관이 쓰러졌다는 가짜 제보도. 그리고 당신이 받았다고 한 전화도. 당장 해결해야 할 일이 많습니다. 최대한 신속하게 알아보는 중입니다." 그가 팔꿈치를 바닥에 대고 앞으로 몸을 기울인다. "아이들 친구들 또한 조사 중입니다. SNS에서는 건질 게 별로……,"

"왜인지 알잖아요!"

"네, 그런 것 같군요. 하지만 우리가 꼭 얘기해 봐야 할 사람이 있다면 지금 말씀해 주십시오. 우린 지금 모든 가능성을 궤도에 올려야 합니다."

그가 어떤 가능성에 대해서는 입을 다물고 있다는 걸 깨닫는다. 아이들의 생존 여부에 관한 가혹한 진실. 아마 놈들은 오래 끌지 않으리라. 특히 나나 멜에게 원한을 품은 자들에게 납치된 게 아니라면. 스틸하우스 레이크 살인마에게 납치되었다면 시간은 아마 훨씬 촉박할 것이다. 그 피가 떠오르고, 일이 잘못될 가능성에 다시 숨이 막힌다.

난 여전히 무언가를 놓치고 있다. 그게 뭔지 잡히지 않는다. 내가 봐 온 무언가, 대수롭지 않게 여겼던 무언가. 이제 나는 끊임없이 의심하게 하는 무언가, 속삭이는 무언가, 찾기 힘든 무언가를 찾아낼 만큼 마음을 가라앉힐 수 없다. 코너에 대한. 코너에 관한 무언가. 난 눈을 감고 오늘 아침에 봤던 아들을 본다. 내 진지한 아이, 조용하고 독립적이고 매력적인 괴짜.

괴짜.

그 생각을 계속 추적하려 하지만 그러지 못한다. 그 노력은 프레스터의 말에 산산조각이 난다. "경찰서로 같이 가셔야겠습니다. 여긴 할 일이 많고, 당신이 방해가 돼서는 안 됩니다. 케이드 씨, 당신도 함께 가는 게 좋겠군요. 이 총격 사건에 대한 정보가 더 필요합니다."

난 동의한다거나 하는 의미 없는 어떤 말을 중얼거리지만 사실 동의하지 않는다. 내 마음이 빠르게, 지나치게 빠르게 움직이며 수천 가지 다른 방향으로 가지를 쳐 말이 되는 게 더는 아무것도 없다. 그러나 내가 할 수 있는 무언가가 있다. 단 한 가지.

나는 핸드폰을 돌려 달라고 부탁하고 압살롬에게 문자를 보낸다.

누가 아이들을 데려갔어요. 누군지 모르겠어요. 제발 도와줘요.

그것이 어둠을 탈출하는 기도가 될지 절망의 외침이 될지 모른 채 '전송' 버튼을 누른다. 압살롬이 연루되길 원치 않는다고 해도 난 화낼 수 없다. 압살롬은 인터넷이라는 광활하고 어두운 바다에 던져진 병이고, 인터넷은 내가 충분히 겪어 알듯 우호적인 장소가 아니다.

답이 오지 않는다. 프레스터에게 기다려 달라고 부탁한다. 그는 초조하게 5분을 채운 뒤 핸드폰을 가져가 증거물 봉투에 넣고 봉한다.

다시 울린다 해도 핸드폰은 이 집에서 노턴으로 가져가는 증거물 품목의 일부로 갈색 종이 상자에 들어갔기 때문에 나는 들을 수 없다. 이제 더는 우리 집이 아니다. 미완성 덱이 딸린 벽돌과 나무, 철일 뿐. 적어도 한 번은 샘과 아이들과 함께 거기에 나가 앉도록 덱을 끝내지 못한 게 후회된다. 어쩌면 이곳에서의 마지막 행복한 추억이 됐을 텐데.

샘이 내게 손을 내민다. 나는 그가 왜 그러는지 모른 채 그 손을 응시한다. 프레스터가 세단에서 기다리고 있다는 것을 깨닫기 전까지. 갈 시간이다.

나는 이곳으로 돌아오지 못할 것 같다.

이래저래 진정한 집은 아니다.

◆ ◆ ◆

경찰서 취조실은 지겨우리만큼 친숙하다. 테이블의 깨진 모서리까지도. 기다리면서 손톱으로 끊임없이 그곳을 긁는다. 샘은 다른 방—물론 별도 취조—으로 갔고, 케지어는 우릴 남겨 두고 경찰복으로 갈

아입은 다음, 아이들 행방을 추적하는 다른 경찰대와 합류하러 갔다. 프레스터가 나에게 도로 봉쇄, 이 지역 지식, 코너의 침실 냄새를 맡게 하기 위해 이 근방에서 가장 훈련이 잘된 개들을 동원한 것에 대해 조목조목 차분하게 설명했음에도 경찰에 그다지 신뢰가 가지 않는다.

그 모든 것들은 자동차나 트럭이나 밴이 서 있던 곳으로 그들을 이끄는 게 고작일 것이다. 정확한 위치에 주차가 되었다면 하비에르가 내게 팔려고 했던 밴이 그 목적에 완벽히 들어맞았을 거라는 생각이 든다. 조수석 뒤 미닫이문이 집 정면을 향하게 주차되었다면. 의식 없는 어린 몸들을 집에서 날라 밴 안에 싣고 문을 잠그기에 완벽한 가림막.

개들은 우리를 아이들에게 데려가지 못할 것이다. 아이들이 마지막에 있던 곳, 아마 도로로 데려갈 뿐.

차를 탈 때까지 알아차리지 못했지만 무겁고 습기를 머금은 대기가 마침내 어두워지고 실구름들이 겹겹이 무리를 짓더니 내가 취조실에서 대기하는 동안 희미하게 빗방울 떨어지는 소리가 들리기 시작한다. 추적 중인 냄새를 씻어 내는 비.

살이 뭉개져 창백한 거품처럼 된 내 아이들의 시체가 천천히 수면 위로 떠오를 때까지 자취와 증거를 씻어 내고 모든 것을 깨끗이 닦아 낼 비.

난 손으로 얼굴을 감싸고 비명을 지르지 않으려 애쓴다. 나는 최소한 소리를 죽였지만 밖에서 누군가가 문을 열고 들여다보더니 내가 피를 흘리거나 정신을 잃은 게 아닌 것을 보고 얼굴을 찌푸리며 문을 닫는다. 두 아이를 잃어버린 부모를 어떻게 이런 식으로 대하는지 모르겠지만 그게 지나 로열이라면? 지나 로열은 처음부터 끝까지 늘 용의자다.

프레스터가 그의 소중한 시간을 내게 내어 준다. 그가 마침내 그럴 때, 비는 지붕 위에서 쉬익쉬익 몰아치는 폭풍우가 되어 격렬해졌고, 비록 취조실에 창문은 없지만 멀리서 천둥이 언덕을 지나며 우르릉대는 소리가 들린다. 이 안은 명백하게 더 서늘해졌다. 눅눅하고.

얼굴과 머리를 닦고 가장 심한 양복 재킷의 비를 토닥이기 위해 아마도 휴게실 선반에 있었을 수건을 쓰는 것으로 보아 프레스터는 폭풍 속에 있었음이 틀림없다. 물방울이 후두두 바닥에 떨어져 검은 별들을 만들고, 난 코너 방에 떨어진 얼룩들을 생각한다. 물론 지금쯤은 갈색 얼룩, 갈색 핏방울이 됐으리라. 이제는 사람들이 피를 생각할 때 기대하는 것처럼 보이지는 않을 것이다.

코너가 피를 흘린 지 몇 시간이 지났고, 나는 이 방에서 추위에 덜덜 떨며 절박한 마음으로 앉아 있으며, 프레스터는 내게 아직 아이들을 찾지 못했다고 말한다. "우리는 하비에르 에스파르자 역시 찾지 못했습니다." 그가 말한다. "사격장 소피의 말로는 낚시 여행을 갔다는군요."

"편리하군요."

"이곳에서는 범죄가 아닙니다. 노턴 주민의 십 퍼센트 정도가 정해진 주에 캠핑, 낚시 혹은 사냥을 하러 가니까요. 하지만 열심히 찾고 있습니다. 낚시 및 사냥 관련 부서가 지금 야영지들을 확인하고 있습니다. 우린 녹스빌에 헬리콥터를 요청했습니다. 시간이 빌 때까지 좀 기다려야 하지만 곧 올 겁니다." 그는 스틸하우스 레이크 인근 지도를 펼쳐 놓고 수색대 경로, 도로 봉쇄 구역을 알려 주고, 스틸하우스의 모든 주민을 체크한다. 난 그에게 반짝거리는 SUV에 탄 조핸슨 부부가 모른 체하며 폭력 혹은 그보다 더한 것의 희생양으로 우리를 그자들에게 제공했던 일을 이야기한다. 내 꽉 쥔 주먹이 테이블을 세게 누른다. 나는 그 부위가 목재 테이블의 딱딱한 표면이 살짝 위로 말려 약간 날카로워진, 깨진 모서리라는 것을 깨닫는다. 취조를 받는 누군가가 여기서 손목을 그을 수도 있을 것이다.

"가도 될까요?" 조용히 그에게 묻는다. 그는 지도를 보기 위해 썼던 돋보기안경 너머로 나를 찬찬히 살핀다. 그는 무미건조한 대학교수처럼 보인다. 내 아이들의 끔찍한 납치가 학술적 수수께끼라도 된다는 듯한 모습의. "아이들을 찾고 싶어요, 제발."

"바깥 상황이 여의치 않습니다. 진흙탕이에요. 양동이로 퍼붓듯이 내리는 비에 숲에서의 시야 확보가 어렵습니다. 길을 잘못 들거나 길을 잃고 낙상해 어딘가 부러지거나, 좌우지간 그러기 십상입니다. 당장은 전문가들에게 맡기는 게 최선입니다. 내일은 아마 나아지겠죠. 다니기 수월해질 테고 헬기 협조도 있을 겁니다."

난 솔직히 그가 친절을 베푸는 것인지 아니면 증거가 확보될 경우를 대비해 가능한 한 나를 오래 여기 붙잡아 두려는 의도일 뿐인지 구분할 수 없다. 난 지금 다른 옷을 입고 앉아 있다. 케지어가 내 옷장에서 청바지와 셔츠를 가져왔다. 그녀의 묘한 신중함이 내가 가장 싫어하는 옷들을 선택했다. 다른 옷—후드 티와 셔츠, 운동복 바지, 러닝화와 양말—은 모두 테스트를 위해 실험실로 보내졌는데, 추측건대 내 아이들의 피가 검출되는지 확인하려는 것이리라.

다시 비명을 지르고 싶지만 프레스터가 이해해 줄 것 같지 않다. 그리고 그래 봤자 소용이 없을 것이다. 오히려 날 더 오래 여기 붙잡아 둘 구실이나 될 뿐이다.

나는 눈을 깜빡이고 싶은 충동을 어떻게든 참으며 쏘아볼 뿐이고, 프레스터는 결국 한숨을 쉬며 뒤로 기대앉는다. 그는 안경을 벗어 지도 위에 놓고 눈을 비빈다. 눈이 지쳐 보인다. 지난 며칠이 몇 킬로그램의 몸무게와 수년의 세월을 그에게서 앗아간 듯 피부가 처지고 늘어져 몹시 피곤해 보인다. 내 상황이 이렇지만 않았다면 그가 안됐다고 느꼈을 것이다.

"가셔도 됩니다." 그가 말한다. "여기 붙들어 둘 수는 없죠. 당신이 오늘 한 건도 아닌 두 건의 범죄 피해자라는 사실 외에는 어떤 불리한 증거도 없으니까요. 정말 유감으로 생각합니다, 프록터 씨. 큰 위로가 되지 않을 거란 걸 알지만 진심입니다. 내 딸들이 이런 식으로 사라진다면 난 어떻게 해야 할지 모를 겁니다." 난 이미 의자에서 일어나 있다. "잠시만 기다려요. 잠시만."

그러고 싶지 않다. 몸을 떨며 떠날 준비를 하고 서 있는데, 프레스터가 몸을 일으켜 방을 나선다. 그가 문을 잠근다. 잠금장치가 맞물리는 소리가 난다. 개자식! 문을 때려 부술 참이지만 그는 오래 자리를 비우지 않는다. 그가 내 배낭을…… 가지고 돌아온다. 그리고 내 휴대전화가 든 증거물 봉투도.

"여기요." 그가 말한다. "이미 당신 총을 확인하고 시험 발사 해 봤습니다. 소피가 당신이 왔다 간 시간을 확인했고, 클레어몬트 경관의 진술도 당신의 진술과 일치했습니다. 우린 당신의 휴대전화를 복제했습니다."

내게 이것들을 주어서는 안 될 텐데. 경찰은 이렇게 쉽사리 증거물을 내놓지 않는다. 그러나 그의 지친 눈에서 내 아이들을, 나를 걱정하고 있음을 알 수 있다. 그는 양쪽에 대해 충분히 그럴 만한 이유가 있다.

난 배낭을 받아 어깨에 걸치고 증거물 봉투에서 휴대폰을 꺼내 전원을 켠다. 배터리가 아직 충분하다니 운이 좋다. 충전기를 가지러 집으로 돌아갈 수 없기 때문에. 휴대폰을 배낭 옆 주머니에 넣는다.

"고마워요." 그에게 말하며 문손잡이를 돌린다. 별다른 저항 없이 문이 열린다. 지나치는 경찰이 있지만 흘끗 보고 자기 갈 길을 갈 뿐이다. 못 가게 막는 사람은 아무도 없다.

난 고개를 돌려 다시 프레스터를 본다. 그는 패배한 것처럼 보인다. 낙담한 것처럼.

"사람을 시켜 테이블 모서리를 매끄럽게 다듬으세요." 그에게 말한다. "누군가가 거기에 정맥을 그을 수도 있으니까."

그는 내가 가리키는 곳을 보더니 손가락으로 그 위를 만진다.

그에게 그럴 의도가 있는지 모르지만 그가 미처 무슨 말을 꺼내기도 전에 난 탁 트인 사무실로 향한다. 눈에 들어온 첫 번째 형사—오늘 아침 프레스터의 커피를 들고 있던 젊은이—를 붙잡아 샘 케이드가 어디 있는지 묻는다. 그는 케이드가 수색대 중 하나와 같이 나갔다고 말하고, 난 그에게 그들과 합류할 수 있게 차를 태워 줄 사람이 필요하다고 말한다. 나는 그의 표정에서 자신이 내 택시 기사 노릇을 하기 위해 여기 있는 게 아니라고 하는 걸 알 수 있다.

"내가 그녀를 데려가겠습니다." 내 뒤에서 말하는 어떤 목소리에 돌아보니 랜슬 그레이엄이다. 그는 제복 차림이 아니다. 가벼운 플란넬 셔츠와 낡은 청바지 차림에 등산화를 신고 있다. 빽빽한 금발 수염이 적어도 하루는 깎지 않은 것 같다. 그는 걸어 다니는 북유럽 여행 포스터 같다. "수색대와 합류하기 위해 그쪽으로 갈 겁니다. 그웬, 유감입니다. 애들을 데리고 캠핑을 하러 산에 올라갔었습니다. 당신 아이들 소식을 듣자마자 돌아왔죠. 괜찮으십니까?"

난 감정을 억누르고 고개를 끄덕인다. 그의 동정심에, 나를 찬찬히 바라보는 그의 눈길에 갑자기 만신창이가 된 기분이 든다. 친절은 힘들다. 마치 연쇄살인범 가족 병에 전염될지 모른다는 듯이 나를 외면하고 있는 형사가 안도한 듯하다. "그래." 그가 그레이엄에게 말한다. "그렇게 하지." 그들이 친구도, 친근한 사이도 아니라는 걸 감지한다. 어쨌든 그레이엄은 또 다른 남자에게는 눈길조차 주지 않는다. 그가 차양이 있는 문들을 통해 나를 밖으로 이끌었고, 갑작스레 맞닥뜨린 찬 공기에 나는 놀란다. 숨을 쉬자 어렴풋이 흰 입김이 나온다.

비가 어른어른 은빛 커튼을 내리고, 머리 위 뭉툭한 정사각형 처마가 간신히 그 비를 막아 준다. 저 멀리 빨강과 녹색 신호등과 주차장을 비추는 가로등 불빛이 보이지만 수채화처럼 번져 보여 자세히 보이지 않는다. "여기서 기다리십시오." 그레이엄이 말한다. 그가 빗속으로 뛰어간다. 1분쯤 후 그가 육중한 SUV를 몰고 돌아온다. 지금 같은 폭우에 부분적으로 씻겨 내려간 거친 길을 많이 경험했을 차종이다. 진한 회색이거나 검정. 오렌지색 가로등 불빛으로는 식별하기 어렵다.

그가 안에서 조수석 문을 열어 난 허둥지둥—머리칼을 적시며 오싹한 손가락으로 목과 등을 쓸어내리는, 마구 퍼붓는 차가운 비를 피할 정도로 빠르진 않게— 움직인다. 배낭이 바닥으로 미끄러져 조수석 발밑 공간의 어둠과 섞인다. 그가 히터를 틀었고, 나는 두 손을 그 앞에 대고 녹이며 배려에 감사한다. "어디로 가는 거죠?" 내가 묻는다. 그가 SUV의 기어를 넣자 문의 자동 잠금 버튼이 세게 탁 소리를 내며 내려간다. 난 안전띠를 맨다. 이 차의 좌석은 내 지프보다 훨씬 높다. 이층 버스에 탄 기분이다. 하지만 그가 주차장에서 차를 빼 앞이 보이지 않을 만큼 비가 쏟아지는 인적 없는 노턴의 거리로 들어갈 때, 부드러운 승차감을 인정한다.

"샘 케이드를 찾고 싶으신 것 맞습니까" 그레이엄이 말한다. "내가 그를 우리 집에서 더 올라간 산 위의 구석진 곳으로 태워 줬습니다. 아무튼 험한 곳이죠. 그는 그 위로 올라가며 수색할 예정인 수색대에 합류했습니다. 지금 따라잡긴 쉽지 않을 겁니다. 정말 그렇게 하고 싶습니까?"

나는 갈 데가 없고, 내가 사랑하는 이들이 부재중인 일그러지고 망가진 집으로는 분명 돌아갈 수 없다. 지금 내 복장은 야외 활동에 어울리지 않는다. 특히 춥고 비 오는 날씨에는. 하지만 집에는 가지 않을 것이다. 샘에게 전화할까 생각하지만 밖에서 수색 중이라면 이런 빗속에 전화벨을 못 들을지 모른다.

발치의 배낭이 진동하는데 왜 그러는지 영문을 모르다가 다음 순간에야 비에 젖지 않게 하려고 전화기를 그 안에 넣은 걸 기억한다. 몸을 숙여 전화기를 꺼낸다. 발신 번호 제한 표시가 뜨지만 혹시 몰라 전화를 받는다. 또 다른 트롤이다. 이자는 내 살갗을 찢어 버리겠다고 이야기하면서 자위하는 중이다. 전화를 끊는다. 그러는 와중에 두 개의 문자가 온 것을 본다. 둘 다 발신 번호 표시 제한이다.

"도움이 될 만한 문자인가요?" 그레이엄이 내게 묻는다.

"아니요. 날 괴롭히면서 흥분하는 변태였어요." 그에게 말한다. "멜빈 로열의 전처로 사는 게 이런 거죠. 난 사람이 아니에요. 타깃일 뿐이죠."

"힘드시겠군요." 그가 말한다. "가족을 지키려고 애쓰는 용기가 대단합니다. 쉽지 않았을 텐데요."

"네." 그에게 말한다. 내 가족은 지금 함께 있지 않다. 그 상처의 고통이 너무나 심해 숨을 쉬기가 힘들다. "쉽지 않아요."

"프레스터가 휴대전화를 내주다니 조금 놀랐습니다." 그레이엄이 말한다. "보통은 가지고 있으면서 오는 전화를 감시하고 싶어 하거든요. 거기에 어떤 추적 장치를 넣어 놨을 겁니다."

"전화기를 복제했다고 했어요. 어쩌면 나에게 전화를 거는 개자식들을 잡을 수 있을지도 모르겠군요."

그 말을 하며 난 첫 번째 문자를 확인한다. 압살롬에게서 온 것이다. 문장 끝에 압살롬 특유의 작은 상징이 있다. 경찰이 붙었군요. 확인했음. 유용한 정보.

충격이다. 압살롬의 기본 충고는 '경찰 배지를 절대 믿지 마라'다.

문자를 삭제한다. 그가 우리 아이들에 대한 쓸 만한 정보를 갖고 있기를 필사적으로 바랐지만 내가 아직 모르는 정보는 없다. 그는 우리 문제에서 체크아웃하는 것 같다.

"밖에서 보내기에 오늘 밤은 날씨가 정말 지독하군요. 차를 돌려서 집으로 갈 생각입니다. 오늘 밤은 우리 집 소파에서 자고 동이 트자마자 수색대에 합류하는 게 어떻습니까?"

"아니요. 난, 난 수색대가 아직 밖에 있다면 찾아야 해요. 난 괜찮을 거예요."

그레이엄이 눈살을 찌푸리며 나를 본다. "지금 입은 옷으로는 안 됩니다. 그 부츠는 괜찮지만, 지금처럼 젖은 상태로 저 위에 한 시간만 있어도 저체온증에 걸릴 겁니다. 좌석 뒤에 외투가 있어요. 그걸 걸치세요."

난 전화기를 내려놓는다. 뒤의 승용차 바닥을 더듬으니 모자 가장 자리에 털이 달린 부드러운 재질의 오리털 재킷이 만져진다. 그 옷을 내 쪽으로 끌어당기는데, 좌석 뒤의 가죽 표면—거의 바닥에 가깝게 낮은 부분—에 묻은 뭔가가 손등을 스친다. 끈끈하고 좀 축축하다. 코 트를 잡아당겨 무릎 위에 놓았을 때, 손등이 기름 같은 것으로 얼룩 진 게 보인다. 운전석과 나 사이에 있는 홀더에서 티슈를 뽑아 그것 을 닦으며 생각한다. 이건 기름 같지 않아.

손을 얼굴 가까이 대자 오해의 여지가 없는 쇠 냄새가 난다. 손등 에 묻은 얼룩은 기름이 아니다.

이제 노턴 시외로 나왔고, 그레이엄은 단호하게 가속 페달을 밟아 이렇게 젖은 도로 위에서 지켜야 하는 속도보다 훨씬 빠르게 달린다. 스틸하우스 레이크로 향하는 오르막길은 반짝이는 빗방울과 번들거 리는 잿빛 도로가 어렴풋이 보이는 검은 장막일 뿐이다.

내 손등에 피가 묻어 있다.

그 깨달음이 내 내면을 깨끗이 청소하고, 밝고 투명하게 비운다. 순간 엄청난 사실에 기절할지도 모르겠다는 생각이 든다. 랜슬 그레 이엄의 SUV에 피가 있다. 그리고 모든 것, 모든 것이 이해되기 시작 한다. 그것을 티 낼 수 없다.

손을 닦은 다음 티슈를 동그랗게 뭉쳐 청바지 주머니에 넣으며 말 한다. "내가 한동안 빌려 가면 카일이 불편하지 않을까요?" 아마 그 의 아들 재킷이리라. 청소년기 남자아이 특유의 냄새가 배어 있다. "그런데 카일이 뒷좌석에 뭘 엎질렀나 봐요."

"네, 닭을 참입니다. 사슴을 치어서 사체를 차에 실었습니다. 그걸 집에 던져 놓고 경찰서로 갔었죠. 미안합니다." 그레이엄이 말한다. "카일은 신경 쓰지 않을 겁니다. 필요한 만큼 오래 갖고 계셔도 됩니다. 걔 재킷이 많아요."

그의 목소리는 얼마나 멋진가. 높낮이가 있고, 미묘하고, 친근하다. 그는 그 피에 대한 설명을 준비했지만 나는 지금 어떤 것도 느낄 수 없다. 내면에 감각이 없다. 난 정말 더는 이곳에 있지 않다. 퍼즐 조각들을 맞추는 마음일 뿐으로, 혈관이 출혈을 늦추기 위해 수축하듯 모든 감정이 차단되었다. 그것이 쇼크라는 것을 깨닫는다. 난 쇼크 상태다. 좋다. 나는 그것을 이용할 수 있다.

그가 내 아들의 전화기를…… 혹은 그 전화기와 똑같이 생긴 전화기를 돌려주러 우리 집을 방문했을 때가 기억난다. 아주 오래전 일 같다. 그 선불폰에는 내 아들의 전화기에 담겨 있던 모든 게 프로그래밍되어 있었을 터였다. 너무나 쉽게. 그 안에 있는 거라곤 전화번호와 문자들뿐이었으니까. 전화기는 프레스터가 내게 말했던 그대로 복제되었을 것이다. 사용 이력 전부가. 전화번호도.

그리고 우리 집으로 돌아온 것은 다른 전화기였을 것이다. 우리를 도청할 수 있는 전화기. 우리가 모르는 사이에 우리를 볼 수 있는 카메라. 코너의 침대 옆에 놓여 코너가 몇 시에 일어나 몇 시에 침대로 가는지 등 우리의 습관과 일상 패턴을 파악하는 전화기를 생각했다. 그것은 우리가 하는 말을 녹음해 암호를 알아냈을지도 모른다.

아마 그게 가장 쉬운 일이었을 것이다. 어쩌면 그레이엄 경관은 처음 우리 집에 왔던 날 밤 내가 입력하는 것을 그냥 보았을 뿐인지도 모른다.

내 안의 무언가에 금이 간다. 아주 조금. 쇼크가 사라지고 피를 흘리기 시작하면서 난 처음으로 극심한 패닉의 진동을 느낀다. 눈을 감고 생각을 이어 가려 애쓴다. 왜냐하면 이것은?

이것은 내 인생의 가장 중요한 순간이다.

SUV 안에 무거운 침묵이 흐른다. 뛰어난 소음 차단 기능이 으르렁대는 빗소리를 멀리 있는 별들의 비명처럼 단조롭게 쉿 하는 소리로 누그러뜨린다. 우리 뒤 도로에는 차가 없다. 친근하게 다가오는 눈부신 헤드라이트가. 우리 둘이 이 세상에 살아 있는 유일한 사람들일지도 모른다.

내 전화기가 다시 진동한다. 난 코트로 전화기를 가리고 두 번째 문자를 읽는다. 우린 경찰서에 있어요. 어디예요.

샘 케이드에게서 온 것이다. 그는 산에서 수색 중이 아니다. 이 모든 이동은 거짓이었다.

전화기는 무음 모드여서 조심스럽게 천천히 답 문자를 찍는 동안 소리가 나지 않는다. 그레이엄에게 잡혀 있어요.

'전송' 버튼을 누르는데 트럭이 갑자기 거칠게 옆으로 요동치고 다음 순간 난 조수석 문에 심하게 부딪힌다. 전화기가 날아가는 걸 흘끗 보지만 문자가 전송됐는지 안 됐는지 알 수 없다. 전화기를 줍기 위해 손을 뻗는다.

동시에 팔을 뻗은 그레이엄이 일부러-내 생각에는- 전화기를 좌석 밑 금속 지지대에 세게 내리친다. 액정이 깨져 알아보기가 어렵다. 전원이 픽 나간다.

"젠장." 그가 전화기를 들어 올리며 말한다. 그가 마법을 부려 다시 켤 수 있다는 듯 전화기를 흔든다. 대단한 연극이다. 그는 걱정하는 듯 보이기까지 하고, 만약 내가 지금 이렇게 겁에 질리고 화가 나 있지 않았던들 그 연기 또한 믿었을 것이다. 혈류를 타고 쿵쾅거리는 아드레날린의 속도를 낮추려 애쓴다. 지금은 아드레날린이 필요하지 않기 때문에. 내게 필요한 건 생각이다. 행동하기 전에 계획이 필요하다. 그가 날 잡았다고 여기게 두자.

나는 이 남자를 죽여야 한다. 하지만 먼저 그가 내 아이들을 어디로 데려갔는지 알아내야 한다. 그래서 천천히, 매우 천천히 내 배낭을 끌어 올린다. 쏴 하는 빗소리와 길을 달리는 소음이 지퍼를 잡아당기는 소리를 가려 줄 것이다. 공포로 손이 심하게 떨리고 심장이 고동친다. 배낭 안을 더듬자 오톨도톨한 표면의 플라스틱 권총 케이스에 손가락이 닿는다.

케이스는 뒤집혀 있다. 잠금장치 쪽으로 돌려야 한다.

랜슬 그레이엄이 슬픈 듯이 망가진 전화기를 보고 있다. "젠장. 망가트려서 미안하군요. 아마 경찰서에서 같은 전화를 받고 있을 겁니다. 확인해 볼까요?" 그는 대답을 기다리지 않는다. 자신의 핸드폰을 꺼낸 그가 전화를 거는 듯하다. 액정에 불이 들어온다. 그럴듯해 보이지만 허공에 대고 말하는지 누가 알겠는가. "어이, 케즈, 내가 막 프록터 씨의 휴대전화를 망가트렸어. 그래, 알아. 바보같이 떨어트렸거든. 완전히 맛이 갔어. 그녀의 전화를 도청 중이야? 녹음했어?" 그가 나를 보며 정말 안심이라는 듯 미소를 짓는다. "그렇군. 다행이야. 고마워, 케즈." 그가 엄지손가락을 움직여 전화를 끊는다. "걱정 마세요. 오는 전화를 감시하고 있답니다. 아이들에 대한 새로운 소식이 들어오면 케즈가 제게 전화할 겁니다."

완전히 다 연극이다. 그는 물론 경찰서에 전화하지 않았다.

배낭 안의 권총 케이스는 생각대로 움직여 주지 않는다. 내 움직임이 너무 티가 나면 그가 날 때릴 것이고, 비좁은 곳에서 저런 몸집의 남자에게 한 방만 제대로 맞아도 쓰러질 것이다. 두려움을 다스려야 한다. 그래야 한다.

케이스를 몇 센티미터 들어 올려서 옆으로 돌리는 작업을 한다. 영겁의 시간이 걸리는 듯하다. 그레이엄이 내가 하는 일을 눈치채지 못하게 해 달라고 기도한다. 차 안에는 어둠이 짙게 깔려 있고, 지금 매우 캄캄한 도로를 달리는 중이다. 그러나 그가 흘끗흘끗 쳐다보는 걸 알 수 있다.

간신히 케이스를 뒤집었지만 이번에는 경첩이 달린 쪽이다. 잠금장치에 닿기 위해 두 번 더 돌려야 한다고 생각하니 울고 싶고, 비명을 지르고 싶고, 배낭을 들어 올려 그의 옆머리를 내려치고 싶지만 그래 봐야 지금은 유리할 게 없다. 이렇게 비가 쏟아지는 밤, 인적 없는 도로 위인 여기서는 아니다. 그는 분명히 총을 가지고 있다.

그리고 확실히 나보다 쉽게 자신의 총을 잡을 수 있다. 나를 다스리지 못한다면, 감정대로 행동한다면 내가 진다.

사이코패스보다 이런 데 능해야 한다.

우리는 스틸하우스 레이크로 접어든다. 오늘 밤에는 나와 있는 보트가 없다. 우리가 지날 때 거의 모든 집의 등이 어둠을, 괴물들을 쫓기 위해 불을 밝히고 있다. 조핸슨네 집으로 가는 갈림길에서 그는 왼쪽으로 돌아 언덕을 오른다. 조핸슨네 진입로를 지날 때 레드 와인 잔을 들고 저녁 테이블로 접시들을 나르며 이야기를 나누는 부부가 보인다. 완전한 타인의 오붓한 삶. 이게 정상이라는 오싹한 엽서 사진은 다음 순간 사라진다.

우리는 계속 나아간다. 오른쪽으로 사라지는 그레이엄의 집이 보인다. 저 아래 조핸슨네의 현대적이고 날카롭게 각이 진 흉물스러울 만큼 큰 유리 집처럼 우아해 보이려는 허세 없이, 전형적인 시골의 길게 뻗은 랜치 하우스. 세대를 거쳐 지어진 집이라는 것을 벽돌 색의 차이로 알 수 있다.

집 앞에 또 한 대의 SUV와 산악자전거 두 대, ATV 한 대가 세워져 있다. 호수로 예인될 준비가 된 중간 크기의 보트 한 대. 꿈의 호반에 사는 남자라면 꼭 갖춰야 할 모든 것들이다.

그의 집을 지나쳐 계속 간다. 이제 길이 험해져 서스펜션이 위아래로 흔들리고, 자갈이 씻겨 내려가기 시작한 바닥은 진창으로 바뀌는 중이다. 내 예상이 빗나갔다. 어쨌든 나는 그가 자기 집에 차를 세울 거라고 생각했고, 그러면 난 탈출해서 어둠 속에 몸을 숨겼다가 조핸슨네 집 판유리에 총알을 한두 방 날릴 계획이었다. 그들은 나를 집 안에 들이지 않을지언정 911에 전화할 게 분명했다.

그러나 그는 자기 집 앞에 멈추지 않았고, 난 다시 권총 케이스를 돌린다. 더 빠르게. 내 손가락이 찾은 것은 또 아무것도 없는 면.

"샘을 이 산등성이 꼭대기에 내려 줬습니다." 그가 내게 말한다. 거짓말. "도로는 거기까지만 나 있고, 그다음부터는 사냥꾼들이 다니는 길입니다. 수색대를 따라잡고 싶다고 하셨죠? 이게 유일한 길입니다. 험한 산행이라 유감이군요."

이자가 나와 게임을 하고 있다는 것을 뼈아프게 인식한다. 온화하고 조용한 그의 음성에 매우 기뻐하는 기색이 비친다. 계기판의 희미한 불빛으로는 알 수 없지만 그는 자신의 성공에 조금 상기된 듯하다. 이 상황을 즐기지만 내색하지 않으려고 애쓰고 있다. 이것이 그가 좋아하는 부분이다. 자신이 주도권을 잡고 상황을 장악한 가운데, 먹잇감은 이미 얼마나 심각한 상황에 놓여 있는지조차 모르는 부분.

그러나 나는 안다.

권총 케이스를 조금만 움직이면 되는데, 갑자기 트럭이 도로의 튀어나온 부분에 세게 충돌해 배낭이 튀어 오르고 권총 케이스에서 손을 놓친다. '맙소사. 오, 안 돼.' 이건 좋지 않다. 아주 좋지 않다.

랜슬 그레이엄이 우리 사이에 낀 배낭에 손을 뻗는다. 그가 끌어올린 배낭을 아무 말 없이 뒷좌석으로 던진다. 게임은 점점 견디기 힘들어지고 있다. 난 시간이 없다. 시간은 다해 가고, 난 총이 없고, 그리고 맙소사, 이자는 나와 내 아이들을 죽이려 하고 있다. 그리고 죗값을 치르지 않고 벗어날 것이다.

행동해야 한다. 지금.

"수색대에 무전기가 있나요?" 우리 사이 공간에 장착된 그의 경찰용 무전기에 손을 뻗으며 묻는다. "정확히 위치를 알아야 할 것 같은……."

그가 내 손을 그러잡자 순간적으로 올 것이 왔다고 생각하며 내가 할 수 있는 옵션들을 떠올리기 시작한다. 순식간에 여러 가지 것들을 계산한다. 그의 한 손은 운전대를, 한 손은 내 왼손을 잡고 있다. 내가 잡힌 손 너머로 몸을 구부리면 온 힘을 다해 그의 급소를 내리칠 수 있다. 그의 다리는 느슨하게 벌어져 있고, 그 가격이 적어도 일이 분은 벌어 줄 것이다. 하지만 그다음엔? 덩치가 큰 그가 움직임이 빠를지 의문이다. 나는 그의 고통에 대한 인내력이 어느 정도인지 모르지만 나는 내 인내력을 안다. 그가 날 멈추고 싶다면 목숨을 걸고 싸워야 할 것이다. 배낭에서 총을 꺼내 조립할 시간을 벌 만큼은 그에게 타격을 입힐 필요가 있고, 내 아이들이 어디 있는지 말할 때까지 심문을 할 필요가 있다. 그런 다음 그가 이 지구상에서 사라질 때까지 총을 쏜다.

내 뒤의 선반에 산탄총 한 자루가 있다. 곁눈질로 보니 마치 긴 금속 느낌표 같다. 트럭의 반동에 따라 흔들리는 자물쇠도 보인다. 산탄총은 선반에 단단히 잠겨 있다. 어찌 할 방도가 없다.

움직일 준비가, 내가 할 수 있는 모든 것을 할 준비가 되었을 때, 그레이엄이 내 손을 놓으며 말한다. "미안해요, 그웬. 그건 경찰 자산이라서요. 일반인이 쓸 수 없습니다." 그 말이 나를 멈추게 한다. 그가 엄지손가락으로 암호를 입력하고 무전기를 켠다. 화면이 섬뜩한 푸른색으로 빛나고, 그가 채널을 바꾸지만 무슨 채널인지 보지 못한다. "노턴 경찰서 제이 수색대, 내 말이 들리는가? 노턴 경찰서 제이 수색대, 위치를 확인 중이다. 좌표를 송신하라."

그가 정말 이런 식으로 행동하는 데 깜짝 놀라 두려움이 가시지 않은 채 의혹이 몰려든다. 대체 그의 의도를 알 수 없다. 난 눈을 깜빡이며 몸을 물린다. 혈관에 아드레날린이 분출돼 근육이 떨린다. 그가 버튼을 놓고 귀를 기울인다. 빗소리처럼 들리는 잡음. SUV가 진흙탕에 빠지자 그가 겸연쩍게 웃으며 무전기를 놓고 운전대를 바로 잡는다. "날씨는 가끔 이렇게 장난질을 하죠. 게다가 산악 지대에서는 신호가 그리 잘 잡히지 않습니다. 한번 해 보시겠습니까? 자요."

난 그에게 시선을 고정하고 무전기를 잡은 다음 스위치를 누르고 반복해서 말한다. "노턴 경찰서 제이 수색대, 내 말이 들리는가? 현재 좌표를 송신하라." 난 그가 무슨 짓을 하고 있는지 안다. 그는 멜이 작업실에서 자신의 희생자들을 데리고 장난쳤듯이 나를 데리고 노는 중이다. 나를 시험 중이다. 내 피를 보려고 여기저기 생채기를 낸다. 그게 그를 짜릿하게 한다.

물론 아무 대답이 없다. 잡음뿐. 빛나는 액정을 흘끗 보고 창밖을 본다. 비 때문에 모든 게 흐릿해 보이지만 도로 끝자락에 근접하고 있음을 알 수 있다. 일단 산등성이에 다다르면 우리는 어느 누구에게서도 멀리, 멀리 떨어질 것이다. 빗속 진흙탕을 찾는 이는 아무도 없을 것이다.

그가 계획했던 대로.

난 무전기에 무슨 문제가 있는지 진단할 수 없다. 잘못된 채널이거나, 그가 안테나에 무슨 짓을 했는지도 모른다. 무전기는 아마 내가 아무리 연결을 시도한들 소용없으리라……

잡음이 나오는 주파수를 변경할 생각을 할 참에 약한 음성이 흘러나온다. "노턴 경찰서 제이 수색대. 우리의 현재 좌표는……" 두 개의 숫자를 듣기도 전에 다시 잡음 때문에 소리가 희미해진다. 난 계획도 잊었다. 버튼을 누른다.

"다시 말해요, 노턴 경찰서 제이 수색대. 다시 말해요!" 내가 이 모든 것을 오해한 걸까? 그레이엄이 정말 진실을 말하고 있는 걸까? 그건 불가능해 보이지만 난 요즘 너무 잘못된 판단을 너무 자주 해왔다.

터져 나오는 또 다른 잡음. 이번에는 식별할 수 있는 목소리가 들리지 않는다. 난 다시 시도하고 다시 시도한다. 그러다 눈을 드니 차의 경사가 바뀌는 중이고, 우리는 도로 끝의 산등성이에 있다.

그레이엄이 엄청나게 큰 나무의 길게 뻗은 가지 밑에 SUV를 세운다. 나뭇가지에서 떨어지는 물방울은 망치로 치는 것처럼 빗방울보다 더 세차다. 그가 엔진을 끄고 주차 브레이크를 당기자 물방울 떨어지는 소리가 명확히 들린다. 그리고 그가 나를 돌아본다. 내가 다시 무전기 버튼을 누르는데, 그가 내 손에서 무전기를 가져가 끈다. 그가 무전기를 우리 사이의 움푹한 곳에 놓는다. "소용없습니다." 그가 말한다. "말씀드렸다시피요. 신호가 잘 안 잡혀요."

그가 재미있다는 듯이 말하고, 난 틀리지 않았다. 전혀 틀리지 않았다. 피에 관한 한. 그의 행동에 관한 한.

랜슬 그레이엄에 관한 한은 틀리지 않았다.

나는 노턴 경찰서의 수색 팀에 말하고 있던 것이 아니었다.

"여긴 우리뿐이군요, 지나." 그가 말한다. 성적 도발처럼 음란하게 들린다. 비명을 지르고 싶다. 그의 급소에 주먹을 날리고 싶지만 그는 준비가 돼 있다. 그는 준비됐는데 난 그렇지 않다.

"내 이름은 지나가 아니에요. 그웬이죠." 내가 말한다. "샘은 어느 쪽으로 갔죠? 프레스터가 지도를 보여 줬는데, 그가 북동쪽 길을 탔나요?" 나는 내 쪽의 문을 열길 시도한다. 두려워한 대로 그 문은 열리지 않을 것이다. 소용없다. 내 안에서 무언가가 죽는다. 멀어져 가는 마지막 희망. 이제 선택의 여지는 없다. 난 싸운다. 그리고 난 공포로 제정신이 아니고, 혼자며, 무기도 없이 덩치 큰 남자와 맞서야 한다.

질 수 없다. 이 순간에는.

"그렇게 하고 싶지 않을 겁니다." 그가 말한다. "당신은 거기서 길을 잃고, 어쩌면 언덕에서 떨어져 목이 부러질 수도 있습니다. 난 알아요. 내가 직접 샘에게 전화해 보죠. 어쩌면 통화가 될 수 있을 겁니다." 그는 여전히 게임 중이다.

난 아니다.

나는 무전기를 집어 들어 좁은 공간에서 내가 낼 수 있는 최대한의 힘으로 그의 관자놀이를 내려친다. 나는 나에게서 터져 나오는 괴성을 듣는다. 귀청이 떨어질 듯한 큰 소리가 차 안을 울린다. 첫 번째 가격에 피부가 찢겨 피가 솟구치고, 랜슬 그레이엄은 비명을 지르며 무전기를 피하려고 허둥거린다. 그를 다시 후려치고 다시 후려친다. 이제 통제력을 잃고 그를 파괴하고 싶다는 순수한 분노만 남는다. 플라스틱 케이스가 쪼개진다. 나는 그의 뺨에 두꺼운 케이스 파편을 박는다. 그는 넋이 나갔다. 줄곧 눈여겨보고 있던 그의 옆의 문 잠금장치로 달려들어 잠금장치를 당기자 탁 하는 묵직한 소리가 들린다. 나는 몸을 물리며 주먹으로 그의 급소를 내려치고, 고통이 로켓처럼 그를 관통하는 모습을 본다. 잠시 거기서 그와 눈을 마주친 뒤 그의 울부짖음을 듣기 전에 움직인다.

뒷좌석에서 내 배낭을 집는다.

난 문을 열어젖히고 배낭과 코트를 단단히 쥔 다음 구르듯 나온다.

그의 손이 코트 끝자락을 잡아채는 바람에 발밑의 차가운 진흙에 미끄러져 균형을 잃는다. 고통이 이는 가운데 공포가 나를 관통한다. 그의 손아귀에 잡혀서는 안 된다. 난 코트를 놓고, 문틀을 잡아 몸을 일으킨 다음 달린다.

이번엔 정말 목에 닿는 괴물의 숨결을 느끼게 될 것이기 때문에.

13

밖으로 나오자 비가 차가운 칼날처럼 나를 때리며 스쳐 가지만 속도를 줄이지 않는다. 숨을 몰아쉬며 공포로 제정신이 아니지만 그 공포를 억누른다. 생각을 해야 한다.

그레이엄에게 상처를 입혔으나 그를 막지 못했다. 나는 그가 어떤 무기들을 갖고 있는지 모른다. 산탄총, 아마 권총도. 칼은 말할 것도 없다. 내게는 지크 자우어가 있지만 사격장에서 산 탄환은 남은 게 별로 없다. 코트의 손실은 치명적이다. 밀어닥친 한랭전선이 기온을 10도로, 어쩌면 영하에 가깝게 끌어내렸고, 공포와 분노의 특별한 열기가 나를 코트처럼 감싸고 있는데도 나는 비를 맞아 축축한 탓에 이미 이가 덜덜 맞부딪친다. 진흙탕이라 미끄럽고 불안한 데다 난 이 숲을 알지 못한다. 난 이곳 출신이 아니다. 샘처럼, 하비에르처럼 군대에서 훈련받은 적도 없다. 기도를 할 줄도 모른다.

빌어먹을, 조금도 상관없다. 지지 않을 테다.

무성한 덤불이 이어진 곳에 이르러 팔다리를 휘두르며 그곳을 최대한 빠르게 뚫고 지나간다. 베인 상처와 멍이 늘어나는 중이고, 어둠 속을 달리는 게 대단히 어리석은 생각이란 걸 안다. 속도를 줄이고 앞을 더듬어 부러진 뾰족한 가지에 찔리지 않도록 조심한다. 그 가지를 만져 본 다음 쭈그리고 앉아 배낭을 연다. 나는 권총 케이스를 꺼내 연다. 어둠 속에서 보지 않고 총을 조립한 뒤 탄창을 확인한다. 비어 있다. 배낭에서 여분의 탄환을 찾아보고 노턴 경찰서 개자식들이 내가 가진 탄환을 거의 다 시험 발사에 썼음이 분명하다는 것을 깨닫는다. 가지고 있는 걸 전부 탄창에 넣는다. 남은 총알은 일곱 발. 일곱 발뿐.

한 발만 있으면 돼. 나 자신에게 말한다. 물론 거짓말이다. 거짓말이란 것을 안다. 아드레날린은 사람이 쓰러져야 할 때조차 계속 움직이게 하고, 계속 위험을 무릅쓰게 한다.

그것은 나에게도 마찬가지로 적용된다. 난 쓰러지지 않을 것이다. 포기하지 않을 것이다.

두려움이 지금 나를 강하게 만든다. 깨어 있게. 이상하리만치 침착하게.

갑자기 하얀 불빛이 번쩍하며 굉음이 울리고, 전기가 흐른 것처럼 온몸의 털이 곤두선다. 그리고 다음 순간 고막을 찢을 듯 벼락이 떨어지는 소리가 난다. 다음 언덕에서 나는 듯하더니 곧바로 소나무 한 그루에 불이 붙는다. 나무 반쪽이 쓰러지고 불이 붙는다.

번갯불에 관목을 뚫고 오는 그레이엄의 검은 형체가 보인다. 그는 고작 3미터 떨어진 곳에 있다.

움직여야 한다. 그 역시 나를 보게 될 것이다.

멀리 나무에 붙은 불이 악몽을 환히 밝힌다. 관목, 나무둥치, 비, 발밑의 미끄러운 진흙탕과 부츠, 청바지 단에 묻어 딱딱해진 진흙. 몸이 얼어붙고 있지만 그것을 거의 느낄 수 없다. 가능한 한 안전하게 빨리 움직이는 데 온 주의를 쏟는다. 그레이엄이 어디에 있는지 모른다. 방해받지 않는 선명한 시야를 확보할 때까지는 위험을 감수할 수 없다. 공포에 질린 상태에서의 사격은 어리석은 짓이다.

그리고 실수로 죽여서도 안 된다. 그는 살아 있어야 한다. 내 아이들이 어디 있는지 알아내야 한다.

내가 헤쳐 가야 할 상황은 그보다 더 어렵다. 이 순간 기묘하게도 멜이 나에게 속삭이는 듯하다. 당신은 해낼 수 있어. 내가 당신을 강하게 만들었지.

끔찍하게 싫지만 그가 옳다.

미끄럽고 경사진 길을 반쯤 올라갔을 때 산탄에 맞은 듯 찌르는 듯한 아픔을 느낀다. 소방 호스가 뿜는 끓는 물에 맞은 것처럼 왼팔에 뜨거운 통증이 번진다. 충격을 빠르게 억누르고 재빨리 움직인 뒤 미끄러지듯 피해 나무둥치를 그러잡고 몸을 똑바로 지탱한다.

매캐한 화약 냄새가 빗속을 뚫고 선명히 전해지자 얼마간 진심으로 놀란다. 날 맞혔어. 마음의 이성적인 부분이 심각한 정도는 아니라고 말한다. 정통으로 맞은 게 아니라 빗맞았다. 정통으로 맞았다면 내 팔은 갈기갈기 찢겼을 터다. 이 정도는…… 불편할 뿐이다. 여전히 팔을 움직일 수 있고, 손으로 물건을 쥘 수 있다. 그 외는 나중 일이다. 내 안의 공포가 이 길에서 벗어나 숨을 곳을 찾아 웅크리고 있다가 죽으라고 위협하지만 그 공포에 지배되지 않을 것이다.

쏟아지는 빗소리와 멀리서 울리는 천둥소리 사이로 어떤 소리가 들린다.

그레이엄의 웃음소리.

굵은 나무둥치 뒤로 미끄러져 들어가 숨을 고른다. 뒤를 돌아보자 운 좋게도 번개가 번쩍하며 산길을 환히 비춘다. 그리 멀지 않은 뒤의 그가 밝은 섬광으로부터 눈을 보호하기 위해 황급히 손을 올린다. 그리고 나는 그가 야간 투시경을 쓰고 있다는 것을 깨닫는다.

그는 어둠 속을 달리는 나를 볼 수 있다.

절망이 밀려온다. 내게는 그의 산탄총에 맞서 일곱 발의 총알이 있고, 이 캄캄한 수중 지옥에서 정확한 조준은 불가능한 데다 그에게는 야간 투시경이 있다. 모든 기회가 사라지는 듯하다. 난 결코 아이들을 찾지 못할 것이다. 난 여기서 죽어 이 산에서 썩을 것이고 아무도 누가 나를 죽였는지 모르리라.

나는 사이코 순찰대가 그 운명을 어떻게 이용할지 떠올라 다시 안정을 찾는다. 그년은 당해도 싸. 마침내 정의가 실현됐군.

결코 그들에게 승리감을 안겨 주지 않겠다.

그레이엄이 거리를 좁혀 오는 동안 나는 기다린다. 쏠 생각이라면 제대로 쏴야 한다. 나는 그럴 수 있다. 그의 눈이 보이지 않도록 다시 번개가 번쩍이길 기다렸다가 앞으로 나가 발포한다. 그는 사격장의 종이 타깃이고, 난 맞힐 수 있다.

모든 게 완벽하게 일어난다. 푸른빛을 띤 뜨거운 백색 섬광이 그레이엄을 완벽히 비춰, 침착하고 매끄러운 동작으로 조준한 다음 방아쇠를 당기려는 순간 산탄총의 총구가 목을 세게 누르는 것을 느꼈고, 그의 큰아들 카일 그레이엄이 내지르는 소리를 듣는다. "여자를 잡았어요, 아빠!" 뜻밖의 기습이 밀려드는 공포를 오히려 무디게 하지만 난 생각하지 않는다. 행동할 뿐이다.

진흙탕—결국 내게 도움이 된다—에서 우아하고 빠르게 왼쪽으로 몸을 돌려 손날로 총구를 쳐 낸 뒤 총구를 단단히 잡고 비틀어 반대로 향하게 한다. 그렇게 움직이며 나는 카일의 사타구니를 세게 찬다. 마지막 순간에 성인 남자와 싸우고 있는 게 아니라는 것을 떠올리며 발을 거둬들인다. 내 딸 또래의 소년일 뿐이고, 멜의 자식인 게 딸의 잘못이 아니듯 그의 아버지가 세계적 수준의 사이코패스인 게 이 소년의 잘못은 아니다.

이 모든 게 카일에게는 충격이다. 그는 숨도 못 쉬고 뒤로 비틀비틀 물러나며 산탄총을 놓는다. 내 다친 왼팔로 그 총의 무게를 끌어 올린다. 나는 내가 나 자신을 쏘지 않길 바라며 권총을 청바지 주머니에 쑤셔 넣고 카일의 등을 세게 떠민다. "뛰어. 아니면 널 죽일 거야!" 나는 그 아이에게 소리를 지른다. 다음 번개가 언덕 아래가 아닌, 위를 향해 덤불을 휘저으며 올라가는 소년을 비춘다. 왜인지 의아하지만 생각할 겨를이 없다. 나는 산탄총을 들어 올리고 그의 아버지가 있을 쪽을 향해 방아쇠를 당긴다.

바닥이 미끄러워 총의 반동에 엉덩방아를 찧을 뻔하지만 두껍고 축축한 소나무 껍질에 의지해 간신히 몸을 일으킨다. 격발의 섬광이 총알이 빗나간 것을 보여 준다. 그래도 많이는 아니다. 날 기억하게 할 작은 산탄 두어 발이 스쳤으리라.

"나쁜 년!" 그레이엄이 소리 지른다. "카일! 카일!"

"걘 풀어 줬어!" 내가 되받아 외친다. "우리 애들은 어디 있지? 그 애들한테 무슨 짓을 했어?" 난 어둠 속에서 나무 뒤에 수그리고 숨는다.

"곧 개들과 같이 있게 될 거다, 이 못된⋯⋯," 총소리가 천둥소리에 묻히지만 산탄이 박히면서 나무가 조금 떨리는 게 느껴진다. 저자가 얼마나 무장했는지 궁금하다. 만약 내가 그의 탄환을 다 쓰게 할 수 있다면……. 하지만 아니다. 랜슬 그레이엄은 다른 것과 마찬가지로 아주 꼼꼼히 이 일을 계획했을 것이다. 그렇게 단순한 것에 의지할 수는 없다.

번개가 또 번쩍하자 내가 서쪽으로 갈라지는 또 다른 산길에서 멀지 않은 곳에 서 있다는 것을 깨닫는다. 그 길은 굽이진 것 같고 내리막길인 듯하다. 이제 집중적으로 치고 있는 번개가 그레이엄의 야간 투시경의 효과를 감소시킬지 모른다. 그는 번쩍이는 불빛 속에서 나를 알아보는 데 애를 먹을 것이다.

만약 나를 발견하더라도 사슴으로 여기길 바라며 몸을 낮추고 가다가 산길이 휘어져 내려가는 지점에 도달한다. 내가 산등성이까지 갈 수 있고 그레이엄이 자동차 키를 가지고 다니지 않고 숨겨 두는 바보라면, 차바퀴 위쪽 등에 붙이는 마그네틱 박스에서 열쇠를 훔친 다음 여기서 빠져나가 도움을 구한 뒤 내 아이들을 찾을 수 있다. 그에게는 틀림없이 GPS가 있을 것이다. 아마 그가 갔던 곳의 기록도 남아 있을 것이다.

산길을 내려가는 중에 미끄러졌고, 튀어나온 바위에 머리를 세게 부딪힌다. 불똥이 튀며 별이 보이고 얼음처럼 차가운 얼얼한 고통에 이상하게도 모든 게 안이해진다. 차가운 빗속에서 숨을 헐떡이며 물에 빠진 사람처럼 물을 뱉어 내면서 한동안 눕는다. 춥다. 너무나 춥고, 나는 갑자기 내가 일어날 수 있을지 궁금해진다. 이상하게도 머리가 잘못된 느낌이고, 출혈이 심하다. 내게서 온기가 다해 가는 걸 느낄 수 있다.

아니야. 난 여기서 죽지 않을 거야. 난 죽지 않아. 그레이엄이 여전히 뒤쫓고 있는지 나는 모른다. 춥든 안 춥든, 다쳤든 안 다쳤든 일어나야 한다는 것밖에는 아무것도 모른다. 산등성이로 가서 도움을 얻을 방법을 찾아야만 한다. 어떻게든. 내 말을 입증하는 데 필요하다면 조핸슨네의 귀한 그림 중 하나에라도 총을 갈길 것이다.

난 손과 무릎으로 미끄러지듯 나아가고, 내게 산탄총이 있었다는 걸 기억해 내지만 지금은 찾을 수가 없다. 산탄총은 넘어질 때 내동댕이쳐져 어둠 속으로 사라졌고, 지금은 그걸 찾아낼 방법이 없다. 아직 내게는 기적적으로 허벅지에 끔찍한 큰 구멍을 내지 않은 권총이 있다. 몸을 일으켜 바위에 기대 쉬면서 주머니에서 권총을 꺼내 단단히 쥔다. 옆얼굴을 뒤덮으며 흘러내리는 따뜻한 피를 거의 즉시 빗물이 희석한다.

튀어나온 곳을 잡고 미끄러지듯 산길을 나아간다.

이 내리막길을 벗어날 수 없는 것은 악몽이고, 그레이엄이 바로 뒤에서 씩 웃으며 조롱하는 모습이 머릿속을 잠식한다. 이내 그레이엄은 교도소의 특수 아크릴 수지 뒤에서 피로 덮인 이를 드러내며 씩 웃는 멜로 바뀐다. 소름 끼치게 사실적으로 느껴지지만 마침내 숨을 죽이고 몸을 돌려 살필 때, 이어진 번갯불에 비친 산길 위에는 아무도 없다.

혼자다.

그리고 등성이에 근접한다.

숲이 끝나는 곳을 나타내는 덤불에 이르자 나를 멈추게 한 무언가가 있고, 내가 숲을 응시하자 그 무언가가 웅크리고 앉는다. 심장이 빨리 뛰는 것을 의식하지만, 심장이 어느 때라도 깜빡 잠에 빠질 것처럼 느려지고 약해졌다는 것 또한 느낀다. 생각보다 피를 더 많이 흘린 게 틀림없고, 추위로 몸을 움직이기가 점점 더 힘들어지고 있다. 발작적으로 몸이 떨린다. 그것은 가짜 온기가 시작되기 전 마지막 단계로, 잠을 재촉한다. 시간이 별로 없다. 트럭에 가서 카일의 코트를 입어야 한다. 그게 다음 일을 위해 내게 도움이 될 것이다. 언덕을 달려 내려간다. 좋든 싫든 도움을 요청하기 위해 조핸슨 부부에게 의지할 수밖에 없다.

트럭 옆을 스치는 작은 움직임이 감지되어 제자리에 얼어붙는다. 머리 위 우르릉대는 천둥소리는 거의 끊임없이 계속되고 있지만 빗줄기가 조금씩 가늘어진다. 쏟아붓던 비가 약해지면서 거기에 있어서는 안 될 곡선이 눈에 띈다. 트럭 저 끝에 기대고 있는 그것은 엔진이 있는 부분의 차체를 벽으로 하여 보호를 받고 있다. 그것은 머리로, 카일의 머리라고 하기에는 너무 크다. 카일은 언덕 아래가 아니라 위로 뛰어갔다.

랜슬 그레이엄이 숨어서 기다리고 있다. 그는 포식자들이 취하는 전형적인 접근법인 매복을 택했다. 그를 지켜보면서 몇 년 전 멜빈이 어떤 인터뷰에서 자신의 범죄 공정에 관해 차분히, 무심하게, 대수롭지 않게 했던 말이 떠오른다. 그는 그저 차 옆에 웅크리고 여자들이 가까이 올 때까지 기다리다가 사마귀처럼 달려들었다. 그것은 거의 항상 통했다.

그레이엄은 진정한 추종자다. 그는 내 전남편의 습관, 움직임, 전략들을 알고 있다.

그러나 나에 대해서는 모른다. 난 멜빈에게서 살아남은 사람이다. 이 개자식에게서도 살아남을 작정이다.

나는 우리가 올랐던 산길에서 그다지 멀리 떨어지지 않은 곳에 있고, 조심스럽게 그 근처로 간다. 나는 자세를 잡는다.

목표 지점에 도달해 망설인다. 춥다. 난 느리다. 머리 부상으로 혼란스럽다. 이게 먹히지 않으면? 놈이 그냥 날 쏘면?

아니다. 그는 그냥 골칫거리를 없애기 위해서가 아니라 날 생포하기 위해 추적해 왔다. 야간 투시경을 쓰고 있으니 이미 나를 반 토막 낼 수도 있었다. 그는 나를 원한다.

그는 게임을 좋아한다.

좋아, 랜스. 한판하자.

다리를 절며 천천히 나무를 돌아 나온다. 지금 내가 느끼는 그대로 나는 비참하고 아파 보일 것이다. 그리고 난 산길 어귀에 있는 공터로 가 마음을 다잡고 무릎을 꿇으며 쓰러진다. 힘이 다한 듯이. 패배한 듯이.

딱 적합한 장소에서.

그가 어디 있는지 보기 위해 고개를 들지 않는다. 그저 숨을 몰아쉬며 기다린다. 나는 일어나려고 애쓰는 척하다가 왼쪽 몸을 진흙에 처박는다. 앞으로 구르며 몸 아래 권총을 숨긴다. 그 모습은 내가 일어서려고 애쓰는 것처럼 보인다.

기다린다.

끊임없이 느린 간격으로 떨어지는 빗소리 너머 소리는 들리지 않지만 어떤 열원熱源처럼 의식의 가장자리에서 그를 감지한다. 그는 조심스럽다. 거리를 두고 원을 그리며 돈다. 빗물이 스며드는 속눈썹 사이로 어렴풋이 그가 보인다. 그는 산탄총을 가지고 있다. 더 가까이에서 원을 그린다. 더 가까이.

이내 거기서 멈춘다.

그의 진흙투성이 장화 앞코와 진흙이 들러붙은 청바지 단을 본다. 산탄총의 총구는 내가 아닌, 우리 둘 사이의 땅을 향해 있다. 그는 여전히 날 죽일 수 있다. 총구를 들어 쏘는 데 작은 동작이면 충분하지만 그는 이 상황을 즐기는 중이다. 그는 내 패배한 모습을 보며 좋아한다.

"멍청하고 멍청한 여자." 그가 내게 말한다. "당신이 이 놀음에 속아 넘어갈 거라고 그가 말했었지." 그레이엄의 목소리는 딱딱하다. 날이 서 있다. "그 쓸모없는 엉덩이를 쳐들면 애들에게 데려다주지."

문득 떠오르는 생각. 그레이엄의 아내는 어디 있는지 궁금하다. 이 남자 밑에서 자란 그의 아들들에 대한 연민이 거대한 파도처럼 밀려든다. 하지만 그 생각은 이내 머릿속에서 사라지고 나는 산탄총의 총구만큼이나 차갑고 단단해진다. 총이 된 것처럼.

왜냐하면 난 여기서 죽지 않을 것이기 때문이다.

죽지 않을 테다.

나는 움직임을 크게 하지 않고 그의 말에 따르려는 듯이 힘없이 팔다리를 흐느적거린다. 오른손을 움직여 무릎을 세우고 몸을 일으켜 침착하고 부드러운 동작으로 총을 들어 올린다.

그는 내가 발사하기 직전에야 자신의 실수를 알아차린다.

내가 원한 정확한 부위에 총알을 날린다. 난 머리를, 혹은 몸통도 택하지 않는다. 그레이엄의 오른쪽 어깨의 신경얼기를 선택한다. 그는 나처럼 오른손잡이다.

총알—할로 포인트총알 앞부분을 파낸 형태의 탄으로 덤덤탄으로 불리기도 한다. 목표물에 맞으면 탄체彈體가 터지면서 납 알갱이 따위가 인체에 퍼지게 만든 탄알—은 정확히 내가 원하는 곳으로 간다. 발포된 총알이 파멸의 낫처럼 살을 가르고 들어가 충격을 주는 모습이 거의 보인다. 총알은 그의 어깨를 부수고, 신경을 절단하고, 뼈를 부러트릴 것이다. 어깨 부상은 TV나 영화에서 보듯 순수하고 단순하지 않다. 고통이나 창피함을 신경 쓰지 않고 남자다운 척할 수 없다. 제대로 맞히면 팔을 영원히 못 쓰게 할 수도 있다.

그리고 나는 제대로 맞혔다.

그레이엄의 비명은 짧고 날카롭다. 그는 비틀비틀 물러나 산탄총을 들어 올리려 한다. 내가 몸을 움직이는 데 필수적인 신경과 근육을 파괴하지 않았다면 쇼크가 그 일을 가능하게 했을 것이다. 그는 총을 떨어트리고 더는 그걸 주울 능력이 없는 손가락으로 맹목적으로 더듬거린다. 그는 다쳤고, 그것도 심하게 다쳤지만 영화가 어깨 부상에 관해 옳게 표현하는 한 가지가 있다. 아마 치명적이지는 않을 거라는 것.

어쨌든 즉각적으로는.

난 두 발로 일어선다. 지금은 따뜻하다. 사격장에서처럼 긴장을 풀고 침착한 상태. 내가 산탄총을 치우기 전까지 그레이엄은 계속 산탄총을 주우려 하다가 이윽고 그는 섬뜩하리만치 지친 웃음을 짓는다. "망할 계집." 그가 말한다. "넌 쉬웠어야 했는데 말이야."

"지나 로열은 쉬웠지." 내가 말한다. "애들이 어디 있는지 말해."

"엿이나 드시지."

"난 네 아들을 풀어 줬어. 죽일 수도 있었지."

그 말은 약간 영향을 미친다. 그의 표정에서 뭔가 움직임이 보인다. 씰룩거림일 뿐이지만 그건 진짜다.

"내 아이들이 어디 있는지 말하면 살려 줄 거야. 네 죽음을 바라진 않아."

"엿. 먹어. 네 애들이 아니야. 그의 애들이지. 그리고 그는 애들을 돌려받길 원해. 그는 애들이 필요해. 이번 일은 네가 목적이 아니야, 지나."

"좋아." 그에게 말한다. 내가 오른쪽으로 한 걸음 옮기자 그가 같은 방향으로 경계의 걸음을 내디디며 내 정면을 유지한다. 나는 내가 산등성이를 등지고 그가 산길을 등질 때까지 걸음을 다시 옮기고 다시 옮긴다. "우린 고생 좀 하겠군."

내가 앞으로 나와 자신을 밀칠 것을 예상하지 못하고 깜짝 놀란 그가 허우적거리며 느리게 반응한다. 나는 그가 다치지 않았다면 그걸 절대 시도하지 않았겠지만 작전은 완벽히 성공한다. 그가 휘청거리며 비명을 지른다. 발을 헛디딘 그는 몸무게가 뒤로 쏠리며 내가 아까 찔릴 뻔했던 무척이나 날카롭고 뾰족한 나뭇가지에 꿰뚫린다. 딱 간肝이 있을 부위를.

즉사할 정도는 아니지만 심각한 부상이다. 매우 심각한. 그는 몸을 마구 움직여 나뭇가지를 부러트린다. 진흙은 그에게 호의를 베풀지 않는다. 그는 넘어진다. 그는 그 가지를 거머쥐고 잡아 빼려 애쓰지만 쉽게 빠지지 않고, 그의 오른손은 마음대로 움직이지 않는다.

"빠져라! 빠져!" 높아진 그의 목소리는 필사적이다. "맙소사!"

이제 비는 거의 그쳤다. 그는 진창 속에서 고통스럽게 몸을 비틀며 피 범벅이 된, 혐오스럽고 날카롭게 튀어나온 나뭇가지에 손가락을 댄다. 그리고 나는 쭈그리고 앉아 그의 머리에 총을 갖다 댄다.

"그분의 이름을 헛되이 입에 담으면 그분이 좋아하시지 않을 텐데." 그에게 말한다. "그리고 그건 기도처럼 들리지도 않았어. 애들이 어디 있는지 말하면 도와주지. 아니면 널 여기 내버려 둘 거야. 이 숲에는 곰, 쿠거, 멧돼지가 살아. 널 찾는 데 오래 걸리지 않을걸."

이제 팔이 너무나 아프다. 불이 붙은 느낌이다. 그렇지만 안정적으로 보이게 유지한다. 그래야 하기 때문에. 조금이라도 약한 모습을 드러내면 치명적이 될 것이다.

핏기 하나 없는 그의 얼굴이 어둠 속에서 빛난다. 그의 주머니에서 트럭 키를 꺼낸다. 그는 예비용 사냥칼을 갖고 있고, 나는 그것도 꺼낸다. 주머니를 다 뒤져 그의 휴대전화를 찾는다. 휴대전화의 잠금을 풀기 위해 엄지손가락 지문이 필요하고, 나는 심하게 떨리는 그의 오른손을 가져와 지문 인식기에 대고 누른다. 그가 엄지손가락을 빼려 해서 처음 두 번은 실패하지만 마침내 사용할 준비가 된다.

"마지막 기회야." 나는 산탄총을 들어 올리며 말한다. "애들이 어디 있는지 말하면 목숨은 살려 주겠다."

그의 입이 벌어지고, 순간 난 그가 말할 거라고 여긴다. 그가 갑자기 겁을 먹는다. 나약하게. 하지만 그는 아무 말 없이 다시 입을 다문 채 나를 바라볼 뿐이고, 나는 그를 이토록 두렵게 하는 게 뭔지 궁금하다. 나를? 아니다.

멜빈.

"멜은 당신이 죽든 살든 관심 없어." 그에게 말한다. 진짜 동정심을 담아. "말해. 난 당신을 살려 줄 수 있어."

그가 무너지는 순간을 본다. 그의 환상이 사라지고 그의 상황의 차가운 진실이 그를 강타하는 순간을. 멜빈 로열은 그를 구하러 오지 않을 것이다. 아무도 오지 않을 것이다. 내가 그를 여기에 버려두면

그는 출혈로 죽을 것이고 동물들이 그를 갈기갈기 찢을 것이다. 혹,
운이 나쁘다면 그 순서가 바뀔 수도 있다. 자연은 잔인하다.

나도 그렇다. 꼭 그래야 한다면.

"사냥 오두막이 있어." 그가 말한다. "산 위에. 할아버지 소유였지.
애들은 거기 있어." 그가 창백한 입술을 핥는다. "우리 애들이 지키
고 있어."

"개자식. 그 애들은 모두 어린애들일 뿐이야."

그는 대답하지 않는다. 나는 몰려드는 분노와 피로를 느낀다. 나는
이 일을 끝내고 싶을 뿐이다. 몸을 돌려 발에 들러붙는 진창을 걸어
트럭으로 향한다. 물론 그는 일어나려고 애쓰지만 어깨 부상과 간에
입은 자상 때문에 움직이지 못한다. 당장은 추위가 그를 살아 있도록
도울 것이다. 출혈을 더디게 하니까. 트럭 위에 올라 시동을 걸면서
케지어 클레어몬트의 번호를 찾기 위해 주소록을 훑는다.

난 A 목록에서 멈춘다. 맨 위에 아는 사람 이름이 있기 때문에. 흔
한 이름이 아니다. 나는 그 이름을 성경에서 말고 본 적이 없다.

압살롬.

이내 그 기만의 중요성이 내 안에 침잠한다. 게임. 내 변함없는 동
맹이었던 인터넷 트롤, 압살롬. 내 돈을 받아 내 새 신분을 만들어 준
압살롬. 내가 어디로 도망치든 즉각 내 위치를 찾아낼 수 있었던 사
람. 그가 원했던 장소로 내가 가게 지시했던 사람.

왜 우리가 잘못된 방향을 보고 있었는지 설명이 된다. 랜슬 그레이
엄 가족은 수대째 이곳에서 살아왔다. 그의 스틸하우스 집은 상속된
것이고, 케지어와 나는 용의 선상에서 그를 즉시 제거했었다. 젠장.
난 확인을 위해 압살롬에게 이름들을 보내기까지 했다. 그는 퍽 우습

게 생각했으리라.

그는 나를 도운 적이 없다. 그는 줄곧 멜빈을 도왔다. 나를 체스 말처럼 움직이면서, 내게 누명을 씌우면서, 쓰러트리면서.

멜빈을 모방하는 추종자의 뒷마당에 나를 데려다 놓으며.

불같이 타오르는 분노를 누르기 위해 잠시 눈을 감아야 하지만 이내 계속 스크롤을 내린다. 케지어의 전화번호를 찾아 누른다.

수신 바bar가 두 개뿐이지만 전화가 연결된다. 그녀는 차 안에 있다. 그녀가 말하기 전에 엔진 소리가 들린다. 그녀가 조심스럽게 말한다. "랜스? 랜스, 나도 알아. 여자를 놔줘야 해, 당장. 그리고 지금 어디 있는지 말해. 랜스, 내 말 들어, 알았지? 우린 이 상황을 바로잡을 수 있어. 그래야만 하는 거 알잖아. 나한테 말해."

그녀 역시 이 일에 가담했을까 봐 걱정했지만 나는 그녀가 자제하려 애쓰는데도 그녀의 목소리에서 분노를 듣는다. 그녀는 그를 설득하려 애쓰는 중이다.

그녀는 나를 구하려 애쓰는 중이다.

"나예요," 내가 말한다 "그웬."

"맙소사!" 그녀가 전화기를 떨어뜨리기라도 한 것처럼 시끄러운 소리가 난다. 다른 목소리, 남자 목소리도 들리지만 그가 뭐라고 하는지 알아들을 수 없다. "맙소사, 그웬. 어디예요? 대체 어디 있는 거예요?"

"그레이엄네 집을 지나친 산등성이예요. 여기에 구급차가 필요해요." 그녀에게 말한다. "그는 총에 맞고 옆구리에 자상이 있어요. 난 경찰이 필요해요. 그가 우리 애들이 산 위에 있는 자기 할아버지 오두막에 있다고 털어놨어요. 그게 어딘지 알아요?"

나는 이가 딱딱 맞부딪힐 정도로 심하게 떨고 있다. 트럭 엔진이 조금 가열되었고, 히터의 바람이 환상적으로 느껴진다. 카일의 다운 재킷을 끌어와 어깨에 걸친다. 왼팔이 여전히 타는 듯하지만 머리 위의 등에 비춰 보니 심각한 손상을 줄 만큼 산탄이 깊이 박히지는 않았다. 그래도 머리에 입은 부상은……. 난 아프고 힘이 없고 어지럽다. 출혈은 멈추지 않는다. 손을 두피의 베인 상처에 갖다 대자 따뜻함이 느껴지고, 진물이 섞인 피가 느껴져 거기에 댈 티슈를 찾기 위해 주위를 더듬는다. 하마터면 케지어의 대답을 놓칠 뻔한다.

아니, 케지어가 아니다. 샘이다. 그는 케지어와 차 안에 있다. "그웬, 괜찮아요? 그웬?"

"난 괜찮아요." 거짓말을 한다. "내 아이들. 그레이엄네 애들도 그 오두막에 있어요. 그 애들은 총을 갖고 있을지 몰라요. 하지만……,"

"그런 걱정은 마요. 우린 지금 당신한테 가는 중입니다, 알았죠?"

"그레이엄은 구급차가 필요해요."

"망할 그레이엄." 그의 목소리는 날이 서 있다. "당신은 어때요?"

상처에 댄 티슈는 이미 흠뻑 젖어 엉망이다. "꿰매야 할 거 같아요." 내가 말한다. "샘?"

"듣고 있어요."

"제발. 제발 애들을 구하는 걸 도와줘요."

"아이들은 무사할 겁니다. 우리가 데려올 거예요. 당신은 그냥 거기 있어요. 잠깐만요. 케즈가 오두막 위치를 알아요. 우린 당신한테 가는 중입니다. 지금 곧장."

케지어가 운전하고 있고, 난 그녀 차에 타 본 적이 있다. 그녀는 경찰의 권한을 이용해 난폭 운전을 제어하면서 엄청난 속력으로 달리는 중이다. 나는 백미러를 들여다본다. 간선도로에서 속도를 줄이고 방향을 바꾸는 경찰차의 헤드라이트가 보인다. 조핸슨네로 통하는 지름길로 방향을 바꾸는 두 사람이 보인다.

샘은 여전히 말하는 중이지만 난 지쳤다. 언제 놓았는지도 모르게 전화기는 무릎에 놓여 있다. 쑤시고 욱신거리는 머리는 유리에 기댄 채다. 나는 더는 떨고 있지 않다.

나는 "아이들을 구해요."라고 말했거나 적어도 그런 말을 했다고 생각한다. 모든 게 아주, 아주 캄캄해지기 전에.

14

"그웬? 세상에."

난 눈을 뜬다. 샘이 내 옆에 웅크리고 있고, 그는…… 이상해 보인다. 그가 고개를 돌려 말한다. "구급상자가 필요해요!"

그의 바로 뒤에 있는 케지어가 그의 곁에 빨간색 큰 가방을 털썩 내려놓는다. 그가 벨크로로 된 주둥이를 열고 안을 살핀다.

"뭐 하는 거예요?" 내가 그에게 묻는다. 정신이 맑지 않다. 맑은 상태는 확실히 아니지만, 고통은 거의 멈췄다. 약간의 잠은 큰 도움이 될 텐데. "난 괜찮아요."

"아니, 당신은 괜찮지 않아요. 조용히 해요." 그가 거즈를 꺼내 내 머리에 밀착해 누르자 묵직한 고통이 다시 돌아온다. "그걸 잡아 줄래요? 잡고 있어요." 그가 내 손을 거즈에 대고 누르고, 내가 그의 말을 따르는 동안, 그가 붕대를 더 꺼내 거즈를 감싼다. "피를 얼마나 흘렸어요?"

"많이요." 그에게 말한다. "상관없어요. 오두막은 어디예요?"

"당신은 오두막에 가지 않을 겁니다." 난 내 총을 찾기 위해 더듬거린다. 그가 별 힘 들이지 않고 그 총을 가져가 약실을 비우더니 한 번의 동작으로 탄창을 뺀 다음 그것들을 SUV 뒷좌석에 던진다. "당신은 병원 외에는 어디에도 가지 않을 겁니다. 두개골 엑스레이를 찍어야 해요. 상태가 마음에 들지 않는군요. 함몰골절이 됐을 수도 있어요."

"상관없어요. 난 갈 거예요." 그리고 나는 그럴 것이다. 즉시. 지금 당장 트럭에서 내리는 데에만도 굉장한 노력이 필요한 듯하다. "내 문자 받았어요?"

그가 날 이상하게 본다. "언제요?"

"신경 쓰지 말아요." 그레이엄은 그 일에 성공했다. 그는 문자가 전송되기 전에 어떻게든 내 핸드폰을 망가뜨렸다. "그가 나쁜 놈이라는 걸 어떻게 알았죠?"

"그는 수색하는 데 나타나지 않았습니다." 샘이 말한다. 그는 펜라이트로 내 눈을 확인하느라 바쁘고, 그것이 성가시고 고통스러워 나는 그를 떨쳐 내려고 애쓴다. "케즈가 좀 파 봤죠. 그는 납치가 행해졌을 때마다, 그리고 그가 시체들을 처리했을 거라고 우리가 추측한 날들에도 하루를 쉰 것으로 드러났습니다. 케즈는 한동안 그자에 대해 뭔가 있다고 여기고 있었죠. 그자가 경찰서에 나타나 당신을 태워 갔다는 걸 우리가 알게 됐을 때……."

"고마워요." 그에게 말한다. 그는 굳은 표정에 무섭게 화가 나 보인다.

"그래요, 우리가 제시간에 여기 도착해 아주 훌륭히 당신을 구출한 것 같지는 않군요."

나는 내 목의 부상을 살피는 그의 손을 꼭 붙든다. "샘. 고마워요."

우리는 잠시 서로를 바라보고, 이내 그는 고개를 끄덕이며 검사를 계속한다.

케지어는 그레이엄을 확인하러 갔다. 그녀가 돌아와 구급상자를 가져가고 얼마 지나지 않아 구급차 경광등이 보인다. 이곳 산간 지역의 구급차는 사륜구동이어서 트럭을 지나 산길 어귀를 향해 차를 세울 수 있다. 헤드라이트 불빛 속에 케지어가 그레이엄을 돌보는 모습이 보인다.

"오두막이 어디인지 알아요?" 샘에게 묻는다. 그가 내 왼팔에서 산탄을 찾아냈다. "제발요. 난 알아야 해요. 난 괜찮아요, 샘. 상처는 됐어요."

"당신은 괜찮지 않아요."

"샘!"

그는 한숨을 쉬고 물러나 앉아 허벅지에 손을 놓는다. "오랫동안 산을 올라야 하고 당신은 그럴 수 없어요."

"말했잖아요. 난 괜찮아요. 이봐요." 억지로 힘을 내 트럭 밖으로 나온다. 난 균형을 잡는다. 두 손을 내민다. 떨림이 없다. "봤죠?"

그가 나를 끌어당겨 안을 때 약간 놀랐지만 기분이 좋다. 안전하다는 느낌이 든다. 난 잘못된 사람들을 신뢰하고 올바른 사람들은 밀어내 왔고, 이것은 내가 자신에 대해 안다고 여겼던 모든 걸 뒤집는다.

"괜찮지 않아도 이 일을 해야 한다는 거 알아요." 그가 말한다. "내 도움 없이도 할 거라는 거 압니다."

"물론 난 할 거예요." 그에게 말한다. "내 총이나 돌려줘요."

그는 그것을 탐탁지 않아 한다. 그가 붕대로 감싼 내 이마에 키스하고 붕대가 단단히 감겼는지 확인한다. 그러고 나서 뒷좌석으로 몸을 수그려 여분의 총알을 탄창에 넣고, 재빨리 내 지크를 조립해 내게 건넨다. 난 주머니에 그것을 넣는다.

구급대원들이 랜슬 그레이엄에게 응급조치를 하는 중이지만, 케지어는 그들이 그 일을 하도록 내버려 두고 우리에게 돌아온다. 그녀는 두꺼운 외투 아래 경찰복을 입었고, 허리에 걸친 벨트에 총을 차고 있다. 우리를 지나 순찰차로 향한 그녀가 트렁크를 열어 방탄조끼 두 벌을 꺼낸다. 하나는 자신이 머리 위로 뒤집어쓰고, 다른 하나는 우리 쪽으로 가져온다. 그걸 샘에게 건넨다.

샘이 그걸 내게 입힌다. 내가 반발하자 그가 고개를 젓는다. "안 돼요. 안 돼." 난 넘어가기로 한다. 그와 케즈가 순찰차에서 산탄총을 가져오고, 케즈가 보급 물품 키트를 어깨에 멘다. 분명 생존 용품과 탄환으로 채워진 키트를.

구급대원들과 이야기를 나누러 간 케지어가 이내 핸드폰을 꺼내 전화한 뒤 우리에게 돌아와 말한다. "프레스터가 지원 요청을 했지만 모든 수색대가 복귀해 우리에게 오려면 시간이 걸릴 거예요."

"그가 먼저 가라고 했습니까?" 샘이 묻는다.

그녀가 그를 보며 눈썹을 들어 올린다. "그랬을 리가요. 기다리라고 했죠. 그러고 싶으세요?"

그가 고개를 젓는다.

내가 말한다. "어느 쪽으로 가야죠?"

◆　◆　◆

샘의 말이 옳다. 올라갈 몸 상태가 아니지만 상관없다. 샘이 계속 감시하는 눈으로 지켜보고 점점 현기증이 심해져도 속도를 늦추지 않는다. 오리털 재킷 안에 입은 방탄조끼 무게에 숨이 막힌다. 이제 더워서 땀이 흐른다. 밤은 여전히 춥다. 계속해서 언덕을 오르는 내 몸이 한계에 이른다. 우리를 이끌고 산길—내가 처음 올랐던 산길이 아닌, 미끄러져 내려왔던 산길—을 오르는 케지어의 발걸음이 쿠거처럼 확실하다. 우리는 내가 머리를 부딪혔던 바위를 지났고, 케지어의 손전등이 내 피로 붉게 번들거리는 부분을 환히 비춘다. 피의 양이 상당하다. 그녀는 아무 말도 하지 않는다. 샘도 마찬가지지만 그는 우리가 오를 때 그 바위에 한 걸음 더 가까이 다가간다.

북서쪽으로 갈라진 산길은 위를 향해 굽이굽이 뻗어 있다. 이제 번개가 그치고 비도 그쳤지만 숲에서 이는 바람이 머리 위의 소나무를 뒤흔든다. 랜슬 그레이엄이 슬금슬금 다가올까 봐 나도 모르게 뒤를 돌아보고 싶은 충동을 느낀다. '그레이엄은 병원에 있어. 그들이 그의 간을 살린다면 운이 좋은 거지.' 그러나 머릿속 호러 쇼는 멈추지 않는다. 바로 그가 보인다.

난 환각에 빠지기 시작한다. 누군가가 우는 소리가 들린다. 래니. 나는 내 딸이 우는 소리를 들을 수 있고, 그 소리가 나를 옥죄고 쓰라리게 해 샘을 돌아본다. 저 소리가 들리느냐는 질문이 거의 입에 걸리지만 그에게는 들리지 않는다는 것을 안다.

나는 통제력을 잃고 있다.

우리는 반 시간 후 좁고 작은 공터로 나온다. 돌출된 바위에 조그만 판잣집이 웅크리고 있다. 머리 위쪽에 있어 거의 보이지 않는다. 어쨌든 그 판잣집을 찾아내려면 그것이 여기에 있다는 사실을 알아야 했고, 그것은 지은 지 오래되었다. 수차례 수리한 흔적이 보이지만 옛 시골의 건축 양식이 엿보인다.

케지어가 눈부신 청백색의 플래시 빛으로 집을 비춘다. "카일 그리고 리 그레이엄! 당장 밖으로 나와! 클레어몬트 경관이다!" 그녀의 목소리는 행동이 불량한 학생을 호령하는 선생님 같은 위엄이 있었고, 그 나이의 나에게라면 효과가 있었을 거라는 생각이 든다.

창가에 내려진 커튼이 펄럭이더니 문이 빠끔 열리고 한 소년이 소리친다. "우리 아빠는 어디 있어요?"

케지어가 앞으로 걸어 나가며 우리 둘에게 기다리고 있으라는 동작을 취한다. "리? 리, 넌 나를 알 거야. 너희 아빠는 괜찮아. 병원에 가는 중이야. 어서 나와. 봐, 난 총을 총집에 넣는 중이야. 넌 나오는 거야."

동생이 밖으로 나온다. 너무 큰 외투를 입고 있는 아이는 겁에 질려 창백해 보인다. "난 그러고 싶지 않았어요." 아이가 서둘러 말한다. "정말이에요! 문제를 일으키고 싶지 않았다고요!"

"그래, 그랬을 거야. 이리 오렴." 케지어가 아이에게 오라는 동작을 취하고, 일단 아이가 자신에게 오자 그녀는 샘에게 손짓한다. 샘은 앞으로 나가 소년의 팔꿈치를 잡고 반쯤 끌다시피 내가 있는 곳으로 아이를 데려온다. 리가 항변하려고 입을 연다. 난 한 손을 아이 어깨에 얹고 그의 눈을 보기 위해 웅크리고 앉는다.

"우리 애들이 안에 있니?" 아이에게 묻는다.

그가 마침내 고개를 끄덕인다. "전 잘못 없어요." 그가 말한다. "카일에게 그러면 안 된다고 말했어요. 하지만……,"

"하지만 아빠 말은 거역할 수 없지." 내가 말하자 아이의 얼굴에 안도감이 퍼진다. 트라우마. 이 아이가 나와 내 아이들 사이를 갈라 놓았다고 해도 나는 아이를 안아 주고 싶다. 그러지는 않지만 아이가 얼마나 혼란스러울지 느낀다. "아줌마는 이해해. 괜찮을 거야. 넌 그 냥 여기 있으면 돼. 꼼짝 말고 앉아 있어."

케지어가 조금 더 접근했다. "카일! 카일, 나오는 게 좋아. 내 말 들 리니? 카일?"

나는 고개를 돌려 이제 오두막도 누구도 보지 않고 혼자 웅크린 리를 본다. "리. 형에게 총이 있니?"

"라이플을 갖고 있어요." 아이가 말한다. "형을 다치게 하지 마세 요! 형은 아빠가 시킨 대로 하는 것뿐이에요!"

난 그 이상이라는 생각이 든다. 랜스 그레이엄은 어둠 속에서 나 를 덮치게 할 만큼 카일을 신뢰했다. 난 카일이 다른 일에 관해서도 아버지를 돕지 않았을까 궁금하다. 그는 나이에 비해 크고 잘생겼다. 그는 젊은 여자를 납치할 때 여자들을 방심하게 하는 데 적격이었을 것이다. 나는 그 아이가 제과점 주차장에서 여자에게 접근하는 모습 을 상상한다. 그녀를 아빠의 SUV로 데려가는 모습을.

그 생각이 구역질이 날 만큼 역겹게 한다.

케지어에게 카일이 라이플을 가졌다고 말하자 그녀가 단호하게 고개를 끄덕인다. 그녀는 이미 권총집에서 총을 꺼내 움직이고 있다. "샘은 집 뒤로 갔어요. 카일에게 빠져나갈 다른 길이 있는 건 원치 않으니까요. 당신은 아이하고 여기 있어요."

이미 움직이는 샘이 보인다. 그가 오두막과 암벽 사이로 들어간다. 그 뒤에 잠자는 뱀이나 그보다 더한 게 도사리고 있지 않기를 바란 다. 그가 나오지 않아 거기에 문이 있으리라고 추측한다. 그 문을 지키는 중이리라.

내가 케지어에게 말한다. "안으로 들어갈게요."

"안 돼요!" 그녀가 말한다. 그녀가 손을 뻗지만 난 이미 문을 향해 곧장 발걸음을 옮기는 중이다. 커튼이 움직이는 게 보인다. 카일이 지켜보고 있다. 라이플 총알이 이 조끼를 뚫을 수 있는지 과학적인 호기심이 인다. 이 정도 거리라면 아마 그럴지도 모른다. 총의 구경과 탄환의 무게에 달렸다.

주머니에서 꺼낸 지크를 총구가 땅으로 향하게 들고 방아쇠에서 손을 뗀 채 문손잡이를 돌린다. 문이 열린다. 카일은 동생이 나간 후 문을 잠글 생각을 하지 못했다.

방 안쪽은 표면이 거친 탁자 위에서 펄럭이며 타오르는 촛불 하나뿐이어서 실내는 매우 어둡다. 쓸쓸하고 불확실한 불빛이 명멸하며 창가의 침상에 앉은 카일을 비춘다. 그의 라이플이 나를 곧장 조준하고 있다.

오두막 안에는 아무도 없다. 아무도. 이것은 완벽한 덫이다.

나는 몸을 돌려 소리를 지르며 재빨리 문밖으로 몸을 피하고, 카일의 총알은 간발의 차이로 나를 비껴간다. 나는 케지어를 향해 움직인다. 숲가에 남겨 두고 온 리가 이동해 그녀의 뒤에 있는 모습이 보인다. 아이는 이제 완벽한 사격 자세로 서 있다. 어린애일 뿐이었고, 내가 몸수색을 하지 않았기 때문에 아이는 주머니에서 꺼낸 권총을 쥐고 있고, 그 총을 케지어의 등에 겨누고 있다.

"리!" 내가 총을 들어 올리며 외친다. "그러지 마!"

아이는 화들짝 놀랐고, 총알은 빗나간다. 아주 살짝. 그 총알이 오두막 창문을 산산이 부수고, 케지어는 몸을 낮추며 빠르게 돌아본다.

그녀가 총소리에 못지않게 큰 소리로 "총 버려, 총 버려." 하고 고함을 지르며 아이를 향해 나아가자 아이는 발작적으로 총을 내던지고, 나는 몸을 돌려 오두막으로 향한다. 무장한 카일이 여전히 그 안에 있기에. 내 아이들은 어디에 있는 거야. 하느님, 제발…….

카일이 문을 활짝 열고 라이플을 곧장 내 얼굴에 겨눈다. 나는 그에 반응할 시간이, 총을 쏠 시간이 있지만 그러지 않는다. 그럴 수 없다. 그는 어린아이다. 그는 발달이 저해된 뒤틀린 아이지만 난 그럴 수 없다.

샘이 뒤에서 그를 덮쳐 진창에 엎어트린다. 라이플이 날아가자 카일은 비명을 지르며 총을 줍기 위해 싸운다. 케지어가 동생 리의 손목에 수갑을 채우고 아이를 세게 주저앉히더니 다른 수갑을 꺼낸다. 그녀가 날카로운 휘파람 소리를 내자 샘이 올려다본다. 그녀가 던진 수갑을 잡아챈 샘이 카일에게 수갑을 채운다. 그가 소년을 일으켜 세워 오두막 벽을 보도록 꿇어앉힌다.

쿵쾅대며 나를 관통하는 공포에 숨을 쉴 수 없다. 총에 맞을 뻔해서가 아니라. 카일과 리 때문이 아니라.

내 아이들은 여기에 있어야 한다. 그 애들은 여기 있어야 해.

나는 오두막으로 뛰어든다. 오두막은 아기 침대, 작은 탁자, 두꺼운 양모 러그가 간신히 들어갈 만큼 작았고, 뒷문이 열려 있다…….

양탄자를 걷어차자 바닥에 난 문이 드러난다.

탁자 위의 촛불을 들고 문손잡이를 잡아당기자 차갑고 눅눅한 공기에 불꽃이 불안하게 떨린다. 케지어의 강력한 작은 플래시가 있었으면 싶지만 잠시뿐이다. 거기에는 밑으로 내려가는 나무 사다리가 있다.

엄마가 간다.

내 팔은 힘이 들어가는 걸 좋아하지 않지만 나는 지금 고통을 거의 알아차리지 못한다. 여전히 속이 울렁거리고 어지럽지만 그것은 중요하지 않다. 내가 이곳 땅 밑에서 발견하게 될 것 말고는 아무것도 중요치 않다.

내가 발견한 것은 지옥이다.

◆　◆　◆

난 과거로 걸어 들어간다.

사다리에서 돌아서자 내 앞에 윈치가 달린 금속 스탠드가 있다. 그 끝에는 고리 모양의 두꺼운 케이블이 매달려 있다.

올가미.

멜빈의 차고에 있던 것과 같다. 그러나 그뿐이 아니다. 나는 부품, 드릴, 바이스로 채워진 오른편 공구 선반을 알아챈다. 작업대 위를 나란히 가로지르는 빨간 공구 서랍을 알아챈다.

사다리를 향해 돌아섰을 때, 그 뒤에 준비된 무거운 톱, 칼, 드라이버, 망치 들이 걸린 페그보드를 알아챈다. 페그보드 옆에는 의료 기구가 담긴 상자가 있다. 또 다른 상자에는 가죽을 벗기는 사냥 도구가 들었다.

그리고 내 시선이 마지막으로 닿은 것은 완벽한 부속물이다. 러그. 멜빈이 그의 희생자들 밑에 깔았던 것과 같은 스타일의 러그로, 고문실에는 어울리지 않는 중산층 장식품.

그레이엄은 멜빈의 살육장을 마지막 사소한 것 하나까지 강박적으로 재현했다.

이곳의 냄새 때문에 휘청거리다 사다리에 어깨를 기댄다. 이 냄새를 알아. 위치토의 차고에서 풍겼던 상한 살점 냄새와 오래된 피 냄새, 공포의 금속성 악취. 그리고 그 냄새가 여기 이곳에서도 난다. 정확히 똑같이.

난 어찌 할 수가 없다. 소리친다. 심장이 터지고, 가슴이 무너져 내리고, 죽고 싶은 마음으로 내 아이들의 이름을 외친다.

그레이엄은 결코 아이들을 살려 둘 생각이 없었다. 오로지 나한테 이걸 보일 의도였을 뿐이다.

난 아직 지크를 쥐고 있고, 끔찍하고 아름다울 만큼 명료한 이 순간, 지나 로열이 시들어 소멸했던 것과 같은 방식으로 내가 여기서 죽는다면 얼마나 완벽할지 생각한다. 같은 공포를 보면서. 똑같이 완벽한 상실감을 느끼면서.

그리고 그때 내 아들이 하는 말을 듣는다. "엄마?"

속삭임이지만 그 소리가 고함 소리만큼이나 커 나는 총을 떨어트린다. 마치 총에 불이라도 붙은 듯. 그리고 두 손, 두 발로 바닥과 양탄자를 기어 무시무시한 윈치를 돌아 그 뒤로 간다. 나는 그 뒤에서 가짜 벽을 가로지른 쇠 그물망을 본다. 그것은 자물쇠로 잠겨 있다. 나는 비틀거리며 공구가 놓인 곳으로 가 다른 공구들이 떨어질 만큼 세게 페그보드에서 쇠 지렛대를 잡아챈 뒤 그 문으로 달려간다. 두 갈래로 갈라진 끝을 걸쇠 밑에 밀어 넣고 확 잡아당기자 지저깨비가 날린다. 힘을 준다. 걸쇠가 떨어져 나간다.

나는 지렛대를 이용해 문을 열고 안에 있는 코너와 래니를 본다. 아이들은 살아 있다. 살아 있어. 그 순간 모든 힘이 빠져나가 무릎을 털썩 꿇을 때, 아이들이 내 품으로 쏜살같이 뛰어든다. 내 품에서 사라지고 싶다는 듯이.

오 하느님, 너무나 감격스럽다. 아플 만큼 안도하지만, 그것은 출혈을 멈추려고 상처를 지질 때의 아픔이다.

여전히 이 지옥의 바닥에서 아이들을 부둥켜안고 앞뒤로 몸을 흔들고 있을 때, 샘과 케지어가 나를 발견한다. 두 사람은 최악을 각오하고 숨을 죽인다. 나는 샘의 얼굴을 보고 생각한다. 맙소사. 여동생이 고통받다 죽은 성소를 걸어 들어온 그가 저 윈치를 지나 우리에게 오기까지 얼마나 힘들었을지 난 상상만 할 수 있을 따름이다.

그러나 우리는 살아 있다.

우리는 모두 살아 있다.

15

내가 본 오두막 안의 피는 카일의 것이었다. 그리고 그것은 래니가 한 일이었다.

"둘이 언쟁하는 소리가 들렸어요." 맑은 밤공기 속으로 다시 나왔을 때 래니가 말한다. 카일과 리 그레이엄 모두 단단히 수갑이 채워졌고, 케지어가 그들을 오두막 벽에 박힌 고리에 묶었다. 그 고리가 어떤 용도인지 나는 상상할 수 없다. 하고 싶지도 않다. "난 칼을 쥐고 가서 그를 벴어요. 그러니까 카일을요. 빌어먹을 걔 아빠가 걔와 같이 있지만 않았어도 걜 잡을 수 있었는데. 엄마가 일러 준 대로 안전실로 도망쳤지만 걔 아빠가 암호를 알고 있었어요. 미안해요, 엄마. 실망시켜서……"

"아니야, 나 때문이야." 코너의 목소리는 바람에 날린 듯 거의 속삭임에 가깝다. "그 암호가 내 전화기에 있었어. 엄마한테 말했어야 했는데. 그러면 엄마가 암호를 바꿨을 텐데."

이제 모두 아귀가 들어맞는다. 코너의 전화기는 그레이엄 형제가 가져간 것이었다. 그레이엄이 전화기를 가져온 밤, 아들이 망설이던 모습이 떠오른다. 코너는 내게 중요한 무언가를 말할 뻔했었다. 내가 코너에게 암호를 적어 놔서는 안 된다고 거듭 되풀이해서 말했기 때문에 아이는 엄마를 화나게 하고 싶지 않았던 것이다.

이것이 자신의 잘못이라고 믿게 놔둘 수는 없다. 절대.

"아니야, 아가." 아이에게 말한다. 아이 이마에 입을 맞춘다. "그 일은 상관없어. 엄마는 너희 둘 다 정말 자랑스러워. 살아 있잖아. 지금 당장은 그게 중요한 거야, 알았지? 우린 살아 있어."

케지어의 생존 키트에는 포일로 된 담요가 있고, 나는 아이들이 체온을 유지할 수 있게 그것을 덮어 준다. 아이들은 멍이 들었다. 싸우다가 다친 것이다. 오두막에서 일어났던 일에 대해 말하고 싶은 게 없는지 묻는다. 래니는 아무 일 없었다고 한다. 코너도 전혀 없다고 말한다.

딸이 내게 거짓말을 하고 있는지 의구심이 든다.

우린 공터에 앉는다. 마침내 노턴 경찰서 유니폼을 입은 지원대가 떼를 지어 도착하고, 거기에 하비에르 에스파르자도 보인다. 그가 내게 고개를 끄덕하고 나도 그에 답한다. 그를 의심했었다. 그러지 말았어야 했는데.

프레스터 형사도 이곳에 올라왔다. 그는 여전히 양복 차림으로, 이 진창 속에서 절대 살아남지 못할 복장이지만 두꺼운 모직 재킷을 걸쳤다. 지체하지 않고 우리에게 다가오는 그의 얼굴에 새로운 기색이 엿보인다.

존경.

"프록터 씨, 사과를 드려야겠군요." 그가 말한다. "아이들은 괜찮은가요?"

"시간이 지나 봐야 알겠죠." 내가 말한다. "괜찮은 것 같아요." 모르긴 몰라도 그럴 거라고 믿어야 한다. 쉽진 않을 것이다. 아이들은 의문을 가질 것이다. 나는 랜슬 그레이엄이 아이들에게 그들의 아버지에 관해 무슨 말을 했는지 상상할 수 없다. 다른 어떤 트라우마보다 더한 그것이 내 아들을 계속 입 다물게 할 것이다.

프레스터가 고개를 끄덕이며 한숨을 쉰다. 지하실에 내려가고 싶은 눈치는 아니지만, 난 그가 더한 것도 봤을 거라고 생각한다. "케지어가 당신에게 그레이엄의 전화기가 있다고 하던데요. 증거물로 필요합니다. 그리고 당신이 가져간 다른 것들도요."

"거의 다 그의 SUV에 있어요." 내가 말한다. "총은 제 거예요." 나는 그것을 지하실 바닥에서 회수해 왔다. 상황이 복잡해지는 문제를 더는 원하지 않는다. "자요." 주머니에 손을 넣어 전화기를 꺼낸다.

화면이 켜진다. 뜻하지 않게 버튼이 눌렸다. 잠금 화면일 뿐이고, 그레이엄의 지문이나 암호 없이 나는 그것을 열 수 없지만 액정에 뜬 문자메시지가 날 얼어붙게 한다.

압살롬에게서 온 것이고, 이렇게 쓰여 있다. 그가 업데이트를 원함.

프레스터에게 그걸 보인다. 그는 놀란 것 같지 않다. "압살롬이 누굽니까?"

그에게 내 해커 후원자에 관해 이야기한다. 내내 나를 팔아넘겼던 내 편. 나는 압살롬을 어떻게 찾아야 할지 모르고, 그것 또한 프레스터에게 말한다. 나는 전화기를 내밀며 말한다. "내 차례예요. 압살롬이 누구 이야기를 한다고 생각해요?"

프레스터가 주머니에서 증거물 봉투를 꺼내고, 나는 그 안에 전화기를 넣는다. 그가 봉투를 봉하고 대답한다. "짐작하시리라는 생각이 드는군요."

나 역시 그의 이름을 말하고 싶지 않다. 거의 악마의 이름을 거론하는 것과 같다. 나는 그가 나타날까 두렵다.

프레스터의 표정은 이제 더 어두워졌고, 자신 없이 생각에 잠긴 채 나를 주시하는 방식이 마음에 들지 않는다. 그의 마음속에 있는 말을 내가 견딜 만큼 강한지 그가 판단하려고 애쓰는 것 같은 방식이.

그래서 내가 말한다. "나에게 할 말이 있는 것 같군요." 난 더 이상 어느 것도 두렵지 않다. 아이들은 나와 함께 있다. 안전하게. 랜슬 그레이엄은 어디에도 가지 못한다. 그의 정신병이 유전되지 않았다면 아들들은 구제될 가능성이 있다.

프레스터가 내게 옆으로 가자는 몸짓을 한다. 래니와 코너 곁을 떠나고 싶지 않지만 몇 걸음 옮겨 아이들을 볼 수 있는 위치에 선다. 나는 그것이 그가 아이들에게 들려주고 싶지 않은 이야기라는 걸 안다.

하지만 난 여전히 두렵지 않다.

"엘더레이도에서 잘 짜인 탈옥 사건이 있었습니다. 죄수 열일곱 명이 탈옥했죠. 그중 아홉은 이미 잡혔습니다. 하지만……,"

그가 더 말할 필요조차 없다. 지긋지긋한 운명의 필연성으로, 나는 그가 내게 하려는 말이 뭔지 안다. "하지만 멜빈 로열은 성공했죠." 내가 말한다.

그가 눈길을 돌린다. 나는 내가 무엇을 느끼는지, 그가 내 안에서 무엇을 봤는지 모른다. 그러나 한 가지만큼은 안다.

이제 더는 멜이 두렵지 않다.

나는 그를 죽일 것이다. 어찌 되든 아주 오래전에 시작된 우리 둘의 상황은 끝난다.

로열가의.

_사운드트랙

사운드트랙

나는 책을 쓸 때마다 음악을 고르고, 그 음악은 책을 쓰는 치열한 과정에서 나에게 나아갈 곳을 인도한다. 그리고 『스틸하우스 레이크』라는 이 긴장감 넘치는 이야기 속에서 그웬이 나아가는 데 도움이 될, 올바른 리듬을 찾는 흥미로운 훈련을 제시했다.

나는 내가 그랬던 것만큼이나 당신이 이 음악적 경험을 즐기길 바라며, 다음을 기억해 주길 바란다. 불법 음원은 음악가들을 다치게 하고, 음악 집적 서비스는 그들의 생계를 지원하지 않는다. 음원이나 음반을 사는 것이 여전히 당신의 사랑을 보여 주는 최고의 길이며, 아티스트가 새로운 창작을 하는 데 도움을 줄 수 있는 최선의 방법이다.

- 〈I Don't Care Anymore〉 Hellyeah
- 〈Ballad of a Prodigal Son〉 Lincoln Durham
- 〈Battleflag〉 Lo Fidelity Allstars

- 〈How You Like Me Now(Raffertie Remix)〉The Heavy
- 〈Black Honey〉Thrice
- 〈Bourbon Street〉Jeff Tuohy
- 〈Cellophane〉Sara Jackson-Holman
- 〈Drive〉Joe Bonamassa
- 〈Fake It〉Bastille
- 〈Heathens〉twenty one pilots
- 〈Jekyll and Hyde〉Five Finger Death Punch
- 〈Lovers End〉The Birthday Massacre
- 〈Meth Lab Zoso Sticker〉7Horse
- 〈Bad Reputation〉Joan Jett
- 〈Peace〉Apocalyptica
- 〈Send Them Off!〉Bastille
- 〈Tainted Love〉Marilyn Manson
- 〈Take It All〉Pop Evil

_작가의 말

언제나 그렇듯 남편 R. 캣 콘래드와 놀라운 협력자이자 분별력 있는 독자인 세라 와이스 심프슨 그리고 참을성이 넘치는 멋진 편집자 티퍼니 마틴과 리즈 피어슨스의 지원 없이는 이 책을 쓸 수 없었을 것이다.

끊임없는 격려와 지원을 아끼지 않은 내 친구 켈리에게 특별한 감사를 전한다.

STILLHOUSE LAKE

스틸하우스 레이크

초판 1쇄 발행 2020년 2월 15일

지은이 | 레이철 케인
옮긴이 | 유혜영
발행인 | 박세진
교 정 | 양은희
표지디자인 | 허은정
용 지 | 두송지업
인 쇄 | 대덕문화사
제 본 | 자현제책사

펴낸곳 | 피니스 아프리카에
출판등록 | 2010년 10월 12일 제25100-2010-000041호
주소 | 03958 서울시 마포구 망원동 419-3 참존 1차 501호
전화 | 02-3436-8813
팩스 | 02-6442-8814
블로그 | www.finisafricae.co.kr
메일 | finisaf@naver.com

책값은 뒤표지에 있습니다.
파본은 구입하신 곳에서 교환해 드립니다.